HERI
QING CHANGYING

何日请长缨
脱困（下）

齐 橙◎著

时代出版传媒股份有限公司
安徽文艺出版社

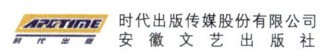

作者简介：

齐橙，本名龚江辉，阅文集团大神作家，中国作家协会会员，北京师范大学经济与工商管理学院副教授，中国社会科学院工业经济研究所博士。代表作品《工业霸主》《材料帝国》《大国重工》《何日请长缨》等，其中《材料帝国》被国家新闻出版广电总局推介为2016年优秀网络文学原创作品，《大国重工》荣获第五届中国出版政府奖音像电子网络出版物奖（网络出版物）。作品《何日请长缨》入选"十四五"国家重点出版物出版专项规划，荣获第四届现实题材网络文学征文大赛特等奖，入选中国作家协会2020年网络文学重点作品扶持项目"庆祝中国共产党成立100周年"主题专项，荣获2020年第四届"网络文学+"大会·优秀网络文学IP，入选2020年度最具版权价值网络文学排行榜（现代类），入选2021年中宣部"建党百年"主题重点项目，并入选中国作家协会新时代文学攀登计划。

"十四五"国家重点出版物出版专项规划

何日请长缨

脱困（下）

齐 橙——著

时代出版传媒股份有限公司
安徽文艺出版社

图书在版编目（CIP）数据

何日请长缨.2,脱困.下/齐橙著.—合肥：安徽文艺出版社,2023.3

ISBN 978-7-5396-7679-1

Ⅰ．①何… Ⅱ．①齐… Ⅲ．①长篇小说－中国－当代 Ⅳ．①I247.5

中国国家版本馆CIP数据核字(2023)第003394号

何日请长缨·脱困（下）
HERI QING CHANGYING·TUOKUN(XIA)

出 版 人：姚 巍
策　　划：朱寒冬　宋晓津
统　　筹：张妍妍　成 怡　宋晓津
责任编辑：柯 谐　宋晓津　装帧设计：张诚鑫　徐 睿

出版发行：安徽文艺出版社　www.awpub.com
地　　址：合肥市翡翠路1118号　邮政编码：230071
营 销 部：(0551)63533889
印　　制：安徽新华印刷股份有限公司 (0551)65859551

开本：700×1000　1/16　印张：154.75　字数：2450千字
版次：2023年3月第1版
印次：2023年3月第1次印刷
定价：528.00元(精装，全七册)

(如发现印装质量问题，影响阅读，请与出版社联系调换)

版权所有，侵权必究

目 录
CONTENTS

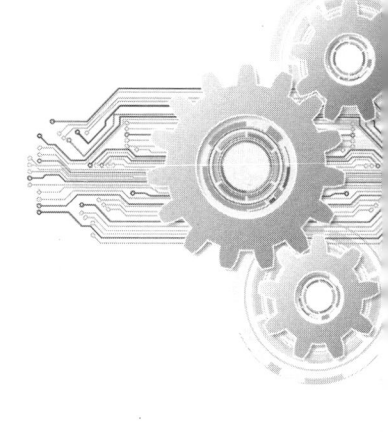

第八十九章　甘于窝在家属院里吗 / 001

第九十章　十年的缘分 / 006

第九十一章　趁火打劫的唐子风 / 010

第九十二章　百年大计 / 015

第九十三章　优胜劣汰 / 019

第九十四章　没人帮你说话了 / 024

第九十五章　大家来评评理 / 029

第九十六章　这个可以有 / 034

第九十七章　老韩是个老工艺 / 039

第九十八章　术业有专攻 / 043

第九十九章　极限速度 / 048

第一百章　售后服务政策 / 052

第一百零一章　没有退路 / 056

第一百零二章　你师傅还是你师傅 / 060

第一百零三章　强强联手 / 064

第一百零四章　一加一大于二 / 068

第一百零五章　让她们再闹一天 / 072

第一百零六章　樯橹灰飞烟灭 / 076

第一百零七章　甩图板 / 080

第一百零八章　名正言顺的钱 / 084

第一百零九章　吉人自有天相 / 088

第一百一十章　唐子风的童年梦魇 / 092

第一百一十一章　总得说个像样的理由 / 096

第一百一十二章　重要的是注册用户 / 101

第一百一十三章　师姐，谢了 / 105

第一百一十四章　一路上有你 / 110

第一百一十五章　原来是个宝藏女孩 / 114

第一百一十六章　我没有白内障啊 / 119

第一百一十七章　青出于蓝 / 123

第一百一十八章　孔雀开屏的典故 / 128

第一百一十九章　挺合适的呀 / 132

第一百二十章　白天鹅与丑小鸭 / 136

第一百二十一章　丽佳总店 / 141

第一百二十二章　劳务派遣 / 146

第一百二十三章　办法总比困难多 / 151

第一百二十四章　孵鸡蛋会不会 / 155

第一百二十五章　我当然同意 / 160

第一百二十六章　空穴来风 / 165

第一百二十七章　先下手为强 / 169

第一百二十八章　主要是担心你熬夜 / 173

第一百二十九章　论功行赏 / 178

第一百三十章　到临河街上转转 / 182

第一百三十一章　你觉得有意思吗 / 186

第一百三十二章　没必要活得太功利 / 190

第一百三十三章　贫穷是一份财富 / 195

第一百三十四章　我可能是做错了一件事 / 199

第一百三十五章　机床再生 / 204

第一百三十六章　是谁的助理 / 209

第一百三十七章　照最低成本报价 / 213

第一百三十八章　肉已经被别人捞走了 / 217

第一百三十九章　无从下手 / 222

第一百四十章　红烧肉管够 / 226

第一百四十一章　乐子可就大了 / 231

第一百四十二章　全是套路 / 236

第一百四十三章　试看天下谁能敌 / 241

第一百四十四章　大家好才是真的好 / 246

第一百四十五章　对小唐有什么看法 / 250

第一百四十六章　不是你想的那样 / 254

第一百四十七章　给你10秒钟 / 258

第一百四十八章　有钱有身份 / 263

第一百四十九章　不过是在吃老本而已 / 267

第一百五十章　大练兵 / 271

第一百五十一章　临一机的台柱子 / 275

第一百五十二章　你们跟我说实话 / 279

第一百五十三章　临一机变天了 / 283

第一百五十四章　一对一 / 287

第一百五十五章　我怕你把她带坏 / 291

第一百五十六章　你怎么不自己留着 / 295

第一百五十七章　为国争光李师姐 / 299

第一百五十八章　这不是很简单吗 / 304

第一百五十九章　你又想骗我了 / 309

第一百六十章　这种算法没啥难度 / 314

第一百六十一章　请胖子叔叔吃烤串 / 319

第一百六十二章　高风亮节肖同学 / 323

第一百六十三章　忙并快乐着 / 328

第一百六十四章　不理解胖子的逻辑 / 332

第一百六十五章　唐助理来了 / 337

第一百六十六章　有个不情之请 / 342

第一百六十七章　木雕工作室 / 346

第一百六十八章　成天就想着吃独食 / 350

第一百六十九章　两只加密狗 / 354

第一百七十章　黑马 / 359

第一百七十一章　排名靠前的富二代 / 362

第一百七十二章　有钱就是任性 / 366

第一百七十三章　斯德哥尔摩综合征 / 370

第一百七十四章　进京创业 / 374

第一百七十五章　两个选择 / 378

第一百七十六章　前途远大 / 382

第八十九章　甘于窝在家属院里吗

　　唐子风提问的时候,总是把黄丽婷和蔡越放在一起询问,但蔡越哪懂这件事情里的弯弯绕绕?只能坐在那里憨笑,外人看上去,觉得他好像是大智若愚的样子,只有知情人才清楚他是真的愚,而不是什么若愚。

　　黄丽婷当然也不会想着要征求丈夫的意见,她迟疑着说:"子风,最早的时候,我说过我家占三成就好了,王教授这边占七成。这一次分红是5万元,要不我就拿1.5万,王教授拿3.5万,怎么样?"

　　"这倒不必。"唐子风说,"胖子和你签的合同是4比6,咱们就按这个比例分配好了,你拿2万,我们这边拿3万。"

　　"那多不好意思啊……"黄丽婷假惺惺地说。

　　唐子风笑道:"黄姐,其实是我们占了你的便宜呢。我们只出了钱,你不但出钱,还出了力。超市能有这样的盈利,全是黄姐你的功劳呢。"

　　"哪里哪里,这都是子风你指导得当。比如把仓库改成店面的想法,就是……"

　　"这些就不多说了。"唐子风打断了黄丽婷的话,继续说道,"我今天请梓杰过来,就是想问问黄姐和蔡工,这笔分红款,你们是打算拿出来用,还是愿意继续投资?"

　　"继续投资,什么意思?"黄丽婷一怔,脸色也变得严肃起来。她这才明白,唐子风如此郑重其事地把她约出来,还声称让蔡越也一起参与会面,并不仅仅是为了分配这5万元的分红款。

　　唐子风说:"黄姐,经过这一个多月的经营,我想你对自己的经营能力以及超市的盈利前景,都不会再怀疑了吧?东区超市的成功,已经吸引了临河市的很多商店学样,春节前这几天,临河已经新出现了四五家超市了。

　　"我敢保证,未来几年,超市将会在国内迅速发展,创造出数以万亿计的利润。黄姐有这样强的商业能力,就甘于窝在临一机家属院这么一方小天地里吗?"

王梓杰坐在旁边,不由自主地咧了咧嘴。自己的这个合伙人又在忽悠人了,当初在学校忽悠那些可怜的孩子给他当推销员的时候,唐子风就是这样一副嘴脸啊。

"子风,你的意思是……"黄丽婷觉得脑子有点晕,那是一种幸福的眩晕感。她听出来了,唐子风在鼓励她走出临一机家属院,把自己的事业做到厂外去,这将是一片多么广阔的天地啊。

"唐助理,丽婷她哪有这样的能力啊,东区超市能做成这样,都是唐助理你指导的结果,光靠丽婷……"蔡越结结巴巴地开口了,他觉得唐子风已经刨了一个巨大的坑,就等着黄丽婷往下跳呢。

此前黄丽婷承包东区商店,蔡越就是满心担忧的,但好歹那还是在厂里,万一出了什么岔子,厂子不可能坐视不管。

现在唐子风鼓励黄丽婷到厂子外面折腾,这可是蔡越完全无法理解的一个世界,他能不担心吗?

"你别说话!"黄丽婷瞪了蔡越一眼,蔡越果然闭上了嘴,只用一束哀怨的目光看着黄丽婷。

黄丽婷整理了一下自己的思路,对唐子风说:"子风,不瞒你说,前些天我还真的考虑过把超市做到厂外去的事情。现在有很多来我们超市买东西的顾客,是从东城那边过来的。我专门到东城去转了一下,看中几个门面,还想找时间请子风你去参谋参谋,看看能不能办一个新的超市。"

"原来黄姐早有这个打算啊。"唐子风有些惊讶,旋即又释然了,以黄丽婷的心气,看到东区超市红火之后,不动其他念头,反而是怪事。

黄丽婷说的这一点,倒是更坚定了唐子风与她合作的信心,这的确是一个给点阳光就灿烂的潜在企业家。

"黄姐,你看的那几个门面,有多大面积?"唐子风问。

黄丽婷说:"我基本上都是照着东区超市的面积来看的,不过他们的合作条件都不如咱们劳动服务公司好。有些要求交 10 万元押金,最后分红的时候只能拿 30%,还要接受他们管理什么的。"

唐子风摇摇头说:"黄姐,东区超市这种模式,不适合推广出去。东区超市

第八十九章 甘于窝在家属院里吗

我们采取的是和劳动服务公司合股的方式,劳动服务公司方面是我们知根知底的,不会赖账,也不会乱插手。外面的单位,你不知道他们的根底,咱们无权无势的,到时候人家说要修改承包条件,我们怎么办?"

"是啊,我也担心这个。"黄丽婷说。

唐子风说:"黄姐,我考虑,我们要走出临一机,就要保证经营上的完全独立。咱们不要采取承包商店的方式,而是采取租赁店面的方式,一租五年或者十年,经营权完全掌握在我们自己手上。"

"租赁店面,这样投入会很大吧?"黄丽婷说,"我也找人打听过,像咱们东区商店那么大的面积,一年租金就有50多万。现在厂里是没算这个租金,要不我们根本就没这么多利润的。"

这就是明白人了。张建阳觉得一年能够从东区超市拿到40万的利润分红是一桩值得吹嘘的政绩,但在唐子风看来,这简直就是吃了一个天大的亏。

时下临河市的店面租金是每天每平方米1元左右,东区商店有1000多平方米的营业面积,后来黄丽婷把仓库也改成了店面,差不多就是2000多平方米了。如果按每平方米每天1元计算,光是店面的租金,临一机就应该收到70万以上。

以临一机所在的位置,东区商店的店面租金标准肯定达不到每平方米每天1元,黄丽婷说一年的租金应当是50多万,这个数字是比较合理的。

张建阳拿了一个每年能够收入50多万的店面入股,最终一年收回40万的利润,这还不叫吃亏吗?

当然,如果黄丽婷不承包这个商店,张建阳也没这个能耐把这片营业面积租出去,所以所谓一年50多万的收入,只是一种可能性。黄丽婷把50多万的可能性变成了40万的实实在在的利润,还是有功劳的。

这种情况,只能出现在临一机这样的大型国企里。

国企的资源来得容易,所以也没人珍惜。就比如说单位里的大客车,一年倒有半年时间是闲置着的,如果租赁给客运公司去跑运输,一年能赚回几万,谁会在乎这样的钱呢?

20世纪80年代的时候,国内计算机资源极度匮乏,计算中心里中型机的机时费都可以达到每小时10元的水平,但很多国企里的大型机经常闲置着,谁又能说啥呢?

现在唐子风建议黄丽婷到厂外去租赁店面开超市,就没这么好的事情了。人家要出租店面,自然是知道价钱的,一个2000平方米的店面,一年就要70万的租金,这岂是黄丽婷敢想的事情?

"黄姐,像咱们东区商店这样的面积,如果放在临河市中心,你估计一天能做到多少营业额?"唐子风问。

"不少于2万!"黄丽婷信心满满地说。东区超市是在临一机厂内,虽然也有不少临河市区的顾客前来购物,但毕竟还是有些不便,客流是受到很大限制的。在这种情况下,东区超市能够做到一天1万出头的营业额,如果是在市中心,2万营业额还不是稳稳的?

"一天2万,一年就是700万。按30%的毛利,就有200万。工资、水电之类的,一年算50万够不够?"唐子风继续问。

"足够了,还有富余呢。"

"再扣掉70万的店租,一年纯利就是80万,是不是这样?"

"有这么多?"

黄丽婷傻眼了。唐子风的计算并没有什么毛病,他能算出来的数字,黄丽婷岂能算不出?她先前只是觉得一年70万的店租是一个天文数字,却没想到交完这个天文数字之后,她自己还能留下另一个天文数字。

"能赚这么多钱啊,那还不干?"宁默先沉不住气了。此前大家聊的东西太高端,他也插不上嘴,现在听说在外面租个店面,一年就能赚到80万,他就先激动起来了。

他也不知道这80万的利润有没有他的一份,但即便是唐子风能够赚到这些钱,他也高兴,他和唐子风之间……呃,反正是很要好就是了。

"唐助理,你这是最乐观的估计吧?万一没赚到这么多钱呢?"蔡越怯怯地问。

唐子风用手一指黄丽婷,说:"蔡工,我信黄姐,你问问黄姐有没有这个信心。"

黄丽婷瞪着蔡越,说:"你就是胆子小,这个也怕,那个也怕。当初我说承包商店的时候,你也不同意,现在知道自己目光短浅了吧?

"我跟你说,子风看好的事情,就是绝对没问题的。你看人家子风从霞海讨回来200万,然后找个打包机的业务,又是几千万,他的本事,你一辈子都学

第八十九章 甘于窝在家属院里吗

不到。"

"……"

蔡越只能再次闭嘴了,这还让不让人说话了?你不让我说话也可以,我到门口蹲着抽烟去行不行?你们非让我进来干啥?

第九十章　十年的缘分

训完蔡越,黄丽婷的脸迅速从悍妻模式切换回乖乖女模式,她笑着对唐子风说:"子风,让你见笑了,老蔡这个人,就是……"

"蔡工做事一向谨慎,这一点是得到了秦总工的好评的。"唐子风打了个圆场。

"对对,他就是搞技术搞习惯了,做什么事都特别谨慎。"黄丽婷顺着唐子风的话,替丈夫遮了遮脸,接着说,"子风,你说的这种方式,的确不错。可如果要租店面,最起码也要押一付三,就是一次交四个月的租金,按每平方米一天1元钱算,2000平方米四个月就是24万,还要铺货,还要内部装修啥的,最起码要有30万呢,咱们哪有这么多钱?"

"所以,我就把王老板请来了嘛。"唐子风笑吟吟地用手一指王梓杰,说道。

黄丽婷的脸色有点僵,她看看王梓杰,又转头看着唐子风,问道:"子风,你的意思是说,请王教授继续投资?这样一来,王教授要出的钱就比较多了……这会不会让王教授的负担太重了?"

她其实想说的是,如果让王梓杰拿出这30万来,她自己的股份就被稀释得肉眼看不见了。超市一年就算能赚80万,如果自己的股权只占5%,一年的分红也就是区区4万,而自己付出的劳动却丝毫不比经营东区超市少,这样的事情,有什么意思呢?

唐子风当然不是那么黑心的人,或者说,他即便是黑了心,智商还是够用的。

请个合伙人进来,只给人家5%的股权,人家凭什么给你兢兢业业地工作?

超市这东西,创意也就是一层窗户纸,捅破了大家都能明白,真正困难的,是缺少一个杰出的经营者。

同样是2000平方米面积,如果交给宁默这种人去经营,估计能亏得卖裤子,但交到黄丽婷的手上,就能够成为一只下金蛋的老母鸡。这样一个职业经理人,不给足好处,能换来人家的忠诚吗?

"黄姐,我想咱们可以换种方式合作。"唐子风说,"咱们前期签了个合同,规定东区超市的收益分成比例是40比60,我们可以把这个合同改一下,改成50比50,黄姐你依然拥有超市的全部决策权。

"下一步,咱们继续按这个合同,在临河市区开办第二家超市,原始投入就用这一次的分红款,然后由梓杰的公司借给我们30万,期限是一年,利息按20%计算。也就是说,梓杰拿出的这30万,只出钱,不占股,我们到明年春节的时候如数归还,你看如何?"

"那当然好!"黄丽婷脱口而出。

有东区超市的经验,她有十足的把握能够把新超市做出一年200万的毛利,净利润不少于80万。届时归还30万的借款又算得了啥?这30万其实是事先垫付的成本,是无须从利润中扣除的。利润里需要扣出的,只是30万元借款的利息,也就是区区6万元而已。

天地良心,唐子风要求20%的利息,可真没坑黄丽婷。

1994年,国内市场消费物价指数是124%,货币严重贬值。国内一些银行为了吸纳存款,开出了年息15%的保值储蓄。唐子风向黄丽婷发放一笔贷款,才收20%的利息,算得上是良心价了。

黄丽婷也是明白这一点的,而且她还相信,如果唐子风不找她合伙,而是拿着这30万另外雇一个人来开超市,就算经营得不如东区超市那样理想,一年赚到的纯利也不止20%。唐子风这样安排,实在是给了她一个天大的好处。

"可是,这样王教授是不是太吃亏了?"黄丽婷转头看着王梓杰说。

王梓杰把手一挥:"这算什么?子风说了,投资黄姐是绝对不会亏的,我现在借出去30万,以后能从黄姐身上百倍、千倍地赚回来呢。"

"那是肯定的!"黄丽婷恨不能赌咒发誓。

唐子风说:"黄姐,王老板愿意借出这30万,也不是没有条件的,你先听听这个条件你能不能接受,然后再决定要不要借王老板的钱。"

"你说吧,我听着。"黄丽婷正色说。她也想得到,天上不会平白无故掉馅饼,唐子风愿意放弃增加股权的机会,甚至把此前约定的4比6都改成了5比5,后面肯定是有其他条件的,唐子风可绝对不是那种有便宜不占的人哦。

唐子风说:"王老板跟我说的条件非常简单,那就是希望黄姐发迹之后,不要翻脸不认人。万一以后黄姐的超市做大了,资产过亿,别一脚把我们踢出去。"

"这怎么可能呢!"黄丽婷急赤白脸地争辩道,"子风、王教授,你们放心,我黄丽婷绝对不是那种人。如果我是那种人,我、我、我……你们就让老蔡跟我离婚!"

她"我我我"了半天,终于找不出一个合适的毒誓,于是把蔡越拉了进来,却也不想想这样一个条件算不算是惩罚。

当然,从黄丽婷这方来说,蔡越和她离婚,就是她能想出的最可怕的结果。

别看她成天对蔡越吆五喝六,动不动就在人前说蔡越太窝囊,但实际上她对蔡越是十分忠诚的。她是一个极其护家的人,丈夫和孩子就是她的一切。

唐子风和王梓杰交换了一个眼色,唐子风说:"黄姐,你也别发誓,现在是市场经济,大家还是比较讲究协议的。你看咱们之间能不能签一个协议,规定你十年之内不会单独或者与其他合伙人经营其他的超市,这十年时间里,你不管新开多少家超市,都要维持和王老板这边五五分的股权比例。"

"这个绝对没问题,别说十年,签一百年都可以。"黄丽婷说。

唐子风笑笑,说:"黄姐,一百年就免了,咱们的时代变化太快了,十年时间足以改变一切,能够在一起合作十年,就是大家的缘分了。"

听唐子风这样说,黄丽婷突然有了一些怅然的感觉。

十年的缘分啊,人生能有多少个十年呢,人生又能有多少缘分呢?

十年以后,难道自己真的要和唐子风分道扬镳、天各一方了吗?

"十年就十年吧,我听子风你的。"黄丽婷把一些复杂的情绪赶出脑海,勉强地笑着对唐子风说。

黄丽婷答应了,蔡越自然也不便说什么。

王梓杰愿意借出30万元帮助黄丽婷开第二家超市,而且约定如果超市因为不可抗力而无法经营下去,这30万无须黄丽婷个人归还,而是作为企业的负债,在企业破产的时候以残值冲抵即可。

按这个条件,黄丽婷面临的风险是非常小的,蔡越还能说啥呢?

唐子风代表王梓杰与黄丽婷就一些细节问题进行了探讨,最后确定了协议的内容,其中最重要的一条,就是双方合资创办一家商贸公司,即将开办的第二家超市以及临一机东区超市的股份都纳入这家商贸公司的范围。

双方在公司中各拥有一半的股权,股权与决策权挂钩,凡重大事项必须双方一致同意方可决定,日常经营事务则授权给黄丽婷去执行。

除此之外,王梓杰向超市提供借款30万元以及黄丽婷承诺与王梓杰合作十年的条款,也都写在其中。不过,考虑到双榆飞亥公司中有唐子风的股份,为了避免日后的麻烦,协议中的另一方仍然是以宁默为代表的,唐子风和王梓杰的名字都没有在协议中出现。

大家最终决定,黄丽婷带来的5万元分红款,留下3万元用于第二家超市的建设,另外2万则作为本次的分红。黄丽婷此前用于投资的2万元都是借来的,有一些需要尽快归还,另外一些可以拖一段时间,但过年期间,黄丽婷也得上门去送个红包,权当是借款的利息,这些钱就需要从黄丽婷的分红中支出了。

有关新超市的操办事宜,完全交给黄丽婷去执行,唐子风只负责出一些主意。至于王梓杰,那根本就是远水救不了近火,大家都没指望他能够对超市做出什么贡献。

大家还兴致勃勃地讨论了新超市的名字问题,最后由唐子风拍板,决定将新超市定名为"丽佳超市",临一机的东区超市也将随之更名为"丽佳超市临一机东区店",这件事还要征得张建阳的同意,不过,有唐子风出面,张建阳是肯定不会反对的。

按照唐子风的设想,丽佳超市将走连锁化的道路,第一步是覆盖临河市,第二步则是进军省城南梧,再往后,就要推广到全省及周边几省,甚至京城、浦江等大城市,最终形成一个全国性的大型连锁超市品牌。

"黄姐,你还记得电视剧《阿信》吗?等咱们的连锁超市办起来,你就是中国的阿信了!"唐子风就这样结束了自己的夸夸其谈。他分明看到,黄丽婷两口子的眼神都已经直了,其中黄丽婷肯定是被他描述的宏伟蓝图震惊了,至于蔡越,估计就是听得蒙圈了吧……

第九十一章　趁火打劫的唐子风

带着一份新协议以及 38000 元现金，黄丽婷两口子离开了茶馆。

走出老远，蔡越回头望望，已经看不见茶馆的招牌了，这才凑近一步，低声地向黄丽婷问道："丽婷，你觉得这个王教授和唐助理，到底是什么关系？"

黄丽婷说："这不是很明白的吗？他们俩肯定是合作开公司的，甚至有可能这个公司就是唐子风开的，那个王梓杰只是给他打工的。你没看到今天从头到尾都是唐子风在说话，王梓杰只会哼哼哈哈的，啥也做不了主。"

"这个唐助理本事可真大，年纪轻轻就能够做这么大的生意。他说可以借 30 万给我们，那他自己得有多少钱啊？"蔡越感慨道。

黄丽婷说："我早就看出来了，唐子风是个了不起的人。你看他到咱们临一机来这几个月，给厂子拉了多少业务。他如果用这个本事给自己赚钱，赚个几百万不是轻轻松松的事情吗？"

"那么，你说他干吗不自己去赚钱，跑到咱们临一机来当这个厂长助理？"

"干吗？人家有远大理想呗。像唐子风这样的人，想赚钱啥时候赚不到？你没看到吗，就算他到临一机来了，他不照样能赚到钱？我想，他当这个厂长助理，肯定是想在事业上有更大的发展。说不定，过几年他能当部长呢。"

"他这么年轻，当部长不太可能吧？不过，当个局长，我看差不多。"

"那也很了不起啊。你看郑国伟，多大年纪了才当上厂长，而且没当几年就被抓了。"

"呃，这不是一回事吧？对了，丽婷，刚才唐子风让咱们跟他签协议，说要合作十年，你说，咱们会不会吃亏了？"

"吃亏？吃什么亏？"

"我刚才想了一下，如果开超市真的这么赚钱，咱们就算不和唐子风合作也可以啊。咱们慢慢攒几年钱，等有了点本钱，就可以自己开超市，到时候赚的钱都是自己的,不用和别人分,这不是更好吗?"

闻听此言,黄丽婷停下了脚步,看着蔡越,好半天才说出一句:"老蔡,我过去怎么没看出来,你竟然是个这样的人!"

"我……"蔡越的"妻管严"立马就犯了,说话开始大喘气,"丽婷,我不是这个意思,我是说,唐子风这样做,算不算是趁火打劫啊?"

黄丽婷说:"我能不知道他是趁火打劫吗?像唐子风这么聪明的人,怎么可能会做吃亏的事情?他和我合伙,还拿出30万来借给我作为启动资金,在超市里只占50%的股份,说到底就是看中了我能把事情做起来。现在他是吃亏了,但以后如果我们的超市真的能像他说的那样,做成全国连锁,他今天投进去的30万,就能够变成3000万,甚至3亿,他精明着呢。"

"是啊是啊,我也是这个意思。"蔡越连声附和道。

黄丽婷说:"我明知这一点,但还是愿意接受他的条件。首先,就是咱们做人要凭良心。我能够把东区超市做起来,都是唐子风帮的忙,包括他入股的3万块钱。这个人情,咱们要认,咱们人穷不能志短,对不对?"

蔡越很是赞同:"你说得对,咱们是本分人,不能做那种忘恩负义的事情。"

"第二点,就是我相信唐子风的本事。跟唐子风一起合作,咱们就算吃点小亏,最后肯定还是会占大便宜的。你看他刚才说把超市做到南梧去,还要做到京城、浦江去,这些事情咱们哪敢去想?!到时候如果咱们真的要到外地去开超市,肯定还得请他来给咱们出主意,就怕他嫌咱们的生意太小,懒得关心。"黄丽婷说。

蔡越点点头,说:"丽婷,你说得对。唐子风是个有大本事的人,咱们的眼界不如他开阔,和他合作,对我们是有好处的。"

茶馆里,王梓杰不再端着教授的架子,而是把一只脚架到了旁边的凳子上,手里端着茶杯,看着唐子风说道:"老八,你真行啊,出来挂个职,就挖掘出这么一个人才。

"这个黄丽婷,文化程度没多高,但的的确确是个做生意的好手。你先前跟我说你们那个东区超市做得怎么红火,我还半信半疑。今天跟她一接触,我相信了,这是个能做成大买卖的人。"

宁默在旁边挠着头皮说:"王教授,我怎么没看出这个黄丽婷有什么特别的?开超市这件事情,可是唐帅给她出的主意,她也就是照着唐帅说的办法去做,没什么新鲜的啊。"

王梓杰说:"胖子,我跟你说,真正会做经营管理的人,讲究的是大象无形、大音希声。你觉得她做的事情都很平常,但就在这种平常之中,才真正地显功夫。你看你家唐帅哥,到处惹是生非,还拿着板砖去掀人家厂长的脑壳,这就叫匹夫之勇。"

"我就匹夫之勇了,怎么的?"唐子风笑着反驳道,"兵无常势,水无常形,只要能做成事,你管我拿的是板砖还是管钳?"

宁默看着这两个人斗嘴,觉得又是钦佩又是心累,如果多读点书就意味着说话必须带上典故,那自己还是当个快乐的文盲好了。

给黄丽婷投资用于扩张超市,是唐子风与王梓杰通过电话商量好的事情。东区超市的成功,让唐子风对黄丽婷有了更多的信心,他相信,如果给黄丽婷一个机会,这个女人是能够创造出一些奇迹的。

过去几个月,双榆飞亥公司通过攒书、卖书又赚了20多万元,虽然京城已经出现了其他的模仿者,但据王梓杰估计,这种赚钱的模式至少还能再持续一两年。

唐子风到临河来,对双榆飞亥公司的经营有很大的影响。王梓杰是一个很不错的执行者,但要让他进行商业模式创新,就有些勉为其难了。

现在双榆飞亥公司的业务还是照着唐子风离开京城之前给王梓杰留下的"锦囊"在开展,一些新书的选题也是唐子风提供的,王梓杰只是把这些想法完美地落实下去而已。

既然公司在京城无法找到新的业务方向,唐子风便建议把手头的闲散资金投到临河来,确切地说,是投到超市上。

黄丽婷有经营能力,但没有资本,要想通过原始积累的办法来扩张超市,起码要等上几年时间。

而超市这样一种新兴业态在国内一经出现,就呈现出蓬勃发展的势头,不少资本都在跑马圈地,如果等上几年,可能就连一口汤都喝不上了。

在这种情况下,唐子风有足够的信心,能够与黄丽婷达成刚才的那个协议,也就是由双榆飞亥公司出钱,黄丽婷出力,成立一个合伙制公司,专门做超市业务。

30万元的投入,能够让黄丽婷在临河市中心租到一个非常不错的店面。随

第九十一章　趁火打劫的唐子风

后,这个店面就能够产生出比东区超市更大的利润,产生造血能力。

唐子风向黄丽婷描述的发展前景,并不完全是忽悠。他是知道后世那些大型连锁超市是何等规模的,现在进入这个市场,如果不犯什么致命的错误,丽佳超市完全有机会成为这些大型连锁超市中的一员。

投入30万,回报30亿甚至300亿,这样的生意为什么不做呢?

至于说到双方的股份,唐子风并不贪心,一家一半是一种比较好的选择。连蔡越都能够看出他是在趁火打劫,黄丽婷又岂会不知?

如果这个时候唐子风吃相太难看,要求80%或者更多的股权,黄丽婷就算是捏着鼻子认了,未来也会产生别的想法。

相比之下,各占50%的方式就显得比较温柔了,如果赌一赌黄丽婷夫妇的良知,这种合作模式是能够长久的。

过犹不及是一条古训,凡事给别人留一线,自己才能发展得更好。如果事事都想着占尽便宜,最后反而是吃大亏的那个。

唐子风和王梓杰都是懂这个道理的,这其实也是他们所接受的大学教育的一部分。

"胖子,这份是你的。"

唐子风抛开关于黄丽婷的话题,拿起刚才黄丽婷留下的1.2万元,从中数出12张"老人头",递到宁默的面前。

"我……我要这么多干什么?"宁默难得地口吃了。这一方面是因为现场还有王梓杰这样一个外人,另一方面就是这笔钱的金额有点大,他真有些不好意思拿。

唐子风说:"咱们不是说好的吗?用你的名义,给你10%的分红。有钱大家一起赚。"唐子风说。

王梓杰也在旁边附和道:"胖子,你就拿着吧,别嫌少就好。我和你家帅哥做生意也要本钱,所以只能给你10%,以后咱们赚了大钱,再给你多分。"

"哈哈,不嫌少,不嫌少。我啥事都没干,就是去和'香皂西施'签了个合同,就赚到这么多钱,怎么还敢嫌少呢?"宁默哈哈笑着,把钱接了过去,揣进兜里。

他原本就是一个爽快人,刚才的忸怩是做给王梓杰看的。既然王梓杰也发话了,他何必再矫情呢?

"唐帅、王教授,你们不方便出面,以后黄丽婷的超市这边,就由我去帮你们盯着了。你们放心,我会把超市盯得死死的,绝对不会让你们吃亏。"

收了钱的宁默意气风发,拍着胸肌做着保证。

第九十二章　百年大计

快乐的日子总是过得很快,大家只觉得宿酒未醒,已然是上班的时间了。众人互相说着拜年话,其乐融融地走进车间或者办公室,迎面而来的是单位领导递上的一份"征求意见表"。

"征求意见?什么意见?"

所有的人都莫名蒙圈,但看罢意见表开头的文字之后,他们便一个个情绪激昂起来。

在那意见表的说明上,第一句话便是"教育乃百年大计",接下来便声称厂部接到许多职工的反映,批评厂子弟中学和子弟小学的教师队伍涣散,工作敷衍塞责,教学质量低下。

意见表称,子弟学校关系全厂职工下一代的前途,即便是那些子女已经中学毕业的老职工,也存在第三代受教育的问题。由于孩子的教育不容耽搁,厂务会决定立即对子弟中学和子弟小学的风气进行整顿,并就此问题征求全厂职工的意见。

"还征求什么意见,子弟小学的那些老师,有一个算一个,全开除了都不冤!"

"总算是有领导关注子弟学校的事情了,厂领导都有本事把孩子弄到市里的学校去读书,我们这些工人的孩子全给耽搁了!"

"支持!如果厂里能够把子弟学校搞好,我给厂长送锦旗!"

"没说的,就冲着老周愿意关心子弟学校的问题,以后老周说啥,我绝无二话!"

临一机6800名在职职工,有一半以上有正在学龄期的子女,其中有能力把子女送到厂外的学校去就读的,连10%都不到,大多数人的孩子都是在厂里的子弟学校上学的。

在临河市,义务教育阶段是采取划片包干的方式,像临一机这样的部属企业,如果要把职工子女送到市里的学校上学,就要给学校交"借读费",每人每年高达2000元。

临一机有自己的中小学,自然不会给职工交这笔钱,职工的孩子要么免费上厂里的子弟学校,要么就自己掏这2000元去上市里的学校。一年2000元的负担,有几个职工能承担得起呢?

到了高中阶段,就分为两种情况:市里有几所重点高中,是完全不收费的,前提是你能够考上;如果考不上重点,要上其他的高中,同样需要收钱了。

正如于晓惠向唐子风说起过的,临一机的子弟中学由于教学质量差,已经有几年没有一个人考上临河市的重点高中了,孩子们只能接着上厂里的高中,而厂高中的质量就更是不堪,这又直接影响到了厂里子弟的高考。

时下,教育的重要性已经日益被国人所认同,上大学就意味着能够出人头地,考不上大学就意味着只能去干体力活。

厂里的职工们平时凑在一起,三句话里倒有两句是在谈教育,尤其是那些孩子面临中考的家长,其焦虑可谓感天动地。

那些孩子还在上小学的,也已经受到了感染,一个个提前就在琢磨着是不是要咬咬牙,将来花一大笔钱让孩子去市里读初中。

就在这个时候,厂里突然提出要重视子弟学校,大家的情绪岂能不被煽动起来?

一时间,再没人关心什么生产、奖金之类的问题了,每一个车间班组、每一个机关科室,议论的话题都是子弟学校该如何整顿。

再往下看,意见表上的内容就非常具体了。

厂里的思路是,首先,用高薪从社会上聘请两名退休的资深中小学校长,分别到子弟中学和子弟小学当校长,再聘请若干名退休的优秀教师到子弟学校担任教研室主任和年级组长。

接着,便是对子弟学校的现有教职工进行考评,教学能力差、学生评价差、三天两头请假不上课的那类人,一律转为待岗,基础工资暂时只发一半,绩效工资全扣。能够躲过待岗命运的教职工,也要分成三六九等,等级与绩效工资挂钩。

此外,还有一些其他的政策,比如把奖金和升学率挂钩,学生在市里的各种竞赛中得奖与指导老师的业绩挂钩,等等。

"太好了,早就该这样做了!这回我看赵静静还能蹦跶得起来吗!"

铣工车间里,汪盈挥舞着手上的意见表,眉飞色舞地对同伴说道。

她的儿子现在正在子弟小学读五年级,据她自己评价,儿子天资聪明,未来考个清华、北大啥的毫无问题。至于当下,当然是由于老师水平太差,儿子的聪明才智没能得到发挥,以至于上学期的期末考试语文和数学两科加起来总共才考了61分……

为了孩子学习成绩的问题,汪盈可是不止一次地到子弟小学去闹过,但那又有什么用?

她说的赵静静就是她儿子原先的班主任,是一位战斗力与她相仿的中年妇女。

她们二人曾经站在子弟小学的门外大吵过一架。

汪盈与车间主任胡全民斗争的时候,擅长一哭二闹三上吊,但这三板斧在赵静静面前毫无作用,因为对方甚至比汪盈还泼,而且体态也比汪盈肥硕几分,属于能够用实力碾压汪盈的那种。

"小汪,关于子弟学校的整顿问题,厂里要开一个征求意见会,让各车间都派一些人去参加。你平时不是对子弟学校意见最大吗?要不你也算一个代表吧。"

胡全民笑嘻嘻地走过来,向汪盈说道。

汪盈拍着胸脯说:"没问题,胡主任,没有人比我更知道子弟小学那点事情了,我一定要向厂领导好好反映反映!"

由于对子弟学校的整顿要在开学前完成,所以在节后上班的当天下午,厂里的征求意见会就召开了。开会的地点是厂里的大会议室,能够容纳七八十人。汪盈雄赳赳、气昂昂地走进会议室,一眼就看见坐在会场上的有自己的老冤家赵静静。

"怎么学校的人也来了?"

汪盈对自己身边的徐文兰问道。她浑然没有发现,今天来参会的各车间、科室代表,有七成以上都是各车间、科室的"问题职工"。

"听说,厂里的意思是让老师和家长当面对质。这次厂里要整顿中小学,有些老师要转为待岗,他们不服,说是厂领导欺负他们。"徐文兰说,这些消息她也是从其他人那里听来的。

"他们还敢不服?"汪盈恼了,"他们干的那些事情,别人不知道,我还不知道!他们如果不服,用不着厂领导说什么,我就能把他们驳得哑口无言。"

"是啊是啊,我知道小汪你最厉害了。"徐文兰轻轻拍着掌鼓励道。

"同志们,请大家都坐下,不要讲话了。"

看看参会的人悉数到齐,副厂长张舒走上主席台,对着麦克风说道。

众人都安静下来,等着他说话。

张舒先说了一段开场白,无外乎重视教育之类的,接着便直入主题,说起了子弟学校存在的问题,以及厂里的整顿意见。说到问题的时候,学校的代表那边就已经开始有些躁动了,等他讲到整顿意见时,躁动就变成了喧嚣。

"张厂长,你这样说我们就不能接受了!"

第一个蹦起来的便是赵静静,她脸上的肥肉块块颤动着,一副愤怒至极的样子:

"子弟小学教学质量不好,我们也承认。可这能怪我们吗?厂里这么多年,给子弟小学多少投入?人家市里的小学,老师每个月都有奖金,寒暑假还可以安排旅游,我们有什么啊?"

"你怎么不说你们自己呢?"

职工这边,汪盈腾地一下站起来了,用手指着赵静静,大声说道:"我还不了解你吗?你自己连高中毕业证都是撒泼才拿到的,你一个教语文的,一张嘴就说'观庐山暴布',我一个当工人的都知道是念瀑布。有学生给你指出来,你还骂学生,你说有没有这个事情?"

赵静静立马就掉转了枪口,直指汪盈:"我的高中毕业证是怎么拿来的,关你什么事!我没有误人子弟!你那个蠢儿子还要人误吗?"

"……"

第九十三章　优胜劣汰

"安静,安静！请大家保持秩序！"

张舒不得不出面维持秩序了。

把老师和职工代表都请来开会,让他们互相掐,这是厂务会定下的策略,确切地说,是那个坏得头顶冒烟的唐子风提出的创意。

不过,会议一开始就闹成这样,却是张舒事先没有想到的。汪盈和赵静静都不是省油的灯,在这样一个关系到各人切身利益的问题上,岂有退让的道理？

两个人也都不是会讲逻辑的人,几句话就开始奔着人身攻击去了,这分明就是跑题了。眼看着双方就要擦出燎原之火,张舒赶紧把二人都按下去了。

"赵老师、汪师傅,你们都先冷静一下,让其他同志发言。如果你们觉得还有意见没有说完的话,一会我会再给你们机会,你们看好不好？"张舒用商量的口吻说道。

"我……"汪盈本想再说句什么,旁边有工会的干部上来拦住了她,好说歹说让她坐下了。那头同样有人安抚赵静静,她也是气呼呼地坐了下去。

"张厂长,厂里希望搞好教学工作,这一点我们是举双手赞成的。我也是一名光荣的人民教师,教书育人是我们的本分,大家说是不是啊？"另一位名叫贾锐的男教师站起来,对众人说道。他说话慢条斯理的,一看就比赵静静有文化。

旁边的教师们纷纷点头,说着诸如"传道授业""师者父母心"之类的套话,大致都是对贾锐的叙述予以支持。

贾锐等同事们说了几句之后,才重新拾起话头,说道:"不过嘛,教育工作还是有它的特殊规律的,不能搞拔苗助长。老师的教学水平如何,也很难进行客观评价,比如刚才汪师傅说小赵念'暴布'念错了,这个问题其实也是有争议的,王维国曾经说过的……"

"是王国维……"旁边有人小声提醒道。

"哦哦,对对,是王国维曾经说过的:'众里寻他千百度,蓦然回首,那人却在灯火阑珊处。'这句话的意思就是说,学无止境,要不断探索。就比如说,古文里有很多通假字,'瀑布'是不是可以通假为'暴布'呢?我看还是允许的嘛……"

"贾老师,太专业的问题,咱们就不在这里讨论了。"刚才提醒他的那位再次出声了,不出声也不行,大家的脸还要留着用呢。

贾锐倒也是个听劝的人,他马上改口说:"这个问题太专业,所以我也就不展开了。我想说的是,老师的水平是不太好评价的,如果强行把老师进行分级,可能会引起一些不必要的混乱。厂里搞的那个分级制度,我觉得应当实行、应当缓行、应当慎行,不可鲁莽……"

"贾老师,你这话我可不同意,老师的水平怎么就不好评价了?"职工这边又有人呛声了,"你说我们没文化,不懂你们那些专业的东西,难道你们老师自己也不懂吗?你们自己评一评,子弟小学和中学里有多少老师是合格的,如果你们都合格?子弟中学这几年一个重点高中都考不上,又是什么原因?"

"我看就是全伙都不合格,干脆全部待岗算了!"另一名职工代表说。

"厂里不是说要高薪聘几位校长和年级组组长来吗?找几个市里有名的退休老师,拿他们当样子比一比,还不知道咱们哪些老师不合格吗?"

"不用比,小孩子都知道哪些老师不行,我家小孩上学回来就给我讲他们老师的笑话,真是笑死我了。"

"水平不怎么样,我们也就认了,可这老师三天两头请假不上课,动不动就让孩子自习,又算个啥?"

"对对对,请假不上课这事,真不关水平的事,就是一个态度问题。"

"依我说,全开除了算了……"

"开除都是轻的!我家老大考临河一中就差了一分,我每次想起来都想打人,子弟中学那帮老师太浑蛋了,生生把我家老大的前程给耽误了!"

"……"

这就叫犯了众怒啊。

其实子弟学校的老师也是临一机的正式编制职工,和车间、科室里的职工是同事,平日里也是经常往来的,结成儿女亲家的也不少。

但当他们被贴上标签,放到其他职工的对立面时,大家的看法就完全变了。

职工们都觉得,他们并不是针对某一位老师,而是针对整个子弟学校,至于说子弟学校里是不是有几个兢兢业业的好老师,大家顾得上去琢磨吗?

"这么说,职工代表们是赞成在子弟学校搞工资分级制度的?"张舒对着职工这边问道。

"赞成!"众人异口同声地答道。

"老师们呢?"张舒又把头转向老师们。

"坚决不同意!"

"我觉得还是慎重点好,不用这么急。"

"这种方式还是有必要的,但具体如何做,可以再探讨一下……"

"这个……我保留意见吧。"

老师这边的回答明显有些参差不齐,气势上便弱了几分。

关于老师工资分级的政策,早在一天前就已经传达到老师们这里了。对于这个政策,老师们可真不是一条心。

对于像赵静静这种不学无术的老师来说,这个政策当然是极其糟糕的,她会举双手表示反对。

但学校里也有不少想好好教书的老师,这些人有能力,也有热情,只是因为此前学校的风气不好,他们不自觉地随波逐流,才导致了学校这种面貌。

对于后一类老师来说,如果厂里有决心整顿学校的风气,他们是乐意接受的。

其实大多数人都想好好干活,不想混日子。身为老师,成天看家长的白眼,他们也觉得丢人。

再说,工资分级的核心是奖勤罚懒、奖优罚劣,他们这些愿意做事的人,在新政策下会是得利者,凭什么去反对这样的政策呢?

当然,这些人也不会明确地站出来支持厂里的政策,因为这就意味着要得罪赵静静们。

听大家都说得差不多了,张舒敲敲麦克风,对众人说道:

"那好吧,大家的意见,我们都已经听到了。提高子弟学校的教学质量,是厂领导今年要抓的重点工作之一。也正因为它重要,所以我们要充分听取民意。

"这样吧,今天的会议之后,大家还可以就这个问题进行深入的讨论,有什么好的意见、建议,欢迎反映到厂部来。那么,现在就先散会吧。"

一说散会,赵静静第一个就站起了身,她用怨毒的目光把全场的人都"突突"了一遍,然后便大踏步地离开了。她有一肚子的话想要说,但她知道这不是她的主场。她如果敢把这话说出来,立马就会被淹没在"人民战争"的汪洋大海里。

汪盈却是有了一种如鱼得水的畅快感,她站起来,冲着赵静静离开的方向,大声说道:"这个政策实在是太好了,有了这样的政策,再也不怕那些误人子弟的家伙了!"

一个小姑娘拿着笔记本,挤到汪盈面前,可怜巴巴地说道:"汪师傅,我是厂报的李佳。刚才听了你的发言,我觉得讲得非常好。厂领导指示我们厂报要对这个问题进行深入报道,我能不能采访你一下?"

"采访我,采访我什么?"汪盈有些不解。

李佳说:"就是你对这次厂里整顿子弟学校的政策有什么看法?现在国家在搞市场经济,市场经济的核心就是竞争,是优胜劣汰,你认为子弟学校的整顿是否需要贯彻这样的精神?"

汪盈说:"那是当然的!优胜劣汰嘛,不管做哪方面的工作,都是应当如此的。我跟你说,子弟小学有些老师,工作真的很不负责任,就比如刚才在会上撒泼的那个赵静静……"

"汪师傅,我们对事不对人……"李佳打断了汪盈的发挥,继续说道,"对于厂里采用经济手段来进行治理,你是怎么看的?"

"我觉得非常必要!"

"这种方式不可避免地会触犯一些人的利益,并且引发他们的反抗,你觉得厂里是否应当对他们妥协?"

"这怎么能妥协呢?这是不正之风,厂里应当坚决予以打击。"

"可是,像赵老师这样的人,也是厂里的正式职工,厂里打击她不合适吧?"

"怎么就不合适了?正式职工又怎么样?现在不讲铁饭碗了。不好好工作的人,就应该下岗、开除。"

"我听说赵老师很能闹的……"

"闹?怕什么?咱们国家是讲法律的,敢闹就直接抓起来拘留好了!"

"对对,你说得太对了。"

小记者抱着采访本,找其他职工采访去了。汪盈觉得神清气爽,扬扬得意地向会场外走。等走出了会场,来到太阳底下,她才觉得似乎哪里有点不对。

咦,到底是哪里不对呢?

第九十四章　没人帮你说话了

汪盈等人的谈话当天就在厂报上刊登出来了，旁边还配了编者按，对汪盈等人的观点大加赞赏，声称市场经济就是要讲优胜劣汰、奖勤罚懒，国企也不是铁饭碗，尸位素餐的人，应当下岗、开除……

工人和干部们都是识字的，厂报送到各车间、科室，马上就引起了热烈的讨论。因为涉及的是子弟学校的事情，与大多数职工都有关系，所以大家都对此事给予了特别的关注。许多人都认为汪盈等人的意见非常中肯，但也有一些敏感的人，从中发现了蹊跷。

"咦，这种话怎么会出在汪盈嘴里呢？"明眼人诧异道。

"出在她嘴里不是正常的吗？她多能闹啊，你不知道她在子弟小学闹过多少次吗？"有知情人不以为然地说。

"我正是因为知道她能闹，所以才奇怪呢。你想想看，她说人家尸位素餐，她自己又好到哪去了？这一次是整顿子弟学校，如果下一次厂里要整顿车间，你猜第一个中枪的会是谁？"

"厂里这一手太阴了！"

"不过，我觉得厂里也不一定能够如愿，这个女人我是了解的，就算她亲口说过这样的话，等厂里整到她头上的时候，她肯定还是会闹的。"

"闹就闹呗，厂里整顿子弟学校的时候她不吭声，下回整顿别的单位，她还是不吭声，等整到她头上的时候，还有人为她吭声吗？"

"哈哈，咱们就等着看好戏好了。"

这样的议论，一时半会还没有传到汪盈的耳朵里去。有些平日里看起来与汪盈关系不错的人，也不会去提醒她这一点。

大多数职工都是讲道理的，对于汪盈这种无理闹三分的人，大家并不认同。每一次大家辛辛苦苦做了工作，反而没有她这个只会卖嘴皮子的人拿的奖金多,谁不烦她?谁又不盼着她被人打脸呢?

子弟学校那边,已经雷厉风行地开始整顿了。厂里请来了两位临河市属中小学的退休校长,又聘了一批退休的教研室主任、年级组组长等。

这些人拿着周衡给的尚方宝剑,进驻子弟中学和子弟小学,上任的第一件事就是对所有教职工进行评估,内容涉及教学能力和工作态度等方面。

一名教师的水平如何,其他人很难判断,但同行却是能够看得出来的。大家都是教同一门课的,教学里的那点事情,谁会不了解呢?那些从校外聘来的教研室主任,个个都是资深教师,随便搞一个考核方法出来,就能够让那些混日子的"南郭先生"原形毕露。

"我不参加考核!我在子弟小学都教了二十年语文了,凭什么还要再考核一遍?"

赵静静最先爆发了。

在厂里的会议上,她不敢犯众怒,但回到学校,她可就张狂起来了。她把发给她的考核试卷撕了个粉碎,梗着脖子向教研室主任伍淑韵质问道。

她非常清楚自己的能耐,知道如果照着这份卷子去考核,她肯定是要在全校垫底的,届时再想翻盘就困难了,还不如从一开始就拒绝这种测试。

伍淑韵是临河三小的退休教师,在职的时候长期担任三小的语文教研室主任,教学经验丰富,社会经验也不少。

面对赵静静的挑衅,她冷冷地说道:"赵老师,考核是厂里提出的要求,子弟小学的语文教学存在着很大的问题,但这些问题是哪些老师造成的,我们目前并不清楚。进行这次考核,就是为了发现教师队伍中存在的问题。你如果不参加考核,怎么能够证明你没有问题呢?"

"我就是没有问题!"赵静静大声说,"我就是不填这张表,你能拿我怎么样?"

伍淑韵摇摇头说:"赵老师,你弄错了,不是我要拿你怎么样,而是厂里要拿你怎么样。周厂长说了,如果不参加考核,那就直接按照考核的最低档计算,转为待岗处理,每个月只能领基础工资,不能领绩效工资。"

赵静静叉着腰说:"我看谁敢!"

"呵呵。"伍淑韵淡淡一笑,转身便走,并不再与赵静静纠缠。

赵静静却是慌了,这一拳头打出去,像是打在棉花上一样,搁在谁身上不慌呢?

"伍老师,伍老师!"赵静静追在身后喊着。

"赵老师,有什么事吗?"伍淑韵问。

"我不参加这个考核,是有道理的,你就不想听听吗?"赵静静问道。

伍淑韵很干脆地摇头说:"我不想听。厂长说了,如果老师有什么想法,可以去找厂领导谈。我只是一个外聘的老师,有什么资格听你的意见呢?"

"可是……"

没等赵静静们"可是"完,子弟学校的定岗结果就公布出来了。

教职工们被分出了几个档次,排在前面的,是公认有能力也有一定责任心的老师,排在后面的,就是平日里颇为众人所不齿的那些。

赵静静等十几名拒绝参加考核的教师,全部都被停止了教学工作,列入待岗职工的范围。

赵静静当然在第一时间就开始闹了。她先去找了校长,校长一推六二五,声称自己只是执行厂里的决定,工资是由厂里发的,如果厂里不点头,谁也没办法给赵静静多发一分钱。

赵静静于是便来到了厂部,冲进分管后勤的副厂长张舒的办公室,大吵大闹。张舒也不着急,点着一支烟看着她表演,时不时还呷口茶,给人一种看戏的错觉。

赵静静闹了一通,见张舒一副风轻云淡的样子,不禁气急败坏,正所谓怒从心头起,恶向胆边生。

她顺手从张舒办公桌上抄起个茶杯,便砸到了张舒的身上。这一来,张舒可逮着理了,立马打电话给保卫处,叫来几名保卫人员,把赵静静给带走了。

像临一机这种部属企业的保卫处,是有一些执法权的。赵静静扰乱厂部办公秩序,还殴打副厂长,凭这两条,保卫处就能够把她关到小黑屋里去了。这种处分类似于拘留,但又比拘留要轻一点,至少不会被记入档案。

赵静静的丈夫也是厂里的职工,闻听此事,赶紧到保卫处去捞人。

在此前,关于子弟学校整顿的事情,已经在全厂闹得沸沸扬扬,舆论几乎是一边倒地支持厂里的政策,所以赵静静的行为,便很难得到群众的同情。

赵静静的丈夫在没有民意支持的情况下,自然无力与保卫处抗衡,只能赔着笑脸,再三保证会管好自己的老婆,不让她再出来挑事。

第九十四章 没人帮你说话了

保卫处让两口子见了面,赵静静在丈夫的劝说下,哭哭啼啼地签了一个保证书,这才免去了牢狱之灾。随丈夫回到家里之后,赵静静哭得死去活来,但再也不敢去张舒那里闹了。

有了赵静静这一个榜样,子弟学校里其他待岗的教职工也就消停了,充其量就是到校长那里去哭一鼻子,想靠打悲情牌来让校长网开一面。

但校长其实也没权力改变结果,因为政策是厂里定的,而周衡其人的脾气,大家慢慢也认识到了,知道他是一个不肯通融的人。这些人折腾了一圈之后,只能接受这样的安排,等着峰回路转的那天。

看到昔日飞扬跋扈的同事落到这种境地,那些通过了考核关的教师也不敢懈怠。大家纷纷捡起荒废多年的能耐,开始认真备课,给学生设计作业,有些当班主任的,还破天荒第一次地到学生家里去家访,与家长们进行亲切友好的沟通,子弟学校的面貌顿时就焕然一新了。

"汪师傅,对于子弟学校的变化,你怎么看?"

在子弟学校的整顿告一段落之后,厂报小记者李佳又找到了汪盈,对她进行追踪采访。

"非常喜人!"汪盈眉飞色舞地说,"昨天我孩子的班主任到我家去了,给孩子提了很多新要求,还说我们家孩子天资聪慧,就是抽象思维和形象思维差一点,如果好好努力,未来会是前途无量的。"

"那可太好了。我们听说,子弟学校一些老师对厂里的举措非常不满,认为这对他们不公平。汪师傅,你的看法呢?"

"我认为这非常公平!"

"汪师傅,你认为咱们厂里还有哪些部门需要进行这样的整顿?比如说,职工医院?"

"太应该了!我告诉你,职工医院的情况和子弟学校是一样一样的。那些医生护士,一个个鼻子翘到天上去了,我上次带小孩去打针……"

"那么食堂呢?"

"食堂就更应该了!那几个炒大锅菜的厨师,放盐像不要钱一样。还有窗口打菜的,我看到她们的脸就没胃口了……"

"还有呢?"

"还有?财务处是不是也要转变一下作风了?我听车间的会计说,到财务处去报账可麻烦了,那些人挑三拣四的……"
"太好了,我可以把你说的这些都发到厂报上吗?"
"当然可以,我汪盈怕啥呀!"
"对对,汪师傅最有正义感了……"

第九十五章　大家来评评理

"这个汪盈疯了吧？刚咬完子弟学校,怎么又咬到我们职工医院来了？"

"食堂招她惹她了？凭什么说我们不好？她也不撒泡尿照照自己,看看自己是个啥德行！"

"什么,说我们财务处需要整顿？凭什么呀？"

"我看,最应该整顿的是车间,就说这个汪盈吧,技术上一窍不通,当着车间里的什么计划生育干部,我就呵呵了,计划生育关车间啥事了？"

"对对,就许她到处咬人,咱们也不是吃素的。要整顿,那就一起整顿好了！"

"没错,老子豁出去待岗,也要拉着汪盈这种人陪绑……"

连汪盈自己都没明白过来,这件事怎么会发展成这个样子。

厂报采访了她之后,厂广播站也慕名前来对她进行了采访。

汪盈是个有追求的人,她不能容许自己每次都讲同样的话,而是要不断推陈出新,说一些新的观点,以证明自己是个有思想的人。

厂里各单位存在的问题是众所周知的,汪盈平日里与同事聊天,也会发点牢骚,说这些部门如何如何的。

现在有了记者的引导,她更是晕晕乎乎,嘴上没个把门的,便不由自主地说了许多,而且思想一次比一次更深刻,立场也越来越正义,这就难免要把各单位都给得罪了。

职工医院、食堂、财务处等各个被汪盈点了名的单位,都把这笔账记到了她的头上。

大家不忿于她的指责,难免就要反唇相讥。汪盈说别人的时候理直气壮,可恰恰忘了自己其实是更为不堪的。

她不记得自己是什么人,别人可记得清清楚楚的。不少被汪盈点了名的单位里的职工,见到她便要撑上几句,话里话外还透出"始作俑者"这样的意思。汪盈一开始还和对方争论,争了几句才回过味来,自己似乎是被套路了……

"小汪,你在厂报上讲的那些话,非常好啊。优胜劣汰,奖勤罚懒,这才是搞企业的样子,你说是不是?"

铣工车间里,主任胡全民拿着新出的一期厂报,来到汪盈面前,笑嘻嘻地对她说道。

"呃呃,的确是应该这样吧……"汪盈尴尬地笑着应道,她本能地感到胡全民是不怀好意,但报纸上的话的确是她说过的,她也没法否认。

"小汪,现在有这样一件事,年前咱们车间不是加班生产打包机部件吗,现在厂里给发了一笔奖金。关于奖金的分配方案,很多师傅的意见是,要按照小汪你提出来的原则,奖勤罚懒,奖金和工作量直接挂钩,你看这样合适不合适?"

"这个……"

"照这个原则来算,小汪,因为前一段时间你没有参加打包机的生产,所以这一次的奖金就暂时不考虑你了,你有什么意见没有?"

"胡主任,我也是做了工作的,我宣传计划生育政策了……"

"这个好像不能算吧?要不,我们放到厂报上去让大家讨论一下?"

"……"

汪盈哑了,她现在是深深地懊悔自己的多嘴多舌了。

搁在从前,胡全民敢说不给她奖金,她是会直接冲到胡全民办公室去骂街的。

多少回,她就是用这样的办法,为自己争到了属于她或者不属于她的利益。

在她与车间主任大吵大闹的时候,车间里的工友们即便看不惯她的举动,也不会出来说什么,因为这些事与他们无关,大家还是信奉明哲保身的原则的。

可这一回不同了,她在厂报上说了太多的话,把自己的退路给堵上了。她坚信,如果她像从前那样在车间里大闹,不说别人,赵静静就不会放过她。

赵静静现在已经是待岗之人,在翻身无望的情况下,她最大的理想就是拉着汪盈一块沉下去。如果有人告诉她说汪盈在车间里闹,她铁定会过来起哄架秧子,到时候让汪盈如何说呢?

中国人在传统上是很讲究"理"字的。即使是泼妇骂街的时候,往往也会带出一句"大家来评评理"。

第九十五章 大家来评评理

现实生活中,有些人为了达到自己不可告人的目的,往往会去碰瓷,比如去向领导挑衅。万一领导情急之下,说了点不合适的话,甚至是推搡了一把,他们可就逮着理了,非得说自己的小心灵受到伤害了,领导打人了,等等。说到底,这就是在给自己的行为找合法性。

汪盈以往闹事,至少在口头上是占着理的。毕竟,歪理也是理,是可以拿出来掰扯掰扯的。

可这一回,她发现自己彻底没理了,全厂有无数的目光正在盯着她,由不得她强词夺理。她的战斗力是源于她自称的正义性,一旦她要做的事情没有了"理"的基础,她也就闹不起来了。

"打包机奖金这个事情……我也没说我要啊,是不是?胡主任,我又不是不懂道理的人。这次打包机生产,我没参加,那么好,我就一分钱奖金都不要。我要让那些人看看,我汪盈行得端、走得正,和他们是完全不一样的。"

汪盈强撑着面子,对胡全民说道。没有人知道,她的内心正在哗哗地流着血。人均好几十块钱的奖金啊,她居然就这样放弃了。可不放弃又能如何呢?

胡全民满脸笑容,说:"真不愧是小汪,咱们车间里最明事理的人,就是你了。我听说很多车间里为了分配奖金的事情,都闹得不可开交。咱们车间有像小汪你这样的人,就不会搞出矛盾来了。这样吧,我让人写篇稿子,表扬一下你的高风亮节,登到厂报上去,让大家一起学习,你看好不好?"

"这个就不必了吧……"

听到"厂报"二字,汪盈不禁打了个哆嗦。自己一辈子也不想再和厂报打交道了,这份报纸的套路太深了。

胡全民得寸进尺,继续说道:"对了,小汪,还有一件事。子弟学校通过对教职工进行考评,建立了工资分级制度,效果很好,老师们工作比过去更负责任了,这一点好像你也是肯定过的吧?"

"呃……的确是这样。"

"现在厂里正在总结推广子弟学校的经验,也在各个车间开展技术考评工作,将考评的结果作为确定绩效工资的依据。我想听听你的意见,你觉得我们车间应当怎么搞?"

"胡主任,我觉得我们车间是不是应当慎重一点啊……"

汪盈连哭的心都有了。怎么闹了半天,最后闹到自己头上来了?奖金拿不到也就罢了,绩效工资这个事情,可比奖金严重多了,这是每个月都要拿的钱,如果被扣掉了,自己的日常收入就减少一半多了。

自己的技术,自己心里是清楚的,那就是根本经不起考评。一旦进行考评,自己肯定是最低的那档。自己的身份依然是个铣工,但日常的主要工作,是在做一些可有可无的计划生育宣传。这种工作,能够进行考评吗?

车间里倒也有十几二十个和自己情况相仿的人,如果能够把他们联合起来,共同抵制厂里的政策,或许是能够起点作用的。可此前自己说了那么多支持子弟学校搞考评的话,现在临到自己头上时,自己却全部改口了,舆论能够放过自己吗?

没有了舆论的支持,自己就和赵静静没啥区别了。赵静静可是到保卫处的小黑屋去待过几个小时的,难道自己也要去蹲小黑屋?

"这件事……如果大家都没意见,我能有啥意见呢?对了,我觉得刘师傅、小孙他们几个,恐怕会有一些不同意见吧?车间是不是也该考虑一下他们的意见呢?"汪盈搜肠刮肚地找着反对的理由。

胡全民说:"这些同志的工作,我们会分头去做的。小汪,你是个明事理的人,在这件事情上,是不是可以起个带头作用?如果你能够出来表示支持厂里的决定,我们再做其他同志的工作,就会比较容易了。"

"这……"

"小汪你如果没啥意见的话,下个礼拜咱们车间就开始做考评吧。考评不合格的同志,暂时要做待岗处理……当然,小汪你是不用担心的,你过去还是学过一些铣工技术的嘛。"

"……"

不提汪盈如何纠结,又如何蹲在墙角画小圈圈,诅咒厂报的记者们。这一轮阴谋诡计的真正的始作俑者唐子风,此时已经离开了临河,来到地处西部的西野省。

西野省的重点企业西野重型机械厂在此前曾与临一机联系,希望采购一台"长缨牌"重型镗铣床。由于当时的临一机管理涣散,无力承接这样的订单,事情便被搁置下来了。这一回,唐子风主动请缨来到西重,希望能够重新拿回这个订单,帮助临一机在机床业务上实现新的突破。

"郑厂长,我是临河第一机床厂的厂长助理唐子风,您叫我小唐就好了。我是受我们周厂长的派遣,前来洽谈有关重型镗铣床的业务的。"

在西重的副厂长办公室,唐子风恭恭敬敬地向副厂长郑明元做着自我介绍。在他的身边,是他的铁杆跟班韩伟昌。

第九十六章 这个可以有

"你们坐吧。"

郑明元坐在自己的大办公桌后面,抬眼看了看由秘书带进来的唐子风和韩伟昌二人,微微点了点头,示意他们坐下。

唐子风道了声谢,和韩伟昌一道在沙发上坐下。秘书向郑明元投去一个征询的目光,在得到郑明元的首肯后,抄起热水瓶,分别给唐子风和韩伟昌各倒了一杯开水,放在他们面前的茶几上,接着自己拉过一把椅子坐在了二人的对面。

郑明元待众人都坐下后,才向唐子风说道:"你们周厂长给我打电话讲过这件事情。我在电话里已经跟他说了,我们目前不考虑从国内采购这台机床,部里也已经同意我们从国外进口机床的申请了。"

"是的,我们知道这个情况。"唐子风说。

"那么,你们到我这里来,又是想谈什么呢?"郑明元问。

唐子风说:"郑厂长,据我们了解到的情况,部里虽然已经同意西重从国外进口一台重型镗铣床,但西重到目前为止还没有与国外厂家签约,所以周厂长觉得我们临一机可能还有机会。

"事实上,西重最早就是打算从我们临一机采购这台重镗的,只是因为那时候临一机内部管理出了一些问题,无力承接这样的订单,西重才不得不考虑从国外进口的,是这个情况吗?"

郑明元说:"并不完全是这样。的确,我们最早是和临一机联系过,毕竟临一机在重镗方面是国内数一数二的,我们过去也曾经买过一台临一机的'长缨牌'落地镗床,总的来说还是挺不错的。"

"不过,相比日本、德国、意大利的产品,咱们国产的重镗性能和质量还是差出一大截的。我们西重承担的都是国家重点工程的设备,对于加工精度的要求很高,所以在可能的情况下,我们还是更愿意从国外引进这台设备。"

第九十六章 这个可以有

"您刚才说'在可能的情况下',那么,是不是存在着一些不可能的因素呢?"唐子风敏锐地问道。

郑明元微微一愕,随即淡淡地一笑,说:"小唐助理,你想多了。前一段时间,我们的确是遇到了一些困难。当时,西方国家还在对我们进行制裁,我们引进重镗的谈判进展不太顺利。

但从去年下半年开始,西方对我们的封锁解除了,好几家国外厂商都答应向我们提供重镗,我们现在只是在对他们进行比价,估计很快就要签约了,所以并不存在什么不可能的因素。"

"可是,郑厂长,我们的重镗比国外的重镗要便宜得多,加工精度方面也没有太明显的差距,从性价比上来说,西重买我们的重镗应当是更合算的。"唐子风说。

郑明元说:"我承认你们的产品在价格上有一些优势,不过这不是我们考虑的重点。为了保证产品质量,我们在设备上多花一点钱还是可以承受的。"

唐子风说:"这可不是多花'一点'钱的问题。一台进口重镗起码是1500万,而且用的是外汇。而我们提供的重镗价格可以在1200万以下,全部是人民币支付。至少300万的差价,西重也不考虑吗?"

郑明元断然地摇摇头,说:"我们目前不可能考虑从临一机采购。300多万的差价的确是比较有吸引力,但我们还是要考虑未来的生产需要。如果现在贪图便宜,未来生产中出现各种各样的问题,我们就得不偿失了。"

"郑厂长,我们……"

唐子风还想做一些努力,但秘书已经从郑明元那里得到了暗示。他站起来,走到唐子风面前,打断了他的话,说道:"唐助理,不好意思,郑厂长这边还有比较重要的工作,你看咱们今天是不是就到这里了?"

唐子风向郑明元看去,发现郑明元已经低下头看桌上的文件了,似乎唐子风和韩伟昌二人是不存在的透明物体。

面对郑明元的这种藐视,唐子风可一点办法也没有。西重的级别比临一机还要高半级,就算是周衡亲自上门来,郑明元也可以不给面子,更何况他一个小小的唐子风呢。

"唐助理,你看咱们怎么办?"

从郑明元的办公室出来,韩伟昌向唐子风问道。问罢,他又自作聪明地献计道:"要不,咱们就像上次对付金车那样,找找他们的把柄,逼着这个姓郑的低头?我听说,很多企业买国外的设备,都是为了从国外厂家那里拿好处。有些国外厂家会给咱们这边的人提供出国旅游的机会,你说这个郑明元是不是也拿了人家的好处?"

"老韩,你是嫌自己命太长了是不是?"唐子风没好气地斥道,"上次是金车欠了咱们的钱,他们理亏在先,我们做得过分一点,说出去也还占着理。现在人家西重想从国外买一台设备,不想用咱们临一机的产品,这有什么错?咱们为了拉业务,还像上次那样去搜集人家的把柄,真以为人家的保卫处是吃素的?"

"这有区别吗?"韩伟昌低声嘟哝道,不过内心倒是接受了唐子风的这个说法。

凡事都要讲个师出有名,金车赖账不还,临一机怎么反击都是有理的,所以上次唐子风敢于用照片去威胁宋福来和葛中乐。

但这一次,郑明元可没得罪临一机,自己为了一单业务就去威胁别人,让人家揍一顿都是活该。

其实,韩伟昌也不是不明白这个道理,他只是有些财迷心窍了,才会出这样的馊主意。一台重镗的价格是在1000万元以上的,他就算是拿5‰的提成,也有5万元,这就是他头脑发昏的原因所在。

唐子风没有继续这个话题,而是皱着眉头对韩伟昌问道:"老韩,你在西重有没有认识的人?"

"没有。"韩伟昌摇头说。

"这个可以有。"唐子风启发道。

"是真的没有……"

"你就不能想办法认识一个?"

"咦,你这样一说,我倒是觉得真的可以有一个……"韩伟昌眼睛一亮,说道。

韩伟昌说的"可以有",并不是他真的认识西重的什么人,而是他想起自己在西重所在的建河市有个拐了几道弯的亲戚。他还是七八年前与这位亲戚在临河见过一面,此后就再没什么联系了。

唐子风要求他想办法认识一个西重的人,他觉得可以从这个亲戚身上入手。

第九十六章 这个可以有

唐子风听罢韩伟昌的解释，二话不说就把他带到了建河市电信大楼，让他开始打电话联系。

韩伟昌并没有在建河的这位亲戚的联系方法，他需要先打电话回临河，找其他亲戚讨要这位亲戚的电话号码，然后再与这位亲戚联系，接着再通过这位亲戚介绍西重的关系。

一圈电话打下来足足有两个小时，光电话费就花掉了200多块钱。这笔钱，唐子风毫不犹豫地让韩伟昌自掏腰包出了，韩伟昌心疼得滴血，但也不得不答应。年前唐子风带韩伟昌去井南推销打包机，韩伟昌应当拿到的提成款有四五万，现在花了200块钱打长途电话又算得了什么。

当天晚上，唐子风和韩伟昌在建河市一家档次挺高的饭馆开了个包间，坐下等了半个来小时后，一位40出头、戴着眼镜的男子在服务员的引导下走了进来，一进门便一脸蒙地问道："请问，哪位是临河来的韩科长？"

"我是。"韩伟昌站起身，笑着迎上前问道，"请问，你是西野生产处的潘科长吗？"

那男子与韩伟昌握了握手，说道："是的，我是潘士凯。老何说你是他的亲戚，想找一个西重的人了解一些情况。我可得事先声明，如果涉及我们厂里的秘密，我是不便于透露的，这可不是不给韩科长你面子的事情，你应当能够理解吧？"

"理解，理解。"韩伟昌说，"我也是企业里的，这些规矩还是懂的。来来来，潘科长，先请入席吧。我给你介绍一下，这位是我们临一机的厂长助理唐子风，是我的领导。"

"哦，唐助理，失敬了。"已经入席的潘士凯欠了欠身子，算是向唐子风致意的意思。临一机也是国内知名的企业，以潘士凯的岁数不可能不知道临一机的级别。唐子风作为临一机的厂长助理，级别肯定是在潘士凯之上的，所以他需要做出一个恭敬的表示。

当然，他也只是需要做一个表示而已。唐子风级别再高，也管不着西重的事情，所以潘士凯是不用怕唐子风的。

唐子风笑道："潘科长不用客气，咱们是两家企业的人，要不就别互相称什么职务了。我称你一句老潘，你称我一句小唐，你看如何？"

"也好。"潘士凯应道。他到现在也没搞清楚这俩临河来的人葫芦里卖的是什么药,他是受人之托来的,对方对他也没啥约束力。对方既然想显得亲密一点,他就由着对方好了。反正该说什么、不该说什么,他心里是有数的,也不怕对方扔出什么糖衣炮弹。

第九十七章　老韩是个老工艺

潘士凯来之前，唐子风已经点好了菜，并吩咐服务员等客人一到就开始上菜。

潘士凯坐下，刚刚与韩伟昌聊了几句闲天，各色菜肴就流水般地送上来了。唐子风点的都是这家店的招牌菜，潘士凯也是见过一些世面的，一看菜品就知道对方下的本钱不小，这一桌子菜的价钱够他家两个月的生活费了。

"唐助理，这……这太奢侈了吧，我实在是无功不敢受禄啊。"潘士凯不安地说。

他是一个普通的工薪族，除了有限的几回陪重要客户吃饭时品尝过这类菜肴之外，平时哪有这样的口福？

看到满桌的佳肴，他只觉得嘴里的唾液在汩汩流淌，但他也非常清楚，拿人的手短，吃人的嘴短，这桌菜吃起来可口，届时想再吐出来就难了。

唐子风笑道："老潘，这算什么禄？咱们之间素昧平生，我们这样把你请过来，实在是很唐突了。这一桌菜，就当是我们给你赔礼，你可别嫌弃。"

潘士凯说："哪里哪里，我和老何是多年的朋友了，老何说他和韩……呃，和老韩是亲戚。我想，朋友之间，互相介绍个人认识一下，也没什么。俗话说，多一个朋友多一条路，所以我就来了，倒想不到唐助理和老韩你们会这样客气。"

"这算什么客气？"韩伟昌接过他的话头，"老潘，你说得对，多一个朋友多一条路。老何跟我说过，你和他是最好的朋友。本来今天晚上我是让老何也一起来坐坐的，可他正好要上晚班，没有办法。改天咱们再聚一次，大家好好聊聊。"

"是是，要不到时候我做东。"潘士凯许着虚伪的诺言。

其实，他和韩伟昌的那位亲戚根本算不上是什么"最好的朋友"，也就是走动过几回而已。他相信老何并不是因为要上什么夜班而不能来赴宴，更大的可能性是唐子风他们要跟他谈一些私密的话题，老何来了反而就是打岔了。

"来吧,先趁热吃吧。"唐子风拿起筷子,向二人招呼道。

大家象征性地谦让了几句,便开始动筷子了。服务员把酒也送了进来,并且给几个人分别倒上。有了酒,沟通就变得容易了,大家分别为友谊、财富、事业、理想、世界和平等主题碰杯,一来二去,一瓶酒就见底了。唐子风让服务员又开了一瓶酒,不过大家喝酒的速度倒是放慢了。

"唐助理,你们找我,是想了解什么情况?"

带着几分醉意,潘士凯向唐子风问道。吃了人家的,喝了人家的,他再端着架子就没意思了。人家顾着面子,没主动提起这个问题,他可不能装傻。

唐子风说:"老潘,不瞒你说,我和老韩这次到建河来,是想向西重推销我们厂的重型镗铣床。"

"重镗?"潘士凯琢磨了一下,说,"我们的确是要进一台重镗,不过领导那边已经定下了,说是准备从国外引进,临一机应当是没机会的。"

"国外,包括哪几家呢?"唐子风问。

这个问题并不算是什么秘密,事实上,唐子风如果想了解这个情况,从机械部那边问也是可以的,因为西重要与国外厂商谈判,总是要向部里备案的。

潘士凯也知道这一点,他说:"厂里目前联系的有四家,德国的道斯、海姆萨特,意大利的麦克朗,日本的佐久间。"

唐子风点点头,这几家都是国际上生产重型镗铣床的知名企业,西重与他们联系并不令人感到意外。他问:"那么,目前谈判的进展如何呢?"

潘士凯迟疑了一下,说:"这件事,你们别说是我透露的。厂里原来倾向的是道斯或者海姆萨特,但现在恰恰是和这两家的谈判有点僵,反而是麦克朗和佐久间的态度还算好,但厂里又不甘心从它们两家引进。"

"为什么会僵呢?"唐子风追问道。

话都说到这个程度了,潘士凯也没法再隐瞒了。其实工厂里也没那么多秘密,就像采购重镗这件事,很多参与谈判的领导和技术人员回来之后也是随便乱说的,有心人如果想打听,肯定都能打听到。

潘士凯是受人之托前来与唐子风他们见面的,他能走进这家饭馆,自然就没打算对唐子风他们隐瞒太多。这当然不是因为唐子风点了一桌好菜,而是潘士凯要照顾到自己与"老何"之间的关系。人家托到你门上,你张嘴就来一句"无可奉告",以后还想有朋友吗?

第九十七章　老韩是个老工艺

"其实,我们和两家德国企业之间的分歧,主要是在售后服务方面。"潘士凯说,"我们要求签合同的时候,必须规定在设备出现故障之后,对方应当在一星期之内派出维修人员抵达西野,并且在不超过一星期的时间内完成维修。但对方只承诺对属于厂家责任的故障予以保修,且修理的时间不予保证。"

"也就是说,他们哪怕是一年以后再来修,也不算违约?"唐子风问。

潘士凯苦笑道:"唐助理要这样说也可以吧。"

韩伟昌说:"一年以后倒也不至于。我想,德国人可能是觉得路程太远,他们要派人过来,一星期时间怕是不够,所以不愿意答应这样的要求。"

潘士凯摇摇头:"也不是……怎么说呢?嗯,我就这么说吧,我们厂里原来就有一台道斯公司生产的外圆磨床,坏了已经有一年多了,我们给道斯公司发传真,希望他们派人来维修,结果他们真的拖了一年时间都没派人过来。"

"有这样的事情?"这回轮到唐子风惊愕了。

他先前说一年时间,纯粹是调侃。从德国到中国,万里迢迢,厂商方面要派维修人员过来,稍微耽搁一点时间,唐子风是能够理解的。但要说拖了一年多都没派人过来,可就有点过分了。

在后世,已经很少有外国企业敢这样嚣张了。许多国外厂商都在中国建了售后服务中心,以便及时响应中国用户的服务申请。

即便是那些尚未在华建立售后服务中心的外国企业,反应速度也是非常快的,他们会及时从国内或者设于东南亚一带的售后服务中心派人过来解决问题。

究其原因,在于中国已经成为全球最大的装备市场,谁也不敢轻易得罪中国用户。

此外,国产装备对进口装备的替代,也是国外厂商"改性"的重要原因,用户的选择多了,国外厂商再想维持官商作风,客户就要用脚投票了。

但在1995年,中国对国外的依赖还是非常强的,而中国市场的规模又不大,对于许多西方跨国公司而言,不过是一块食之无味、弃之可惜的鸡肋而已。一台设备拖上一年不给你维修,也算不上什么恶劣的事情,有能耐,你自己造呀……

"你们都吃过这样的亏了,为什么还要买德国人的东西?"韩伟昌不满地问道。

潘士凯说:"没办法,德国人的东西好用啊。另外,我们也要对我们的客户负责,人家一听你是用德国设备加工的,心里就踏实了一半。如果我们说我们是用国产设备加工的,就算你生产的东西一点瑕疵都没有,人家也要多检查几回。"

"你们那台道斯的外圆磨床,现在还趴着吗?"唐子风问。

潘士凯说:"可不是还趴着吗?这是我们厂唯一的一台加工直径800毫米的外圆磨床,这一趴窝,很多生产都耽误了。好几回我们都不得不把零件拿到其他厂子去帮着加工。"

唐子风扭头去看韩伟昌,问道:"老韩,你会不会修磨床?"

"我?"韩伟昌一怔,旋即连连摆手,"唐助理,这可不是开玩笑的事情。这是人家西重的设备,而且还是进口货,我怎么敢碰?"

唐子风说:"我没问你敢不敢碰,我只是问你会不会修。"

"这……"韩伟昌龇牙咧嘴,一时不知道该如何说才好了。

潘士凯诧异地问:"唐助理,你不会是说想替我们厂修那台磨床吧?"

唐子风说:"我们临一机也生产外圆磨床,既然会生产,想必维修也不是什么问题。老韩是个老技术员了,技术是非常过硬的。我琢磨着,你们其实根本没必要等道斯派人来,自己找人把磨床修了就行了。你想想看,就算道斯同意派人过来,人工费是多少?材料费又是多少?弄不好,你们花的钱比买一台新磨床还贵呢。"

"这个……我可做不了主。"潘士凯为难地说。

唐子风说:"这事当然不能让你做主,我会去和郑厂长谈。不过,首先我要确认我们能不能把这台磨床修好。老潘,你能不能带我们去看看这台磨床?耳听为虚,眼见为实嘛。"

"看看……倒是没什么问题。"潘士凯说,"我们厂里也有你们临一机生产的磨床,外圆磨、平面磨、成形磨都有,质量还是不错的。我请你们的专家去看看那台出故障的道斯磨床,也是合理的事情。只是,老韩真的会修磨床吗?"

"这个……"韩伟昌看看潘士凯,又看看唐子风,最终牙一咬,说道,"可以会!"

第九十八章　术业有专攻

唐子风和韩伟昌在建河等了两天,终于等来了潘士凯的回音。

潘士凯向西重生产处处长祝启林汇报之后,祝启林表示,可以让临一机的专家过来看看,至少可以诊断一下磨床的问题出在哪里。如果临一机的专家有把握把磨床修好,费用也合理,那么请他们来维修也是可以的。

维修一台磨床的事情,倒也用不着再请示厂领导。祝启林点头之后,潘士凯便带着唐子风和韩伟昌来到了他们的精密加工车间,查看那台出故障的道斯磨床。

在这两天时间里,韩伟昌已经向唐子风做过一个简单的科普,说其实临一机对道斯的磨床是有过研究的,他并不是瞎吹牛。

临一机过去为了开发新型磨床,采取了博采众长的方法,通过一些渠道采购了几款国外磨床进行拆解、仿测,有些昂贵的磨床临一机买不起,但也到拥有这种磨床的企业去参观过,掌握了这些磨床的基本情况。

当年中国的工业水平与西方国家有着很大的差距,有些进口机床的部件所采用的材料和加工工艺都超出了中国企业的能力范围。

临一机要仿造这样的机床,必须独辟蹊径,而这就需要工艺工程师们创造性地提出解决方案。

韩伟昌作为临一机的工艺科副科长,在这些方面颇下过一些功夫,现在拿出来唬唬西重的人还是足够的。

西重的这台800毫米高精密外圆磨床,恰好就是韩伟昌研究过的进口磨床之一。他让操作工加工了几个工件,看了看机床的工作状况,又查看了工件的加工误差,心里已经有数了。

"这应当是主轴轴承磨损了,导致主轴旋转精度超差,径向间隙过大,加工出来的圆度误差超过了额度值。"韩伟昌笃定地说。

潘士凯点点头，说："我们也是这样判断的，只是不如你们专业，不敢下结论。"

韩伟昌谦虚道："术业有专攻，我们就是干这行的，见得多了，有些判断也就八九不离十了。"

"那么，你们能修吗？"

"修倒是可以……"

这一回，韩伟昌的话没那么爽快了，他把目光投向了唐子风。

唐子风不明白韩伟昌的意思，他问道："老韩，什么情况？"

韩伟昌说："唐助理，这台磨床的问题，是主轴轴承磨损。这款磨床的主轴是由两套双列圆柱滚子轴承和一套60度角接触双列推力球轴承支承的，三套轴承都是瑞典SKF（斯凯孚）的。咱们厂生产的外圆磨床也有用这几种型号轴承的，所以咱们厂的仓库里就有这三种轴承……"

"是SKF原装的吗？"潘士凯问。

韩伟昌说："当然是原装的。这三种轴承，国内也有仿造的，但我们测试过，国产货刚性和高速性都不如SKF原装的。所以我们厂生产精度磨床的时候，用的都是SKF的原装轴承。"

"那么，如果我们向你们买这三套轴承，大概要多少钱？"潘士凯又问。

韩伟昌说："具体价格我不太清楚，总共应当不超过2000块钱吧。"

"这么贵！"

"才2000！"

唐子风和潘士凯两个人同时惊呼了一句，说完才发现两个人的话味道完全不同。

唐子风对轴承价格没啥概念，觉得不过就是一辆板车上都有的配件，再贵能贵到哪去，怎么会值2000元钱？

而潘士凯却恰恰相反，他知道国产轴承很便宜，但进口轴承都是死贵死贵的。

西重的进口设备不少，过去国外厂家来做维修的时候，换一个轴承收一两千美元也是正常的事情。现在要换三套轴承，即使韩伟昌报出2000美元的价格，他也不会嫌贵，结果韩伟昌说的却是2000元人民币。

其实这也并不奇怪。临一机作为机床生产厂家，轴承是向SKF直接采购的,而且批量比较大,价格方面自然就比较便宜了。西重请国外厂家来做维修,厂家那边当然会把配件的价格报到天上去,维修的利润不就是这样来的吗?

"如果总共是2000元嘛……"潘士凯稍稍定了定神,说道,"我向领导请示一下,看看是不是可以请你们的人带几套轴承过来,给我们换上。不过,咱们丑话也得说在前面,如果是你们来帮忙换轴承,那么换完以后磨床的加工精度和使用寿命,你们能不能保证?"

"这是肯定能够保证的。"韩伟昌说,"我们厂里自己使用的进口机床,我们也是维修过的,修完没有任何问题。你们这种磨床,我们虽然没修过,但类似的型号我们是卸解过的,装上去之后精度和使用寿命也没问题。"

"这个……"潘士凯还在犹豫。一台进口磨床价值200多万,这不是韩伟昌随口说说,他就能够相信的。

唐子风看看韩伟昌,问道:"老韩,你刚才说的,是实情吗?"

韩伟昌苦着脸:"唐助理,我是那种爱吹牛的人吗?"

"呵呵。"唐子风给了韩伟昌一个意味深长的呵呵。

他当然知道,韩伟昌不但爱吹牛,还擅长于在客户面前说瞎话,甚至在报纸上还说过瞎话……其中难免也有受到唐助理影响的缘故。

他刚才对韩伟昌问那句话,就是要确定韩伟昌到底打了多少埋伏,听到韩伟昌的回答,他便明白这一回韩伟昌说的的确是实话。

明白了这一点,唐子风便有信心了,他对潘士凯说道:"潘科长,这样吧,咱们可以签个维修协议。我们给你们换上新轴承之后,磨床的精度如果达不到原来的水平,我们分文不收,三套轴承白送。一年之内,这台磨床如果因为轴承的原因再次发生故障,或者精度下降,我们全额退款。你看如何?"

"这样啊?那好,我向领导汇报一下吧。"

潘士凯动心了,唐子风开出这样的条件,的确是很有诚意了。

从西重方面来说,请临一机来修这台磨床,当然也有风险,万一修不好,回头再请道斯的售后来修,难免要付出更大的成本。

但是,他不可能让临一机去赔偿这部分费用,人家好心好意来帮你,还提供了价值2000元的三套轴承,你再提出更多的要求,就未免太不近人情了。

请临一机来帮忙维修,对于西重来说也是一种无奈之举。他们一开始的确是把修理磨床的希望完全寄托在原厂商道斯公司身上的,可道斯公司或许是因为业务繁忙，或许是因为看不上这个维修订单，给西重的答复倒是客客气气，但具体到啥时候派人过来，就推三推四，始终不肯给个准话。

为此事，祝启林在生产处也曾发过脾气，并放言实在不行就到国内找个厂家来修，修到能够凑合用一段就行。西重现在有几项生产任务都要用到这台800毫米外圆磨床，它趴窝实在是趴得不是时候。

潘士凯知道祝启林的想法，现在听韩伟昌说临一机有SKF的原装轴承，又懂得维修方法，自然就动心了。临一机的信誉在业内还是不错的，毕竟是十八罗汉厂出身，机械行业里的老一代人谁不知道十八罗汉厂的赫赫大名呢？

接到潘士凯从车间打去的电话，祝启林骑着自行车风驰电掣般地过来了。一进车间，他顾不上与唐子风他们寒暄，直截了当地问道："你们真的能修这台外圆磨床？"

"祝处长，你应当相信我们临一机的技术水平。"唐子风骄傲地说。

"临一机……嗯嗯，过去还是不错的，这几年嘛……"祝启林说了一半，后面的话还是咽回去了。不管怎么说，人家是上门来帮自己检修磨床的，自己再说那些煞风景的话，就显得太不通人情世故了。

"修好这台磨床，你们要收多少费用？"祝启林问。

唐子风看看韩伟昌，韩伟昌吭哧吭哧地说："这个真不太好算。三套轴承按我们的采购价，加一个手续费，该多少钱就是多少钱，我估计不超过2000吧。不过，维修费用这边……我们要派人过来，还得带着工具过来，这个费用……"

"我们只收材料费，工时费全免。"唐子风打断了韩伟昌的话，对祝启林说道。

"工时费全免？"祝启林一怔，"这是为什么？……你们派人过来，交通费也不少呢。"

唐子风说："交通费我们自己承担了，工时方面，反正都是我们厂里的人，干不干活都是要发工资的，所以也不必收了。我们只有一个要求，如果我们能够帮西重把这台磨床修好，祝处长能不能替我们向西重的厂领导递个话，请他们考虑一下采购临一机的重型镗铣订？"

"你们是为了重镗来的？"祝启林有些后知后觉。

潘士凯是知道这件事的，但他没向祝启林汇报此事，只说临一机有人到建河出差，听说西重的磨床坏了，愿意过来看看。祝启林当时还觉得有些纳闷，不

第九十八章 术业有专攻

知道临一机的人为什么这么热心,现在一听,才知道人家是别有用心的。

"重镗这件事,厂里已经定下了,要想改变,恐怕很困难。"祝启林迟疑着说,

"其实,唐助理,如果你们能够帮我们修好这台磨床,维修人员的交通费、工时费,我们都是可以付的,而且可以照着国内最高的标准来付,你们尽管开价就是,我们绝对不会还价的。"

第九十九章　极限速度

"祝处长，你误会了。"唐子风说，"我并没有要求你去改变厂领导的决心，只是想请你给厂领导递个话而已。至于他们会如何考虑，就不麻烦祝处长操心了。

"维修费用方面，我刚才说了全免，那就是全免。就算是重镗的业务做不成，能够花这么一点钱和西重结一个善缘，我们也是非常乐意的。"

"呃……"祝启林无语了，对方的姿态实在是放得太低了，提出的要求也几乎等于没有，他还能说啥呢？

所谓向厂领导递个话，这个尺度是非常宽泛的。他可以是正式地向厂领导递一个报告，汇报临一机的事情，也可以是陪厂领导如厕的时候，随口提这么一句。唐子风说自己所图只是与西重结一个善缘，他还能说啥呢？

"唐助理……真是年轻有为啊。"祝启林最终只能是轻叹一声，感慨于后生可畏了。

从临河到建河的火车票，还真值不了几个钱。至于说派出工人来维修的工时费，就更不值钱了。

时下待遇好一点的企业，工人的工资也就是300元的样子，一天合十几元钱。派两个维修工过来，加上差旅补助啥的，能有100元吗？

当然，厂家派人出去做维修，收费不是照着工人工资算的，而是要算上企业的利润。但再怎么算，也就是几百元的样子，对于像临一机这样的大型企业来说，这点钱基本可以忽略不计。

唐子风给西重免了工时费，就相当于送了西重一个人情，也就是他向祝启林说的结个善缘。

祝启林明知这个人情值不了多少钱，但也得念唐子风的好。西重是大型装备制造企业，每年都要采购大量的机床。就算是重镗的业务做不成，未来向临

第九十九章 极限速度

一机订几台别的机床,临一机拿到的利润也不止这点。

唐子风此举可谓是惠而不费,这就是会做生意的人了。

如果唐子风是个老推销员,有这样的眼光也不奇怪,可他偏偏才20出头的样子,居然也会如此上道。

除了商业眼光之外,祝启林更佩服的,是唐子风的担当。换成一个其他人,就算明白给潜在客户让利的道理,也不敢擅自做主,而是要先向领导请示一下。

毕竟这是涉及好几百元钱的优惠,在一家国企里就算是大事了。就算你是厂长助理,这种没有明文规定的事情,你不上会讨论一下就自作主张,万一日后同僚拿这件事来指责你,你又怎么办呢?

祝启林自己就是国企里的中层干部,知道国企里办事的难度,所以才会如此感慨。

当然,所有这些感慨,在祝启林心里也就是转瞬而过。对方坚决不收维修费,自己如果再矫情,也显得太小家子气了。

他想好了,如果临一机真有这个能耐,能够把这台磨床修好,那他就认真地向郑明元汇报一下这件事,算是还唐子风一个人情。

此外,未来厂里采购新机床,在同等条件下,他也会帮临一机说几句好话,总不能白占人家的便宜吧!

"那么,祝处长,你看咱们是不是可以和唐助理他们签个协议了?"潘士凯在旁边请示道。

"可以。"祝启林说,"条件就照唐助理说的。另外,既然唐助理说了是免费给我们维修,那么未来即使修好之后还有一点小瑕疵,咱们也不能斤斤计较,该给临一机的材料费,咱们是一分钱都不能少的。"

唐子风笑道:"哈哈,那就照祝处长的意思签吧。说实在的,如果我们修过的磨床真的有瑕疵,我们是绝对不敢收材料费的,我们自己学艺不精,哪能让祝处长帮我们埋单。"

这些话就是面子上的客套话了。什么叫瑕疵,这个定义是非常宽泛的。

大家都是玩机械的人,维修的效果如何,双方都能看得明白。如果临一机的水平真的不行,用不着祝启林说话,唐子风也会掩面而走,不好意思收钱。而如果真的只是瑕疵而已,祝启林肯定也不会吹毛求疵去赖这2000元的材料款,他这张老脸也不止2000块钱吧?

双方共同拟了一个维修合同,技术细节是由韩伟昌与西重方面的工程师共同商定的,唐子风负责的只是审核与价格、售后服务等相关的条款。

西重在合同上盖了章之后,通过传真发给临一机,临一机在传真件上盖章,再通过传真发回来,这个合同就算是生效了。未来,唐子风会把合同原件带回临一机,临一机盖章后再用挂号信寄回来,这就不必细说了。

双方成了合作伙伴,祝启林自然不会让唐子风他们再住在厂外,直接开了个条子,在厂招待所给唐子风他们开了房间,又给他们安排了一日三餐。这些费用是算在西重的招待费里的,这一进一出,西重还真没赚到唐子风多少好处。

临河市没有直达建河的火车,临一机的维修人员要先坐车到省城南梧,再换乘火车过来。从南梧到建河的直快列车要走两天一夜,这还没算上买票的时间。

要知道,时下国内火车票十分紧张,不管去什么地方,想当天就能买到票,只能是拼人品。当然,如果临一机的维修人员愿意买张站票,两天一夜地站着过来,又另当别论。

鉴于此,祝启林觉得维修人员能在三天内赶到,就已经很不错了。可让他大跌眼镜的是,就在西重把合同的传真件发给临一机的第二天,两名穿着临一机工作服的工人就拎着沉甸甸的工具箱出现在祝启林面前了。

"这是芮金华师傅,是我们临一机最好的装配钳工,没有之一。这位是宁默师傅,是负责给芮师傅拎工具箱的。"唐子风把两名维修工人介绍给祝启林。

祝启林瞪着滚圆的眼睛,上前握住芮金华的手,语气中略带激动地说:"芮师傅,我听说过你的。1982年机械部组织全国大型企业钳工大比武,你拿了一等奖,对不对?别的人我都没记住,就是你的姓比较特别,我就记住了。"

"哈哈,那是过去的事情了。我记得当时西重有位师傅也是一等奖,分数比我高的。"芮金华说。

"是我们总装车间的王孝全师傅,他已经退休了。"祝启林说,"不过,就算他没退休,修理机床这种事,他也干不了,他不是装机床的。"

"是啊是啊,各有专长嘛。"芮金华说。

寒暄之后,祝启林忍不住就把心里的疑惑提出来了:"芮师傅,你和小宁师傅是正好在西野这边出差吗?怎么会来得这么快?"

芮金华一指唐子风,说:"是我们唐助理说西重这边非常着急,很多业务都因为这台磨床耽误了,所以让我们坐飞机过来的。"

"飞机……?"祝启林把嘴张得老大。他转头去看唐子风,目光里已经有了一些复杂的神色。

20世纪90年代中期,国人坐飞机已经不算是很稀罕的事情了,祝启林外出开会的时候,偶尔也会坐坐飞机。

但即便以他的职务,出差坐飞机也是要厂领导签字批准的,如果没个特殊理由,厂里肯定不会允许中层干部坐飞机出行。至于说普通工人,要坐飞机那就完全是天方夜谭了,一个工人能有啥急事,犯得着花上千块钱去坐飞机吗?

祝启林不了解临一机的经济状况,但他坚信,临一机也绝对不会随便让职工坐飞机出行的。大家都是国企,财务制度上能有多大差异?

西重的确是急着要修复这台磨床,但这种急只是精神上的,现实中,这台磨床已经坏了一年多了,不也没修好吗?一年多都能够忍受,西重哪里忍不了几天时间?临一机完全没必要兴师动众让工人坐飞机过来维修的。

此前唐子风已经与祝启林说好,所有的交通费用都由临一机承担,这就意味着临一机是花了大价钱来帮西重修机器,这个人情可就很重了。这是打算让祝启林背上道德枷锁的节奏吗?

如果唐子风真是这样打算的,那就未免有点心机过重了。过犹不及的道理,这个年轻人不懂吗?这样非逼着别人欠人情的做法,效果其实是适得其反的。祝启林非但不会因此而感谢唐子风,甚至可能连此前的感动都会大打折扣。

唐子风看出了祝启林的心思,他笑着说:"祝处长,你别误会了。我让芮师傅他们坐飞机过来,这件事与西重无关。我们只是想测试一下临一机做售后服务的极限速度。未来我们准备对临一机生产的机床推出省内24小时、省外48小时的快速响应政策。

"具体来说,就是如果客户是在东叶省省内,向我们报修之后,我们承诺24小时之内维修人员到达现场。如果客户是在东叶省之外,我们承诺48小时到现场。这一次,我们就是拿西重当个实验品,做一次测试,还请祝处长别怪我哟。"

"省外48小时快速响应?你们真的打算推出这样的政策?"

祝启林看着唐子风,脸上的表情变得凝重起来。

第一百章　售后服务政策

"全国范围内48小时响应？他们真是这样说的？"

副厂长办公室里，郑明元听着祝启林的汇报，不禁也有些动容。

没在一线工作过，是难以体会当设备出现故障而厂家维修人员迟迟不到所带来的那种令人崩溃的焦急。

西重这么大的企业，各式机床有上千台，其中难以替代的机床则有近百台。这些机床一旦出现故障，整个生产就卡住了。

前期的加工未完成，后期的工序就只能等着。有时候全厂都在赶进度，偏偏一台关键机床出故障了，一趴就是十天半月，厂长们连哭的心都有了。

西重有自己的机修车间，技术水平还颇为不错，对于一些常见的故障，机修车间自己就能够修复，不至于影响生产。但有些故障是机修车间拿不下来的，这就需要请原厂家派维修人员前来修复，原厂家的响应速度一直都是饱受诟病的。

西重地处西部，交通不便。而国内大多数的机床企业都位于东部，主要集中在东北、长三角、珠三角等地，从这些地方前往西重，火车的车程都在两天以上，再加上一些中转的麻烦，修理工能够在一星期之内赶到，都已经算是高效率了。

至于国外厂家，那就更没指望了。这几年中国工业发展比较快，进口设备数量不断增加，有些国外厂家开始在国内建立售后服务处，服务响应速度倒是有所提升。

不过，即便是这些在国内建立了售后服务处的，服务人员数量也非常有限，而且主要服务于后世的"包邮区"，要让他们派人千里迢迢赶到西重来修台机器，那就得看对方的心情了。

西重的那台800毫米精密磨床出故障之后，生产处在第一时间就联系了制造厂家德国道斯公司,请他们派人来维修。

道斯公司在中国没有售后服务处,只有一个亚太服务中心,是设在新加坡的,而且人手也不足,据说如果要等亚太中心派人过来,排队要排到1996年。

西重询问道斯公司是否能够从德国本土派个修理工过来,人家倒是答应得非常爽快,不过旋即就开出了一张账单,说材料费若干、工时费若干、交通费若干、特殊津贴若干,林林总总加起来,奔着三四万美元去了。这一台磨床也就不到40万美元,修几个轴承就要花掉1/10的价格,谁受得了?

西重当然要拿出合同条款,跟对方掰扯一下售后服务政策的问题。人家说了,免费也可以啊,但你得等是不是?实在等不及,要不你们再买一台,一洗一换的,不就没风险了吗?

这次西重准备从国外采购重镗,也有人质疑,说万一新买的重镗出了故障,对方又这样推诿,该怎么办?

进口一台重镗要花1500万左右,而且还是外汇,这可不是一笔小钱。如果花了大钱,设备却趴窝了,而且一趴就是大半年,这个损失算谁的?

不过,这时候就有人提出反对意见了。这些人认为,磨床的事情只是一个特例,新买的重镗不见得会马上出故障,出了故障也不见得自己就修不了,就算自己修不了,大不了多花点钱请道斯从德国派人过来修也可以,毕竟是小概率事件嘛。

让西重领导层最后下定决心要从国外引进的,除了对进口设备的青睐之外,还有一点,就是国内机床企业的服务也谈不上比国外好多少。

修一台设备耽搁个把月时间是很常见的事情,而且有些企业派出的修理工水平不怎么样,态度还颇为蛮横,吃住接待啥的如果不够满意,就会在维修的时候故意找茬,动不动就说某某配件忘了带过来,需要发函回去让厂里寄过来。

20世纪90年代中期,国内的邮政速度可远比不上后世,一个邮政包裹在路上走半个月也算不了什么。这前前后后耽误的时间,也够从德国请个人过来修了。

正因为如此,当祝启林向郑明元说起唐子风的承诺时,郑明元才觉得情况不同了。

"你是说,临一机的风气可能跟过去不一样了?"郑明元对祝启林问道。

祝启林点点头:"完全不一样。这个唐子风,我和他接触了一下,感觉和原来临一机的干部气质完全不同。他姿态非常低，完全是一种把客户当成上帝的感觉。

"其实过去临一机也提过这样的口号，但说是一回事，做又是另一回事。临一机原来那个销售副厂长马大壮，郑厂长你也是接触过的吧，喝起酒来非常痛快，但临到做事的时候，满肚子都惦记着自己能得多少好处。"

"当时临一机的整个班子都烂掉了，也不光是马大壮一个。他们的厂长郑国伟我也接触过，原先还好，后来就完全没一点厂长的样子。"郑明元评论说。

都是机械部下属的企业，相互之间那点事情，谁能不熟悉呢？像马大壮、郑国伟这些人，与郑明元在一起喝酒也不下十次了，谁的人品如何，大家心里都是明镜一般的。西重不敢用临一机的设备，与此也不无关系。

祝启林说："郑国伟他们落马，部里派了周衡去当厂长，应当是有些新气象吧。最起码，他们这个厂长助理唐子风，就显得很有能力。"

郑明元说："唐子风是周衡点名带到临一机去的。老周这个人，咱们都是很清楚的，有能力，有担当。我原来还担心他一直坐机关，到临一机去不见得能够打开局面，现在看来，他还是有两把刷子的。

"我虽然没有看到临一机现在的面貌，但前几天唐子风带着一个工程师到我这里走了一下，也是来谈重镗的事情。我当时也觉得他的气质和临一机原来的干部大不相同。"

"唐子风这么殷勤，主动提出帮咱们修磨床，而且连工时、交通费都免了。目的就是想让咱们重新考虑要不要向他们订购重镗。郑厂长，你看这事……"

祝启林意味深长地拖了个长腔，后面的话自不必说了。

唐子风向他提出的要求，仅仅是让他向西重的厂领导提一下重镗的事情，并没有让他去劝说厂领导。但唐子风的低调，让祝启林有些过意不去，此时也就难免要帮他说句好话了。

郑明元想了想，说："这样吧，你安排一下，今天晚上请临一机的几个人吃顿便饭，我到时候也去。饭桌上咱们和临一机的几个人都聊聊，旁敲侧击地了解一下临一机的现状。

"光听唐子风一个人说是不行的，这个年轻人有点滑头，他说的话，也不可全信。倒是那两个维修工人，我觉得会真实一些。"

"郑厂长考虑得周全，我这就去安排。"祝启林应道。

第一百章 售后服务政策

到了晚餐时间,郑明元在祝启林的陪同下来到小食堂的一个雅间。临一机的人已经到了,作陪的是潘士凯。郑明元打眼一看,眉毛不由皱了起来:

"小潘,怎么你就请了唐助理和韩科长,芮师傅和宁师傅呢?"

"他们不肯来……"潘士凯苦着脸说。

祝启林给他安排任务的时候,可是让他把临一机的四个人都请来的,结果唐子风和韩伟昌满口答应了,芮金华和宁默却把头摇得像拨浪鼓一样,说厂里有规定,他们只能吃大食堂,不能接受宴请。

潘士凯让唐子风帮忙劝说,孰料唐子风反而站在芮金华他们一边,说厂里的确有规定,不能破例。

"唐助理,这是什么意思?"郑明元不满地问道。

唐子风笑道:"郑厂长,您别介意。我们的确是有这样的规定,售后服务人员到客户那里去,不得接受宴请,不得收受礼物或财物,不得接受客户安排的旅游等特殊待遇。

"我和韩科长是来谈业务的,不受这个规定约束,但芮师傅和宁师傅是我们派出的售后服务人员,他们如果接受了西重的宴请,就违反规定了。"

"这是我们的心意,又不是他们主动要求的。芮师傅是咱们系统内数得上号的人物,能够专程过来帮我们修理磨床,我们就感激不尽了。一顿便饭,大家只是在一起坐坐,又算得了什么呢?"祝启林说。

唐子风说:"祝处长的美意,我替芮师傅领了。但这个头不能开。这一次祝处长是好意,请芮师傅他们吃饭。下一次他们去其他企业,如果人家没有这样的好意,他们会怎么想呢?

"我们这样严格规定,也是为了防微杜渐,如果因为客户主动宴请就可以破例,这个规定最终肯定是名存实亡的。"

"你们真的能够做到这一点?"郑明元盯着唐子风问道。

唐子风说:"郑厂长可以监督。我们的售后服务政策也是刚刚建立,包括不得接受宴请的规定,以及国内 48 小时响应的规定,我们都会坚持执行下去。我不怀疑初期会有一些不尽人意的意外情况出现,但我们坚持这个规定的决心是不会变的。我相信,只要我们坚持下去,最终这个制度就能够建立起来。"

第一百零一章　没有退路

以郑明元的阅历，当然知道唐子风是在他面前作秀。

但临一机能够想到用这样的方法作秀，就比国内许多企业要强得多了，这反映出临一机领导层的一种意识。

关于售后服务人员不得接受吃请之类的规定，很多企业都有，西重也有。

不过，大家都没把这条规定当成太重要的事情，服务守则上的确是这样写了，但你真的接受了对方的吃请，厂里也不会给你什么惩罚。除非是吃相太难看，比如公然索要财物之类，客户那边跑过来投诉了，厂里才会给予相关人员一些处分。

中国的社会是个人情社会，大多数客户请厂家的售后人员过来维修设备时，吃顿饭、送点礼品啥的，都是很寻常的操作。毕竟这么大的厂子，也不缺这一顿饭的钱，是不是？

这一次郑明元让祝启林请临一机的维修人员吃饭，压根就没多想什么。在他看来，吃顿饭是很平常的事情，对方口头上客气两句是难免的，但最终肯定会"盛情难却"，半推半就地过来赴宴。

潘士凯去请唐子风一行的时候，明确说了郑明元要出场陪同的，芮金华他们不来，可真有点驳郑明元面子的意思，这在场面上也是比较忌讳的。

可唐子风就能够这样坚决地驳郑明元的这个面子，目的就是向郑明元展示临一机的态度。

他说到这个程度，郑明元当然不可能生气，而只会被唐子风说服，进而对临一机另眼相看。

郑明元不吭声，祝启林也就看出了他的想法，连忙出来打圆场，说："临一机作风严谨，真的值得我们学习。既然芮师傅和宁师傅不方便来赴宴，那实在是很遗憾了，唐助理和韩科长，先请入席吧。"

第一百零一章 没有退路

"小潘,你跟食堂那边打个招呼,让他们给芮师傅和宁师傅打菜的时候,要多打几个好菜,咱们不能怠慢了他们,知道吗?"郑明元向潘士凯吩咐道。

"好的,我会跟食堂说的。"潘士凯答应道。

唐子风笑道:"那我就替芮师傅和小宁谢谢郑厂长的关心了。"

"应该的。你们有严格的规定,我们也不好替你们破例,但到食堂多打几个好菜,这不违反规定吧?"郑明元说。

大家各自说着客套话,分宾主落座。郑明元自然是坐了主位,唐子风坐在主宾的位子上。郑明元的另一侧是桌上排名第三的位置,祝启林让韩伟昌坐,韩伟昌坚决不答应,拉着潘士凯坐在下首。祝启林客气了几句,也就自己坐到那个位置上去了。

酒过三巡,郑明元放下杯子,对唐子风问道:"小唐,你跟我说说看,临一机现在是什么情况?"

"情况非常严峻,如果我们不能恢复重型机床市场,未来临一机就会不复存在了。"唐子风说。

"你们有把握恢复重型机床市场吗?"郑明元又问。

唐子风说:"周厂长和我都没有退路了,有没有把握都必须做成。"

"……"

郑明元无语了。这个小年轻说话也是够直接的,照常理,他怎么也得讲点大道理,比如事关企业荣辱、国家兴衰之类的,结果他却把这事解释成事关周衡和他自己的前途。这种话如果传到上级领导那里去,怎么也算是思想观念有问题吧?

但恰恰是这样的一个回答,让郑明元对临一机增加了好几分的信心。

企业是国家的,企业搞得好不好,与厂领导当然有些关系,但也仅仅是有些关系而已。这些年国企大面积亏损,很多企业甚至直接破产了,但厂领导换个地方还能当领导,级别不变,所以大家对企业里的事情并不会太上心。

正常的管理当然是要做的,但如果太麻烦,或者会得罪人,企业领导可能就懈怠了,人生苦短,何必让自己这么累呢?

郑明元自忖是个有事业心的厂领导,对于西重的兴衰还是比较在乎的。但涉及一些重大决策的时候,他难免还是要看看其他厂领导的态度,不会轻易为了厂里的利益而去得罪同僚。

比如说采购重镗这件事，大多数人倾向于买外国的，少数人觉得买国产的也不错，但后者就不会强烈反对前者的意见，说到底，还是事不关己。

唐子风说周衡和他自己都没有退路了，这话就说得很直白了。

关于二局派周衡去临一机的前后经过，郑明元也是有所耳闻的。周衡当了十多年的处长，兢兢业业，在部领导那里颇有一些好印象。这一次去临一机当厂长，如果干得出色，那自然是好上加好，级别问题就解决了。

但如果干砸了，临一机没有起色，他原来的好名声就会受到连累，没准到退休连个副局待遇都混不上。

换成其他人，应当是不会接临一机这个烂摊子的。现在全国机床市场普遍低迷，亏损面达到八成以上，临一机又是在领导层集体落马的情况下换将的，重振雄风的难度非常大。周衡本可以留在部里熬资历，等着退休，接这样一件事，纯粹就是得不偿失的。

但周衡毫不迟疑地接受了这个任命，这本身就反映出他的一种决心。既然他已经到了没有退路的境地，那么进行一些大刀阔斧的改革，就是在所难免的。这也就解释了为什么临一机会推出这样一套惊世骇俗的售后服务政策。

接下来，唐子风把周衡到任之后的所作所为，向郑明元等人做了一个介绍。听说周衡上任伊始就卖掉了奔驰车，用卖车的所得报销了退休职工的医药费，郑明元不禁摇头感叹，说周衡的确是宝刀不老，凭着这样一股精神，临一机翻身有望。

"郑厂长，既然西重原来曾经打算从临一机订购这台重镗，就说明西重对临一机的技术还是有信心的。我们的重镗比进口重镗便宜 1/3 以上，而且承诺良好的售后服务，西重是不是可以重新考虑一下我们呢？"唐子风介绍完临一机的情况，向郑明元问道。

郑明元摇摇头，说："小唐，我和你们的周厂长也是多年的老朋友了。周厂长现在有难处，我伸手拉一把，也是分内的事情。但采购一台重镗毕竟是一件大事，光凭价格和售后服务这两条，我恐怕很难说服其他的厂领导。"

"我们还需要做什么呢？还请郑厂长指点。"唐子风说。

郑明元说："我们之所以想采购国外的机床，不外乎两点：第一，国外的机床性能更好；第二，国外的机床质量有保障。你们如果能够在这两点上说服我，我就有话去向厂务会交代了。"

第一百零一章 没有退路

唐子风沉吟片刻，缓缓地说道："质量方面，我现在打什么包票也都不算数，只能是让事实说话。不过，我们可以和西重签一个质量保障协议，类似于卖家电的企业那种'一年包换、三年保修'之类，如果出现质量故障，我们不仅承诺快速修复，还可以向西重做出一些赔偿，郑厂长觉得如何？"

郑明元点点头："如果是这样，我们倒也可以接受。说真的，我们买的一些国产设备，出了故障对方连句道歉都没有，这也是我们不愿意用国产设备的原因之一。"

"至于性能方面……"唐子风接着刚才的话说，说到这，他转头去看韩伟昌，说，"老韩，你觉得我们可以怎么做？"

韩伟昌想了想，说："这个也好办。西重准备从国外进口的重镗，有哪些性能指标，请祝处长这边列个单子给我们，我们就照着这些指标进行设计。等设计图纸出来，请西重的同志审核一下，如果觉得我们的设计能够满足西重的要求，我们再正式签约。如果有哪些地方不满意，我们可以在这个基础上进行修改，直到西重满意为止。唐助理，你看这样可以不可以？"

唐子风接过话头，对郑明元说："郑厂长，刚才韩工说的，就是我们的承诺。西重有什么要求，可以向我们提出来，我们照着西重的要求进行设计。如果我们无法实现西重的这些要求，当然就不敢染指这台重镗了。"

"你们设计一台重镗，需要多少时间？"郑明元问。

这个问题依然是唐子风回答不了的，韩伟昌咬了咬牙，说道："三个月吧……嗯，这只是我的估计，具体的时间，还得请示我们秦总工。"

第一百零二章 你师傅还是你师傅

"总算是不辱使命!"建河开往南梧的火车上,唐子风如释重负地对一干同事说道。

在建河的后几天时间里,郑明元没有再和唐子风见面,祝启林倒是天天都到磨床维修现场去,但也闭口不与临一机的人谈重镗的事情。

维修磨床的事情,是由韩伟昌、芮金华以及宁默三个人做的。其中宁默也并非只能帮芮金华拎工具箱,他在技校还是多少学了一些东西,加上他年龄最小,有些出力气的活,主要是由他来承担。

胖子人长得胖,也就是嘴馋而已,手上还是挺勤快的,智商也勉强能够及格,所以受到了芮金华和韩伟昌的一致表扬。

祝启林、潘士凯以及西重机修车间的几名钳工都到了现场进行观摩,对于临一机工人在维修时所表现出的专业性赞不绝口。

比如说,SKF 的轴承是过盈安装的,西重的维修工以往遇到这种情况,都是采用拉拔设备把轴承硬拉出来,结果破坏了轴承的过盈量,影响维修后的固定效果。

临一机的维修人员则带了一套 SKF 原厂的油压拆卸工具,能够在油压作用下把轴套、卡箍等撑开,从而做到无损拆卸。

这也应了一句话,叫"专业的事情由专业的人去做"。西重毕竟不是搞机床的,哪有这样的经验,又怎么会专门去准备这样的工具?

在这几天时间里,唐子风也时不时到维修现场来冒个泡,但更多的时候就是在建河市到处溜达。

祝启林倒是问过他,是否需要给他安排个车,送他去几个著名的景区游览一番。唐子风婉拒了祝启林的好意,说自己对景点不感兴趣,更愿意看看建河的风土人情。

第一百零二章 你师傅还是你师傅

唐子风这样说，祝启林也就懒得去较真了。他对唐子风欣赏归欣赏，却并不喜欢。他觉得唐子风此人心眼太多了，不是自己的菜。

如韩伟昌判断的那样，西重这台磨床的故障，正是由于轴承磨损。在换上芮金华他们从临一机带来的全新SKF原装轴承后，加工精度就恢复到了原来的水平，而且运行颇为稳定，估计一年半载是不会再出问题了。

完成了修复之后，芮金华和宁默就要返回临河了，唐子风和韩伟昌也没有了再留下来的借口，只得一同向祝启林告辞。

祝启林让厂办帮忙，给四个人买了卧铺票，并坚决不接受唐子风递上前的票款。唐子风客气了几回，见祝启林态度毫不松动，也只能作罢。

在送唐子风一行前往火车站的路上，祝启林终于放了一句话，说厂里同意给临一机一个机会，不过时间只有三个月。

三个月之内，临一机需要完成重镗的设计，并获得西重方面的认可。如果临一机的设计可行，价格上又有优势，而且还有服务方面的承诺，西重将会考虑从临一机采购这台重镗。

西重最终答应给临一机机会，一方面与唐子风做的这一系列工作有关，另一方面则是机械部方面也向西重打了招呼，据说还是二局的老局长许昭坚发了话。

当然，如果没有芮金华修磨床的事情，没有唐子风向郑明元承诺的售后服务政策，仅仅凭着一位退休老局长的几句话，西重是不可能改变初衷的。

"唐助理，西重只是对我们开了一个口子，他们提出的要求可真不少呢。三个月时间，咱们要想设计出一台让西重满意的重镗，还是有些难度的。"韩伟昌提醒道。

唐子风说："这我可不管。我把业务机会找来了，如果老秦以及你们技术处拿不下来，板子是要打在你们屁股上的，与我无关。"

"唉，说得也是，这是技术上的事情，与唐助理你的确是无关的。"韩伟昌说。

"芮师傅，这次的事情，也多亏你了。我听祝启林的意思，好像是觉得咱们临一机技术过硬，尤其是有像芮师傅你这样的能手，所以才答应考虑我们的重镗。如果重镗的业务能够做成，我会让厂里给你发一笔大大的奖金。"唐子风许诺道。

一台重镗的价格是1000多万，如果真能拿下来，给芮金华发笔奖金，真不算个事,唐子风有这个把握。

芮金华憨厚地笑着,说:"唐助理太客气了。其实修个磨床也不算啥,还有,这次贡献最大的其实是韩科长,没有他在现场设计工艺,光凭我和小宁,也不敢拆这台磨床的。"

唐子风说:"老韩的贡献也不小,回去以后自然也要给他发奖金。不过,芮师傅,这回有点委屈你了,让你天天吃食堂。"

"我说老唐……呃,唐助理,你也太认真了吧?人家西重说请芮师傅和我吃饭,纯粹是因为芮师傅的名气,又不是我们自己要求的,你干吗不让我们去吃?"

听唐子风说到吃饭的事情,一直没吭声的宁默终于憋不住了,略带着几分埋怨说道。

宁默是个车间里的小工人,平时就没有吃宴请的机会,但总听其他人说起工厂里接待客人的宴席是如何丰盛。

这回到西重来,他原本也没存着能够让别人宴请他的心思,但听到潘士凯说郑明元要请他们吃饭,胖子的口水立马就泛滥成灾了,脑子里充满了各种山珍海味的样子。当然,只是想象中的样子,因为胖子实际见过的山珍海味实在是太有限了。

谁承想,潘士凯话音未落,芮金华就拒绝了这个邀请。事后宁默才知道,这是唐子风交代过的,让他们俩要拒腐蚀而不沾。

你让我们拒绝腐蚀,你自己怎么就硬生生地往硫酸池里跳呢?还带着那个形象猥琐的韩伟昌。我不就是胖了点吗?难道去吃顿饭,也会败坏了临一机的形象?

宁默在心里好生不开心,这算是找着一个与唐子风理论一番的机会了。

唐子风正欲解释一二,芮金华却抢先开口了,他对宁默说:"胖子,这件事,你别怪唐助理。唐助理这样做是对的。其实,咱们出来做维修,本来就是分内的事情,让人家请酒,就是一种不正之风。

"前些年,咱们厂会败成那个样子,就是上梁不正下梁歪的缘故,好多工人出去给人家做安装或者做维修,也要让人家请吃饭,搞坏了风气。唐助理让咱们俩不要去吃西重的酒席,我是赞成的。"

"芮师傅说得太好了!"唐子风由衷地赞道。说真的,他还真没想到芮金华会有这样一番认识,在此前他吩咐芮金华不要接受西重宴请的时候,还有些担心芮金华会不高兴。谁承想，老先生觉悟这么高，从一顿饭居然就能想到风气的问题。

要不怎么说，你师傅还是你师傅，上一代人的觉悟可真是没的说的。

"唐助理，什么企业管理之类的事情，我也不懂。不过，厂子里前些年的风气，我是真的看不惯的。我是个工人，只知道卖力气做事，拿了工资就要好好干活。可你也看到的，厂里是干活的人得不到好处，不干活的人反而混得很好，这样下去，厂子哪有不垮的？"芮金华意犹未尽地评论道。

唐子风问："那么，芮师傅，你觉得周厂长来了之后，风气有没有改变一些呢？"

"改了不少。"芮金华说，"就冲着周厂长一上任就把张建阳那个只会拍马屁的家伙打发到劳动服务公司去，大家就觉得这个新厂长不错。你唐助理虽然年轻，但做的几件事也是让大家蛮服气的。厂里的人都说，有周厂长和你这样的厂领导，临一机没准还有希望呢。"

"没准……"唐子风咧了咧嘴，老先生你吹了半天，最后才得出一个"没准有希望"的结论，这算是夸人吗？

芮金华看出了唐子风的心思，他说："唐助理，不是我泼凉水，厂里的风气可真不是一天两天就能够转变过来的。人家不是说吗？病来如山倒，病去如抽丝。咱们厂要改变风气，还真得下一番功夫才行。就说你提出的外出维修不能吃请这件事，我要让大家都做到，就很难。"

"再难也得做。"唐子风露出一个笑容，说道，"事关临一机生死，由不得婆婆妈妈的。芮师傅，我也麻烦你帮我一个忙，等到厂里把有关规定正式发布之后，你帮我联系一些老师傅，让他们当监督员。如果有人敢顶风作案，你们就及时向厂里举报，我保证发现一个处理一个，敢跟我唐子风龇牙，信不信我拿管钳招呼他？！"

"唐助理，用不着你动手，我替你收拾那帮兔崽子！"

宁默听说有打架的机会，兴趣顿起，也忘了刚才自己的抱怨了，主动请缨，结果换来了韩伟昌一个鄙夷的眼神。

第一百零三章　强强联手

在得到唐子风回临河后请自己吃五顿烧烤的承诺之后,宁默终于忘了西重的那顿宴席,又开始眉飞色舞起来。

据他说,这一次出差可算是开了洋荤了,居然坐了飞机。要说起来,这飞机可真是一个好东西,飞得快不说,路上还管饭,而且不够还可以找服务员再要。大块的红烧肉,一咬一口油,他生生管人家服务员要了三回,最后是人家说飞机太小,带的盒饭不够,他才作罢。

"飞机上的服务员叫空姐,真是没见过世面……"

韩伟昌低声嘟哝道,不过也不敢让宁默听见。宁默再没见过世面,人家好歹坐过飞机了。

他老韩走南闯北这么多年,和宋福来、郑明元这种大国企领导都能谈笑风生,可他的的确确没坐过飞机啊。传说中美若天仙的空姐,他只是神交,从未近距离接触过,甚至还不如这个胖子。

车到南梧,临一机派来接站的司机已经等在月台上了。见到一行人下车,那位名叫吴定勇的年轻司机紧走两步上前,先帮唐子风接过行李,然后才向众人打招呼,领着众人往外走。

唐子风空着两只手走了几步,觉得不自在,于是回过身顺手帮芮金华拿了一件行李,倒惹来芮金华一番感谢,说什么唐助理平易近人之类的。

没办法,工厂也是一个社会,没人能够免俗。芮金华资格虽老,毕竟也只是一个工人,在他心目中,唐助理是厂领导,能够帮自己拿行李,就属于礼贤下士了。

一路无话,小轿车带着四个人回到了临一机。还未开到厂部门前,几个人都发现了厂里有些异样。等车子在厂部办公楼旁边停下时,唐子风已经看得很清楚了,只见在办公楼前,站着一群吃瓜群众,大家脸上带着愉快的表情,三三

第一百零三章 强强联手

两两聊着什么,眼睛则盯着楼前的空场,显然是在围观什么好戏。

"这是怎么回事?"唐子风诧异地向吴定勇问道。

"这是第三天了……"吴定勇说,"铣工车间的汪盈,子弟小学的赵静静,两个人因为厂里职工转岗分流的事情,在厂部门口绝食呢。"

"绝食……你确信她们是在绝食,不是在减肥?"

"不是。"吴定勇说,"她们立了一个牌子,上面写着'绝食'两个字,我不会看错的。"

"你刚才说,她们已经绝食三天了?"

"也不是,她们每天早上上班的时候来绝食,中午下班的时候就回家做饭,下午上班再来,然后下班再回去……"

"最后一个问题,汪盈和赵静静不是死对头吗?她们俩是分头来绝食,还是约了一起来的?"

"是约了一起来的,听说两个人还拜了干姐妹……"

"……"

唐子风服了,真不敢小觑天下"英雄"啊。此前自己费尽心机,煽阴风点鬼火引得这俩全厂闻名的刺头互相掐起来,谁知道人家一发现情形不对,立马就能摒弃前嫌,强强联手,结成战术同盟,共同对厂里施压。这"绝代双雌"能够在临一机闯下如此名头,也不是没有道理的。

"唐助理,你还是从办公楼后门绕进去吧。这几天,哪个厂领导进办公楼,汪盈和赵静静她俩都要拉着领导讲理,现在除了周厂长,其他领导进办公楼都是走后门的。"吴定勇好心好意地建议道。

"周厂长为什么不用走后门?"唐子风问。

吴定勇道:"大家都传,说周厂长身上有煞气。一开始汪盈她们也想拦着周厂长告状,结果周厂长把眼一瞪,她们俩就不知道说啥了。再往后,周厂长进办公楼,她们俩就不敢上前了。"

"这说明她们还有一点起码的理智嘛。"唐子风乐呵呵地说。人有理智就好办了,猪一样智商的人,无论是做队友还是做对手,都是挺可怕的。

众人分别下了车。韩伟昌和芮金华都是老成持重的人,凡事能不凑热闹就尽量不凑热闹,所以在向唐子风道了别之后,就各自回家去了。

宁默与他们俩恰好相反,属于看热闹不嫌事大的,他原本想拉着唐子风一块去看看啥叫绝食,被唐子风断然拒绝之后,便一个人去了。

不过,他一到跟前就发现了几位熟悉的工友,于是立马和别人高谈阔论起来,三句话里倒有两句是在谈坐飞机的感受,全然忘了自己其实是来看汪盈她们绝食的。

以唐子风的身份,当然不合适扎在普通职工堆里去围观。鉴于自己刚刚回厂,各方面情况都不太了解,不便立马与汪盈等人捉对厮杀,所以便照着吴定勇的指点,从后门进了办公楼。他一回到自己办公室就放下行李,接着来到了周衡的办公室。

"回来了?路上还顺利吧?"

周衡看到唐子风,倒不觉得意外,只是随口问了句废话,算是打招呼的意思。唐子风回来之前就已经给厂里打过电话,通报了归期,否则厂里也不会派车去南梧接他们。

"路上还好,西重那边帮忙买了卧铺票,还没要我们的钱。"唐子风说。

"这也是应该的。"周衡说。兄弟单位之间接来送往,不算什么稀罕事。换成郑明元到临一机来办事,临一机也可能会帮他买返程车票的。

"西重那边的事情,最后是什么情况?"扯完几句闲话之后,周衡问道。

"他们最后答应可以考虑从我们这里订购重镗,不过需要我们先出图纸,征得他们的认可。他们还说,只给咱们三个月时间,如果咱们三个月之内拿不出让他们满意的图纸,他们就只能考虑进口了。"唐子风说。

"三个月,还是挺紧张的。"周衡说,"今天你先休息一下,明天咱们开个厂务会议一议这件事。关键还是老秦他们那边,不知道能不能拿得下来。"

唐子风说:"拿不下也得拿。我下了这么大的本钱,好不容易让郑明元松了口,如果秦总工这边掉链子,让到嘴的鸭子飞了,我可不会放过他。"

"你还想怎么样?"周衡瞪着眼问道。

唐子风语气一滞:"最起码……最起码抱怨几句总是可以的吧?"

周衡满意地点点头:"抱怨几句当然可以,而且老秦这个人脸皮比较薄,你一个小年轻在他面前抱怨,他会觉得不好意思,说不定就玩命了。"

"……"

唐子风愕然地看着周衡,半晌说不出话。过去真没看出来,老周居然也是如此腹黑的一个人,亏自己还觉得他是个君子呢。

第一百零三章　强强联手

周衡却不知道唐子风正在怀疑他的人品,他换了个话题,用手指了指窗外,问道:"小唐,你刚才上楼,见到前面的场景没有?"

唐子风摇摇头,又点点头,说:"我是从后门上楼的,没看到楼前的场景。不过小吴跟我说了一下,说是汪盈和赵静静两个人在楼下联手绝食。"

"绝个屁的食!"周衡爆了句粗口。

"纯粹就是在演戏罢了。"周衡说,"你到窗口看看就知道了。"

唐子风这才想起周衡的办公室窗户正是对着办公楼前面的,他走到窗前,往下一看,正看到汪盈和赵静静二人。只见在二人的身后,竖了一块用硬纸板写的牌子,上面果然有"绝食"二字。那牌子是用一根竹竿挑着的,看起来颇为醒目。

唐子风一见这个场景,就勃然大怒了,这分明是自己在金车讨债的时候发明的办法,这俩女人竟然抄袭自己的创意,还有没有天理了?

两个理论上已经绝食三天的女人,此时却是活蹦乱跳的。唐子风隔着两层楼的距离都能看到她们红光满面,分明就是营养过剩,哪有一点绝食的模样?

也许是看到旁边有许多人围观,两个人表现欲高涨,一唱一和地向大家诉说着自己的冤屈,那声音十分尖厉,极具穿透力,唐子风不用开窗户都能听见一二。

"上次用你的办法,咱们搞了个各个击破,在子弟学校进行了教职工的考评定岗,在车间里搞了个按劳分配发奖金,结果都还算顺利。汪盈原本是说谁敢不给她奖金,她就跟谁没完,但你让厂报去采访她,用她自己的话,堵住了她的嘴,所以铣工车间发奖金的时候,她也没闹事。"

周衡走到窗前,与唐子风并肩看着楼下的情景,向他介绍情况。

"可现在怎么成这样了?"唐子风问。

周衡说:"这事也怪我性急了。我想趁热打铁,干脆把车间的考核定岗也搞起来,尽快裁撤冗员,调动那些有技术、肯出力的工人的积极性。结果消息一传出来,这个汪盈就和赵静静联合起来了,说厂里搞阴谋,要抛弃她们这些为厂子做了多年贡献的人。

"两个人先是找张舒闹了一回,又找吴伟钦也闹了一回。在他们那里没有得逞,又来找我闹。我没有搭理她们,她们就来了这样一手……"

第一百零四章　一加一大于二

对职工进行定岗分流这件事，最早可以追溯到周衡和唐子风还没到临一机之前。周衡是行业里的资深人士，唐子风有两世的知识，两人都清楚临一机存在着严重的人员过剩问题。临一机目前有6800名在职职工，而以临一机的生产能力而言，有一半人就足够了，另外的一半纯粹就是多余的。

如果多出来的这些人，手上有相应的技术，倒也不能称是冗员，因为临一机完全可以扩大生产规模，届时就能够吸纳掉这部分劳动力了。但实际上这部分人根本就没有技术，他们或者是像汪盈那样挂着一个铣工的名头却不会开铣床的，或者是像赵静静那样从来没进过车间，而是待在临一机臃肿的行政后勤体系中混日子的。

这些人的存在，不仅加重了临一机的工资负担，还影响了全厂的风气。这些人干活不行，争福利、争待遇可个个都是能手。结果就使得临一机出现"干活的不如不干活的"这样的风气，让诸如芮金华那样的老工人觉得灰心。

照周衡和唐子风商定的策略，在厂子生存问题暂时得到缓解之后，就要开始启动对富余人员的裁撤。裁撤的方法是先考核，把职工按能力分成若干等级，高等级的拿高薪，低等级的拿菲薄的基本工资。等到这一制度得到全面推行，厂里再对那些低等级职工进行转岗，转岗的一个方向，就是劳动服务公司。

去年，唐子风指导张建阳整顿劳动服务公司，全公司的经济效益大幅度提升，已经具备了一些吸纳富余职工的能力。按厂里的意思，被转往劳动服务公司工作的职工，工资水平要高于原岗位，但要低于有绩效工资的高等级职工。

前一条是为了让那些被各部门淘汰的职工愿意到劳动服务公司来工作，后一条则是要避免做主业的不如做副业的，回头一干七级工、八级工或者工程师、会计师之类的都跑到劳动服务公司卖菜去了，那可就是笑话了。

在唐子风和韩伟昌去西重出差之际，周衡开始在车间范围内推行考核定岗。对于这一举措,工人们的态度分为三类,基本上与各人的技术水平高度相关的。

第一类是手上确有技术的一帮人,考核定岗对于他们来说是一件好事。厂里说了,技术好的工人,绩效工资会比过去提高一大截,届时你只要愿意出力气干活,赚的钱就能比过去多得多,这样的好事,他们怎么会不支持呢?

第二类是技术还过得去,但平时工作不太积极的一帮人。他们一方面担心新的制度会让他们失去原来那种悠闲的生活;另一方面又觉得有点压力也好,自己成天游游荡荡,未免有些浪费青春。对于这些人来说,厂里要搞考核定岗,他们既不反对,也不支持,完全是一种中立态度。

当然,说是中立,其实更是骑墙。这些人吃不准新政策对他们是有利还是有害,所以并不会急于表态,而是会持观望态度,甚至在某些时候还会起哄,以便为自己争到更多的利益。

最后一类,就是技术不行,也没有上进心的那帮人。他们深知,考核定岗这个政策就是冲着他们来的,厂里非常清楚他们这些人的底细,于是就推出了一个分类政策,目的就是要把他们筛选出来,予以淘汰。

明白了这一点,这些人当然不能坐以待毙,于是纷纷开始寻求自救。

如果搁在从前,这些人只要联合起来,就能够形成足够大的压力,迫使厂领导放弃初衷,向他们妥协。究其原因,在于原来的厂领导自己不干净,厂里风气不正,大多数职工为了明哲保身,或者因为对厂子灰心,对于这种无理取闹的行为非但不会出声反对,甚至还可能会帮着起哄,以便出口恶气。如果能够逼得厂领导吐出一些好处来对大家进行安抚,那就更好了。

但现在情况不同了,新的领导班子很清廉,一来就做了不少好事,赢得了广大职工的好感。再加上从金车讨回了欠款,又开拓了打包机的新业务,厂里连续发了几个月的工资,让大家都看到了希望。在这个时候,如果有一些平日里吊儿郎当的职工出头闹事,提出的又是一些上不了台面的诉求,大多数职工是会站在厂领导一边的。

年初厂里对子弟学校的整顿以及随之而来的一波宣传造势,也起了不少积极作用。厂里的舆论明显是向着奖勤罚懒这个方向转的,那些不好好学技术而且习惯于偷奸耍滑的职工,很难获得大家的同情。

鉴于此,在定岗过程中遭到淘汰的那些人,就无法闹起来了。他们能够做的,不过是找车间主任或者部门负责人哭诉,要不就是跑到厂领导那里去卖惨。还有一些人甚至就放弃努力了,声称厂里想怎么处置他们,他们都认了,谁让自己没文化呢?谁让自己没学技术呢?

不屈服的人当然还是有的,汪盈就是其中的一个。在她的身后,其实还有不少人,诸如车工车间的徐文兰等。这些人自己不敢出头,于是便鼓动汪盈来当这个带头人,去向厂里示威。汪盈原本因为自己曾在厂报上说过一些慷慨激昂的话,有些不好意思打自己的脸,但见大家仍然把她奉为精神领袖,她的斗志又被激发出来了。

汪盈以往在车间里混得风生水起,可不仅仅是用"撒泼"二字就能够概括的。她其实也是一个有脑子的人,当然,大家对于"有脑子"这个词可以有不同的理解。早在她被迫"自愿"放弃奖金的时候,她就明白自己是被人设套坑了,而设这个套的,就是周衡等厂领导。

明白了这一点之后,她采取了一个大胆的举动。她找到赵静静的丈夫,也就是机修车间工人李天同,让他带话给赵静静,说自己要与赵静静化干戈为玉帛。李天同是个老实本分的工人,他一向知道自己的老婆与汪盈关系很僵,属于不死不休的那种。现在听说汪盈主动要与赵静静讲和,他颇为高兴,回到家便把这个消息告诉了赵静静。

依着赵静静的脾气,是无论如何也不会去和汪盈结什么玉帛的。李天同劝了半天,又说汪盈托他带话的时候态度很是诚恳,大家毕竟都是同一个厂里的同事,见见面,把话说开,没准还真能化解掉矛盾。人家不是说了吗,多一个朋友多一条路,多一个冤家多一堵墙。

赵静静被老公劝了半天,有些气恼,于是放出话来,说汪盈想见自己,那自己就去见见,难不成还怕了她?大不了见面再吵一架,就算是厮打一顿又能如何?

就这样,在李天同的撮合下,汪盈和赵静静在东区菜场旁边的一个小饭馆碰了面。在赵静静暴走之前,汪盈很冷静地向她分析了局势,又说明自己和赵静静都是被厂领导耍了,现在双双沦落到转岗的边缘,而且还互相仇视,实为不智。现在要自救,就必须联合,团结就是力量嘛。

就这样,这对一度势不两立的仇人摇身一变,就成了最最亲密的姐妹,相约共同去找厂领导讨说法,务必为自己讨回权益。

第一百零四章 一加一大于二

撒泼耍赖这种事情,永远都是1加1大于2的。一个人去找厂领导闹,厂领导可以装聋作哑,由着你叫嚷,慢慢地你就会觉得无趣,斗志就会消退。而如果有人陪着你一起去闹,大家一唱一和,不仅声音能够大出一倍,撒泼的过程也会变得妙趣横生。毕竟演戏是需要有人喝彩的,你的同伴就是你最忠实的观众。

定下攻守同盟之后,汪盈与赵静静二人联手先去找张舒闹了一场,又找吴伟钦闹了一场。这二位一个是分管后勤的,一个是分管生产的,分别是汪盈和赵静静的主管领导。张舒和吴伟钦都被这两个女人闹得头疼难耐,但仍然咬着牙不肯松口。职工转岗分流的事情,是厂务会订下的原则,别说他们俩不敢松口,就算他们迫于两个女人的压力答应了什么,没有周衡点头,也是不算数的。

于是,两个女人又跑到周衡那里去闹。周衡可没有张舒和吴伟钦那么好说话,两个女人的声音大,他的声音比两个女人还大,一下子就把二人给镇住了。煞气之说,还是有点道理的,站在周衡面前,汪盈和赵静静都觉得有些腿软。

找厂长闹没有效果,二人便转变了策略,开始在厂部办公楼外演出绝食的闹剧。她们立了一个绝食的牌子,用以吸引眼球,然后便坐在那牌子底下聊天、打毛衣,遇到厂领导出入办公楼的时候,她们就上前去骚扰,不求领导能够答应她们什么条件,目的只有一个,就是给领导们添堵。

不得不说,她们的目的已经达到了。这几天,除了周衡之外,其他厂领导以及厂部的其他工作人员都不敢从正门进办公楼,而是要绕到办公楼的背面去,从后门进楼。

第一百零五章　让她们再闹一天

"我听说，她们已经闹了三天了，厂里就一点措施也没采取？"唐子风问。

周衡说："当然不是。她们刚开始闹的时候，我就安排工会的干部去和她们沟通了，后来施书记和朱厂长也都去和她们谈过，给她们解释厂里的政策，还建议她们通过正当渠道反映自己的要求，不要采取这种过激的手段……"

"你觉得这样做有用吗？"唐子风用一种很不恭敬的目光看着周衡，问道。

周衡难得地显出几分尴尬，说道："我也知道这样做没用。她们如果愿意讲理，就不会这样闹了。其实这些天，我们安排了不少干部到职工里去做解释工作，同时了解职工的反映。大多数的职工对于汪盈和赵静静的举动是不赞成的。"

"既然是这样，那厂里完全可以采取一些强硬措施，比如直接把她们给拘了，关上一年半载的，看她们还敢闹吗？"唐子风说。

周衡说："拘人哪有那么容易？这一次的事情，还是有一些人在背后煽风点火的，汪盈和赵静静只是他们推出来的代言人。上次赵静静也闹过一回，做了一些过激的举动，所以保卫处把她给拘了，最后是她爱人李天同写了保证，才把她放了。这一次，她们俩变聪明了，只是在厂部门口静坐，不打人、不砸东西，要想把她们拘起来，还真找不到名目。"

唐子风不吭声了。不得不说，汪盈她们这一手，与他当初对付宋福来的方法还是挺像的。他让韩伟昌举着牌子在金车门外示威，不打不闹，离着金车厂门50米开外，金车还真拿他没辙。当然，如果没有那沓神奇的照片，宋福来也许会和他们耗下去，比比谁更有耐心，但不管怎么说，他们当时的确是把金车给恶心坏了。

真是报应不爽啊，自己过去如何对待别人，其他的人就如何对待自己。汪盈和赵静静也算是吃一堑长一智，掌握了正确的斗争方法，厂里要解决这个问

第一百零五章 让她们再闹一天

题,还真是挺麻烦的。

"这么说,就只能让她们这样胡闹下去了?"唐子风问。

周衡说:"昨天我们开了一个会,主要是讨论业务上的事情,最后捎带着讨论了一下汪盈她们俩的事。大家的意见是,先让她们再闹一天……"

"什么意思?"唐子风有些不明白。

周衡一语道破天机:"你不是今天回来吗?"

"……"

不带这样欺负人的好不好?这帮厂领导,有一个算一个,岁数都相当于自己的两倍,甚至是两倍出头。面对着全厂最凶悍的两个泼妇,大家想出来的办法居然是等他回来……

这是说他唐子风太能干了,还是说他太好欺负了呢?

"大家对于你的能力还是非常信任的。施书记说了,她说整个领导班子里,她对你是最服气的,相信你肯定能够完美地解决这件事。"周衡安慰唐子风说。

唐子风咬牙切齿地说:"老周,以后再有这种事,你就替我跟她说,我对她全家都服气。"

周衡笑道:"小唐,大家对你信任,这是好事。你毕竟年轻,思维没有局限性。我们这些老同志,思想僵化,碰到这种事情,还真有点手足无措的感觉呢。"

"这事我不管!"唐子风说,"我辛辛苦苦跑到西野去,给厂里拉业务。你们居然还在算计我。汪盈和赵静静那是好惹的人吗?你们都不敢惹,凭什么让我去惹?我在大学是学计划经济的,又不是学社会学的,我可对付不了这种人。"

"你是说你真的对付不了?"周衡认真地问道。

"……反正不好对付。"唐子风下意识地改了口。

"你说你不管这事?"

"……呃,要不我去试试吧。"

带着满腔郁闷,唐子风离开了周衡的办公室,临走前往周衡的办公桌上扔了两盒西野特产,这是他在建河考察民情的时候顺手买的。

回自己办公室拿了出差的行李,唐子风下了楼,径直向大门走去。传达室的老头在门厅里拦住了他,好心好意地劝他还是从后门出去,别招惹了正门外的那两只"母大虫"。唐子风婉拒了老头的好意。他既然答应了周衡去解决汪盈她们的问题,就不能不和她们正面接触一下。

"唐助理,你可回来了!"

看到唐子风从办公楼走出来,正与几名围观群众聊得火热的汪盈冲了过来,伸手拽住唐子风的衣袖,露出一副见着救星的样子:

"唐助理,你给评评理,厂里凭什么这样对待我们?我承认我技术上略微差了一点,可这能怪我吗?我上学的时候,哪有现在这样好的条件?我们那时候一星期要劳动三天,还要学军、学工、学农啥的……"

"汪师傅,请你放开我的袖子。"唐子风盯着汪盈那只拽住自己袖子的手,冷冷地打断了汪盈的叙述。

"这……"

汪盈下意识地松开手,唐子风抬腿便走,汪盈一个箭步冲上去,再一次把他的袖子给拽住了:"唐助理,你不能走。我知道你最有文化了,大家都说你特别讲道理,我跟你说……"

"汪师傅,请你放开我的袖子!"

唐子风依然是刚才那句话,同时脸上布满了冰霜。

这一回,汪盈非但没有撒开手,反而把另一只手也伸过来,用两只手拽住了唐子风的一只胳膊。这可是她的看家本事,但凡是个男性领导,被一个女工拽住了胳膊,都难免会陷入尴尬之中,说话的底气也会弱上几分。如果这一手不奏效,汪盈甚至还会直接抱住对手的胳膊,这可是一个足以让对方脸红耳热的动作。

周围的吃瓜群众都瞪大了眼睛,想看看这个年轻而帅气的厂长助理会如何应对这种场面。

"啪!"

只听得一声脆响,所有围观者手里的瓜都掉了一地。唐子风手里的水杯狠狠砸在地上,发出一声脆响,他看着汪盈认真地说:"汪师傅,下一次,就不是摔杯子了。"这无疑如同在汪盈的俏脸上狠狠地扇了一耳光。

"啊!"

汪盈尖叫一声,松开拽着唐子风的手,倒退两步,用惊愕的目光看着唐子风,一时竟然不知说什么才好。她横行临一机十几年,别说拽一下领导的衣袖,就是撕扯对方的衣服都十回八回了,哪有人敢这样对她?

"汪师傅,请你自重!"

第一百零五章　让她们再闹一天

满场的人都傻眼了,一个个嘴张得老大,想说点啥,却发现实在是没啥可说了。

"我……我不活了!"

汪盈大叫一声,随即做出一个准备以头抢地的姿势,这是她在这种情景下唯一能够做出的反应了。

搁在以往,她拽男性干部的袖子,甚至往人家身上蹭,人家都是要躲开的。古语说男女授受不亲,两个异性身体发生接触,大家都会认为是男性占了女性的便宜,男性天然就是理亏的一方。正因为有这样的游戏规则,所以汪盈每次骚扰男性领导,都能够大获全胜。

可这一回,她却碰上硬茬子了。没等她往唐子风身上泼脏水,唐子风却先宣布她占了自己的便宜,自己才是吃亏的一方。

要细论起来,唐子风这番说辞还真能赢得吃瓜群众的同情。可不是吗?唐子风这么年轻,这么帅气,她一个30来岁的女人往人家身上贴,难道不是想占人家小伙子的便宜吗?

天地良心,汪盈可绝对不是想占唐子风的便宜啊,她只是把唐子风当成了一个厂领导,然后习惯性地祭出自己的撒泼大法而已。

可事实如何已经不重要了,经唐子风这样一说,大家都信了,那就是她汪盈犯了急性花痴,当众做出了违背公序良俗的事情。

在这种情况下,唐子风如果给她一耳光,她想叫屈都找不着地方。想想看,如果是一个油腻中年男在大街上拽一个年轻姑娘的衣袖,人家姑娘能不扇的耳光吗?那么反过来也就成立了,她一个油腻大妈拽人家小伙子的衣袖,人家也是可以扇她耳光的。

"我可没脸活了!"汪盈大声地号啕着,眼珠子滴溜溜地乱转。

怎么还没人来劝我呀,你们赶紧过来拉着我吧,我这不是很明显地做出要自戕的样子了吗……

第一百零六章　樯橹灰飞烟灭

"小汪,你别这样!"

"汪师傅,这件事……是不是有点误会啊?"

一男一女两个人上前拦住了羞愤欲绝的汪盈。女的正是汪盈的搭档赵静静,她一把搂住了汪盈,让汪盈趴在她那宽厚的肩膀上抽泣。男的那位是赵静静的丈夫李天同,他虽然满心不赞成老婆跟着汪盈到厂部来闹事,但既然拦不住,就只能时不时过来关照一下。看到汪盈被唐子风弄哭了,他心不忍,也凑上前来劝解了。当然,他就不便对汪盈显得太关切了,只能站在一尺开外,说几句劝慰的话而已。

唐子风冷冷地看了一眼这边的情况,然后昂着头,在众人钦佩的目光中拎着自己的行李扬长而去。

"哥们,你太牛了!"

唐子风刚刚走出人们的视野,就觉得身后的阳光蓦然消失,紧接着,一个胖子出现在他身旁,并且伸出一只胳膊,亲亲热热地搂住了他的肩膀,同时用崇拜的口气说道。

"胖子,收回你的爪子!"

唐子风没好气地说。宁默从小就有点价值观混乱,喜欢搂别人的肩膀。问题在于,他的胳膊实在是太肥了,搁在人家肩膀上,就像搭了一块五花肉一样,极不舒服。这种搂与拒搂的斗争,在唐子风与宁默的友谊史上,已经持续多年了。

"哥们,你居然敢惹汪盈,你知道这个汪盈是什么人吗?"宁默收回胳膊,把脸凑到唐子风跟前,压低声音问道。

唐子风说:"我怎么会不知道,不就是一个靠撒泼打滚混日子的女工吗?"

"她在铣工车间可是很出名的,铣工车间的胡主任都让她弄得没办法呢。"

第一百零六章 樯橹灰飞烟灭

"那又如何？不是照样被我教训了？"

"你厉害！"宁默跷起一个大拇指，赞道。

"对了，汪盈的老公，你认识吗？"唐子风问。

宁默摇摇头："我不认识，不过厂里肯定有人认识他。他是在市里工作的，具体是做啥的，不知道。怎么，你担心她老公来报复你？"

唐子风说："有备无患吧，毕竟我惹了他老婆嘛。不过，我觉得，能让老婆成天在大庭广众之下撒泼的男人，也没胆来找我的麻烦。"

"就是！再说了，如果他敢来找你的麻烦，你就叫我，看我不捶扁他！"宁默挥了挥斗大的拳头，向唐子风保证道。他说这话还是有些底气的，一胖降十会，他是可以靠吨位去秒杀对手的人。

"对了，胖子，刚才汪盈在那装死，除了赵静静上去拉她以外，还有一个男的也上前去劝她，那是谁啊？"唐子风问。

宁默说："那就是赵静静的老公啊。是机修车间的，好像是姓李吧。"

"嗯嗯，叫李天同吧，我刚听周厂长说过。"唐子风点点头。

宁默说："可能是叫李天同吧。我听人说起过，这个李天同的确是个软蛋，上次赵静静因为拿茶杯砸张厂长的事情，被保卫处拘了，他跑到保卫处去跟人家点头哈腰的。"

"对了，胖子，你帮我打听一下，这个李天同和赵静静的关系怎么样。"唐子风说。

"他们俩的关系？"宁默一愕，"你打听这个干什么？"

唐子风诡秘地一笑，说："我也是刚才看李天同去安慰汪盈，突然有了一个想法……"

这天再没什么别的事情。汪盈在进行了一番觅死寻活的表演之后，提前结束了绝食，在赵静静夫妇的陪同下回家去了。汪盈一走开，赵静静就独木难支，也只能提前下班，回家做饭去了。

汪盈的丈夫毛连方是市里某区商委的干部，的确如唐子风猜测的那样，是个胆小怕事的。他下班回家，刚进家属区就听说自己的老婆被一个厂领导教训了，当即脸色就变了，嘴里嘟嘟哝哝地表示要去找领导讨个说法。可再仔细一打听，毛连方的气就泄了。

毛连方最早听说唐子风的大名，是单位里有同事向他打听，问他是否认识他老婆厂子里的这么一个人。

毛连方回厂一问,才知道果真有这样一个人,虽然身高体重与坊间所传不同,但的确不是一盏省油的灯。这样一个人当众羞辱汪盈,连汪盈都没敢还手,毛连方又岂敢去找他理论?

无可奈何,毛连方只能回家去安抚汪盈,汪盈倒也没脸让丈夫替自己出头,毕竟这事说出去太难听了,汪盈再泼,总还是要脸的……

这一晚,汪盈夫妇在家里掩泪相向,在临一机的家属院里,却有一个香艳的消息正在不胫而走:

"什么?你说汪盈和李天同……"

"怪不得听说今天汪盈在厂部门口哭的时候,李天同还上去给她擦眼泪呢。"

"不会吧,当着赵静静的面,李天同敢这样做?"

"我们车间有人亲眼看见的……"

"赵静静能忍?"

"你没听汪盈还管赵静静叫姐姐吗?"

"合着这个姐姐是这个意思啊……"

于是,第二天还没到上班时间,临一机的人们就看到一个妇人气势汹汹从家属区掠过,直奔汪盈的家,在她的身后,跟着一个瘦弱的男人,脚下跌跌撞撞地,嘴里不停地喊着:

"静静,静静!你先静静不行吗?你听我解释啊……"

"汪盈,你给我滚出来!"

赵静静冲到汪盈家的楼下,冲着阳台大声吼道。

"赵姐,你怎么……"

阳台上出现了汪盈的脸,病歪歪,俏生生,给人一种我见犹怜的感觉。赵静静回头看看自己那相貌尚可的丈夫,又评估了一下自己那离及格线差着六七十分的颜值,不由得妒从心头起,醋自胆边生……

"小唐,这就是你解决问题的办法?"

厂部会议室里,秦仲年看着满脸一本正经的唐子风,用惊愕与不耻交加的口吻问道。

头天厂部门前以及今早家属院里的事情,大家都已经听说了。据说赵静静

第一百零六章 樯橹灰飞烟灭

在用脏话连续刷屏一小时之后,放出话来,说自己被转岗分流是因为能力不足,愿赌服输,自己再不会和汪盈那种无理取闹的人为伍。至于汪盈,接连遭受打击之后,终于卧床不起。徐文兰等一干小姐妹前去探望,看到她面如土色,气息奄奄,再无一点斗志。

众人黯然:临一机撒泼界的一颗明星就此陨落了。

汪赵联盟土崩瓦解,这是厂领导们都喜闻乐见的。唐子风砸杯子训人的事情自不必说,关于汪盈与李天同之间那不得不说的故事,大家也能猜出应当是出自唐子风的编导。对于这种解决问题的方法,厂领导们多少是有些无法接受的。这毕竟不是正人君子所为啊,大家都是领导,怎么能如此没下限呢?

"对待没下限的人,咱们就得比他们更没下限。要不汪盈和赵静静为什么能够逼得大家都走后门上班?"唐子风振振有词地说。

"可是,编排人家的不正当关系,总是不对的。"秦仲年说。

唐子风一摊手:"这不是我编的呀。我只是找人问了问汪盈为什么会和赵静静讲和,大家发现是李天同当的中间人,然后大家就浮想联翩,这能怨我吗?"

"真是这样?"施迪莎问。

唐子风说:"施书记可以去调查,我是那种会胡说八道的人吗?"

"……"

众人皆无语。

"这个问题不讨论了。"周衡发话了,他看看唐子风,说,"小唐,这一次的事情就算了,以后做事情,还是要注意一下影响,你虽然年轻,但也算是厂领导的一员,一言一行都是要经得起推敲的。职工转岗分流的事情,下一步还要坚决地推进。

"今天这个会,主题是讨论一下有关西野重型机械厂向咱们订购重型镗铣床的事情。小唐在这件事情上是有功劳的,未来这桩业务如果能够做成,要给小唐记功。现在,就请小唐给大家介绍一下具体的情况。"

第一百零七章 甩图板

听周衡说起正事，大家都严肃起来了。秦仲年也不再向唐子风发难，他不得不承认，唐子风虽然在一些小事情上有些胡闹，但的确是个有能耐的人，做企业，恐怕真的需要这种锋芒毕露的人吧。

"……大致的情况就是如此。"

唐子风把西重之行的情况向大家详细介绍了一遍，接着分析道，"现在西重方面的态度比较犹豫。从国外进口重镗，技术上有保障，还能显得厂子的实力强，这是他们倾向于进口的理由。但进口设备价格高、售后服务差，也是他们比较头疼的。周厂长请许老出面，给西重打了招呼，对西重来说，也有一些压力，毕竟国家的政策是鼓励使用国产设备，西重也要考虑一下这方面的因素。

"我觉得，西重说给咱们三个月时间来设计新型重镗，就是把决策权交给了我们。如果我们能够在三个月内拿出不比进口设备差的设计，西重也无话可说，看在价格的分上会把这个订单交给我们。但如果我们拿不出合格的设计，他们也就没有心理负担了，可以大大方方地从国外进口。"

"我赞成小唐的分析。"吴伟钦说，"我过去在鸿北重机，我们厂也买过进口设备。其实，对于买进口设备，大家也是非常矛盾的。一方面，进口设备的确是更先进，使用起来更方便。但另一方面，进口设备的价格实在是太贵了，不单是设备价格，还有各种零配件的价格，也都贵得吓人。

"还有就是维修的问题，请国外技师到中国来维修，一小时就是多少美元，而且人家是按从国外上飞机的时间算起的，这不是坑人吗？有些小故障，咱们自己也能修，可人家说了，只要你动过机器，以后就不给保修了，你说这算个啥事？相比之下，买国产设备就没这些麻烦，咱们自己国家的厂家，凡事都好商量，是不是？"

周衡说："国家的政策因素也是有的。西重向部里申请外汇，理由就是这种

第一百零七章 甩图板

重镗在国内无法找到替代产品。如果我们能够设计出同样水平的重镗,西重就没理由了。去年以来,国家对外汇的管制又严格了,西重那边也是要考虑一下政治影响的。"

"所以,就看我们能不能拿下了。"秦仲年叹着气说。

唐子风说:"秦总工,你千万别有压力。就算是技术处拿不下这个设计,大家也不会怪你的,到时候我就说是因为我和西重那边没谈好,不是你秦总工无能。"

"……"

"哈哈哈哈,小唐你也太损了!"宁素云哈哈大笑起来。唐子风这哪是在帮秦仲年减压,分明就是在激将嘛。秦仲年是个技术权威,加之为人忠厚,这一屋子人都不好意思给他施加压力,也只有这个没大没小的唐子风能如此口无遮拦,把秦仲年往绝壁上推。

"三个月时间拿出一台新型重镗的设计图纸,难度还是比较大的。"秦仲年没有追究唐子风的话,而是用一种很认真的态度对众人解释道,"重镗是咱们临一机的传统产品,但也正因为是传统产品,咱们现在的设计有些过时了。昨天我看了一下韩伟昌带回来的西重那边的需求,他们的要求还是比较多的,主要是结合数控技术,要求增加自动换头、双向进给、深孔镗的镗刀自动补偿等等。这些技术倒也不算是什么高难度的技术,基本都是咱们已经掌握的。但要把这些技术融合到一台重镗里,需要一些时间。"

"三个月还不够?"唐子风问,"上次设计打包机,那是咱们从来都没造过的设备,不是十天时间就完成了吗?重镗好歹是咱们有基础的,你们只需要在这个基础上加点东西,我怎么觉得有个三五天就够了?"

这话有三分是出于无知,另外七分就是小唐的习惯性抬杠了。他当然知道即便是有原始设计,但要增加若干新功能,尤其是由传统的手工机床转为数控机床,设计的工作量也是非常大的,绝非三五天就能完成。不过,在他的脑子里,总觉得花三个月时间做一个设计,未免太过拖沓了,如果是一个月,或者一个半月,还是可以接受的。

关于三个月这个时限,是韩伟昌在西重的时候向郑明元说起的。韩伟昌对于设计的难度是有所了解的,但他跟着唐子风出去做业务的时间多了,也知道了迎合客户的重要性。他深知,如果自己向郑明元说设计一台重镗需要半年或者半个世纪,郑明元就会毫不犹豫地把他们扫地出门,怎么可能还会给他们机会?

他当时的想法是,先按三个月做出承诺,到时候再想办法拖延个把月,自己这边再加加班,说不定就能把设计做出来了。

唐子风哪懂这个,他把韩伟昌说的三个月当成一种讨价还价的策略了,以为老韩是故意多说一点时间,以便在进一步的谈判中留有余地。

而西重方面的郑明元和祝启林也都是懂行的人,知道三个月的时限很紧张,当然不可能再去压缩这个时限,而只是放出了话,要求临一机必须信守这个承诺,否则就别怪西重不给面子了。

工业上的事情,果真是外行看热闹,内行看门道。唐子风谈业务的时候计谋百出,一旦涉及专业问题,就要屡屡闹笑话了。

秦仲年知道唐子风的这个短板,他倒也没嘲笑唐子风的无知,而是耐心地解释道:"小唐,你不了解。要把一台传统重镗改造成数控重镗,很多地方都要进行修改。有些地方可能只是一些小调整,比如一个零件的尺寸改小几毫米,但这样也得重新画图。

"上次设计打包机的进度快,是因为打包机结构相对比较简单,零部件的数量少,也没有太多需要计算的东西,做起来还是比较快的。但即便是这样,那些天大家是如何加班的,你也看到了吧?

"这回要设计重镗,零部件的数量增加了好几倍,有些零件的配合关系要反复调整,弄不好就要重新设计,花费的时间肯定要比打包机多得多。三个月时间,如果大家努努力,也不是不可能完成,但压力的确是非常大的。"

"还是老办法,重赏之下必有勇夫吧。"唐子风想当然地说。

周衡摇摇头,说:"激励政策肯定是要有的,但激励也不是万能的。人的精力是有限的,咱们不能一次又一次地让大家加班加点,这样做是不能持久的。搞设计毕竟还是脑力劳动,把大家弄得太累了,创造力就没有了。"

"脑力劳动吗?"唐子风笑道,"我怎么觉得工程师搞设计都是体力劳动啊。我去参观过技术处的制图室,看着大家一个个都戴着袖套在那画图,看着和车间里工人干活没啥区别啊。"

秦仲年哭笑不得:"你以为画图就不需要动脑子?当然了,画图也的确是体力活,很占用时间和精力的。"

第一百零七章 甩图板

唐子风眼前一亮："咦,秦总工,你不说我还忘了,现在都什么年代了,怎么咱们临一机的技术处还在用手工画图啊?如果换成CAD(计算机制图软件)啥的,是不是效率就能成倍提高了?"

秦仲年有些无法接受唐子风的语言习惯,不过他还是旋即就把关注点转到了唐子风说的正题上:"你是说甩图板吗?机械部倒是在推动这件事,但现在咱们的条件还不成熟啊。"

"什么叫甩图板?"这回轮到唐子风蒙圈了,怎么听着像是一种群众体育的名称呢?

秦仲年笑道:"就是你说的用CAD画图的事情嘛。现在国内已经有一些单位在用计算机画图纸了,相当于把原来的绘图板都扔了,所以大家就俗称为甩图板。我在设计院的时候,还专门起草过给部里的请示报告,提出全国机械系统要开展甩图板运动,争取到2000年之前,50%的国有机械企业要摆脱绘图板,像咱们临一机这样的大型国企,要达到100%甩图板。"

"那为什么不做呢?"唐子风问。

"哪有这么容易?"秦仲年说,"甩图板最大的障碍就是资金问题啊。一台电脑怎么也得几万块钱吧?一套进口的CAD软件,我专门打听过,也是2万多块钱。咱们技术处就算是添置50套设备,再加上软件,就得奔着两三百万去了,咱们厂哪能拿出这么多钱?"

唐子风看着秦仲年,问道:"秦总工,我就问一句,如果给技术处凑上50套设备,包括软件在内,你们能够把设计效率提高多少?"

秦仲年认真地想了想,说道:"我觉得,提高三倍以上是没问题的。就比如说设计这台重镗的事情,原理设计是没法用计算机代替的,但画图的工作量可以大幅度减轻。如果有足够多的设备……嗯,还得有人帮助培训,那么我觉得两个月拿出让西重满意的设计,也是有把握的。"

"这事包在我身上了!"唐子风拍着胸脯说道。

第一百零八章　名正言顺的钱

"你打算怎么帮技术处解决甩图板的问题？"

厂务会结束后，周衡把唐子风叫到自己的办公室，对他问道。

刚才在会上，唐子风言之凿凿地说这件事包在他身上，让全体厂领导都惊得掉了一地的眼镜片。

照秦仲年的说法，技术处要完成"甩图板"，需要花费二三百万元，这笔钱临一机至少在目前是拿不出来的。别看临一机此前通过卖打包机赚了些钱，但这些钱要用来应付未来几个月厂里的开销。如果在几个月内临一机找不到新的业务机会，等打包机的利润用完，临一机难免要再次陷入发不出工资的窘境。在这种情况下，厂里怎么可能拿几百万去添置什么CAD设备？

换成其他人这样说，大家恐怕早就嗤之以鼻了。可偏偏这样说的是唐子风，大家心里便多了几分希望。毕竟唐子风在过去几个月中创造了太多的奇迹，这是一个从来不按常理出牌的人，万一他真有什么办法呢？

秦仲年倒是第一时间就询问了唐子风的打算，不过唐子风笑而不语，说天机不可泄漏，泄漏了就不灵了。大家对此也能理解，因此也就没再追问下去，而是继续讨论重镗的事情。

关于重镗的设计周期，最终形成了两套方案：一是照着现在的节奏，尽最大努力在三个月之内完成设计；二是建立在唐子风真的能够弄到50套设备的前提下，届时技术处将全体开始学习CAD设计，加上学习时间，争取用两个月时间完成重镗的设计。

周衡没有在会上详细询问唐子风的打算，会议一结束，他就迫不及待地把唐子风找来了。50套CAD设备，连硬件带软件，可真不是一笔小钱，周衡不可能不关注。

"周厂长，我觉得咱们厂必须尽快完成甩图板的工作，转向计算机辅助设

第一百零八章 名正言顺的钱

计。这是咱们厂能不能获得长久竞争力的关键。"唐子风说。

周衡点点头："这件事我也考虑过,现在全国上下的设计单位都在谈论甩图板的事情,咱们也不能落后。只是,我原本想着等厂里的财务状况好一些,再咬咬牙,拿出一两百万来做这件事。可现在听你的意思,是打算马上就解决?"

唐子风说："正是如此。我原来没想到这件事,今天听秦总工一提,我才发现自己忽略了。如果咱们能早一点搞成计算机设计,响应市场的速度就能加快,这样能够抢到很多业务机会。此外,一家企业拥有 CAD 和不拥有 CAD,在客户心目中的印象是不一样的。想想看,如果咱们技术处能够有 50 台电脑,办公室里人手一只鼠标,我带客户过来一参观,那是什么一种感觉?"

周衡没有被唐子风的忽悠所迷惑,他看着唐子风,冷笑一声,说："小唐,我怎么觉得,你刚才在厂务会上是在吹牛?这会是不是觉得牛皮吹得太大,没法下台了,所以在套我的话呢。"

"呵呵,我就知道瞒不过英明睿智的周厂长。"唐子风干笑着,却是承认了周衡的猜测。

周衡狠狠地瞪了唐子风一眼,说道："你啥时候能改改这个满嘴跑火车的习惯?你在大学里是不是成天不好好学习,光学吹牛皮了?"

"其实,我们老师偶尔也教我们吹牛皮的,我算是成绩比较差的那个。"唐子风觍着脸说。

周衡也实在是拿这个下属没办法了。古语说"人无节操,不知其可也",唐子风是那种不在乎别人说长道短的人,周衡偶尔想挖苦他两句,以便唤起他的廉耻心,也屡屡以失败告终。他放弃了与唐子风磨牙的努力,言归正传道:

"你说说看,你原来的打算是什么,现在又想到什么困难了?"

唐子风也收起调侃的表情,说："其实也没啥困难,只是有些事需要请周厂长出面,我的面子不够大,人家不一定会买我的账。"

周衡说："你具体说说。"

唐子风说："刚才秦总工说起甩图板的时候,我就想起来了,去年的时候,计委、经贸委、科委和机械部联合发过一个文,号召全国工矿企业和设计单位甩图板,几家部委还联合搞了一个基金,您还记得吗?"

周衡眼睛一亮："你这样一说,我还真想起来了。当时几部委凑了 5000 万还是多少,用于资助各单位开展甩图板运动。怎么,你想打这笔钱的主意?"

"当然！"唐子风说，"这是名正言顺的钱，我们为什么不能打主意？以咱们临一机的地位，申请个千儿八百万，不成问题吧？这笔钱拿过来，拨出 200 万给老秦去买计算机和软件，剩下 800 万，咱们吃点啥不行？"

"又在胡说八道！"周衡斥了一句，然后皱着眉头想了想，说："千儿八百万肯定是不用想的，全国范围内也就是这 5000 万，咱们怎么可能拿到这么多？

"我记得当时的文件是说这笔基金是给各企业做补贴的。企业要申请这笔钱，首先需要自己先投入一笔钱，然后国家再按一定的政策标准和比例给予补贴。也就是说，我们如果要申请 100 万，自己恐怕先要投入两三百万才行，否则国家是不会白白给你投资的。"

"我印象中也是如此。"唐子风说，他穿越过来之后记忆力颇佳，当初草草看过的文件，也能记得不少细节，其中的确是有按比例配套一说的。他说："先不管咱们自己投入多少，周厂长，你有没有把握，从这笔基金里给咱们申请到一部分？没有千儿八百万，有个 100 万也行啊。"

"100 万嘛……我觉得还有几分把握的。"周衡说。他是一个稳重的人，能够说到有几分把握，其实就是很有把握了。唐子风说得对，临一机是大型国有企业，在部里是有一定地位的，再加上临一机脱困是部里的大事，他如果给部里打个报告，申请一部分"甩图板"补贴，部里应当是会予以考虑的。

唐子风说："这件事，只能是周厂长你去联系，我出面是白搭。"

"也有你办不成的事情嘛！"周衡不失时机地敲打了他一句。唐子风能够在商场上呼风唤雨，但回到体制内就不一定灵光了。这件事是涉及卖面子的事情，周衡的面子勉强够用，唐子风在这种场合就纯粹是个透明人，哪有什么面子可言？

"秦总工说甩图板需要二三百万，我觉得有些悲观了。现在市面上一台奔腾的兼容机，也就是 1 万元以内，50 台也就是 50 万。再配上打印机、磁带机之类的，六七十万应当够了。软件方面嘛……"唐子风停住了。

周衡说："软件这方面，我也觉得不一定需要花多少钱。我听说很多单位都是用盗版软件的，功能和正版的也没啥区别。"

唐子风看着周衡，好半天才叹口气，说："周厂长，你这种思想要不得啊。咱们好歹也是国有大厂，未来是要参与国际竞争的，技术处用盗版软件，这事传出去可有点不好听。你看秦总工那么严谨的人，他会愿意用盗版软件吗？"

第一百零八章 名正言顺的钱

"我觉得……也无妨吧?"周衡有些底气不足地应道。没办法,这就叫人穷志短,他也知道保护知识产权的重要性,可一套进口的 CAD 软件价值 2 万多元,他实在是有些心疼。

唐子风说:"我是这样考虑的。买软件,咱们肯定是买不起的。用盗版呢,只能是最后的手段。我申请回一趟京城,我去找找图奥公司的办事处,看看能不能说服他们赞助一下咱们厂。如果此事能成,咱们就把他们赞助的软件当成我们的投入,用来向几个部委交账。"

他说的图奥公司,正是当下全球最流行的 CAD 软件的开发商,周衡虽然没用过 CAD 软件,却也是听说过图奥公司的名字的。听到唐子风的打算,周衡迟疑一下,问道:"你有多大把握?"

"事在人为吧。"唐子风说,"我先把目标选定为图奥公司,如果他们不愿意赞助,大不了我再去找其他公司。我听说,现在做 CAD 的公司有几十家之多,一家一家找下来,总能找到愿意给我们赞助的。"

"这也倒是一个办法。"周衡被唐子风说动了。他吃不准唐子风有多大的能耐,但觉得让他去试试也无妨,反正也没啥成本不是?至于说万一碰了钉子,会不会丢脸之类的……唐子风是在乎脸的人吗?

"你回一趟京城也好,出来四个月了,你还没回去过吧?顺便回学校去看看老师同学啥的。至于 CAD 这边,你尽力就好。实在不行,咱们花点钱,买上三五套先用着,也能应应急,你说呢?"周衡说。

唐子风笑道:"哈哈,有周厂长这话,我就没压力了。我想好了,明天就走,回京城快活去。短则半个月,长则一两个月,我就回来了。"

周衡怒道:"什么半个月一个月的?我让你回京城去,可不是让你去快活的,更不是让你去打理你那个什么出版公司。厂里还有一大堆事情,都是要等着你回来处理的。就比如说,各单位分流的职工,最终是要转到劳动服务公司去的,这件事离了你不行。"

"属下……惶恐!"唐子风向周衡深揖一礼,说道。

第一百零九章　吉人自有天相

一大早,机械部二局的楼道里便热闹了起来。一开始是有偶然从楼道里走过的人大呼小叫,不一会儿各个办公室都有人跑出来,对着一位手里拎着大旅行包、风尘仆仆的帅哥评头论足,拉拉扯扯:

"呀,小唐回来了!"

"哟,这不是唐助理吗?当了领导气色就是不一样啊!"

"小唐,是不是在临河乐不思蜀,把我们都给忘了?"

"听说临河的姑娘都特别漂亮,有没有对上眼的……"

"小唐……"

楼道里的动静是那么大,以至于刚在办公室坐下的二局局长谢天成都无法淡定了,他皱着眉头向走到桌边来给他倒水的秘书吴均问道:"外面是怎么回事?"

吴均是刚从外面拎热水瓶进来的,对于楼道里的事情倒是很清楚,他笑着说:"是机电处的唐子风回来了,大家在跟他打招呼呢。"

"我怎么听到都是女同志的声音?"

"呃,小唐一向比较讨女同志们的喜欢……"

"这小子!"

谢天成嘟哝了一句,脸上却分明有了一些笑纹。唐子风在临一机做出的那些成绩,周衡都已经向局党组汇报过了,谢天成对唐子风的印象也就有了巨大的改观,不再把他当成一个不着调的问题青年了。

楼道里一阵躁动的声音在向谢天成办公室的方向传来,让人能够想象出引发这些动静的人正在艰难地走过来。谢天成足足看完了一摞厚文件,才听到有人敲门的声音。

坐在隔壁套间里的吴均起身过来打开了门,门外站着的正是唐子风。他看

第一百零九章 吉人自有天相

起来有些狼狈,衣服上也有一些褶皱,不知道是在火车上挤皱的,还是刚才被一干女同事揉皱的。他看着谢天成,装出一副怯怯的样子,说道:"谢局长,我能进来吗?"

"进来吧。"谢天成招呼了一声。

吴均把唐子风带进屋,让他在沙发上坐下,又给他倒了一杯水,放在他身边的茶几上。

唐子风拉开自己的大旅行包,那旅行包的体积分明已经比他刚进楼道的时候缩小了七成。他从包里拿出两个外观很是不堪的纸盒,起身递到谢天成的桌上,说道:"谢局长,这是周厂长让我给您带的临河特产,两盒都是灯芯糕。本来还有米花糖和绿豆酥的,刚才在楼道里碰上我们处的刘处长,她说谢局长不爱吃糖,就给抢走了……"

唐子风到临河去挂职四个月,第一次回局里办事,肯定要给老同事们带点地方特产啥的,这也就是人情世故罢了。遇上老领导刘燕萍,上来就把他的旅行包拉开了,先挑自己喜欢吃的东西抱走,也不听他如何解释说是给局长留的那份。刘燕萍动手之后,其他女同事自然也不甘落后,纷纷你争我抢,于是到最后就只剩下这两盒食之无味、弃之有淀粉的灯芯糕了。

谢天成瞟了那两盒灯芯糕一眼,没有接这个话头,而是问道:"怎么样,小唐,在下面工作几个月,还适应吧?"

唐子风已经坐回沙发上去了,听到谢天成的问话,他坐直身子,答道:"挺好的,基层的工作和机关里不太一样,头绪比较多,还是很锻炼人的。"

谢天成说:"你在临一机的工作,老周都已经向我汇报过了,你做得很不错。看起来,你还是更适合在基层工作的,那里天地更广阔,能够让你大显身手。"

"呃……呵呵,其实基层和机关都挺能锻炼人的。"唐子风赶紧把话往回收,刚才光顾着说漂亮话了,似乎给局长一种自己很乐意在临河待着的错觉。

谢天成听懂了唐子风的话,他不置可否,转而进入了正题,问道:"老周让你回局里来,是什么事情?"

"周厂长让我把我们厂的请示函带过来了。"唐子风说着,从包里掏出一份文件,递给谢天成,同时介绍着相关的情况,"西野重型机械厂有意向我们厂订购一台数控重镗,条件是我们必须在三个月之内完成设计。秦总工认为,我们要在三个月之内完成重镗的设计,主要的障碍就是制图的工作量太大。

"鉴于此,我们厂务会做出决议,准备立即启动甩图板的工作,用一个月左右的时间,让计算机辅助设计所需设备和软件到位,并完成全体设计人员的技术培训,随后再用一个月时间进行重镗的设计。"

"我们初步计算了一下,按照添置 50 套设备来计算,需要花费大约 250 万元,而这笔支出是我们厂无力承担的。所以,我们厂拟了一个申请报告,希望局里能够帮助我们协调获得四部委的甩图板专项津贴。这件事十万火急,如果这个申请需要三五个月才能批复下来,我们的工作就来不及了。"

"唔,我知道了。"谢天成点点头。这件事,头一天周衡已经通过电话向他汇报过了,只是没有唐子风说的那么详细而已。他看了看唐子风带来的请示函,然后问道,"你们打算用一个月时间就完成甩图板的工作,有把握吗?"

唐子风说:"有把握。秦总工通过电话向一些已经完成甩图板的兄弟单位了解过,他们反映使用 CAD 画图的难度并不大,主要只是一个使用习惯问题。各家单位从开始培训到技术人员基本掌握 CAD 技巧,也就是十几天时间,再往后就是在使用中不断提高熟练程度。

"新版的 CAD 软件交互性很好,很多操作都已经得到了简化,而且充分考虑到设计人员的操作习惯。现在我们技术处的工程师都在跃跃欲试,大家都表示,只要设备到位,大家哪怕是夜以继日,也要在半个月内掌握这门技术。"

"那么,软件方面的问题,你们打算怎么解决?"

"我这次回京城来,主要任务是去一趟图奥公司在京城的办事处,请他们给我们提供一些赞助,比如免费赠送我们几十套软件。"

"这件事有把握吗?"

"还是有一些把握的。"唐子风说,"出门之前,我在厂资料室翻了一下最近的计算机报,了解到图奥的 CAD 软件在国内推广得非常不顺利,到目前为止注册用户还没到 3000 个,而它在全球的注册用户有 200 多万。我觉得,图奥可能也希望采取一些措施来提高自己的市场份额,而这就是我们的机会。"

"局里能够帮你们做什么?"谢天成问。

唐子风说:"我们希望局里能够给我们一个名目,越大越好。比如说,请部里确认,临一机的这次甩图板工作,是部里的重点工作,甚至是四部委联合推动的一个示范项目。名目越大,我就越有把握去说服图奥的市场人员。"

谢天成哑然失笑:"总听老周说你小唐擅长空手套白狼,现在你都套到我这

第一百零九章　吉人自有天相

里来了。唔，给你们一个名目，倒也不难。你们如果真的能够完成甩图板，而且利用甩图板的成果完成了西重那台数控重镗的设计，对于整个机械系统推进甩图板工作也是有示范作用的，说你们是示范项目，也不算是假话。"

"对对，我们也是这样想的。听说现在很多企业对于甩图板这件事都是持观望态度，周厂长就说了，我们应当有敢为天下先的担当和勇气，要勇于为局领导分忧……"

"打住打住！"谢天成听不下去了，"不就是想让局里给你们一个名义吗？你至于把自己说得那么伟大吗？这样吧，这件事昨天局党组已经议过了，大家都认为，还是应当全力地支持你们这项工作，一来是因为临一机能够有目前的起色，非常不容易，我们还要继续扶一把；二来呢，就是甩图板这件事本身也是非常有意义的，你们能够率先下这个决心，的确难能可贵。"

唐子风说："谢谢局领导理解。"

谢天成说："你们要申请四部委的基金支持，必要的程序还是要走的。我们这边可以特事特办，给你们加快一些速度。但涉及部里，还有计委、经贸委那边，就不是我们能够去催的。所以，这笔资金就算能批下来，起码也得一个月以上。"

"那不是黄花菜都凉了？"唐子风心里一凉。

谢天成笑道："要不怎么说老周这个人是吉人自有天相呢。就在前几天，联想公司来找过我们，说要赞助我们100台高配置个人电脑。局党组已经定下了，从这笔赞助的电脑里，给你们拨出50台，指定用于你们技术处的甩图板工作。具体的手续，我已经交代规划处去办了。你如果在京城能够待三天以上，回去的时候，就可以把这批电脑带走了。"

第一百一十章　唐子风的童年梦魇

一个部委就是一座宝藏,只有不擅长淘出宝贝的人,没有淘不出来的宝贝。唐子风向周衡提出找部里帮助解决计算机问题,周衡没怎么犹豫就答应了,就是因为他知道即便四部委的那笔"甩图板基金"无法申请到,部里也会有其他的渠道能够解决问题。当然,问题能够如此简单地得到解决,是周衡和唐子风事先都没有预料到的,这或许就是谢天成说的"吉人自有天相"吧。

虽然给临一机拨去了由联想集团赞助的50台电脑,谢天成还是留下了唐子风带来的请示函,准备帮临一机申请一下四部委的基金。钱这种东西,当然是永远都不嫌多的,如果能够把这笔基金申请下来,临一机就可以采购一台中型机或者工作站之类的,这不比个人电脑效率更高吗?

接下来,谢天成又对唐子风做了一些例行的工作指导,包括提醒唐子风要注意工作纪律、讲究工作方法、虚心向老同志学习、注意身体、择机解决个人问题等等,唐子风点头不迭,连声表示会深刻领会领导指示精神,严于律己,不负期望等等。

从谢天成那里出来,唐子风又回机电处去向新旧领导汇报了一下工作,与同事们说了些闲话,然后才离开了机械部大楼。出了门,他抬手叫了一辆出租车,吩咐道:"去六郎庄。"

六郎庄是人民大学西门外的一片城乡接合部。去年唐子风离开京城之后,由王梓杰在这里租了六郎庄小学闲置的一层教学楼,建立起了"双榆飞亥公司"的创作基地。如今的双榆飞亥公司早已鸟枪换炮,非但有五六百平方米的办公场地,还拥有了50多台二手电脑,简直比临一机的技术处还要阔气。

唐子风照着王梓杰告诉他的地址,来到六郎庄小学,从单独留给双榆飞亥公司的楼梯上到二楼,推开楼梯口的玻璃门,没等他说啥,就见一个柜台后面的小姑娘站起身来,向他问道:"先生,请问您找谁?"

第一百一十章 唐子风的童年梦魇

"我叫唐子风,我找王梓杰。"唐子风说。

"哦,王老师在……咦,原来您就是唐总啊,哎呀,对不起,对不起,我没认出您来。王老师在办公室呢,我带您过去……"

小姑娘后知后觉地跑上前给唐子风带路。她是王梓杰招的公司前台,也分管行政内务啥的。她一向都知道公司还有一位老板叫唐子风,而且也曾看过王梓杰与唐子风的合影,只是刚才那一刹那没认出来而已。

唐子风露出一个上位者的矜持的微笑,甚至还向小姑娘点了点头,以示亲民,然后便跟着小姑娘往楼道里走。楼道两边的办公室其实就是原来小学的教室,现在摆上了办公桌和隔断,王梓杰雇来的学生一人一个工位,正在噼噼啪啪地敲着键盘,看起来倒真有几分IT(互联网技术)公司的模样了。

王梓杰的办公室设在楼道尽头,是原来的年级组办公室。听到动静,王梓杰先迎了出来,远远地就打着招呼:

"哟,这不是唐总吗,您老人家终于有时间来公司视察了。"

"嗯嗯,你们这里弄得不错嘛。"唐子风把下巴仰成45°,牛气哄哄地说。

"为人民服务!"王梓杰应道,好歹当年也是参加过军训的,应答词练得极溜。

前台小姑娘完成了带路的任务,笑嘻嘻地回去了,手里还拿着一盒唐总送的灯芯糕。小姑娘一个月工资300块钱,租房加吃饭花掉一多半了,买支口红都要抠巴巴地省几个月的钱,平时哪舍得买零食吃。这一盒灯芯糕,也够小姑娘高兴半个月了。

既然王梓杰已经迎出来了,唐子风也就不用再去他的办公室了,而是由王梓杰陪着,走进了一间大教室,嗯嗯,现在应当叫作大工作间了,开始视察工作。

"所有这些人,都是清、北、人、师四大高校的大一、大二学生,事先问过高考成绩,最起码是区县的前五名,光省状元就有三个。"王梓杰低声地向唐子风介绍道。

"到时候这一点要写到书的后记里去。"唐子风交代道,"还有那三个状元,要让他们每人写一小段推荐语,再署上真名。"

"署真名有点困难……"

"能用钱解决的能算困难吗?"

"也是……"

"这些人的报酬是怎么算的？"

"每天规定工作量，完成了给 100 块钱。发现错误按条扣钱。超额完成有奖。大概 30% 的人能够拿到超额奖，最多的一个月干 10 天，能赚到 1500 块钱。"

"不要吝惜钱。"唐子风说。

说话间，他们走到了一位穿着掉了线的旧毛衣的男生身后，此人正聚精会神地在电脑上写着公式，不时还拿起笔在面前的一张纸上打着草稿。唐子风看了一会儿，上前拍拍那男生的肩膀，男生愕然回头，看着唐子风。

"你是哪学校的？"

"北大的。"

"中学是哪的？"

"楚天省的。"

"高考考了多少名？"

"全县第一，全省第十七。"

"高考数学模拟卷，你一天能做几份？"

"快一点的话，10 份吧。"

"还行……"唐子风满意地点点头，"你继续吧。"

"我们给他们的任务是一天 5 份，多完成 1 份就奖励 20 块钱。这个学生家是农村的，听说家里经济条件很差，所以他干活也最卖力。就是他，去年年底的时候，一个月赚了 1500 块钱，听说自己只留了 100，剩下的都寄回家里去了。"走开几步之后，王梓杰向唐子风介绍道。

"嗯嗯，王老师功德无量。"唐子风夸奖道。

"都是唐总指导得好。"

"等这套书编出来，你的功德会受到万世传扬的。"唐子风说。

原来，在这个硕大的编书工厂里，正在编写一套旷世奇书，唐子风给它起的名字叫作《高考全真模拟》！

这套书，曾是唐子风上一世的案头必备、高考宝典、青春伴侣、童年梦魇……如今，他要把它提前呼唤出来，造福于数以千万计的高三学子。

整套书的创意都是由唐子风从后世记忆中拷贝出来的，王梓杰则充当了一名忠实而能干的执行者。王梓杰投入重金搜集各地的高考模拟试卷，再从北京

第一百一十章 唐子风的童年梦魇

高校雇来一批学霸进行甄选,把其中质量低下的试卷淘汰掉,留下精华,汇编成册。现在正在工作的这些学生,任务是为每套试卷编写标准答案,有些还要配上解题思路。

没有人比这些刚刚经历过高考的省、市、县三级状元、榜眼更了解高考题的解法,许多区县级中学可能全校都找不出一个老师的水平能与这几个屋子里的学生相媲美。集中如此多智慧编出来的这样一套高考指导书,国内还有谁能与之争锋呢?

"书要抓紧做出来,赶在1996届毕业生开始高考复习之前,铺到全国各省会级城市,广告则要一直打到四线城市。印刷可以在各大区各找一家印刷厂来做,总而言之,就是要做到垄断全国的高考复习资料市场。明年一年,这套书最起码要做到1亿码洋。如果做不到,你也别自称什么王教授了,回家生你的孩子去吧。"

回到办公室,唐子风一屁股坐到王梓杰的老板椅上,端着王梓杰给他泡的铁观音,意气风发地说。

王梓杰在旁边坐下,也端了一杯茶,笑着说:"你还别说,一开始我真不太相信这套书有这么神。这段时间跟着这些学生一起编书,看了已经编好的那些,我还真有信心了。1亿码洋能不能做到,我不敢说,但四五千万应当是没跑了。刨掉成本,明年一千万利润不在话下。"

"哈哈,这还只是开头呢。"唐子风说,"你算算,全国多少高考生?你就等着躺着赚钱吧!"

"老八,你的眼光,我老王佩服!"王梓杰由衷地说,"你在临河跟那个香皂西施搞的超市,我回京城之后也去考察了一下,发现京城已经办起好几个了,那都是赚钱比抢钱还快啊。不过,人家的投入也真是大,咱们那点资本,不够陪人家玩的。"

唐子风说:"这个不急。超市的业务,你我都不擅长,交给黄丽婷去做就好了,我觉得,她有这个天分。至于说未来她能够做到多大,咱们只需要拭目以待。现在咱们先抓住编书这个业务,原来的那些知识大全,在京城估计是卖不动了,但我觉得,像临河这样的地方,应当还有市场,回头你注意开拓一下。对了,我昨天打电话让你打听图奥的事情,你了解得怎么样了?"

第一百一十一章　总得说个像样的理由

"有眉目了。"

听到唐子风问起图奥公司的事情,王梓杰顿时就来了精神。刚才那一会,唐子风在他面前装得太狠了,他还不得不小心翼翼地奉承着,谁让"全真模拟"的创意是人家唐子风提出来的呢?人家也的确有牛哄哄的资本不是?

可现在唐子风开始问图奥公司的事,就轮到王梓杰可以装一装了。

"前天接到你的电话以后,我马上就安排人去了解情况了。结果一问,你猜咋的?"王梓杰开始卖关子了。

"图奥公司中国办事处的负责人是你异父异母的亲兄弟?"唐子风问。

"也差不了多少吧。"王梓杰说,"图奥公司中国办事处的市场总监是咱们学校毕业的!"

"居然是咱们学校毕业的?"唐子风心中大喜,遇到个校友,总是会好说话一点的,他问道,"是哪级的?什么专业?有没有人认识他?"

"是1986级的,至于专业嘛,你猜。"

"我现在分分钟几百块钱收入的人,跟你玩这种小孩子游戏?"唐子风没好气地斥道。

"我告诉你吧,是价格专业的!"王梓杰得意地说。

唐子风惊愕道:"那岂不是咱们正宗师兄,叫啥名字?没准咱们还认识吧。"

人大计划系下属三个专业,分别叫作国民经济计划学、价格学和生产布局学,都是极其硬核的。唐子风和王梓杰是1988级计划专业的,如果这位图奥的市场总监是1986价格学的,那与唐子风他们就是本门师兄弟了,这关系可就太近了。

王梓杰说:"她叫李可佳,你有印象没有?"

"居然是她!"唐子风想起来了,那可是一位漂亮师姐,曾经在系学生会当过

第一百一十一章　总得说个像样的理由

宣传干事还是啥的。有一年系里搞联欢，她还和唐子风一起当过主持人，不过唐子风当时徒有一张颇为帅气的脸，嘴皮子却略显木讷，站在台上纯粹是给李可佳当背景墙去了。

"怎么样，是不是觉得世界很奇妙啊？"王梓杰说。

唐子风感慨道："我倒是想起今天早上我们局长说的那句话了，叫作吉人自有天相。我琢磨着，这应当是我们老周的大气运作祟吧，这么狗血的事情都能让我碰上。"

"要不，下午我陪你去会会这位大师姐？没准她现在还是一个人呢。"王梓杰果然又把话题岔到不可描述的方向去了。

"呸！你去凑啥热闹！"唐子风说，"我借你这的电脑用用，这两个小时，你别打搅我，我得写一个花团锦簇的策划书，当作下午拜见师姐的礼物。"

"切！弄得跟真的似的！"王梓杰不满地嘟哝了一声，倒也乖乖地回避开了。大家玩笑归玩笑，正事还是不能耽误的。

唐子风一口气忙碌了三个小时，连中午饭都是王梓杰让人送过来的。到下午两点左右，他写出了一份洋洋洒洒二十几页的策划案，用公司里的打印机打出来，装订成一个小册子，这才离开六郎庄小学，叫了辆出租车，直奔图奥公司中国办事处的所在地。

走进办事处大门，便有前台接待小姐上前招呼。与双榆飞亥公司的前台相比，人家那叫一个职业，连微笑都显得那么高冷，哪像双榆飞亥公司的前台那样憨萌。

"我找李可佳女士，我是……呃，你就说我叫唐子风，是她的师弟。"唐子风稍一迟疑，还是决定先不报自己的工作单位了，大家就权当是校友叙旧吧。

前台拨了个电话，不知道与里面的人说了点什么，脸上的笑容稍稍有了一点暖色。她向唐子风报了李可佳办公室的房间号，然后便示意唐子风可以进去了。

"咦，果然是你啊。"

唐子风来到李可佳的办公室门前，发现房门已经打开了，李可佳亲自迎了出来，见着唐子风，颇有几分高兴的样子，忙不迭地招呼着他进门。

"Tea, or coffee(茶，还是咖啡？)？"

请唐子风在长沙发上坐下后，李可佳客气地问道。她可不是故意要显摆自己的英语,实在是在外企待的时间长了,语言切换的时候难免会有一些时滞。

"茶吧。"唐子风应道。

李可佳给唐子风倒了茶,然后坐在侧面的一张单人沙发上,身体微微前倾,显出与唐子风不见外的亲昵模样,然后笑着问道:"你怎么知道我在这?还有,你是专程来找我的吗?"

唐子风说:"我托人打听图奥公司的市场部有没有熟人,结果发现图奥的市场总监居然就是你,这实在是太让人觉得戏剧化了。"

"怎么,你是要帮你们单位采购图奥的软件吗?对了,你现在在什么单位?"李可佳问。

这就是爽快人之间的对话风格了,用不着绕什么弯子,直接就进入了主题。李可佳当然知道唐子风不是来看望她这个师姐的,毕竟二人过去并没有什么交情,也就是一个长得漂亮,另一个长得帅气,稍微有点惺惺相惜而已。既然对方是有正事,那么大家就不妨先谈正事,谈完之后再聊闲话也不迟。

唐子风说:"不瞒师姐,我这趟来,是想向图奥公司化缘的。"

"化缘?这话怎么讲?"李可佳脸上依然带着笑容,但明显是由春花变成了秋花,没准一会儿就成霜花了。

这年头,外企也是经常被人"打劫"的对象。京城的大单位多,许多单位要办点什么事的时候,往往会找企业"化缘",其实就是让企业出钱出东西的意思了。早先,这些单位只会找在京的国企化缘,对外企是不敢轻易染指的。其中的缘由比较复杂,既有家丑不便外扬的心态,也有担心闹出外事纠纷的心态。

随着国家的开放程度不断提高,外企在国人眼中的神秘感也渐渐减弱了。一些外企为了开拓中国市场,也会主动地与一些大单位合作,提供各种名目的赞助。大单位发现这一点之后,又会反过来向外企伸手,弄得不少外企不胜其烦。

李可佳是图奥公司中国办事处的市场总监,正好就是负责与大单位接洽的,各种化缘的事情遭遇过无数。如今听到这位自己印象还算不错的师弟也跑来向自己化缘,她立马就有些不开心了。

一个熟人骗你的钱,总是比一个陌生人骗你的钱更让人心寒的。再如果这个熟人是个长得挺帅气,让你忍不住有一点点怦然心动的小师弟,这种心寒的感觉难免又要加上一倍。

第一百一十一章 总得说个像样的理由

"我先向师姐介绍一下我的情况吧。"唐子风说。接着,他便把自己毕业分配到机械部,去年又被派到临一机担任厂长助理,目前临一机准备开展甩图板工作,却又买不起正版 CAD 软件等一系列事情都说了一遍。

李可佳听罢整个事情的原委,脸色显得好看了一些。她说道:"原来你是想让我们免费赠送你们 50 套软件,我还以为你说的化缘是想让我们出钱呢。"

"这怎么可能?"唐子风说,"师姐觉得我是那么没节操的人吗?"

"可是,我们的软件也是要卖钱的。我们最新版的 CAD 报价是 22400 元一套,50 套就是 110 多万呢。哪个单位找我们化缘,也不敢开这么大的口啊。"李可佳说。

她话归这样说,态度上却分明没有多少愤怒,甚至没有唐子风刚开口时她所表现出来的那种疏远感。她并不刻意隐瞒自己表情上的变化,其实是在向唐子风传递一种暗示。

唐子风何其聪明,从李可佳的表现便猜出这件事有几分希望,李可佳只是在等待他给出合适的理由而已。他笑着接过李可佳的话头,说道:"师姐刚才也说了,你们的 CAD 报价 22400 元一套,仅仅是报价而已。对于你们来说,一套软件的成本,其实也就是刻几张光盘罢了。"

"话不能这样说。"李可佳正色道,"软件的成本在于它的知识产权,我们提供一个授权就要收这么多费用的。"

"可是,全国这么多盗版用户,你们收到费用了吗?"

"盗版是不对的。我们已经向中国的有关部门反映过很多次,希望他们严厉打击这些侵犯知识产权的行为。"

"政府肯定是会打击盗版的,但这个过程会很漫长。在这之前,你们的软件反正是收不到钱的。同样不收钱,能够培育出我们临一机这样一个正版用户,有什么不好呢?"

"……"

李可佳无语了,她看着唐子风那一脸憨厚的样子,忍不住扑哧一笑,说道:"你还真不愧是我师弟,一套歪理还能说得这么理直气壮。可图奥公司也不是我开的,要白送 50 套软件的授权给你们,你总得给我个像样的理由吧?否则我怎么向公司总部交代呢?"

"我当然有像样的理由。"唐子风说,他从随身的包里掏出自己写的那一叠策划案,递给李可佳,说道,"这是我给贵公司做的营销企划,凭这份企划,你们公司总部非但会同意你给我们赠送 50 套正版软件,甚至会让你给全国的企业赠送出 5000 份、5 万份。"

第一百一十二章　重要的是注册用户

"有这么神奇吗?"

李可佳吃惊了。她早就知道唐子风敢于向她化缘,肯定是有一些理由的。作为同门师姐弟,她坚信唐子风不是那种无脑的人,会毫无倚仗就跑来提出这种非分的要求。

可她万万没想到,唐子风居然口气这么大,声称一份企划案就能够让图奥公司总部答应在中国市场上免费赠送5000份甚至5万份软件。要知道,一份CAD软件的报价是2万多元,如果赠送5万份,就相当于送出去10亿元的产品,这是何等疯狂的一个方案啊。

"师姐,你听我来给你分析。"唐子风说,"首先,据我看到的数据,图奥公司目前在全球拥有200多万注册用户,而在中国市场上只有不到3000注册用户,这是不是事实?"

"的确是这样。"李可佳说。这个数据其实就是前些时候她接受记者采访时说的,当时她说这话的目的在于抱怨国内的知识产权保护不力。按图奥公司中国办事处的估计,国内盗版的图奥软件用户不少于50万,而正版用户才区区3000。

唐子风说:"国内注册用户少的原因,在于软件的价格远远超出了中国用户的承受能力。1994年,美国的人均GDP(国内生产总值)是2.8万美元,而中国不到600美元。你们一套软件的价格大约是2700美元,相当于美国人均GDP的1/10,而相当于中国人均GDP的5倍。

"你想想看,让你花年收入的1/10去买一辆自行车,你是可以接受的。但如果让你花年收入的5倍去买,你还会买吗?"

"这个情况我们也知道。"李可佳说,"这也是我们烦恼的地方。我们公司在全球的软件报价是一样的,不可能因为在中国就报一个低价,这样国外的用户就该抗议了。"

唐子风说："所以,你们在中国的注册用户少,与知识产权保护的力度没什么关系。如果政府真的加大知识产权保护的力度,你们并不会因此而增加注册用户,只是减少了盗版用户而已。因为买不起软件的单位,依然是买不起的。"

"你说得对。"李可佳说,"我们总部的分析结论也是如此。"

唐子风说："那么问题来了,对于你们公司来说,是注册用户重要,还是软件收入重要呢?"

"什么意思?"李可佳一时没有反应过来。

唐子风说："我看过另外一则资料,尽管图奥公司的 CAD 软件在全球拥有 200 万注册用户,但图奥公司的主要收入不是来自软件销售,是不是这样?"

李可佳没有直接回答,而是心领神会地微微点了点头,她开始弄明白唐子风的思维脉络了。

正如唐子风所说,图奥公司的软件销售收入,只是公司收入中的一小部分,公司的主要业务收入,来自为用户提供的定制服务。图奥公司基于自己开发的 CAD 软件,设计了大批面向用户的解决方案。一套软件不过能卖几千美元,一个解决方案却可以卖到几百万美元。

软件的销售是一次性的,用户买了软件,以后很多年都不需要再付费,或者充其量交一点点软件升级的费用。而解决方案却是可以不断销售的,用户这一次需要这样的解决方案,下一次又会需要其他的解决方案。把卖软件变成卖解决方案,就能够把 200 万注册用户变成永不枯竭的利润来源,这才是图奥公司最核心的商业模式。

关于这一点,当然不是唐子风发现的,图奥公司的企划部早就确定了这样的策略。也正因为有这样的策略,图奥公司的 CAD 软件价格其实是非常低的,区区 2000 多美元一套,对于西方国家的设计单位来说毫无负担。图奥公司就是用这样的低价策略来抢占设计软件市场,以便最大程度地囊括潜在用户群。

可这个策略到了中国,却是失效。2000 多美元的价格相对于西方企业是个低价,相对于中国企业就是天价了。导致的结果就是图奥的 CAD 软件在中国卖了好几年,才积累了区区 3000 注册用户。

其实,图奥公司还是从盗版软件中获利了的,盗版的横行使它赢得了公众的认知,形成强大的品牌影响力。等到中国经济发展到一定程度,企业和个人

第一百一十二章　重要的是注册用户

都有了支付能力,而国家又开始加大知识产权保护力度的时候,图奥的软件销售就能够大幅度增加,这相当于是预先培育了市场。

20世纪90年代至21世纪初,不少国外软件公司都在默许甚至悄悄推动盗版软件在中国的流行,其原因就在于他们要借此培育潜在用户。许多年幼的中国本土软件就是这样被盗版的国外软件所击垮,失去了与之竞争的能力。待到21世纪来临,国家开始严抓软件版权的时候,市场上已经清一色都是国外软件的身影了。

唐子风正是看到了这一情况,所以才敢前来要求图奥公司免费向临一机赠送正版软件。图奥公司如果答应了这个要求,那么就能够让临一机成为自己的正版用户,而不至于被其他CAD厂商撬走。临一机作为一家大型机床企业,其对于图奥的价值,远不止购买50套软件所需要支付的110万元,而是未来其从图奥公司谋求各种定制服务时所支付的数以千万计的费用。

"你觉得,我们该怎么做呢?"

李可佳想明白了其中的道理之后,脸上便阳光明媚了。她觉得自己的确能够说服总部同意这个赠送项目,甚至总部还可能会授权她向更多的工矿企业和设计单位赠送软件。这些软件对于图奥公司来说,的确就只值几张光盘的价格,但对于接受软件的单位来说,就是数万、数十万的价值。

作为一个随时可以向别人赠送几十万元软件的市场总监,她的活动空间将会无限扩大,在行业里也将获得更高的地位。

"这就涉及我要向你说的第二点了。"唐子风轻松地说,"现在,你有了一个极好的机会,能够让图奥公司名利双收。我们临一机刚刚承接了西野重型机械厂的一台数控重型镗铣床订单,这台重镗未来将用于国家重点工程的设备制造。

"如果图奥公司在这个时候慷慨相助,向临一机赠送大批软件并提供技术指导,就相当于参与了中国的国家重点工程,这对于图奥公司的公关形象将有极大的帮助。我想,师姐你当市场总监至今,还没有让图奥公司的名字登上过官媒吧?那么,恭喜你,机会来了!"

"你是说,如果我们向你们厂赠送50套CAD软件,官方媒体会对我们进行报道?"李可佳问道。唐子风猜得没错,她当上这个市场总监之后,曾经花了不少钱用于公关宣传,图奥公司的名字在许多报纸上都出现过,在诸如《中计报》

《计世》之类的专业报纸上，更是频频露脸。

但国家的几大报，图奥的名字还无法登上去。原因也很简单，这些报纸是更加严肃的，图奥公司没有什么利国利民的事迹，人家凭什么来报道你呢？为了能够让图奥在这几大报上露脸，李可佳可没少想办法，请记者吃饭都有十几回。可人家也说了，想登报可以，但你需要有个合理的由头，毕竟版面是在总编手里握着的，你得有东西说服总编啊。

"能不能登上官方媒体，就看师姐你的运作能力了，我只能给你提供一个名分。"唐子风笑着说道，他用手指指已经被李可佳拿在手上的那份策划案，补充道，"有关的细节，我都写在里面了，能不能从这些细节里总结出名堂，就不是我的事情了。"

"我明白了。"李可佳说，其实刚才唐子风已经说过了，临一机要设计重镗，重镗是为国家重点工程造设备用的，图奥支持临一机，就是支持国家重点工程。作为一家外企，不远万里来到中国，资助中国的重点建设，这还不够光明正大吗？李可佳如果连这点说服力都没有，也枉称外企的市场总监了。

"这件事要快。"唐子风说，"客户给我们的设计时限只有三个月，我们要采购计算机，安装软件，还要给技术人员做培训，时间非常紧张。我希望三天之内就能得到答复，否则我就去找其他家商量了。"

"放心吧！师姐办事，你还不相信吗？"李可佳打包票道。说完这话，她突然想起唐子风此前的话里还留了一个陷阱，不由得正色问道，"对了，你刚才说，我们不但要向你们赠送软件，还要提供技术支持，啥叫技术支持？"

"培训啊！"唐子风想当然地答道，"我们厂那帮土鳖工程师，见过电脑的都没几个，你把CAD送过去，不需要对他们培训？我们要求也不高，你们派出十几个专家就够了，然后只需要负担他们的工资和车费，他们在临河期间的食宿，是我们全包的。你听听，我们给你们的专家管饭，你们多占便宜啊！"

"滚！"李可佳俏脸生愠，抓起手边的一支铅笔便扔到唐子风的身上。

第一百一十三章　师姐,谢了

看一个女人是不是真的生气,就看她用来砸你的东西有没有杀伤力。李可佳面前就有一杯热咖啡,如果她真的生气了,尽可抄起热咖啡泼到唐子风的脸上。但她嘴上气势汹汹,扔过来的只是一支铅笔,这就足以让唐子风知道此事可行了。

"我最多给你找一个培训老师。三天以后,你送一张卧铺票过来。老师的工资由我们公司承担,但食宿由你们厂负责。老师在你们那里待半个月,半个月后,你们还得给他买卧铺票让回来。"李可佳霸气十足地吩咐道。

"嘛!"唐子风奴气十足地应道。

接下来,美貌师姐象征性地问了一下师师弟要不要与自己共进晚餐,如果想共进晚餐的话,就麻烦到前台找个角落猫三个小时,或者去和前台小姐姐聊会天也行。自己要到六点才下班,现在刚刚下午三点,而自己还有五千个机需要理,没工夫陪师弟聊天。

唐子风也不是没脑子的人,哪里听不出对方是在委婉地逐客,于是礼貌地起身告辞,并表示未来会在师姐觉得方便的时候补上这顿烛光晚餐,比如庆祝新千年的前夜就是一个不错的时间点,现在去预定餐厅座位应当还来得及。

随后的几天时间里,唐子风除了偶尔去机械部冒个泡之外,大多数时间都是待在六郎庄,帮着指导《高考全真模拟》的写作。在此前,他已经给过王梓杰一个完整的策划方案,但具体看到学生们做出来的样稿时,他才发现策划方案中有不少疏漏,前世的《高考全真模拟》中的许多精华都没有被体现出来,而这就需要他亲自操刀来进行指导了。

李可佳办事颇为麻利,三天不到就通知唐子风,说总部已经批复了她的申请,同意向临一机免费赠送50套最新版的CAD软件,但需要临一机配合图奥公司的中国办事处对此事进行宣传,最好能够到大报纸上去露个脸啥的,至于因此而需要支付的记者车马费,倒是可以由图奥公司方面承担。

　　这件事唐子风还是能够出一把力的,他把几大报的记者带到了二局,请谢天成出面给记者们讲了一下西重和临一机那些不得不说的故事,说明临一机甩图板是开风气之先,临一机作为一家历史悠久、实力雄厚、信誉可靠、勇于创新的国家大型机床企业,作为当年十八罗汉厂中的翘楚,在引入图奥的 CAD 系统后必将如虎添翼,云云。

　　几天后,几家大媒体上的通讯稿都刊发出来了,标题五花八门,但副标题上都有"临一机携手图奥公司"或者"图奥 CAD 助推临一机"之类的字样。

　　李可佳拿到报纸后,看到图奥公司的名字,颇为高兴了一番。但她的高兴只持续了几秒钟时间就转化为愤怒了。所有的稿子里,临一机的名字比图奥的名字多了五倍都不止,但凡一个明眼人都能够看出,这分明就是一篇为临一机宣传造势的公关稿,图奥只是露了个脸,却支付了所有的车马费。

　　"唐子风,你这个臭小子,居然算计到我头上来了!看我以后怎么收拾你!"

　　李可佳在办公室里把银牙咬得咯咯作响,却也奈何不了唐子风半分。

　　唐子风并不觉得自己有什么地方亏欠了大师姐,几大报之所以愿意登出这篇文章,与图奥公司付的车马费没有太大的关系,最重要的还是临一机甩图板的事情具有新闻意义,图奥公司向临一机赠送软件,只能算是锦上添花。如果通篇稿子都在谈图奥公司,估计到总编那里就得被毙了。

　　这一点,其实李可佳也是能够想明白的,她只是气愤于唐子风的腹黑:

　　你一个当师弟的如此优秀,还让不让老师姐在江湖上混了!

　　咦,我为什么要说自己是老师姐?我很老了吗……

　　联想集团那边资助的电脑也已经到位了。谢天成说让唐子风带走,当然不是让他亲自背回临河去,而是由唐子风在相关部门签收之后,再由相关部门直接找中铁快运负责运输。50 套电脑,还有配套的打印机、路由器之类,体积是很可观的。

　　送走电脑,唐子风收拾起行李,登上了开往临河的列车。这趟回临河,唐子风随身携带的东西除了来时的行李之外,还增加了两个纸箱,那是一台时下顶级配置的电脑的机箱和显示器。装机箱的箱子也就罢了,显示器箱子实在是大得令人发指。

　　他让王梓杰给他配一台电脑,王梓杰直接就给他买了一个 21 英寸的显示

第一百一十三章 师姐，谢了

器，1600×1280 的分辨率，0.25 点距，市场价 18000 元，绝对的土豪级奢侈品。以双榆飞亥公司目前的实力，给老板配一台这样的显示器是没啥压力的。唐子风前一世用的是 35 英寸的 4K 液晶屏，穿到这一世来，看着 14 英寸的小屏幕，实在是难以忍受。

屏幕大，用起来爽，可这个年代显示器都是 CRT（阴极射线显像管）屏，21 英寸的显示器，连机器带包装，差不多就是一个两尺见方的大箱子。要把这么一个笨重的大家伙运回临河，可就是一件麻烦事了。唐子风不敢把自己的电脑与厂里的电脑混在一起托运，因为那样没准会有什么说不清楚的事情，于是就只能自己扛上火车了。

一路磕磕绊绊地上了车，来到自己的铺位前，唐子风更傻眼了。机箱的箱子可以塞在铺位下面，可显示器的箱子就塞不进去了。行李架也同样放不下，当年的火车也没有在车厢两端预备大件行李架。唯一的办法，只能是搁在自己的铺位上，然后自己蜷缩在余下的铺位空间上，熬过这一天一晚的路程吧。

因为车票紧张，王梓杰帮唐子风买到的卧铺票是在上铺。上铺的空间本来就小，再塞一个两尺长的纸箱子，余下的地方能不能塞进这 130 多斤的唐子风，可就说不准了。

事到如今，唐子风也没啥办法了，他把显示器箱子举到自己的铺位上放好，这才舒了口气，在过道边的座椅上坐了下来，抬头一看，是眼前一亮。

只见从过道口陆续走进来的乘客中间，夹着一位身材窈窕、面庞俏丽的姑娘。这姑娘看上去也就是 20 岁上下，扎着时下女孩子中最流行的马尾辫，额头光洁饱满，目光清澈如水，一看就让人联想到"腹有诗书气自华"这样的词句。姑娘的个头在 1 米 65 上下，穿着一件淡紫色的风衣，下身穿着牛仔裤，手里拎了一个小包，背上另有一个双肩背包。她一边走一边左右顾盼，察看着铺位的号码，方向却是冲着唐子风这边来了。

但愿是我这一格铺位的，如果与这样一位漂亮姑娘同行，那么这一趟旅行似乎也没那么辛苦了……

唐子风用眼角的余光看着那位渐行渐近的姑娘，在心里向满天神祇许着不着调的心愿。

五米、三米、两米、一米……唐子风垂下眼睑，目光落在姑娘脚上的白色旅游鞋上,然后便发现对方的脚步停在了他的面前。

咦?

唐子风抬起头来,看到那姑娘稍稍踮了踮脚,把手里的小包扔在了唐子风铺位对面的那个上铺上,接着又把背上的双肩背包也扔了上去。唐子风心念一动,从座位上站了起来,用手指着那个铺位,对那姑娘诧异地问道:"那是你的铺?"

"是啊。"姑娘说,她从风衣口袋里掏出一张火车票看了看,然后确定地说,"12车10号上铺,没错。"

"你……你不会就是图奥公司派到临一机去的CAD培训老师吧?"

唐子风目瞪口呆。他让王梓杰买的卧铺票是两张,正好是面对面的两个上铺。其中一张票在他的兜里揣着,另一张票则让人送给了李可佳,那是为图奥公司派的培训教师准备的。如今,这张票出现在这个年轻女孩的手上,难道……

"我是啊。你是……?"女孩看着唐子风问道。

我的天啊,唐子风以手抚额,这个李师姐搞了什么名堂啊,难怪自己打电话向她辞行的时候,她在电话那头笑得那么阴险!

在此之前,唐子风一直认为李可佳给他派的培训教师应当是一位英年早秃的小伙子,才高八斗、邋邋遢遢、神神道道,如中关村里随处可见的码农一般。这年头,能够做电脑培训的,可不就是这类人吗?

可没想到,李可佳给他派的,居然是一个女孩子,而且如此年轻、如此漂亮。这么漂亮的女孩子,能懂计算机吗?会CAD吗?能到一家大厂去当好一个培训教师吗?

但是!

这很重要吗?

嗯!会CAD很重要吗?

这一刻,唐子风只想对李可佳大喊一声:师姐,谢了!

"认识一下,我叫唐子风,临河第一机床厂厂长助理。这一次和图奥公司联系CAD培训的事情,就是由我负责的。"

强压着心头燃起的熊熊火焰,唐子风装出一脸温和的笑容,俨然一副和蔼大叔的样子,向对方伸出了手。

姑娘看看唐子风,也大大方方地伸出手,与唐子风握了一下,然后自我介绍道:

"肖文珺,清华大学机械系一字班,很高兴认识唐助理。"

第一百一十四章　一路上有你

"你不是学生吗？怎么会给图奥当培训教师？"

"我们系和图奥公司有合作关系，图奥公司给我们提供免费软件，我们系就派人帮他们做培训。不过过去做培训都是在京城，这次图奥公司说要请个人去临河，其他同学都不愿意去，我就主动申请了。"

"那你不用上课吗？现在已经开学了吧？"

"巧了，我们这三周正好是 CAD 制图实习，不用上课，只要最后交一份设计作业就行。我到你们那里去，业余时间也是能把作业做出来的。"

"可是你不是刚开始学 CAD 吗，就能给我们的工程师做培训？"

"唐师兄，你不知道这个世界上是有天才的吗？"

"当然知道，我就是啊！"

"真巧，我也是……"

火车早已开动了，两个年轻人面对面坐在靠窗的座位上，相谈甚欢。唐子风是人大这种文科院校毕业的，最引以为傲就是一张铁嘴，再加上这些年走南闯北，四处忽悠，更是练就了口若悬河的绝技。肖文珺虽是工科生，却没有技术宅的那种木讷，而是聪颖过人，与唐子风对侃丝毫不落下风。

聪明人之间的对话，堪称是天马行空。倒是旁边的其他乘客听着，不觉纷纷侧目，觉得这两个人实在是越吹越离谱了。可没办法，人家两个年轻人都是有资本的，最起码，男孩那样帅气，女孩那样漂亮，青春的面庞上满满都是正义，岂是他们这些油腻中年能够置喙的？

"唐师兄，你铺位上那个大箱子是什么东西？"

聊过一些闲话之后，肖文珺用手指着唐子风的铺位，好奇地问道。她一开始是称呼唐子风为唐助理的，但不久就以这个称呼过于官方为名，申请称呼唐子风为师兄。师兄这样的称呼，倒不必一定要同一个学校，只要你觉得对方的学识尚可,不至于辱没了这个称谓就可以了。年轻学生互相交往,叫哥叫妹的未免太俗气,而如果改称师兄、师妹,就有一些文气了。

美女愿意管自己叫师兄,唐子风当然是受之如饴,并立即将对肖文珺的称呼从"肖同学"改成了"肖师妹",偶尔还会趁着对方没注意的时候,把那个"肖"字隐去,其用意自然是不可告人的。

听到肖文珺的问话,唐子风不无得意地答道:"显示器啊。ViewSonic21PS（优派21英寸显示器）,21英寸,点25的行距,1280线逐行扫描,怎么样,酷不酷?"

"真的?"肖文珺腾地一下就站了起来,踮着脚去看那箱子上的文字。她有一米六几的个头,但站在地上要看清放在卧铺上铺的箱子,还是有些困难的。于是,她便利索地脱了一只鞋,单脚踩在下铺的踏板上,把头探到上铺,认真地欣赏起来,一边看还一边赞叹着,"果然是ViewSonic的21英寸显示器,真好!我一直知道这种显示器的,听说它是目前世界上点距最小的显示器,可实在是太贵了。唐师兄,你们厂可真有钱,能配得起这么贵的显示器。"

"那是我自己买的好不好?"唐子风仰着头说。换了别人说起显示器价格的事情,他或许还要顾忌一下财不外露之类的古训。但一个美女在欣赏你拥有的奢侈品,你如果不借机炫耀一下,那就注定要孤老终身了。

"你自己买的?"肖文珺低头看看唐子风,又点点头,说,"嗯,我早该知道的,你是个大款嘛!"

"为什么?"唐子风诧异道。哥还没吹嘘自己的家底呢,你怎么就看出哥应当是个大款了？莫非哥的名气这么大,连清华的人都听说了？

咦,这丫头自称是清华机械系的,我怎么记得好像有谁跟我说起过一个清华机械系的女孩呢？要不就是土木系？是谁说的呢？

"能买得起这么贵的显示器,还不是大款吗?"肖文珺给出了一个明显不靠谱的解释。结合她前面的话,其实就是一个同义反复。她觉得唐子风买得起这种1万多元的显示器并不奇怪,是因为她知道唐子风是个大款。而她之所以知道唐子风是个大款,是因为她看到唐子风买了这么贵的显示器,这简直就是神一般的逻辑。

听到这样的解释,唐子风也只能哑然。人家就是不讲逻辑了,你有什么办法？不讲理是美女的专利,如果凡事都要讲逻辑,人家有必要长这么漂亮吗？

"显示器大一点,做设计的时候应当更方便吧。"唐子风说。

肖文珺已经从踏板上下来,又重新坐回到唐子风的对面。她说:"那还用说?21英寸的显示器,做CAD的时候实在是太方便了,所有的菜单都可以放到屏幕上,不用临时一个一个去找。怎么,唐师兄你也会做设计吗?"

"不会。"唐子风干脆地应道。

"那你买这么大的显示器干什么?"

"玩游戏不行吗?"

"浪费!"肖文珺装出一副痛心的样子,说罢,觉得还是不解气,又补充了一句,"堕落!"

肖文珺又忍不住抬头去看那显示器箱子,随后便发现了一个新问题,"那么,唐师兄,你把箱子放到铺上,你晚上怎么睡觉啊?"

"只能是缩着睡了。"唐子风叹道,"没办法,谁让它比我贵呢?"

肖文珺看看唐子风的体格,忽然嫣然一笑,说道:"唐师兄,要不咱们俩换个铺吧。你这么高个子,恐怕缩着睡也睡不下吧?我个子矮,稍微缩着一点,你那个铺我还能睡下。"

"这多不好意思!"唐子风说。他还真不是作伪,而是发自内心地觉得肖文珺的方案不合适。

肖文珺的个头比他矮十几厘米,身材又比较纤巧,的确是比他更适合睡在那个因为放了显示器而剩不了多少空间的铺位上。可个子再矮,这样睡觉也是很别扭的。人家一个女生,与自己非亲非故,凭什么让人家替自己承担辛苦呢?

"不必了,你是我们请来的老师,怎么能让你缩着睡觉?我对付一晚上就行了,实在不行,我坐在这里眯一晚上也可以,过去上大学的时候,每次回家不都是坐硬座的吗?"唐子风婉拒道。

肖文珺笑道:"唐师兄,我话没说完呢。我愿意跟你换铺,是有条件的。"

"什么条件?"

"到临河以后,你这台电脑要借给我用用,我的制图课作业,就指望它了。"

唐子风也笑了。刚才这姑娘看他的显示器时,那种艳羡之意可是一点都没遮掩的。以唐子风脑子里的刻板印象,男生对电脑感兴趣并不奇怪,女生对电脑有这么浓厚的兴趣,而且能够说出诸如"世界上点距最小"这样的评论,实在就比较稀罕了。

第一百一十四章 一路上有你

看起来,这姑娘的确是个学霸,软硬件通吃的那种。机械系派她去临一机当培训教师,应当是有道理的。电脑迷见着一台好机器,那肯定是连腿都迈不动的,这姑娘要借他的电脑做作业,也是正常反应,谈不上有什么唐突。

想到此,他笑着说:"这台电脑我是准备放在家里用的。你想拿它做作业,尽管过来用就是了,用不着什么条件的。"

肖文珺正色说:"我是有原则的人,无功不受禄的道理,我还是懂的。如果一点贡献都没做,我再去蹭你的电脑用,岂不是很没面子?我跟你换个铺,辛苦一晚上,以后用你的电脑,就可以名正言顺了。"

"嗯嗯,也好吧。对了,师妹,你要不要方便面?"

"我也带了。我去帮你泡吧。"

"还是我去吧。"

"你一个人怎么拿得了两个方便面,要不一起去吧。"

"对对,同去同去……"

一路风光旖旎。次日清晨,火车停靠在临河车站。唐子风与肖文珺齐心协力地把电脑主机和显示器抬下车,然后便看到司机吴定勇一路小跑地迎上来了。

"唐助理,辛苦了辛苦。哇,这是什么东西,怎么这么大的箱子?咦,这是……唐助理你的女朋友?"吴定勇最后才发现了站在唐子风身边的姑娘,不禁愣了神。

"别瞎说!"唐子风斥道,"这是清华大学的肖同学,是专门来给咱们厂技术处做电脑培训的。"

"哦哦,明白,明白。"吴定勇没头没脑地应着,也不知道他明白了什么。

小汽车离开临河车站,开往临一机。唐子风坐在前排副座上,不断地回头向坐在后排的肖文珺介绍着临河的风土人情。肖文珺似乎对一切新鲜事物都有浓厚的兴趣,她趴在车窗上,看着街道上的车辆、行人、店面,脸上满是好奇的神色。

第一百一十五章　原来是个宝藏女孩

回到临一机，唐子风没有急着回厂部，而是让吴定勇把车开到了小招待所。所长常关宝听到车声就迎出来了，见到从车上下来的唐子风，满脸堆笑，打着招呼："唐助理来了，这是……有客人？"

唐子风把刚下车的肖文珺向常关宝做了个介绍，又吩咐道："常所长，肖同学是图奥公司专门派过来给技术处做电脑培训的，是咱们厂请来的专家。你给她开个豪华套间，还要确保她的安全。"

"唐助理，不必这么麻烦了吧？"肖文珺不安地说，"给我随便安排一个房间就好了，不用什么豪华套间的。"

常关宝笑道："肖同学不用客气，唐助理说了，你是我们厂的贵宾，那自然是要照着最高标准接待的。来来来，我来给肖同学带路，我们这里最好的房间是在二楼，是部里的领导下来的时候住的……"

"这……"

别看肖文珺在唐子风面前能够谈笑风生，但她毕竟也只是一个大四的学生而已。面对这种高规格的接待，她多少有些局促了。

唐子风对她笑笑，说道："没事，你先跟常所长去房间吧。一路上辛苦了，你也洗漱一下。我把行李送回家去，一会儿再来接你去技术处和大家见面。"

"好吧，谢谢唐助理。"肖文珺也不再坚持了，客随主便，说不定人家厂子就是这样的规矩呢？再说，自己还真没见过豪华套间是什么样子，想不到这一趟出差，居然还能开开眼界……

唐子风让吴定勇开车送他回到自己住的单元楼下，又在吴定勇的帮助下，把电脑搬上了楼。对于这台 21 英寸的显示器，吴定勇并没有像肖文珺那样表现出惊讶，时下所谓"21 英寸平面直角带遥控"的电视机也已经走入寻常百姓家，在吴定勇看来，21 英寸的显示器与 21 英寸的电视机也没啥区别吧。

第一百一十五章 原来是个宝藏女孩

唐子风在家里洗了脸,换了身衣服,又稍稍磨蹭了一下,这才出发去小招待所接肖文珺。女孩子的梳洗打扮自然是要更麻烦一些的,唐子风到肖文珺的房间时,肖文珺刚刚拾掇完。她换下了在京城穿的厚衣服,穿着一件家常的夹克衫,头发在头顶上随意地绾了一个卷,像足了一个邻家小妹。

"这身打扮可以吗?"

看到唐子风,肖文珺扯了扯自己的衣服,问道。

"挺好,你穿啥都好看。"唐子风真诚地说。

"嘻嘻,原来你也会恭维人嘛。"肖文珺抿着嘴乐。

唐子风不满地说:"你从哪听说我不会恭维人的?"

"想象啰。"肖文珺拖着长腔说,"你看你,年纪轻轻就身居高位,人家常所长一把岁数,在你面前还毕恭毕敬的,所以嘛,你就应当是那种高高在上,不会轻易对别人笑一下的那种官僚做派才对。"

"乱讲,其实我很平易近人的。"唐子风表白道。

"我敢保证,常所长不是这样想的。"

"……"

两个人说着没有营养的废话,肩并肩地向技术处所在的实验大楼走去,一路上难免又吸引了无数好奇的目光。唐子风在临一机一向有很高的回头率,现在身边陡然出现一个漂亮女孩,而且二人看起来颇为亲昵的样子,回头率自然又翻了一番,同时还伴随着无数少女心破碎的声音。

"小唐回来了!大家都在等你呢。咦,这位是……"

秦仲年在自己的办公室热情地接待了唐子风,待他看到肖文珺的时候,目光中出现了一丝狐疑。

"这位是清华大学的肖文珺同学,她是受图奥公司的派遣,来给咱们做CAD技术培训的。"唐子风赶紧介绍,别让老爷子产生什么不合适的联想。

"肖文珺?"秦仲年盯着肖文珺的脸,一副为老不尊的模样。

"秦叔叔,您还记得我吗?"肖文珺露出一个天真无邪般的笑容,问道。

"你是……"

"我爸爸是肖明,楚天省17所的肖明,您去过我家的。"

"哦!"秦仲年拍着脑袋,做出恍然大悟的样子,"怪不得我一看你就觉得眼熟,你跟你爸爸长得真是一模一样的。"

115

"……"

肖文珺无语了,这是夸我老爸,还是贬我呢?我一个21岁的小姑娘,长得像一个40多岁的油腻中年,还一模一样?

"你认识我们秦总工?"唐子风有些愕然。这个肖文珺,莫非是传说中的宝藏女孩,随便出来打个工都能碰上熟人?

秦仲年笑着解释道:"小唐,还真是巧了。小肖的爸爸肖明,是我的大学同学,现在在楚天省的17所当副总工。"

"现在是总工……"肖文珺笑着纠正道。

"原来是有家学渊源。"唐子风服气了。楚天17所是军工系统的一家大型研究所,前店后厂,加起来也是上万人的大单位,唐子风无论是前世还是今世,都听过这家单位的大名。这样一个单位里的总工,那可是比秦仲年还牛的角色。肖文珺出自这样的家庭,难怪能成为学霸,相比之下,自己可是彻头彻尾的草根呢。

"我听老肖说过,子珺一贯都非常优秀的,从小到大都是年级第一名,还得过好几个什么数学联赛、计算机联赛的全国一等奖……"秦仲年津津乐道。

"我叫文珺……唐师兄才是'子'字辈的。"肖文珺无奈地再次纠正秦仲年的话,同时暗自腹诽着,这位大叔岁数和自家老爸差不多,怎么就变得这么唠叨了?

"对对,是文珺,瞧我这记性。"秦仲年一如既往地知错就改。他拼命回忆了一下,发现自己对于肖文珺的了解也仅限于此了,在这个场合似乎也不适合聊点老同学的逸事啥的,于是只好回归正题,转向唐子风问道,"小唐,你刚才说文珺是来干什么的?"

"肖同学是图奥公司派来给咱们做CAD技术培训的。"唐子风认真地重复了一遍。

"她来做培训?行吗?"秦仲年翻脸就不认人了,刚才还把人家夸得像一朵花似的,这会却开始置疑肖文珺的水平了。

肖文珺的牙咬得咯咯作响,却又不便对秦仲年发难。她知道老秦和她老爸关系非常好,都是奔五的人了,每年还会通一两次信,再打一两次电话,偶尔遇到肖明去京城出差的时候,还会到机械设计院找老秦一起小酌几杯。像这样一个人,她是不便得罪的。

第一百一十五章　原来是个宝藏女孩

"秦叔叔,你放心吧,我大一的时候就已经自学过 CAD 了。我们班这学期才开 CAD,我是通过了免修考试的,要不系里怎么可能派我到这来做培训。"肖文珺说。

"哦哦,瞧我,真是老糊涂了。"秦仲年这才后知后觉地发现自己似乎是犯了点错,就算他嫌肖文珺太年轻,不足以担当重任,至少也不能当着人家小姑娘的面说吧?

"秦总工,部里拨下来的电脑,已经运到了吗?"唐子风岔开了话题,对秦仲年问道。

秦仲年说:"昨天就已经到了。电技科的王俊悌带着人连夜加班,这会应当已经全部装好了,就等着你带培训老师回来呢。小唐,你可真行,我听老周说了,你没花厂里一分钱,不但弄来了电脑,还让图奥公司免费送了咱们 50 套软件,还免费派人过来培训。"

"肖同学来给咱们做培训,可不是免费的。火车票和在咱们厂的食宿,都是由咱们负担的,谁知道她饭量大不大?"唐子风一本正经地说,同时注意到身边的姑娘向他投来了一束恶狠狠的目光。

秦仲年也瞪了唐子风一眼,说道:"小唐,你胡说什么呢!文珺过来给咱们帮忙,咱们哪能连食宿都不管?这事包在我身上,我一会就给常关宝打电话,让他给安排个房间……"

唐子风说:"我已经安排过了,给肖同学开的是豪华套间。老常一肚子不乐意呢,秦总工你回头跟他说说吧。"

"豪华套间,这也……"秦仲年咧了咧嘴,后面的话没说出来。开一个豪华套间给这么一个在校本科生住,的确是有些超标了。以老秦的原意,开个普通房间也就罢了,甚至让肖文珺去住四个人的那种大房间,也不算怠慢,毕竟只是一个学生嘛。

不过,既然唐子风已经这样安排了,再让肖文珺搬出来,就不合适了。肖文珺算是技术处请来的人,这事还真得秦仲年去给常关宝打招呼,最终账是要算到技术处名下的。

肖文珺看着秦仲年脸上阴晴不定,多少猜出了一些其中的端倪。刚才在小招待所,看到常关宝给她安排的豪华套间,她也是吓了一跳的,她老爸出差都不一定能够享受这样的待遇。至于说常关宝一肚子不乐意,肖文珺倒没看出来,她只是感觉到常关宝看她的眼神有些敬畏,估计是把她当成什么大人物了。

这个唐子风,嘴不饶人,但做事还是挺体贴的嘛。难怪包娜娜成天在自己耳朵边叨叨她的这位亲师兄……

第一百一十六章　我没有白内障啊

寒暄过后,秦仲年带着唐子风和肖文珺二人来到了新建起来的计算机房。临一机也就是这几年经营状况不好,过去的基础还是不错的,其中的一个表现就是办公用房非常充足。在收到唐子风从京城打来的电话,知道部里将提供50台计算机之后,技术处就迅速腾出了一个大房间,作为计算机房。

昨天,50台计算机运到临河,秦仲年让技术处处长孙民带人去把计算机运回来,连夜组装,目前已经完全安装停当了,只等着京城来的专家教大家如何使用。

临一机原来也有一个小型的机房,甚至还搭建了一个小型的局域网。机房原先的主要作用是供工程师们做一些复杂的工程运算,大多数工程师并没有编程经验,他们需要把自己的计算要求提交给机房的工程师,由机房工程师将其转换为FORTRAN 程序①,输入计算机算出结果,再返还给设计工程师。

再往后,国内引进了 dBASE 数据库软件,机房的工程师们闲来无聊,便做了几个内部管理用的数据库软件,像什么财务处的工资表系统、人事处的人事管理系统之类,也算是一些应用成就了,在向部里报科技创新成果的时候,这些成就都是可以写在报表上的。

这一回,技术处凭空增添了 50 台电脑,机房的工程师们可找着了用武之地,他们迅速搭建起了一个 CAD 工作网络,用两台电脑做服务器,分别连接扫描仪、投影机、HP4L 激光打印机和 HPDJ600 大幅面喷墨绘图仪,其他电脑作为工作站,通过智能 HUB 与服务器连接起来。

在一个晚上的时间里,他们还用从别处拷来的盗版软件,在所有的电脑上都装好了 DOS,Windows3.1,Office6 及图奥的 CAD 系统。其实唐子风对于软件

---

① 本章所出现的 FORTRAN. dBASE 等英文,都是计算机相关软件、程序等术语。

成本的估计还是有偏差的,李可佳甚至连光盘都没帮他刻,只是给了他50个正版授权号。至于软件,只要到"电子一条街"之类的地方去找那些抱着孩子的中年妇女,花上10块钱就能买到。

知道唐子风和培训教师今天到,孙民带着技术处的工程师早早地就在机房里等着了。因为人多机少,有些工程师是两个人挤在同一个机位前。因为厂子穷,大多数工程师都没接触过电脑,能在电脑上玩个扫雷的,就属于有见识的了。

"秦总工,早啊!唐助理,你回来了,你可是为咱们立下大功劳了!"

见到秦仲年一行进门,孙民迎上前去,先和秦仲年打了个招呼,接着便热情地拉着唐子风的手,说起了感谢的话。

作为技术处长,孙民当然知道甩图板对于技术处意味着什么。整个技术处的水平提高了,他这个技术处处长也是脸上有光。在此前,他听说兄弟单位已经开始做甩图板的工作,心里只有羡慕嫉妒恨,因为他清楚临一机暂时是没有这样的能力的,至于未来会不会有这种能力,恐怕要先看看临一机能不能活下去,没准不等图板被甩掉,临一机先被甩掉了。

周衡等人上任后,临一机有了一些起色,孙民心里那压抑着的小火苗又缓缓地燃烧起来了。他觉得,如果厂子照眼下的势头发展下去,三五年后,技术处告别制图板或许是有希望的。

谁承想,幸福居然来得这么快。一星期前厂务会上提了一句甩图板的事情,一星期后50台电脑居然就悉数到位了。看着一排排崭新的显示器,闻着空气中因新计算机开机而带来的淡淡的胶皮气味,孙民只觉得脑子都是晕乎乎的。

"孙处长,电脑我可是帮你们弄回来了,西重的那台重镗,能不能在两个月之内设计出来,就看你们的了。我丑话说在前面,如果有了CAD系统,你们还是不能如期把设计图拿出来,我就去向二局请罪,再让他们把电脑收回去,拨给有能力的单位。"唐子风笑呵呵地说着煞风景的话。

搁在其他时候,唐子风这样挖苦技术处,孙民即便不跟他翻脸,至少也是会满心不痛快的。但这一刻,孙民一点生气的感觉都没有,反而觉得唐子风就应当这样说,他也完全有资格这样说。

想想看,整整50台电脑,加上绘图仪、打印机、投影机等外设,足足100多万的资产,人家唐助理只用了一星期时间就弄回来了,其中得有多少可歌可泣的故事啊。

好吧,就算你说那些电脑设备是机械部下拨的,唐助理只是顺水推舟。那还有50套正版的CAD软件呢?据说一套软件的价格就是2万多,50套也同样是100多万。这些软件是图奥公司赠送的,人家图奥公司可是外企,你有多大的面子才能让外企免费给你赠送软件?

可人家唐助理就办到了,据说他只身一人,独闯图奥公司的中国办事处,与人家老外谈笑风生,最终拿回50个正版授权号,你能办到吗?

这么一个有功劳也有苦劳的厂长助理,就算他只有24岁,全厂上下有谁能小觑他?他在自己面前说几句狂言,给技术处提出一些严厉的要求,技术处有什么脸面去反驳呢?

"唐助理,你放心吧。昨天电脑到位之后,我就在技术处开了一个全体大会。我跟大家说了,唐助理是经历了九九八十一难,才帮咱们弄回了电脑和软件,我们如果不能在半个月时间内熟悉CAD的操作,并且在两个月之内把重镗的所有图纸做出来,大家以后别在技术处待着了,都到劳动服务公司卖菜去好了。"孙民恭敬地说。

唐子风笑道:"孙处长,你这话就过分了,要是让张建阳听到,他非得气疯了不可。你这是把劳动服务公司当成个啥了?难不成张经理的治下就那么可怕?"

孙民也笑了起来,他知道唐子风此言也就是一个玩笑,是要缓和一下他自己此前的不逊言论。孙民也没就这个话题再说下去,他只是看了看秦仲年一行,目光在肖文珺身上停留了不到一秒就扫过去了,直接看向肖文珺的身后,那里只有阳光照射下飞舞着的灰尘。

"怎么,唐助理,培训老师没和你一起来吗?"孙民诧异地问道。

唐子风回头看看肖文珺,又转回头来,伸出一个巴掌,在孙民眼前晃了晃,关心地问道:"孙处长,你的白内障好一点没有?"

"……白内障?我没有白内障啊!"孙民蒙圈道。

唐子风一指肖文珺:"你没有白内障,那么这么一个大活人站在你面前,你居然没看见?"

孙民一愕:"她……她是培训老师?"

肖文珺上前一步,把一只手放在胸前,对孙民微微一欠身,说道:"孙处长,您好,我叫肖文珺,清华大学机械系的,受图奥公司委托,来给临一机做 CAD 培训,请你多多指教。"

"哦哦,不敢不敢。"孙民被肖文珺的做派唬住了,再加上没认出对方的身份也的确是一件失礼的事情,不禁有些慌乱。他结巴着说:"抱歉抱歉,我刚才还以为……唉唉,经验主义害死人啊,肖老师,你快请吧!"

秦仲年和唐子风都笑而不语。秦仲年自己也对肖文珺的能力心存疑虑,加上肖文珺是他老同学的女儿,他说啥都不合适。至于唐子风,虽然也不清楚肖文珺的 CAD 水平如何,但从火车上一路聊过来的感觉,肖文珺应当是一个真正的学霸,是不会在这种事情上掉链子的。

倒不是说学霸就必须是样样事情都精通,但身为学霸,对于自己的能力是会有正确评估的,而且也会在乎自己的名声。肖文珺既然敢接受这项工作,肯定就是对这项工作有充分的信心,唯一的悬念只是她打算如何虐技术处的这些菜鸟而已。

几个人在孙民的引导下进了机房。因为要做培训,孙民让人把机房布置成了一个教室的格局,所有的电脑都是同向摆放的,坐在电脑跟前的工程师们也就像小学生一样,全都是面对着前面的讲台的。

孙民首先来到讲台上,对着众人说道:"同志们,大家都安静下来。唐助理和图奥公司派来的培训老师,已经到了。现在请大家以热烈的掌声,欢迎为咱们技术处解决电脑设备问题的最大功臣唐助理载誉归来!"

"哗……"

掌声四起,加上房间的回音效果,真有点雷鸣般的感觉。工程师们的心思与孙民是一样的,都觉得唐子风能够以这么短的时间弄回电脑和正版软件,是一件很了不起的事情。加上此前唐子风讨欠款、开拓打包机市场等一系列丰功伟绩,他在众人心目中已经赢得了很高的地位。

孙民摆摆手,让掌声暂停,接着又宣布道:"我再给大家介绍一下,这位就是图奥公司为咱们派来的 CAD 培训老师,清华大学机械系的肖文珺老师,大家掌声欢迎!"

"啪,啪啪……"

这一回,众人的掌声有些稀疏,多数的人都在东张西望,想找找那位神奇的"肖老师"藏在什么地方。

第一百一十七章　青出于蓝

"咦,老孙说的肖老师在哪呢?"

"讲台上那个姑娘不就是吗?刚才老孙就是指着她的。"

"这怎么可能?你没听老孙介绍,说老师叫肖文珺,明显是个男的嘛,哪有女的教计算机的?"

"女的怎么啦,女的就比你差?"

"我不是这个意思,我说是,这丫头也太年轻了,怎么可能是清华的老师呢?"

"也许人家大城市的女同志会保养……"

众人议论纷纷,竟然没几个相信肖文珺就是孙民所说的培训老师。其中,肖文珺的年龄是一个硬伤,人们对"IT精英"的刻板印象也起了一定的作用。其实唐子风此前又何尝没有这样的想法,他总觉得,一个能当计算机老师的人,无论如何也应当是男性,而且应当是头发少少的那种男性……别问他是怎么知道的。

"你们……"孙民岂能不知道自己的这些属下在想什么,他自己此前也摆了乌龙,所以此时也不便指责下属们有眼无珠。可肖文珺就站在那里,所有的人都视而不见,这也太不给人家面子了。他向肖文珺递去一个抱歉的眼神,接着就准备向大家发飙了。

肖文珺拦住了正准备说话的孙民,她对孙民微微一笑,说道:"孙处长,您别急,大家可能觉得我年轻,有点不信任,这也很正常。这样吧,我先给大家演示一下CAD制图的过程,相信大家的想法会有所改变的。"

"也好,也好,那就麻烦肖老师先给大家演示一下吧。"孙民连声说。

他知道肖文珺的意思,那是准备给大家露一手,把大家镇住。事实胜于雄辩,身份介绍得再多,不如手上露点真功夫,这是亘古不变的真理。再说,孙民自己对肖文珺的信心也不太足，他也想看看，这个年轻女孩到底能不能胜任这项工作。

负责调试系统的王俊悌上前打开了讲台上的电脑，又接通了投影机，把电脑上的显示投放到了讲台上挂着的大幕布上。

这一次，为了支持临一机的甩图板工作，二局也算是下了血本了。除了联想集团赠送的50台电脑之外，二局还从其他地方给临一机调配了一批机房外设，其中最贵的是两台A0幅面（841mm×1189mm）喷墨绘图仪以及一台投影机。时下一台HPDJ600（惠普）绘图仪的价格是5万元，一台3M（美国品牌）投影机价格更是高达8万元之多。

最初，谢天成是不准备给临一机配投影机的，这东西即便对于中央部委来说都算是奢侈品。可他架不住唐子风在他面前叫苦，说要在这么短的时间内完成CAD培训，没有投影机根本就玩不转，总不能让老师一台机器一台机器地去指导吧？临一机甩图板的目的是为了完成西重的重镗设计，而这又关系到临一机的脱困大计。周厂长和他小唐在临一机吃糠咽菜，点灯熬油，只为完成局领导的重托，局领导连这区区几万元的设备都舍不得吗？

对于派周衡和唐子风去临一机的事情，谢天成多少是有些歉疚的，听唐子风说得这么惨，他最终还是牙一咬、心一横，指示计财处动用了一笔专款，帮临一机买了这台昂贵的投影机。

众人看到投影机开了，又见刚才被大家无视的那位年轻姑娘走到了讲台的电脑前，纷纷安静下来，等着看肖文珺的操作。他们隐隐意识到，这位年轻姑娘可能真的就是孙民所介绍的培训老师，至于她够不够格，那就看看她的操作再说了。

肖文珺其实并不是第一次出去做CAD的培训了。在此前，图奥公司也曾请机械系的老师去给他们的客户做过培训，肖文珺一开始是作为老师的助手前往，后来就有了独立授课的机会。她知道自己的性别和年龄都是硬伤，别人怀疑她的能力是很正常的。

不过，在京城做培训的时候，培训对象对她的蔑视不会那么强烈，更不会如此明显。临一机作为一家老牌的重工业企业，又地处三线城市，职工的观念的确是更陈旧一些的。

刚才大家的鼓噪，肖文珺看在眼里，早憋了一股气。她在讲台的电脑前坐下,敲了几条命令,找到 CAD 所在的目录,启动程序,然后便挥动鼠标,开始绘制一个零件。

所有的人都不再吱声了,盯着讲台上的幕布,看着肖文珺如何用键盘敲出一行行的命令,用鼠标调出一个一个的窗口,做着各种令人眼花缭乱的操作。为了彻底镇住这些试图小觑自己的大叔大妈,肖文珺也是使出了浑身解数,手速之快,让曾经在网游中千锤百炼过的唐子风都自叹弗如。到最后,投影机的刷新速度都已经跟不上肖文珺的操作速度了,鼠标掠过之时,在幕布上留下的是一道道残影。

"一个圆柱……"

"拉出弧形来了,我的天啊,这么方便……"

"这是要开孔吗?设计好一个孔,就可以贴到其他地方去了,六个孔,只需要画一次,这得省多少事啊!"

"快看,变成两个图了,这是左视图?"

"来了来了,俯视图也有了,这也太省事了吧!"

"原来我画了一辈子图,全是浪费时间啊!"

"别扯了,你会这个吗?"

"那不有老师吗?"

"服了服了,这丫头看着比我女儿还小,这计算机玩得……唉,人和人真没法比啊!"

"亏我刚才还觉得她肯定是来给老师拎包的,真是瞎了我这双眼了……"

众人一开始还只是窃窃私语,慢慢地声音就大了起来,情绪也越来越激动。大家都觉得眼前似乎是打开了一扇新的窗户,灿烂的阳光照进来,让人热血澎湃。

作为工程师,大家当然都听说过 CAD 制图的事情,尤其是电技科的几个工程师,过去也曾在计算机上装过 CAD 系统,尝试过制图。但不知道是因为术业有专攻的缘故,还是缺乏名师指点的缘故,他们画出来的图难看不说,操作上也是磕磕绊绊,丝毫找不出电脑制图的爽快感,觉得有这工夫还不如自己拿鸭嘴笔随便画画。

可现在一看肖文珺的操作,大家都服了。原来画个图这么容易,原来画图能够有这么多技巧。随便敲个坐标,就能精确定位,而这过去是需要自己拿着三角板比画半天的。随便输个参数，零件的高矮胖瘦就能迅速变化，这要是换到从前，画错了只能是撕掉重来，哪有这么容易的修改方法？

还有各种系统里预设的标准零件图形，只要调出来改几个数，就可以直接使用了，这岂不是说傻瓜也能搞设计了。咦，这个玩意儿是计算器吗，怎么还能写公式进去，这是在算圆周的等分点吧，几条命令，全部搞定，等等，这丫头是什么妖孽啊，公式能记得这么熟……

到了这一刻，大家心里哪还敢对肖文珺有一丝轻视。人家软件玩得溜就不说了，做设计也是行家里手啊。她现在正在画的零件，大家看不懂是什么东西，但其中的设计原理大家是能看明白的，非常符合常规的设计原理，基本找不出什么破绽啊。

零件设计，不是随便画两个圆圈就行的，而是要考虑到诸如载荷、截面、抗磨损、加工工艺性等等方面的要求。同样满足一个功能的零件，有经验的工程师设计出来，能够最大限度地节省物料，减少加工工时，还能保证耐用。而换一个初出茅庐的菜鸟，就不定要出多少差错。

在场的各位都是老工程师，打眼一看就能够判断出一个零件的设计是否合理。眼前这位小丫头，才上了几年学？设计出来的图纸居然也能如此老到。莫非她是把一份现成的图纸背熟了，在这里给大家默写出来吗？就算是这样，至少人家的记忆力也是爆表的。

"好了！"

肖文珺画完了全图，在王俊悌的指导下，把图形发往打印机打印缩略图。A0幅面的喷墨打印机速度慢且不说，打印成本也是让人咂舌的，肖文珺只是给大家做个演示，就没必要动这个神器了。

"哗！"

不等孙民号召，大家便自发地鼓起掌来，比刚才送给唐子风的掌声又响亮了几分，而且经久不息。所有的人脸上都有一些激动之色，其中既有观看了一场精彩表演之后的兴奋感，也有对未来掌握CAD技术的憧憬。如果说大家在此前对于甩图板这件事还有点将信将疑的话，如今所有的人都已经成为甩图板工作的忠实拥趸。看过如何用CAD制图之后，大家觉得再拿鸭嘴笔一笔一画地绘图，简直是对生命的不负责任。

"不错不错，丫头，没给你爸爸丢人啊。"

第一百一十七章 青出于蓝

秦仲年走到肖文珺身边,老脸笑得像朵雏菊。他拍了拍肖文珺的肩膀,发出一句感叹。

"秦叔叔过奖了。"肖文珺站起身,谦虚了一句,没等秦仲年反应过来,她又补上了一句,"不过,我爸爸用CAD制图,就是我教他的。"

"呃……"秦仲年被噎得够呛,好半天才讷讷地说出一句,"果然是青出于蓝而胜于蓝。我们这代人都老喽,未来的世界是你们的。"

第一百一十八章 孔雀开屏的典故

看到秦仲年以下的整个技术处都被肖文珺折服,唐子风也就放心了。他向秦仲年和孙民道了别,便离开了实验大楼。他这趟从京城回来,还没来得及去向周衡报到呢。事实上,CAD 培训这边的事情已经与他无关,这是人家技术处的事,他再待下去,人家就要觉得他是对新来的培训教师有什么企图了。

"这一次的事情,你办得不错。"

在厂长办公室,周衡满意地向前来述职的唐子风说道。

"其实我也没做什么。"唐子风谦虚道,"谢局长那边早就打算把联想集团赠送的微机分给我们一部分,我只是去介绍了一下情况而已。"

周衡说:"谢局长给我打电话了,说是你说服了他,让他除了微机之外,还给我们拨了两台绘图仪和一台投影机。谢局长在打电话的时候还在心疼,说就那么点大的一台投影机,要 8 万多块钱,买投影电视都能买好几个了。"

唐子风说:"这根本就不是一码事。不过,现在买投影机也的确不是好时候,过上一两年,同样的型号,价格起码要下降一半。"

"时不我待,该花的钱还是要花。"周衡说罢又提起了软件的事情,问道,"我还没问你呢,你是怎么说服图奥公司给我们赠送软件的?"

"这事巧了。图奥公司的市场总监,恰好是我大学时候的师姐,而且我们在大学里还有一面之缘。我去跟她一说,她深受感动,就答应送我们软件了。"

"就这么简单?"

周衡算是看出来了,唐子风每做成一件事,都要嘚瑟一阵子,而且成绩越大,嘚瑟得越厉害。唐子风嘚瑟的表现,就是口无遮拦,跟他这个厂长敢开玩笑,跟秦仲年、宁素云等其他厂领导也同样是满嘴胡柴。

说到底,他就是相信人家不会跟他一个小年轻计较,尤其是在他做成了别人做不成的事情之后,人家就更不好意思去打击他了。

第一百一十八章 孔雀开屏的典故

"技术处培训的事情,你安排好没有?"

周衡犹豫再三,还是打消了训斥唐子风一番的念头,转而问起了其他事情。

唐子风把技术处那边的情况说了一遍,特别强调了肖文珺是个超级学霸,性格稍稍张扬了一些,但做事应当还是比较靠谱的,有她作为培训教师,相信培训效果应当是非常不错的。

"楚天17所的肖明,我也认识,不过没有老秦跟他熟。想不到你请来的培训教师居然是肖明的女儿,而且还是一个在校大学生。接待方面的事情,你安排好了吗?"

"安排好了,我让常关宝给她开了一个豪华套间。"

"乱弹琴!豪华套间是随便开的吗?"

"过去日本专家到厂里来做培训,不也是住豪华套间吗?"

"那是外宾,这个肖文珺只是一个在校大学生……罢了,既然你已经安排了,再改也不合适。后面的接待我会交代技术处,稍微低调一点,别造成不良影响。"

"好吧,你官大,你说了算。"唐子风说。此前秦仲年似乎也对唐子风安排肖文珺住豪华套间的事情有些意见,现在周衡又这样说,唐子风也开始意识到,自己似乎是有点太冲动了。培训教师住小招待所,这是没问题的。但正常的情况下,开一个普通房间也就罢了,他怎么会一张嘴就让常关宝给肖文珺开豪华套间呢?

认真想想,似乎是他与肖文珺一路同行,吹牛吹得有点过头了。到了自己的地盘上,他忍不住就想向肖文珺显摆一下,所以才会做出这种不理智的举动。忘了弗洛伊德还是黑格尔啥的曾经说过,说男人在自己喜欢的女人面前,总会试图炫耀一下自己的实力,无论是炫耀财富还是炫耀权力,总之,就像是雄孔雀在雌孔雀面前开屏一样。

咦,孔雀开屏似乎是一种求偶行为吧?难道自己对这个肖师妹有什么不轨的动机?

天地良心,自己真的没往那个方向想啊,只是见着漂亮女孩的一种下意识反应而已,这能算是求偶吗?

周衡看着唐子风脸上风云变幻,不知道他在想什么,却也不便追问。他说道:"甩图板的事情,就交给老秦和孙民他们了。你既然回来了,就准备一下车间转岗人员的分流问题吧。这些天,厂里议论纷纷,很多人都已经有心理准备了。到时候,跳出来闹的人,肯定还是会有的,不过,只要咱们领导这边态度一致,无懈可击,这些人也闹不出名堂来。"

唐子风说:"等我歇一天吧,这一星期,我也累坏了。"

"你累什么,不就是跑了一趟京城吗?"周衡问。

唐子风恼火地说:"周厂长,咱们说话要凭点良心好不好?我在京城这些天,天天熬到深夜才睡觉,天一亮就醒,然后又是忙上一整天,我容易吗?"

"呃,好吧,那你就歇一天吧。"周衡妥协了。他看得出,唐子风刚才表现出来的委屈是真实的,另外,唐子风脸上也的确有一些倦色,这不是能够装出来的。

或许,说服图奥公司赠送软件的事情,也不那么顺利吧?毕竟是价值100多万的软件,小唐没准的确是费了一些心血的。他虽然没说具体过程,但自己作为一个当领导的,还是应当体贴一下下属为好。

周衡不知道,唐子风脸上的倦色,主要是因为他昨天晚上在卧铺车上睡得并不踏实,隔一会就要起身看看与自己换了铺位,挤在显示器箱子旁边的肖文珺。

嗯嗯,他纯粹是因为关心这位小师妹才时不时偷看人家几眼的……

与周衡又讨论了一下其他的几项工作之后,唐子风便回家去了。他洗了个澡,觉得浑身清爽,这才来到卧室,拆开放在地上的一大一小两个包装箱,把电脑机箱和显示器分别摆好,接上键盘、鼠标,再插上电源,然后启动了机器。

"唉,才21寸的显示器,真没法看啊。"

坐在桌前,看着面前硕大的屏幕,唐子风发出了一声感慨。

要不怎么说由俭入奢易,由奢入俭难。唐子风前一世用过34英寸的4K(高清分辨率)带鱼屏,现在看着一个21英寸的CRT屏幕,实在是爱不起来。可再嫌弃,这也是时下他能够找到的最大尺寸的屏幕了,总比面对着14英寸的彩显要强吧?

唐子风启动电脑,玩了两局纸牌,接着又打开了一个名叫《沙漠风暴》的游戏,做了几个任务。这款游戏是他前一世没有玩过的,这次是在王梓杰那里看到,试玩了几回,发现还有点趣味,便给自己的电脑也装上了。他现在最盼望的就是《红警》赶紧问世,哪怕这个游戏无论在画面还是平衡性等方面都远远不及后世的游戏,但好歹也是即时战略游戏的代表作,比他现在开着直升机满处捡弹药箱子强多了。

"丁零零!"

桌上的电话机突兀地响了起来,把正在虚拟空间里客串阿帕奇驾驶员的唐子风吓了一跳。他迷迷糊糊地接过电话,听筒里传来的却是孙民的声音:"喂,唐助理吗?你过来一趟吧。"

"过来一趟?出什么事了?"唐子风问道。

"没出啥事啊。"孙民说,"上午的培训结束了,秦总工的意思是,咱们搞个小仪式,算是给小肖老师接个风。就在小食堂,你一个,我一个,加上小肖老师和秦总工,咱们四个人就行。现在秦总工和小肖老师已经过去了,你也过去吧。"

"吃饭的事情就算了吧。我把肖老师交给你们,就没我啥事了。"唐子风言不由衷地说着,心里却另有一个小人儿在对他怂恿道:快去啊,别放过这个机会。

孙民不知道唐子风的思想斗争,他笑着说:"唐助理,你还是一块过来吧。其实呢,还是小肖老师专门提到请你过来的呢,你们都是年轻人,可能共同语言多一点。我和秦总工岁数都太大了,怕是和小肖老师也说不到一块。"

这话的信息量就比较大了,似乎秦仲年一开始是没打算请唐子风去作陪的,还是肖文珺提出来,所以孙民才打了这个电话。想想也是,如果技术处方面是打算请唐子风参加的,怎么会不提前打招呼呢?多亏唐子风玩游戏忘了时间,否则这会他应当已经去食堂买饭了,还说什么接风的事情?

好你个老秦,过河拆桥啊!唐子风在心里愤愤不平地骂道。

"喂喂,唐助理,你能过来吗?"孙民在电话里追问道。

"当然过去,肖老师是我带到临河来的,我当然是要全程陪同的!"唐子风当仁不让地表示道。

第一百一十九章 挺合适的呀

唐子风来到小食堂的时候,桌上还没有上菜。秦仲年正在和肖文珺聊着天,说的都是肖文珺的父亲跟他说过的肖文珺小时候的丑事。肖文珺点头不迭,脸上满是尴尬而又不失礼貌的微笑。孙民也已经到了,坐在旁边假装听得津津有味的样子。

"老秦,又在讲你那些陈芝麻烂谷子的丰功伟绩呢?"

唐子风大大咧咧地在留给他的位置上坐下,毫不客气地打断了秦仲年的唠叨。他平日里偶尔也会称秦仲年为"老秦",每次这样称呼他,都是为了卖萌求廷杖,这回也不例外。

果然,秦仲年立马就停止了对肖文珺的尬聊,转而对唐子风不满地斥责道:"你个小唐,没有调查就没有发言权,我怎么就在讲我的丰功伟绩了?我明明是在跟文珺讲她小时候的事情好不好?"

唐子风笑道:"人家肖同学坐了一天一夜的车,下车以后连口水都没喝就来给你们技术处做培训。你不体谅人家的辛苦,还在这揭人家的短,你说你合适吗?"

"我哪揭她的短了,我只是……"

"只是什么?我刚进来就听到你说人家小时候尿床的事情,我要说你老秦小时候尿床的事情,你乐意吗?"

孙民在一旁直接就笑喷了,他其实刚才已经憋了半天,这会让唐子风捅破真相,实在是再也憋不住了。肖文珺的脸腾地一下就红透了,她捂着嘴背过身去偷偷嗤笑,还没忘送给唐子风一记白眼。

秦仲年也窘了,张口结舌说不出话来。他刚才的确是有些口无遮拦,当讲不当讲的事情都讲出来了。有关肖文珺尿床的事情,还是十七八年前肖明跟他讲的,那时候肖文珺还是个2岁的孩子,讲讲这种事情倒也无妨。现在人家是

第一百一十九章 挺合适的呀

个20岁的大姑娘,你再提这事,实在就有点为老不尊的意思了。也亏得肖文珺涵养好,没跟他翻脸。

唐子风一句话就夺回了饭桌上的发言权,他没搭理臊眉耷眼的秦仲年,而是对肖文珺问道:"肖同学,今天的课讲得怎么样?我们厂的工程师水平还可以吧?"

肖文珺此时也已经摆脱了尴尬,她定了定神,说:"师傅们都挺认真的,学习积极性也挺高的,不过,就是鼠标的操作太不熟悉了,很多师傅好像是第一次用鼠标,完全掌握不了要领。"

"我已经要求大家抓紧时间练习了,操作的问题是必须解决的。"孙民说。

唐子风问:"孙处长,你让大家怎么练习?"

"就是……"孙民一时语塞了,他还真没想好让大家怎么练习。

唐子风说:"我教你一个简单的办法,非培训时间,开放所有的计算机,让大家玩纸牌和扫雷,能够通宵玩最好。"

"玩纸牌和学电脑有什么关系?"秦仲年诧异地问道。唐子风把话头引到正题上,老爷子也就忘了刚才的失误了,开始参与到讨论中来。

"唐师兄说的是电脑里的纸牌游戏,扫雷也是一个游戏,都是要用鼠标操作的。不过,唐师兄说的这个办法倒的确不错,我们同学用鼠标也是从玩游戏开始的。"肖文珺解释说。

"你是说真的?"秦仲年看着肖文珺问道。唐子风出的主意,秦仲年一向是心存疑惑的,他始终弄不明白唐子风哪句话是真的,哪句话是在耍他。但肖文珺是他同学的女儿,品学兼优,肯定是不会说假话的。

肖文珺点点头,说:"秦叔叔,唐师兄说的是对的。要让师傅们尽快熟悉鼠标操作,玩电脑游戏是最好的办法。"

"嗯嗯,那就照唐师……咦,文珺,你管小唐叫什么?"秦仲年差点跟着肖文珺管唐子风叫师兄了,话说了一半才觉得不对。唐子风不是人大毕业的吗?他跟肖文珺能论得上是师兄妹吗?

肖文珺赶紧掩饰:"其实我一直是称呼唐助理的官衔的,后来是唐助理自己说这样叫太生分了,非要让我管他叫师兄不可。"

说到这,她向唐子风飞了一个白眼,里面信息量极其丰富。唐子风只能暗自郁闷,明明是肖文珺主动改口叫他师兄,当着秦仲年的面,她却说是唐子风要求她这样叫的。这主动与被动之间的区别,可就大得很了,你没见老秦看自己的眼神都有些杀气了吗?

话说,老秦你操个哪门子心,这又不是你女儿。再说,我还没把她怎么样呢,你至于这样看着我吗?

在秦仲年的心里,还真有那么几分替肖明觉得不踏实的意思。在他眼里,肖文珺是一个天真纯洁而又前途无量的好孩子,唐子风虽然也是能力出众,堪称青年才俊,但绝对不是秦仲年喜欢的那种年轻人。

简单说,作为同事,秦仲年是非常欣赏唐子风的,当着周衡的面夸奖唐子风也不止一次两次了。但如果带着招女婿,或者说招侄女婿的心态,秦仲年觉得唐子风是一万个不合格,他宁可把女儿嫁给宁默那种老实忠厚的青工,也不愿意接受唐子风这样一个油腔滑调的"问题青年"。

不过,心里这样想,秦仲年还真没法把这话说出来。人家只是让肖文珺喊他一句师兄,这也算不上是什么不妥,甚至还可以解释成平易近人,他秦仲年能说啥呢?唉,还是等有机会的时候,私下里提醒提醒这个小侄女,让她离唐子风这种人远一点……

正在纠结之间,服务员已经把菜端上来了。秦仲年是个搞技术的,而肖文珺又是一个女孩子,所以孙民在安排的时候没有让食堂上酒。秦仲年举着茶杯,致了敬酒词,不外乎先欢迎肖文珺来给大家做培训,再感谢唐子风殚精竭虑为技术处弄来了电脑和软件。接下来,孙民把秦仲年的话重复了一遍,极好地演绎了啥叫"人类的本质就是复读机"。

肖文珺也举了一回杯,当然是乖巧地表示自己才疏学浅,这一次是来向前辈们学习的,希望包括秦叔叔、孙处长和唐助理在内的各位老师多多教导。

三个人都表示过了,肖文珺把目光投向唐子风,想看看这位精灵鬼怪的师兄在这种场合会说些啥。结果,唐子风并未举杯,而是皱着眉头对孙民说道:"孙处长,你也太抠门了吧。人家肖同学虽然只是一个在校大学生,可人家现在的身份好歹也是培训老师,你才叫了四个菜?"

"这个……"孙民苦着脸,不知道如何应答。点菜的标准是秦仲年定的,孙民有100个理由可以不理睬唐子风的发难。可问题是,肖文珺就坐在席上,他能当着人家客人的面,说这顿饭就是四个菜的标准吗?

秦仲年实在是听不下去了,他黑着脸对唐子风训道:"小唐,你胡说八道什

第一百一十九章 挺合适的呀

么！文珺还是个学生,不要让她接触那些乌烟瘴气的名堂,什么吃饭要多少个菜啥的。你在外面跑业务,搞这种名堂也是难免,但不要把这种风气带到内部来。"

"秦老教训得对！"唐子风嬉皮笑脸地应道,同时偷偷与肖文珺眉来眼去。

秦仲年拿唐子风没办法,只能转头去劝告肖文珺:"文珺啊,今天这顿饭呢,算是给你接风,所以呢,稍微丰盛一点。后面这段时间,你还是和其他同志一样,吃食堂就好。你阿姨没有跟我一起到临河来,要不我倒可以让你到家里去吃饭,现在我天天也是吃食堂的。"

"没问题,秦叔叔,我以后就跟大家一起吃食堂好了。"肖文珺应道。

唐子风说:"秦总工,让肖同学天天吃食堂,未免太怠慢她了。我倒有个建议,让她到我那里搭伙吃饭就好了。你是知道的,张建阳给我安排了一个小保姆,叫于晓惠,天天给我做饭,做得还挺好吃的。一只羊是赶,一群羊也是赶,我回头让晓惠每顿多做点,不就够肖同学吃了吗?"

"这怎么……"秦仲年下意识地便打算反对。

"这样也好。"肖文珺却抢在他前面答应了,"正好我也经常要到唐师兄,啊不,到唐助理那里去做作业,既然有人给他做饭,那我就到他那里去搭伙好了,大不了我给唐助理付伙食费就是了。"

"文珺,这不合适……"秦仲年的脸黑得吓人,"小唐那里,其实也不太方便。你说你要做作业,到技术处去做就好了,我让孙处长给你准备一个办公室,或者到我办公室去做也行……"

肖文珺说:"不是的,秦叔叔,我要做的是我们制图课的设计作业,要用计算机。我听说唐助理家里有一台高配置的计算机,显示器是21寸的,所以在火车上就跟唐助理约好了,要借他的计算机做作业。唐助理,你说是不是?"

"小唐,你啥时候买了计算机,我怎么没听说过?"秦仲年瞪着唐子风问道,似乎唐子风拥有计算机是一件大逆不道的事情。

唐子风笑道:"就是这一次从京城带回来的。我的一个朋友是在中关村开公司的,听说我没电脑,就送了我一台。"

秦仲年嘟哝着:"那是你私人的电脑,文珺用你的电脑做作业,不太合适吧?"

此言一出,唐子风和肖文珺异口同声地应道:

"挺合适的呀！"

第一百二十章　白天鹅与丑小鸭

这天没法聊下去了，再聊估计老秦就得一口老血喷出三丈远了。肖文珺在发现自己与唐子风异口同声之后，就没敢再吱声，而是装出突然对米饭产生了浓厚兴趣的样子。老秦半是气恼，半是对自己的侄女感到恨铁不成钢，于是也没有了指点江山的豪情，开始闷头吃饭。

唐子风则没心没肺地拉着孙民聊起了技术问题，他现在勉强也算是懂一点工业技术了，尤其是涉及重镗设计方面的问题，倒也能够和孙民讨论得起来。

一顿饭草草收场，秦仲年和孙民各自回家午休。唐子风主动提出送肖文珺回小招待所，秦仲年虽觉不妥，也找不出理由来反对。毕竟唐子风是他们几个中年龄最轻的，如果要找一个人送肖文珺的话，唐子风是合适的人选。

"秦叔叔好像不太喜欢你。"

走在厂区的路上，肖文珺颇有八卦之心地问道。

"理科生看不起文科生，正常。"唐子风给出了一个无厘头的解释。

"才不是呢！"肖文珺岂是好骗的？

"那你说是什么原因？"

"他对你不放心。"

"不放心什么？"

"怕我上你的当呗。"

"那你会上我的当吗？"

"你说呢？"

"我觉得不会。"

"我也觉得不会。对了，师兄，我们先去你家吧，我去看看我的电脑。"

"等等，你说谁的电脑？"

"不要这样计较嘛……"

第一百二十章 白天鹅与丑小鸭

两个人斗着嘴,来到了唐子风的家。唐子风掏钥匙打开门,却见于晓惠从他的卧室里跑了出来,脸上还有一些兴奋之色。见了唐子风,她先喊了一声"唐叔叔",接着便看到了肖文珺,不由得向唐子风投去一束询问的目光。

"这是肖文珺,你叫她肖阿姨吧!"唐子风随口说道。

"别!"肖文珺像是被踩着脚一样叫起来,"小姑娘,你别听他的,叫我姐姐就好。"

于晓惠也是快15岁的人了,哪会不懂这些?她冲着肖文珺礼貌地喊了一声:"肖姐姐好。"

"这就对了嘛。"肖文珺满意地走上前,拉住于晓惠的手,问道,"怎么,你是唐师兄的侄女吗?"

"她叫于晓惠,是厂里的子弟。我一个人在临河,也不会做家务,厂里就派她给我做家政服务员,帮我扫地做饭啥的。"

唐子风向肖文珺介绍道,说完,他又把头转向于晓惠,说道:

"晓惠,这位肖姐姐是清华大学的大学生,这次是到咱们厂里来教技术处的叔叔阿姨们学计算机的。你和肖姐姐认识一下,这几天有空的时候,你带肖姐姐熟悉一下厂里的环境。另外,以后中午和晚上多做一个人的饭,她也在我这里吃饭,明白了吗?"

"明白了!"于晓惠应道,接着又看着肖文珺,用崇拜的口吻说道,"肖姐姐,你是清华大学的大学生啊,真了不起。"

"你也能考上清华的。"肖文珺拍了拍于晓惠的脑袋,又看着唐子风,说,"唐师兄,这就是你在食堂的时候说的每天给你做饭的保姆?你也太过分了吧,居然让这么小的一个女孩子给你做家务,你害臊不害臊?"

"肖姐姐,不是的。"于晓惠赶紧替唐子风争辩,"不是唐叔叔让我给他做家务,是厂里的劳动服务公司为了照顾我家,让我来给唐叔叔做家务。唐叔叔对我特别好,他经常请我吃饭,还借了好多书给我看……"

唐子风打断了于晓惠的讲述,对她问道:"晓惠,你刚才在干吗呢?"

于晓惠闪着一双大眼睛说道:"唐叔叔,我刚才在看你的电脑,是你从京城带回来的吗?"

"是啊,你打开了吗?"唐子风一边往屋里走,一边问道。

于晓惠带着肖文珺也往屋里走,同时回答道:"没有,我不敢开。"

"这有啥不敢的?"唐子风说,"电脑比电视简单,以后我教你……啊不用了,你让你肖姐姐教你就行了。等你学会用了,我不在家的时候,你尽管玩就是了。"

"肖姐姐,你能教我吗?"于晓惠压低声音对肖文珺问道。小姑娘现在和唐子风是真不见外了,唐子风说她可以随便玩电脑,她便把这话当真了,现在就急着想让肖文珺教她。

"没问题,我教你。"肖文珺满口答应,同时来回打量着唐子风和于晓惠二人,有点猜不透这俩人之间的关系。

此前,肖文珺见唐子风雇了一个这么小的保姆来给自己做家务,心里是颇有一些不屑的,当然也不至于说有什么义愤填膺的感觉,只是觉得唐子风过于骄奢了。但再看唐子风对于晓惠那种近乎宠溺的态度,又觉得唐子风这人还是不错的。也许他们之间的关系真的是像兄妹一样,呃,或者说是像叔侄一样。

走进房间,看到唐子风已经摆好的电脑,肖文珺当仁不让地走上前去,坐在电脑跟前,抬手便按开了电源。于晓惠站在肖文珺身边,大气都不敢喘,死死地盯着屏幕上的自检信息,脸上是一种莫名激动的神色,这是她第一次见到电脑运行的场景。

唐子风自然不会去凑这个热闹,他站在两步开外,揣着手看着这一大一小的两个女孩子,忽然有些感慨。

肖文珺出身于高知家庭,从小就背着才女的盛名,随后又考进了清华这种顶尖牛校。她才华横溢,又长得漂亮,个性张扬,俨然是一只令人惊艳的白天鹅。

再看于晓惠,五官倒是长得挺端正,可以想见未来或许也会长成一个小美女。但此刻的她因为家境贫寒,营养欠缺,身体完全没有长开,再加上衣着朴素,看上去只能算是一只丑小鸭了。

不是所有的丑小鸭都能够变成白天鹅的,那么,于晓惠的未来会是什么样子呢?

在唐子风浮想联翩的时候,计算机的启动已经完成了。肖文珺在键盘上敲着命令,逐个硬盘地察看这台计算机上安排了哪些软件。待发现计算机上并没有CAD软件时,她也不和唐子风商量,便从自己的包里拿出一个光盘盒子,抽出一张光盘,同时按开了计算机的光驱,把光盘放了上去。

第一百二十章 白天鹅与丑小鸭

"喂喂,肖同学,你干吗呢?"唐子风忍不住抗议了。拜托,这是我的计算机,不是你的,你好歹征求一下主人的意见好不好?

肖文珺回头瞟了唐子风一眼,说道:"咱们不是说好了吗?你同意借这台电脑给我做作业的。要做作业,我当然要拷个CAD进去,还有Turbo_C(编程软件),还有LaTeX(排版系统)……"

"你不会是真的想霸占我的电脑吧?"

"你不是想反悔吧?"

"可是我现在想午休了,怎么办?"

唐子风只好耍赖了。他也的确是有些困了,毕竟头一晚没有睡好。不过,如果肖文珺和于晓惠现在能够双双消失,他肯定是不睡的,电脑里还有一个"沙漠风暴"的存盘文件,上午他刚通了两关,现在还惦记着继续通关呢。

"你那边不是还有一个房间吗?"肖文珺用手一指。她进门的时候就已经看清楚房间的格局了,知道这是一套两居室的住房,除了这间卧室之外,对面还有一个房间。

于晓惠看看肖文珺,又看看唐子风一眼,只见唐子风一脸生无可恋的样子,却并没有发作的意思,心下明白,原来这位肖姐姐是能够制住唐叔叔的。这俩人之间,肯定有一些不得不说的秘密。既然如此,那么从现在开始,这个家里的事情,就应当是以肖姐姐的意见为准了。

想到此,她转过身,抱起唐子风床上的被子就往外走。

"晓惠,你干吗去?"唐子风有些愕然。

"我去给唐叔叔铺床。"于晓惠的声音已经跑到书房去了。

"我说……"唐子风张口结舌,"我说妹妹,这才多长时间,怎么晓惠就被你俘虏了?她一向都是听我的话的!"

"这就叫得道多助。"肖文珺得意地说,"所以,唐助理,你就到隔壁去午休吧,养足精神才能继续干革命工作,这台电脑暂时就归我了。"

"唉,遇人不淑啊!"唐子风叹着气,往书房走去。

走进书房,于晓惠已经把床给唐子风铺好了,见到唐子风进来,她凑上前,神秘地问道:"唐叔叔,这个肖姐姐好漂亮啊,她是不是你女朋友?"

"你觉得呢?"唐子风问。

"我觉得现在还不是,不过以后肯定是的。"于晓惠说。

"这是什么缘故?"唐子风来了兴趣。女孩子在感情方面的天赋是男孩子无法比的,别看唐子风比于晓惠大了将近10岁,要论分析这种感情八卦,于晓惠完全可以当他的老师。

"嘻嘻,我就是能看出来。你喜欢肖姐姐,肖姐姐也不讨厌你,不过目前还谈不上喜欢。你们之间缺一个契机……"于晓惠有模有样地分析着。

"人小鬼大!"唐子风让于晓惠给逗乐了,他笑骂道,"你天天就琢磨这些东西?以后少看点琼瑶小说!"

于晓惠帮唐子风把枕头放好,然后一边往外走,一边笑着低声说:"唐叔叔,你帮我把琼瑶的小说找齐,我就帮你创造条件,好不好?"

第一百二十一章　丽佳总店

唐子风睡着了,梦里还不时听到对面房间里于晓惠压抑不住的惊呼声,不知道肖文珺又做了什么操作,让这个头一回见着电脑的小姑娘大开眼界。短短一个中午的时间,于晓惠已经全面沦陷,成了肖文珺的小迷妹。

这也难怪,这些年临一机子弟学校的教育质量不行,高考能上重点的子弟就没几个,更遑论清华这种牛校了。乍见到一个清华学生,而且还是一个漂亮的小姐姐,于晓惠哪有不崇拜的道理。

要说起来,唐子风也算是名校出身,所表现出来的才气并不输于肖文珺。但在于晓惠眼里,唐子风是长辈,就像厂里技术处那些同样学历显赫的长辈一样,很难引起于晓惠的崇拜。肖文珺于她而言是平辈,是触手可及的榜样,所以她肯定是更迷肖文珺的。

快到下午两点的时候,于晓惠去叫醒了唐子风,然后便匆匆忙忙地背着书包上学去了。新学期开始,子弟中学的风气焕然一新,于晓惠原本就是一个比较乖的孩子,现在更是严守纪律。老师说乖孩子要提前10分钟到教室,她便不折不扣地执行了。

"好了,收拾收拾上班去吧。"唐子风拿湿毛巾擦着脸,走进自己的房间,对正在电脑上作图的肖文珺说道。

"好,我存一下盘。"肖文珺答应着,熟练地敲命令、存盘、退出,然后关机。

"你要不要洗把脸再去上班?"

"你不会让我用你的毛巾洗脸吧?"肖文珺盯着唐子风手上的毛巾,脸上似笑非笑地问道。天地良心,唐子风的毛巾还真不脏,于晓惠每天都会帮他重新淘一遍的,看起来洁白如新。

唐子风撇着嘴说:"当然不会,我还不知道你们这些女生有洁癖?我这里有我妹妹用过的毛巾,她假期在我这里只待了半个月,毛巾差不多还是新的呢,你总不会嫌弃吧?"

"不嫌弃。"肖文珺说。

唐子风帮肖文珺把妹妹唐子妍用过的毛巾找出来,顺便还翻出了唐子妍用过的洗面奶、护肤霜啥的,那都是黄丽婷听说他妹妹来厂里之后,专门给他送过来的,是东区超市卖的最高档的货色。

肖文珺拿着毛巾到卫生间洗了把脸,略略地擦了点护肤霜,然后便神清气爽地与唐子风一起出门上班去了。

"你居然还有个妹妹。"

走在路上,照例是唠家常的时间。话说肖文珺对唐子风还是挺好奇的,原因就不足为外人道了。

"我怎么就不能有妹妹?"

"超生了吧?"

"那时候还不讲独生子女呢。再说,乡下人哪管这个……"

"你家是乡下的?"

"怎么,歧视我?"

"哪敢,我还惦记着用你的电脑呢。"

"不是你的吗?"

"也对……"

说话间,二人已经来到了实验楼下。唐子风向肖文珺挥挥手,说:"你上去吧,我就不陪你上去了。老秦看到我跟你在一起,就眼睛不是眼睛,鼻子不是鼻子的。"

"你怕他呀?"肖文珺抿着嘴乐。

唐子风说:"我怎么会怕他?主要是我还惦记着他帮我把重镗设计出来,好拿去卖个好价钱。万一因为咱俩这点破事把老头气出个好歹,不是得不偿失了吗?"

"……"

肖文珺无语了。这话怎么听着这么别扭啊,咱俩有啥事了?就算有事,怎么就成了破事了?还有,啥叫得不偿失啊?咱们那点破事居然还比不上一台重镗的价值……

娜娜说得对,这厮就是个气死人不偿命的呆子!

第一百二十一章 丽佳总店

唐子风没想到自己随口一句话，能够让姑娘联想到这么多，他只是习惯性地嘴不饶人而已。告别肖文珺，他继续往前走，来到厂部楼下，忽然想起周衡给了他一天假期，似乎今天下午他并不需要上班。

要不，回去玩会游戏？

唐子风犹豫着。穿越过来之后，他还真没怎么玩过游戏。在机械部的时候，部里还没有普及办公电脑，他只是偶尔几次钻到机房去玩过几把《扫雷》。到了临一机之后，全厂只有几台电脑，是在技术处的机房，他顾忌身份，自然不能去玩游戏，所以这几个月时间里，他连一把《扫雷》都没玩过。还是这次回京城，双榆飞亥公司鸟枪换炮，王梓杰的办公室里就有电脑，这才让他过了一把瘾。

他让王梓杰给他买一台电脑，最大的动因就是想在下班之后能够玩会游戏。此刻，他正是玩瘾最重的时候。

可是，这大好时光，良辰美景，躲到家里玩游戏，是不是显得太堕落了？自己是想站在食物链顶端的人，怎么能沉溺于游戏呢？

玩，还是不玩？这是一个问题！

在楼前站了足有十分钟，上进心终于还是战胜了堕落心，唐子风决定利用下午的时间去视察一下自己的产业，也就是位于临河市中心的丽佳超市总店。

春节前，唐子风拉着王梓杰来与黄丽婷见过一面之后，王梓杰便从公司账上划了30万元出来，由黄丽婷和宁默分别作为股东，注册了一家商贸公司，正式接管黄丽婷在临一机东区超市的股份，同时在临河市中心租赁了一处场地，用以开办一家新的超市，并将其命名为丽佳超市总店。相应的，临一机东区超市将改名为丽佳超市临一机东区店。

从春节到现在，只过去了一个月时间，黄丽婷办各种手续，再租场地，然后开始装修，到目前装修尚未完成。不过，上次唐子风从西野回来的时候，就已经与黄丽婷约好了，说要抽空过去看看。

"黄姐，动作挺快嘛，看这样子，过不了十天半个月，就可以开业了吧？"

来到正在装修的丽佳总店，唐子风一眼就看见正戴着一顶安全帽在硕大的店堂里指挥装修的黄丽婷，于是出声招呼了一句。

"咦，子风，你啥时候回来的？"

看到唐子风，黄丽婷脸上绽开了笑容。她快步走过来，就欲伸手去拉唐子风的胳膊。手伸到一半,才发现自己满手都是白灰,于是只能作罢。

"我今天早上才到的,上午陪着京城来的培训老师在技术处给工程师们讲课,下午没啥事,就来看看黄姐的产业。"唐子风笑嘻嘻地说。

黄丽婷说:"我昨天就听我家老蔡说了,说你可了不得,去了一趟京城,弄回来200多万的电脑,还有软件啥的。厂里这么多领导,没一个有你子风能干的。"

唐子风赶紧摆手:"黄姐,你可千万别这样说,这是给我拉仇恨呢。"

"哈哈,哪里会嘛。我听说周厂长可信任你了,有人说,周厂长是相中了你做女婿的,你有本事,他高兴还来不及呢。"黄丽婷说。

唐子风流汗:"呃……这又是从哪传出来的谣言啊?"

黄丽婷笑道:"别管是哪传出来的,你就说有没有这么回事吧?"

"绝对没有,我发誓。"

"哼,还瞒着我呢……"

"我……唉,黄姐,咱们还是说说超市的事吧,怎么样,现在装修到哪一步了?"

唐子风败了,谣言这种东西,向来都是越描越黑的,他还是别去和黄丽婷争论下去为好。

听唐子风问起超市,黄丽婷更是眉飞色舞起来,她指着店堂,开始给唐子风讲述装修的细节,墙壁刷什么漆,吊顶怎么做,用什么灯照明,还有监控设备啥的。唐子风听着连连点头,他相信,如果让他自己来做这件事,估计连黄丽婷的一半水准都达不到,看来,专业的事情还是得由专业的人去做的。

"我现在安排了三个采购员到京城、浦江和羊城去采购。我的想法是,未来丽佳超市起码要有两成的商品是其他超市看不到的高档货。现在临河的有钱人也多了,就算是不太有钱的那些人家,也喜欢摆摆样子。他们想买高档的日用品,只有到我这丽佳超市来。既然来了,他们肯定不会只买一两样东西的。"黄丽婷向唐子风介绍着自己的经营思路。

唐子风说:"不错,这就叫人无我有,人有我优,人优我廉,总之,必须有比别人强的东西,才能立于不败之地。"

黄丽婷赞道:"子风你说得太好了,人无我有,人有我优,人优我廉。回头我让老蔡把这12个字写出来,我贴到经理办公室去。"

第一百二十一章 丽佳总店

"……"

"对了,子风,我这些天一直就在等着你回来呢,有件重要的事情,必须要和你商量才行。"黄丽婷换了一副认真的表情,对唐子风说。

唐子风诧异道:"什么事情啊,有这么严肃吗?"

黄丽婷看看左右,然后说道:"走吧,咱们到外面去谈。"

两个人出了正在装修的超市,来到外面,找了一处不受人打扰的地方,黄丽婷这才说道:"我要说的事情,就是关于超市招工的事情。东区超市那边,当初用的都是原来的家属工。现在咱们要开总店,总不能把东区超市的人带过来吧?如果把他们带过来,他们算什么身份呢?还有,东区超市那边,又怎么办呢?"

第一百二十二章　劳务派遣

"黄姐,你是怎么考虑的?"唐子风反问道。

黄丽婷说:"我现在也是左右为难。东区超市那边,有几个小姐妹为人很不错,也能干,我想把她们带过来。这样新超市有几个信得过的人,总比凭空招一帮不知根底的人要强得多。可是,东区超市是劳动服务公司的产业,咱们丽佳总店和劳动服务公司可是一点关系都没有,我凭什么让她们几个到这边来做事?"

"你给钱,她们为什么不过来?"唐子风诧异道。

黄丽婷说:"我以什么名义雇她们呢?"

唐子风说:"你打算以什么名义雇别人,就以什么名义雇她们,这有什么难的?"

"她们在东区超市是大集体职工,到我这里来,算啥呢?"黄丽婷问。

"这个很重要吗?"唐子风愕然道。

所谓大集体职工,与小集体职工一道合称为集体所有制企业职工,是地位稍逊于国有企业职工的一个就业人群。

在计划经济年代里,国有职工是端铁饭碗的,工资由国家负担,企业利润归国家所有。集体所有制企业职工则是端泥饭碗的,理论上说是自负盈亏,赚了钱可以多分,亏本就拿不到工资。正是因为这一点,集体所有制职工的地位便低于国企职工了。

但在集体所有制企业中,又可分为大集体和小集体两类。大集体名为集体所有制,其实资产是属于地方一级政府的,或者如临一机的劳动服务公司一样,资产属于临一机。在这种情况下,即便是企业出现了亏损,上级机关也会想方设法保证职工的工资福利,所以其职工地位在实质上与国企职工差别不大。

至于小集体,就是真正意义上的集体所有制企业,是由诸如居委会、生产队之类的基层组织发起的企业。由于基层组织的财力有限,这类企业一旦出现亏损,上级是无法弥补的。当企业资不抵债的时候,这类企业就会破产,职工会失去自己的就业身份。

临一机劳动服务公司是临一机为了安置家属而建立的大集体企业,家属工们都属于大集体职工身份,端的是成色略有不足的铁饭碗。黄丽婷如果要拉一些人到丽佳总店来,就相当于让这些人扔掉大集体职工的身份,成为私企职工,这些人能答应吗?

唐子风感到惊愕的原因,在于他是个穿越者,这一世又没有太多基层经验,所以对大集体职工这个身份的价值完全无感。

"黄姐,现在东区超市的职工一个月能拿多少钱?"唐子风问。

黄丽婷说:"过完年,我给大家又涨了一次工资,加上效益奖金,现在每人每月差不多能拿到 200 出头,干得好的,拿到 300 块钱的也有。"

"这岂不是比厂里的正式职工工资还高了?"唐子风咂舌道。

黄丽婷略有几分得意地说:"可不是吗? 我家老蔡都说想从技术处出来,到东区超市去当个会计呢。"

"我看行。"唐子风没心没肺地赞同道。他当然知道这只是一个笑话,自从黄丽婷拿到承包提成之后,她家就已经进入小康阶段了。蔡越哪怕不上班都无所谓,哪里会在乎工资的高低?

不过,说东区超市职工的工资比临一机正式职工的工资还高,却不是一句假话。由于经营不善,临一机的职工工资已经有好几年没有调整了,大家拿的还是三年前的工资,平均每人也就是 150 元左右。

春节后,周衡开始搞工资改革,把职工工资分为基础工资和绩效工资。其中基础工资的部分只有 100 元左右,绩效工资则根据职工的技术水平以及工作业绩来定,额度从 0 到 300 不等。

也就是说,实行新的工资方案之后,有技术、有成绩的职工每月最多能拿到 400 元以上的工资,而最低的则只有 100 元的基础工资。

在这种情况下,东区超市的家属工每月能拿到 200 元以上,已经比那些定岗级别比较低的正式工要强得多了。

"那么,黄姐,丽佳总店这边的工资标准,你又打算怎么定呢?"唐子风继续问道。

黄丽婷说:"我已经打听过了,按照临河现在的工资水平,我准备给职工定每人200元的基础工资,中层干部300元,再选两三个高级经理,每人500元。另外,根据超市的效益,每月再发几十元的奖金。"

"这不就得了?"唐子风说,"你刚才说东区超市有几个职工不错,你想带出来。她们如果来了,最起码也是中层吧?你给她们300元,或者再多一点,350元,甚至400元,你觉得她们会不愿意来吗?"

"这个……不太好说。"黄丽婷踌躇道。

"你问过她们吗?"

"还没有。"

"那你就问问呗。"唐子风笑着说。

黄丽婷却没笑,而是皱着眉头说:"子风,我是跟你说真的。如果我们这里不能给她们解决大集体身份,她们多半是不愿意来的。其实我一直想找你商量一下,看你能不能跟张建阳那边说说,让这几个人以停薪留职的身份到我这边来,这样她们就没后顾之忧了。"

"停薪留职?现在还有这样的操作吗?"唐子风问。

所谓停薪留职,就是国企或者机关事业单位的职工,离开原单位到私营企业去工作,不在原单位领工资,但还要保留在原单位的身份,以便万一在外面混不下去,还能回去端自己的铁饭碗。

这种方式在20世纪80年代非常流行。进入90年代之后,许多单位都不再允许搞停薪留职了。这是因为90年代大多数国有单位的待遇都不尽如人意,而私营企业却已经渐成气候,屡屡花大价钱从国有单位挖人。在这种情况下,国有单位唯一还有吸引力的地方,就是一个铁饭碗。如果允许职工停薪留职,大多数有能力的人都会用这样的方式去下海淘金,国有单位就会变成一个空架子。

黄丽婷说:"过去厂里搞过,后来就取消了。家属工这边就更没有这个规矩了。"

"那不就得了。"唐子风说。

黄丽婷说:"可是,如果不能允许她们停薪留职,她们肯定是不愿意过来的。子风,你是张建阳的领导,你跟他说说,让他开个口子不行吗?"

"开个口子?"唐子风犹豫了一下,忽然眼睛一亮,笑着说,"我倒是糊涂了。

第一百二十二章 劳务派遣

我们虽然不能搞停薪留职,我们可以搞成劳务派遣啊。黄姐,你去和张建阳签个协议,让他给你派 30 个人过来。这 30 人的关系还留在劳动服务公司,算是劳动服务公司的职工,也就是你说的大集体职工,但他们的工资由你发。你每个月再给劳动服务公司交一点管理费,比如说每人 5 元,或者 10 元,你看行不行?"

"管理费倒是无妨。"黄丽婷说,"可这些人来了,是听我的,还是听张建阳的?"

"当然是听你的。"唐子风说,"双方的合同上要写清楚的,这些人派遣到你这里来,就是你的职工,是要听从你的指挥的。如果不听指挥,那对不起,你可以把人退回去。我想,只要你这里的待遇足够好,没人愿意回去坐冷板凳的。"

"这倒是省事了。"黄丽婷拍手叫好,"其实我一直想把东区超市的人带过来,这些人虽然过去毛病多点,但这几个月已经让我调理好了,懂规矩,也有经验,带过来马上就可以上手干活。而且都是一个厂里的家属,她们也不敢乱来。如果从临河市招一批人进来,谁知道有没有一些心眼不正的,到时候我还要花时间去盯着他们。"

唐子风笑道:"黄姐能这样想就最好了。我现在手头有一大批人需要安置,如果你这里能够安置几十个,也算是给我减轻了负担。"

黄丽婷诧异道:"你怎么会有一大批人需要安置的?"

唐子风说:"黄姐不知道厂里搞考核定岗的事情吗?"

黄丽婷说:"我当然知道。你对付汪盈和赵静静的事情,在家属里传得可厉害了。大家都说,宁惹马蜂,不惹子风呢。"

"这算好话吗?"唐子风苦着脸,想不到自己还有这样的恶名。

黄丽婷捂着嘴笑道:"当然是好话,人家说你有本事呢。……哦,我明白了,你说的是不是厂里分流出来的那些人?你打算把他们安置到我们的超市里来?"

唐子风点点头:"这些人不能闲着,必须给他们找事情做,让他们自食其力。我想,劳动服务公司这边的业务还要扩大,利用劳动服务公司来安置这些分流人员。你不是打算从东区超市抽一批人到总店来吗?抽走这批人之后,东区超市就该缺人了,正好让这些分流人员到东区超市去。"

黄丽婷说:"这个想法倒是可行,但这些分流出来的,都是厂里的正式工。

东区超市是用来安置家属工的,这些正式工会愿意去吗?"

唐子风冷笑道:"这就由不得他们了。"

第一百二十三章　办法总比困难多

在对丽佳总店的经营做了若干重要指示之后,唐子风告别黄丽婷,返回了临一机,径直来到劳动服务公司。

"唐助理回来了?听说你从京城弄回来200多万元的电脑,实在是太了不起了!"

见到唐子风,张建阳满脸笑容地恭维着。看来电脑的事情在临一机还真是引起了广泛的震动,以至于大家见到唐子风的第一句话,都是说这件事。

唐子风摆摆手,没有接张建阳的话茬,而是直入主题,说道:"老张,我上午刚回来,周厂长就找我谈了,说要抓紧落实分流职工的安置问题,劳动服务公司这边是主力,你准备好没有?"

张建阳的脸迅速地由晴转阴,他说道:"这件事,周厂长和张厂长都找我谈过。劳动服务公司经过去年的调整之后,各个部门都开始盈利了,经营项目也增加了,倒是能够安置一些分流职工。可是,厂里的意思,是希望我们能够安置1500人,这个压力就太大了。不瞒唐助理说,我这些天一宿一宿地睡不着,都是在愁这件事呢。"

唐子风看着张建阳那红光满面的脸,笑着说:"老张,你蒙谁呢?我怎么觉得,你比去年我刚到厂里的时候可胖多了,这像是一宿一宿睡不着觉的人吗?"

张建阳立马就窘了,他摸着自己的脸,讷讷地说:"我的确是胖了一点点,比去年胖了十几斤吧。主要是原来在办公室做行政,头绪太多,呃,这也不用细说了。这几个月,我到劳动服务公司当经理,有唐助理你帮我掌舵,劳动服务公司的业务大有起色,我也觉得自己不再是个废物了。这不,人一心宽,就胖了……"

"现在你理解周厂长的苦心了吧?"唐子风问。

张建阳连声说:"理解了,理解了。周厂长让我到劳动服务公司来,绝对是为了关心我。我真没想到,我老张还有点用处。"

唐子风说:"所以呢,这次厂里给你压更重的担子,同样是为了培养你,你怎么能够心存怨念呢?"

"唐助理批评得对,我的确不应该……咦,我没有心存怨念啊。"

张建阳说到一半,才发现不妥。自己啥时候就心存怨念了?就算是心存怨念,又怎么会被唐子风给看出来了。这可是打死都不能承认的事情啊。

唐子风呵呵笑道:"如果不是心存怨念,你就应当能够想出办法的嘛。俗话说得好,只要思想不滑坡,办法总比困难多,是不是?"

"这个……主要是我水平有限,我在公司里拼命挖掘潜力,到目前为止,也就能够挤出200个左右的岗位,而且有些岗位还比较苦,恐怕厂里的正式职工是不愿意接受的。"张建阳说。

"不接受就是等着拿每月100元的工资吧。"唐子风说,接着又说道,"老张,你的思路还要再放开一点,不要光想着挖潜,还得创新。整整1500人,你靠挖掘本公司潜力来解决,肯定是解决不了的。只有开拓新业务,才能容纳下这么多人。"

张建阳苦恼地说:"我也想过开拓新业务啊。比如说吧,公司原来下属有三个饭馆,在搞了承包制以后,全都盈利了,现在是顾客盈门,星期天的时候甚至还要等座。我琢磨着,下一步可以再开三个饭馆,这样起码可以创造出120个安置岗位。可到目前为止,我能想到的,也就是开饭馆而已,至于其他的业务,我一时就想不出来了。"

"黄丽婷在临河市中心租了一个场地,准备开一家新的超市,你知道吗?"唐子风问。

张建阳点点头:"我知道,她跟我说了,说超市的名字叫丽佳超市,还要把东区超市改名为丽佳超市的分店,我还正想向你请示一下,看看合适不合适。"

"你觉得有什么不合适呢?"

"唐助理,你知不知道,黄丽婷在临河市中心开的那家超市,是她和其他人合作开的,和我们劳动服务公司没啥关系啊。"

"我知道啊。"

"那么她把东区超市改名叫丽佳超市的分店,不是相当于占了咱们的便宜了吗?"

"你是说,改了名字,她就能多占股权?"

第一百二十三章 办法总比困难多

"这当然不会。"

"改了名字，生意会变差？"

"听她的意思，生意可能还会更好一些。"

"你觉得东区超市的名字比丽佳超市好听？"

"……"

张建阳无语了，这是什么神逻辑啊。

"这不就得了？"唐子风说，"不瞒你说，把东区超市改名为丽佳分店的主意，是我给黄丽婷出的。超市这种业态，讲究的是一个规模效应。如果两家超市能够联合起来，一是采购的时候价格可以更低；二是库存可以压缩，万一哪个店出现断货，另一个店可以调配过来；三是共享品牌，大家觉得你的实力强，就更愿意到你这里买东西。

"所以呢，把东区超市改名为丽佳分店，对于劳动服务公司是有百利而无一害的事情，你为什么要反对呢？"

张建阳被唐子风说得晕晕乎乎，不过有一点他听明白了，那就是这个主意是唐子风出的。既然是唐子风的主意，那他还反对什么啊。别说是什么有百利而无一害的主意，就算是有百害而无一利，他张建阳也得举双手赞成不是？

厂里早就有人在私下里议论，说黄丽婷之所以能够办成东区超市，背后有唐子风的大力支持。至于唐子风在此事中能够拿到多少好处，大家说法不一，但没有一个人相信唐子风是清白的。这年头，有大公无私的人吗？

从这件事里，张建阳对于厂里的传闻又多信了几分。不过，他对唐子风也没什么恶感。黄丽婷不过是一个农村出来的家属，经唐子风稍一点拨，就能做成这么大的买卖，说到底，不还是唐子风的能耐吗？人家凭本事赚钱，没占厂里一分钱便宜，自己有啥理由去指责他呢？

"唐助理看问题果然深刻，我老张真是鼠目寸光，拍马也赶不上唐助理的见识啊。"张建阳痛心疾首地做着自我检讨。

唐子风说："老张，我刚从黄丽婷开的丽佳总店那边过来，她跟我说了一件事，我觉得需要和你商量一下。"

"哪里哪里，唐助理有什么指示，就尽管说好了。"张建阳说。

唐子风把刚才与黄丽婷讨论过的事情向张建阳说了一遍，最后说道："我从黄丽婷那里得到一个启发。咱们没必要等着你把岗位空出来，再来安置这些分流人员。我们可以在劳动服务公司下面,直接成立一个劳务派遣公司,把1500人都接收过来。

"没事的时候,这些人就照着厂里的标准,每人领100元的基础工资,你随便给他们安排一点打扫卫生、修剪树木之类的事情,实在没事可做,大家待在屋里默写职工守则也行。总之一句话,不许迟到早退,不许旷工。"

"这没必要吧?"张建阳小心翼翼地反驳道,"有些人有门路,能够在外面找到一点零工做,总比待在屋里默写什么职工守则强吧?"

唐子风笑道:"这就是我要说的。我们鼓励他们到外面去打零工,包括到黄丽婷的超市去工作。但他们如果要去外面打工,身份必须算作临一机的派遣人员。届时厂里不再给他们发放工资,用人单位每月要向劳务派遣公司交纳每人10元的管理费,否则按旷工处理。"

"这不可能!"张建阳脱口而出,"他们出去打工,凭什么给厂里交管理费呢?"

"因为我们可以保留他们的编制啊。"唐子风说,"不想交管理费也可以,连续一星期无故旷工,直接开除,以后就别想回来了。"

张建阳明白了,这不就是过去停薪留职的套路吗? 当然,过去办停薪留职的,都是想到外面去赚大钱的,而唐子风现在搞的这一手,是逼着那些被厂里分流的职工办停薪留职,这些人恐怕不会太乐意吧。

想到此,他苦着脸说:"唐助理,这样一来,得罪人的事情可都在我这里了。"

"只要有了制度,你照章办事,说得上是得罪人吗?"唐子风说。

张建阳说:"话是这样说。我估计,这个制度真的执行起来,这些人肯定还要翻天的。我这里倒无所谓,反正只是一个执行部门,厂领导那边,不知道准备好没有。"

唐子风说:"厂领导那边的准备,自有周厂长去安排。周厂长说了,长痛不如短痛,压力再大,这一关也是必须要过的。至于你这边,也不是消极等待,还要继续创造安置岗位。你这里安置的人员越多,厂里的压力就越小,你明白吗?"

"我明白,可是,刚才咱们不是还没讨论出安置办法吗?"张建阳旧话重提。

唐子风说:"没错,我刚才跟你提黄丽婷的丽佳总店,就是想跟你讨论拓展业务的事情。我琢磨着,黄丽婷能够跳出临一机的范围,到临河市去开拓业务,而且能够吸纳厂里的富余人员。其他人为什么不可以这样做呢?

第一百二十四章　孵鸡蛋会不会

看到张建阳依然是一脸蒙圈的样子，唐子风笑着说："我举个例子说吧。现在临河市到处都在建新房子，买了新房子的人家，总需要搬家吧？请亲戚朋友帮忙搬家，散烟、吃饭，还要租车子啥的，花费不小。如果咱们能够成立一个搬家公司，帮着临河市那些买了新房子的人家搬家，这算不算一个业务呢？"

"搬家公司？"张建阳稍一琢磨，不由得显出恍然的神色，"你别说，我还真听说过这样的公司，好像咱们临河还没有吧。你是说，咱们服务公司可以成立一个搬家公司？"

唐子风说："我是这样想的，你先去了解一下情况，看看有没有人愿意出来挑头办这个搬家公司。如果有人愿意办，劳动服务公司可以给他们提供场地和启动资金，但不必参股。他们自负盈亏，拥有完全的经营自主权，劳动服务公司不必去插手他们的日常事务。

"如果实在是找不到人来挑头，或者他们不敢承担风险的话，那就只能让劳动服务公司出面来办，不过，这样一来，你的压力就大了。"

"我明白了，我明白了。"张建阳点头说，"这就像黄丽婷在临河开超市一样，她是自己筹钱去办，办好办坏和劳动服务公司都没有关系，这样我这边就没有压力了。"

"正是如此。"

"唐助理高明！"张建阳赶紧拍了一记马屁。

"我刚才说的搬家公司，只是一个例子。你深入了解一下情况，看看职工里有哪些能人，能够开拓出一些其他的业务，像做咨询啊，或者做技术服务啊，都可以。劳动服务公司最好不要直接插手这些业务，以免给自己增加负担。你的责任，就是充当一个孵化器，帮助职工创业。"唐子风说。

"孵化器？"张建阳有些不明白。

唐子风说："孵鸡蛋会不会？"

"会……"张建阳硬着头皮应道，他当然知道唐子风的意思不是让他亲自去孵蛋，而是问他是否了解孵蛋这回事，但这话听起来怎么这么别扭呢？

唐子风没有注意到自己的语病，他继续说："你的工作就像孵鸡蛋一样。如果哪个职工有好的创业计划，比如打算开一个公司来拯救地球，你就给他提供办公场地，再提供一些启动资金，帮助他把公司办起来。未来他拯救地球成功了，把美洲划给你，这就是你的投资收益，懂了吗？"

"我懂了……"张建阳应道。

张建阳是真的懂了。厂里要分流出1500名职工，加上他手头现有的800名家属工，一共就是2000多号人。以劳动服务公司的现有业务，肯定是消化不了这2000多人的，这不是通过挖潜力能够挖出来的。

解决问题的方法，就是开拓新的业务，比如办个搬家公司之类的。但这些新业务如果都放在劳动服务公司名下，劳动服务公司的业务规模就会过大，而且业务头绪过多，公司的日常管理肯定要陷入混乱。

唐子风的意思，是鼓励职工自谋出路，最好能够像黄丽婷那样，跑到外面去开个超市，不但自己的就业问题解决了，还能带出去几十名厂里的职工。至于劳动服务公司，在这个过程中只需要提供一些服务就好了。

从张建阳的内心来说，他既赞同唐子风的方案，又隐隐有些觉得可惜。如果这些业务能够由劳动服务公司来做，他张建阳的权力就会成倍地扩大。麾下能够指挥2000多人，这是何其风光的事情！

当然，这种事情张建阳也只是想象一下而已。他知道，自己没有这样的能力，这些分流下来的职工也不是好惹的，如果都在他的手下，每天光是处理各种矛盾就足以让他身上刚刚增加的十几斤肥肉消耗殆尽。

向张建阳密授了一番机宜之后，唐子风又回了一趟厂部，向周衡汇报了自己在劳动服务公司的安排，并商量了下一步的工作策略。临近下班时间，唐子风回自己办公室给总装车间打了个电话，让宁默晚上到自己家里去一趟，然后便下班回家了。

走进家门，唐子风才发现，肖文珺比他回来得更早，已经在他房间里把电脑打开了，正在忙着画图，估计就是她所说的什么课程作业吧。看到唐子风回来，肖文珺只是回头向他笑了一下，算是打过招呼了，随后依然忙着自己的事情。

第一百二十四章 孵鸡蛋会不会

"你怎么进屋的？不会是拿身份证把我的门捅开的吧？"唐子风诧异道。用身份证捅门也算是大学生的必备技能了，不分男生女生都会这门功夫。不过，以肖文珺的身份，这样做似乎不合适吧？

肖文珺头也没回，说道："是晓惠把她的钥匙留给我了。"

"这就难怪了。"唐子风点点头。看来，在清华小姐姐的光环影响之下，于晓惠是彻底"叛变"了，居然不经他的允许，就把钥匙给了肖文珺。

这种事情，其实也不算什么错。单身的年轻人没有什么私产不可侵犯的概念，比如唐子风和王梓杰或者宁默都属于不分彼此的，即便是拿个身份证去把对方的门捅开，从对方房间里拿点东西吃，也是很寻常的事情。唐子风此前答应了肖文珺可以来使用他的电脑，这事于晓惠是知道的。

既然唐子风同意肖文珺这样做，于晓惠把钥匙借给肖文珺，就是合情合理的了。如果于晓惠不把钥匙供给肖文珺，肖文珺找唐子风借钥匙，唐子风也同样会给。

更何况，于晓惠这丫头似乎是真的想撮合唐子风和肖文珺二人，在她的心里，估计是把肖文珺当成这家未来的女主人了。

"怎么，下午的培训已经做完了？"唐子风没话找话地问道。

肖文珺一边往电脑里输着数据，一边说："我给他们讲了一个多小时，剩下的时间就留给他们自己练习了。很多上岁数的工程师学东西比较慢，我如果讲得太多，他们会接受不了的。"

"嗯嗯，也对。"唐子风说。

"对了，你暂时不用电脑吧？"肖文珺总算是还有一些公德心，还知道忙里偷闲地问一句，不过这措辞似乎还有待商榷。

"呃……那就暂时不用吧。"唐子风没辙了，人家都这样问了，他还能说啥？其实，他是很想用电脑的，因为他的游戏才刚玩到一半呢。可看着肖文珺在那噼噼啪啪地敲着键盘，明显是干正事的样子，他好意思把肖文珺赶开，自己去玩游戏吗？

唉，忍了吧，其实我主要是看在她给技术处做培训的分上，和她的颜值无关……

唐子风长吁短叹地去了北屋，找了本小说靠在床上看了起来，以此消磨时光。

过了一会,于晓惠放学回来了,身上背着书包,手里却拎着一些菜,估计是放学路上顺便去了一趟菜场。进了屋,于晓惠把菜放到厨房,却先跑到卧室去看肖文珺画图,还站在旁边问长问短。看了一会,她又来到北屋,一进门就向唐子风扮了个鬼脸。

"晓惠,你怎么叛变了?"唐子风假意地黑着脸质问道。

"我没有啊。"

"你干吗把钥匙给了肖姐姐?"

"我是想为你创造条件。"于晓惠压低声音说道。

"我啥时候让你帮我创造条件了?"唐子风问。

于晓惠抿嘴笑道:"你没说,可是你的眼神是这样的,我能看得出来。"

"……"

现在的孩子怎么这么早熟呢?

向唐子风打过招呼后,于晓惠便回厨房忙活去了。让唐子风感到意外的是,当于晓惠把菜洗好,准备下锅的时候,肖文珺却主动提出由她来炒菜,并声称这是让两个东叶人尝尝楚天菜的口味。于晓惠连客气一句都没有,便让出了炒菜的位置,甘愿给肖文珺打下手。

唐子风闻声走过来的时候,于晓惠偷偷地向他挤眉弄眼,也不知道是想传递一些什么信号,反正肯定是小女孩子家的那些小心思罢了。

肖文珺没有辱没自己的才女名声,几个菜果然炒得色香味俱全。当然,由于原材料的不足,她并没有炒出真正的楚天菜,但露出来的这一手,也足以让唐子风满意了。

嗯嗯,就冲她会做菜这一条,电脑就暂时借给她用用好了。

"笃笃,笃笃!"

有人敲门的声音。

于晓惠小跑着去开了门,一见来人便亲热地喊了一声:"胖子叔叔!"

"晓惠乖!"

宁默伸出熊掌就准备去拍于晓惠的脑袋,于晓惠嬉笑着躲开了。宁默过去经常到唐子风这里玩,与于晓惠也混得挺熟了,于晓惠还挺喜欢这位胖叔叔的。

唐子风走过来,问道:"你怎么就来了,我不是让你晚上来的吗?"

"反正要来,我不就赶个饭点来吗?咦,你家在炒什么菜,怎么这么香?还有,这是……"

　　宁默已经走进客厅了,循着香味向厨房看去,一眼就看见了一个俏丽的背影正在灶前忙碌,他下意识地想问一句,话到嘴边又刹住了,只是用手指着厨房,向唐子风比画了一个询问的口型。

第一百二十五章　我当然同意

宁默最终也没弄明白肖文珺与唐子风是什么关系,他只知道肖文珺做的菜很好吃,然后他把于晓惠准备的三个人吃的饭吃掉了80%,唐子风等人只好每人又煮了一包方便面吃。顺便说一下,在唐子风这里,方便面有的是。

吃过饭,于晓惠麻利地收拾了碗筷,然后便背着书包上晚自习去了。这也是子弟学校整顿的结果,过去虽然也有上晚自习的制度,但据于晓惠说,自习课上尽是男生们在打闹,所以她是不去上晚自习的。但现在情况不同了,教室里的秩序极好,时不时还有哪科的老师进来,嘴里说着"耽误大家10分钟",实际上却是占了整整一节课时间讲本门功课的内容。于晓惠是一门心思考大学的人,自然不会错过这样的课程。

肖文珺吃完饭,帮着于晓惠把碗筷拿到厨房之后,便一头扎进南屋画图去了。宁默看着这姑娘进卧室如履平地,不由得又是一阵惊诧。

"咱们到这屋谈吧。"

唐子风叹着气,把宁默带进原来作为书房的北屋,同时关上了门。

宁默见门已关上,立马就鲜活起来了。在此前,他已经沉默了许久,或许是因为肖文珺的气场太大,让他感觉压力山大。他盯着唐子风问道:"怎么回事啊?你说的这个什么师妹还是培训老师啥的,是不是你女朋友啊?"

"胖子,造谣是需要负法律责任的!"唐子风义正词严地驳斥道。

宁默用手一指外面,说道:"她都住到你家来了,你还敢说不是女朋友?"

"什么叫住到我家了,只是因为我带了一台电脑回来,她是借我的电脑做作业罢了。"

"你敢说她晚上不是住在你那个房间?"

"当然不是。"

"那你的被子怎么搬到这边来了?"

第一百二十五章 我当然同意

"……"

唐子风无语,这好像是自己午休的时候搬过来的被子,怎么感觉好像有搬不回去的意思呢?

"哼哼,没话说了吧?"宁默得意道,"告诉你,在我胖子眼里,没有啥能够藏得住的秘密。不过,哥们,你也不用紧张,对这个弟妹,我还是挺满意的,最起码,饭做得比晓惠做得好吃。"

"别转移话题,你说,你到我这干吗来了?"

"我……"宁默立即陷入了迷茫,他原本反应就比别人慢一拍,加上晚饭吃得太撑,更是影响了思维,让他想不起来自己为什么会到唐子风家来。抓耳挠腮了好一会儿,他终于一拍大腿,喊道:"我想起来了,是你打电话叫我来的!"

"真的?"

"千真万确!"

"嗯嗯,那好吧,就算是我叫你来的吧。那我为什么叫你来呢?"

"因为……我怎么知道?"

"是因为……"唐子风这会也想起自己为什么要叫宁默来了,他在写字台前坐好,换一副严肃的表情,说道,"我有一件很重要的事情,需要你去办……"

半小时后,宁默离开了唐子风的家,至于唐子风让他做的事情是什么,就不足为外人道了。唐子风把宁默送走,关上门,下意识地想回自己的房间。走到门口才想起来,这个房间已经不属于自己了,瞧这事闹的。

"喂,肖同学,你要不要喝点水?"

唐子风站在门外,粗声粗气地问道。

"谢谢,我这里有水。"肖文珺答道。

"你不用起来休息一下吗?"

"我刚才休息过了,看到你关着门和那个胖子在密谈。"

"你们的作业有这么难吗?需要你这种才女这样没日没夜地画图?"

"我的作业已经做完了,我现在在做一个设计,如果做好了,明年可以当毕业设计的。"

"我觉得吧,劳逸结合还是很重要的。你看,你昨天坐了一天的火车,应当是很辛苦了吧?晚上是不是应当早点回去睡觉了?"

听到唐子风劝自己回去,肖文珺终于放下了鼠标,站起身走到门口,与唐子风面对面,带着几分歉意地说:"对了,唐师兄,有件事我忘了跟你说了。"

"什么事?"唐子风隐隐有些不妙的感觉,对方这表情分明是要讹自己啥东西的意思啊,她不会是把自己的游戏给格了吧?

"今天下午,秦叔叔找我谈过了。他说我还是一个学生,住在小招待所的豪华套间里,有点影响不好。"

"你别听他的,他懂啥影响?"

"然后我就从小招待所搬出来了。"

"搬出来也好,等等……"唐子风刚应了一句,忽然觉得哪里不对,"你是说,你从小招待所搬出来了,而不是从豪华套间搬出来了?"

"是啊。"

"那你现在住哪?老秦不会让你去住大招待所吧?"

"我打算住你这,你看合适吗?"

"这……这也太快了吧?"唐子风瞠目结舌。现在的女生都这么开放了吗?两个人认识也就是不到36小时吧,对方居然就打算和自己住一块了,就算自己长得帅,可自己也不是随便的人啊,你怎么能这样强人所难呢?

"什么快?"肖文珺扬起眉毛问道。

"我是说……"唐子风压抑着井喷一般涌上来的肾上腺激素,故作镇静地说道,"我是说,咱俩住一块,这孤男寡女的,影响多不好啊……"

"不会啊。"肖文珺说,"我跟晓惠说好了,她晚上过来陪我睡。我们俩睡你这边的大床,你还是睡北屋的小床。"

"呃……"唐子风一下子就傻眼了,怎么这还有于晓惠的事啊?

"你们啥时候商量的?"

"就是做饭的时候啊。"

"我怎么没听见?"

"女生说悄悄话,怎么能让你听见呢?"

"可……可这是我家啊!这事得经过我同意才行吧?"唐子风暴跳道。

"是啊……我忽略了。"肖文珺假意思考了一下,然后问道,"那么,你同意吗?"

"我……我当然同意!"

被迫签了城下之盟的唐子风,如斗败的公鸡一样,回自己房间去了。现在

第一百二十五章　我当然同意

他对"自己房间"这个词有了新的认识,这个房间是指他原来的书房,而不是他的卧室。他还悲哀地意识到,在肖文珺离开之前,他是别想碰自己的电脑了。

于晓惠下晚自习之后,果然过来了,还从家里带了自己的被子过来,看来是准备在这里安营扎寨了。她与肖文珺打了个招呼之后,便来到唐子风待的房间,一进门就怯生生地做着检讨:"唐叔叔,我错了,你没生我的气吧?"

"我很生气!"唐子风板着脸说,"晓惠啊晓惠,枉我过去对你那么好,怎么来个清华的小姐姐,你就完全叛变了?"

"不是的。"于晓惠说,"肖姐姐说她的时间很紧张,每天要熬夜画图,如果住在招待所,就很不方便,所以呢……"

"所以你就把我卖了?"

"不是啦。我这不是想给你创造条件吗?"于晓惠振振有词地说。

"既然是创造条件,那你还跑来干什么?"唐子风没好气地质问道。

"我……哈,唐叔叔,你竟然有这样的心思啊!"于晓惠跳了起来,"不行,我不能允许你这样做,我要对肖姐姐负责。"

唐子风真是无语了,这样的话题,似乎还真不适合和于晓惠谈,虽然这姑娘也不小了,估计啥都明白,但唐子风毕竟算是长辈,怎么能和晚辈讨论这样的事情?

"算了算了,你去吧。跟你肖姐姐说,用电脑没问题,但也别天天熬夜,对皮肤不好。"唐子风挥着手说。

于晓惠吐了吐舌头,小声问道:"唐叔叔,你真的不生我的气了?"

"不生气了。"

"也不生肖姐姐的气了?"

"不生!"

"那好,肖姐姐说了,明天她还给你做菜,做最正宗的楚天菜,保证你吃得连舌头都忘记了。"

"喊,这是什么比喻……"唐子风鄙夷道。

美女愿意住到自己家里来,唐子风其实是求之不得的。这倒不是说他对肖文珺有什么企图,只是一种很朴素的动物本能罢了。他也清楚,肖文珺要求住在他家里,完全是看中了他的电脑,与唐子风自己帅不帅并没有太大的关系。当然,如果唐子风是个猥琐汉子,肖文珺或许是会犹豫一下的。

所以，最重要的原因还是因为自己帅。

家里多了一大一小两个美女，倒是平添了不少生活气息，最起码每天早上两个姑娘起床洗漱的场面就很是养眼。

肖文珺是那种在各个方面都追求完美的学霸，住进唐子风家的第二天，她就利用空余时间把几个房间都好好地拾掇了一番，以至于唐子风下班回来都怀疑自己走错了房门。其实东西还是那些东西，但经肖文珺一归置，好像就有了别样的韵味。

不过，唐子风也已经无暇欣赏这些韵味了，因为在他回来之后的第三天，周衡就启动了大刀阔斧的职工分流行动，足足1500名职工从各个部门被清理出来，划入劳动服务公司新成立的劳务派遣部门。

也就在这个时候，一个可怕的传言在临一机职工中悄悄地流传开来。

第一百二十六章　空穴来风

"听说了吗,咱们厂要裁员一半呢!"

"裁员,怎么裁?"

"就是一人给几千块钱,然后直接辞退,以后和厂里就没啥关系了。"

"这怎么可能?咱们可是国营企业呢!"

"国营企业咋了?你没听说北边,一个厂一个厂地下岗,都是上万人的大国企,说下岗就下岗了。"

"我倒也听人说起过,咱们厂不至于吧……"

"怎么不至于?老周他们来之前,咱们厂离破产还能有多远?如果厂子破产了,咱们这七八千人不都下岗了?南梧那边的东叶搪瓷厂不就是这样的吗?每个工人发了两箱子搪瓷缸,就算是补偿了。"

"前一段时间业务不是还行吗?打包机那个……听说技术处现在正在搞重镗,如果搞好了,也是一桩大业务呢。"

"这点业务够干吗的?咱们厂这么多人,发一次工资就是 100 多万,打包机那点利润,听说也就够撑几个月的。这一回,听说是部里下了文件,要清理过剩人员呢。"

"过剩人员,那不就是刚刚打发到劳动服务公司去的那些吗?"

"听说他们还在闹呢……"

"闹?呵呵,真以为老周是软柿子。如果部里真的下了文件,让老周清理过剩人员,这些闹得最凶的,估计就是第一批了。"

"咱们也悠着点吧,现在也算是多事之秋吧……"

没人知道这些传言是从什么地方流传出来的,但经过几番辗转之后,就越传越神了。其实,过去大家也都听说过某地国企破产、工人下岗之类的事情,甚至有一些下岗人员还是原先从临一机调出去的职工。这些人回临一机来与旧日的同事说起下岗的事情，一个个眼泪哗哗的，让人好生不忍。

前几年临一机经营不善，大家也担心过企业破产的事情，还曾经认真地讨论过应当如何团结一致，与上级讨价还价，确保大家的利益。

周衡一行到任后，先是从金车讨回了一笔欠款，给大家发了两个月的工资，随后又开拓了打包机的业务，年前甚至还补发了两个月的工资，让大家都过了一个肥年。在这种情况下，大家都认为临一机应当是能够挺过去了，下岗之类的事情，应当是离大家比较远了。

可谁承想，就在这个时候，厂里却传出了上级要求临一机裁员一半的传言，传话者说得有鼻子有眼，声称自己的某某铁哥们亲眼看到了二局下发的红头文件，这文件就在周衡的办公桌抽屉里锁着。有人就此事去向周衡进行了求证，周衡断然否认，但他的态度之坚决，让人又不禁想起"此地无银"之类的古训。

"老周，咱们两个老乡也好久没在一起喝过了吧？"

张建阳的家里，两个人正在对坐小酌。说话的正是张建阳，坐在他对面的，是原车工车间的工人周益进，他现在的身份是劳务派遣公司的待岗人员。

"老张，你现在是当红的劳动服务公司经理，周厂长都表扬过你好几次了。我现在是个没人要的废物，哪敢上门来和你喝酒啊。"周益进带着满腹怨言说道。他和张建阳一直都有身份上的差距，但因为是邻村的老乡，所以一向关系都不错。不过，现在他是一个待岗人员，而张建阳则是管着他们这些人的大经理，他这趟到张建阳家里来，是想要叙叙旧情，以便让张建阳给他安排一个好的位置。

"老周，你这样说我可就不爱听了。什么叫没人要的废物？唐助理有句名言，说所谓废物，不过是放错了地方的宝贝而已。你看我，过去在办公室里当个副主任，天天就会干点伺候领导的活，厂里人给我起个外号，叫'小张子'，你以为我没听到过？你说，在大家眼里，我不是废物吗？"张建阳装出一副气愤的样子说。

周益进摇摇头说："你比我有文化，过去在办公室待着，的确是浪费人才了。周厂长把你放到劳动服务公司去，我一开始还替你打抱不平，可现在一看，你还真是最适合在劳动服务公司的。"

张建阳接过他的话头说："是啊，这就叫退一步海阔天空。老周，你性子太慢，安排你学车工确实是不妥。现在车工车间把你分流出来，你就没想过要换

第一百二十六章 空穴来风

点别的事情做？"

"我当然想过。"周益进说，"这不，我就找你这个老乡走后门来了嘛。老张，看在咱们俩多年的交情分上，你能不能把我安排到东区超市去？哪怕去当个仓库保管员也行。我这个人学技术不行，但做事细心，这是大家都公认的，对不对？"

"你怎么会想到去东区超市呢？"张建阳问。

周益进说："我看出来了，周厂长他们是下了决心要把我们分流出来，就算我和厂里闹，最终说不定也是闹个灰头土脸。你看汪盈能折腾吧，现在是个什么结果？我这一把岁数了，真要拉下脸来，我还真不好意思。"

"可是，这和你想去东区超市有什么关系？"

"现在整个劳动服务公司，就数东区超市的福利好啊，工资比车间里一般工人都高，还有奖金。你不知道，我们这些分流出来的人，一多半都在找关系，有去请蔡工喝酒的，有的让家属去和黄丽婷拉关系，都是想进东区超市呢。"

张建阳愕然道："这事我怎么不知道？"

周益进说："我听人说，东区超市现在是黄丽婷说了算，她背后有唐子风给她撑腰。大家都说，想进东区超市，找你不管用，得找黄丽婷才行。当然，如果谁有这么大的脸，能够找到唐子风说句话，那就比啥都灵了。"

张建阳有些窘，他硬着头皮说："你说得也有一些道理。倒不是说我说话不管用，只是劳动服务公司和黄丽婷签了协议，公司这边不插手东区超市的业务。黄丽婷这个人也是有本事的，她在东区超市搞的那些，我是做不来的。专业的事情让专业的人去做嘛，这也是唐助理教我的原则。"

"话是这样说，你一个大经理，如果想塞个人进去，黄丽婷也不能不给你面子吧？"周益进试探着问道。

张建阳说："老周，我也不瞒你。我如果要说句话，黄丽婷肯定还是要买账的。不过，我倒不赞成你去东区超市。"

"为什么？"周益进问。

张建阳说："东区超市现在的待遇是还不错，但也仅仅是不错而已。你到东区超市去，就像你说的，也就能当个仓库保管员。你还不到40岁，就乐意干一辈子这种工作？"

周益进颓然道："不当仓库保管员，我还能做啥？原来我在车工车间，还指望能够学点技术,临退休弄个六级工、七级工的。可谁知道这东西我根本就学不来,人家觉得挺简单的事,我就是弄不懂。唉,这就是命啊!"

张建阳问:"老周,现在倒是有一个机会,不知道你想不想试试。"

"什么机会?"

"劳动服务公司这边,想成立一个搬家公司,就是专门帮人家搬家的。搬一次家,收 50 块钱。这个搬家公司由劳动服务公司投资,初期还能提供场地,赚的钱就由搬家公司内部的职工自己分,你觉得怎么样?"

周益进皱起眉头:"这算什么事,帮人搬家,那不就是卖劳动力吗?"

张建阳说:"话也不能这样说。你在车间里做事,不也是卖劳动力?你刚才也说了,你学技术不灵,但你细心啊。你想想看,搬家最难的就是细心,人家家里的大衣柜、电视机啥的,要是磕着碰着一下,刮掉点漆,人家多心疼。你这么细心,天生就是干这行的。"

"老张,你不会是说真的吧?"周益进问。他先前还觉得张建阳跟他说这事,是因为不愿意帮他联系进东区超市的事情,故意找个话题来打岔,可现在听张建阳说得如此认真,他也重视起来了。

张建阳说:"老周,我跟你说,搬家公司这个主意,是唐助理专门跟我说的。他说临河现在到处都在盖房子,搬家公司肯定是大有前途的,让我找几个信得过的人来做。我一想,咱们俩谁跟谁啊,有这样的机会,我当然是先想到你了。"

"这事……太麻烦了。"周益进说。他这话也是随口的一句推托,毕竟事情来得太突然,他一下子还想不明白。

张建阳说:"老周,厂里的一些传言,不知道你听到没有?现在的形势下,大家还是尽快找到出路为好。毕竟厂里还能够给大家一些缓冲的时间,万一上头催促下来,大家搞一刀切,彻底和厂里断了关系,你再想有这样的机会,就不容易了。"

"你是说,厂里那些传言是真的?"周益进看着张建阳问。

张建阳呵呵笑道:"我哪知道? 现在我已经不在办公室了,厂部的消息,我也是道听途说来的。不过,老周,你觉得这种事情像是假的吗?"

"这样啊……"周益进犹豫了。

第一百二十七章　先下手为强

宁默等一干人散布的谣言,在临一机制造出了一种恐慌的情绪。面对所谓"裁员一半"的威胁,大多数职工的心里都在打鼓,生怕自己成为被裁撤的人员之一。

其中,不同的人心思又各有不同。

对于那些有技术、有工作能力的职工而言,他们有足够的信心相信自己不会被列入裁员名单。但这些人在厂子定岗分流这件事情上,也选择了三缄其口,尽量不参与厂里的各种议论,即便别人在他们面前提起来,他们也只是打打哈哈,不表明任何立场。他们的考虑是,值此多事之秋,明哲保身是最重要的。焉知自己哪句话会不留神得罪了厂领导,届时人家才不会在乎你有没有能耐,直接找个茬把你处理了,岂不是自讨苦吃?

那些技术一般,但未被纳入第一批分流名单的职工,虽然躲过了第一劫,却也不知道下一次分流会是什么时候,届时自己会不会步前面那些倒霉蛋的后尘。他们能做的,就是拼命地表现自己,以前所未有的认真和努力,完成每一项工作,同时向每一位直接或者间接的领导赔着笑脸,希望能够在领导那里留下一个好印象,为自己多竖起几根避雷针。

至于已经被分流到劳动服务公司的那1500人,心知如果厂里真要裁员,自己肯定是在劫难逃的。他们原本是带着满腔怨言,也有一些人在私底下进行了串联,准备到厂部去闹一闹,但听到有关裁员的消息之后,他们开始动摇了。

厂里的那些消息传得非常邪乎,说裁员的决定是机械部做出的,这就意味着临一机无权改变这个决定。就算你到厂部去闹一通,也无法改变机械部的决策,部里说要裁员,临一机哪能扛得住?

这几年,国企职工下岗已经不算什么新鲜事了,再没有人会乐观地认为闹上一两回就能够改变下岗的命运。下岗这种事情,和开除是不同的。说国企是铁饭碗,是指厂长不能随便开除一名职工,除非这名职工真的干出了啥天怒人怨的事情。但下岗是不受铁饭碗影响的,如果企业的这口锅里已经没有了饭,你端着铁饭碗又有什么用呢?

此前的温水青蛙策略,也起到了瓦解分流人员斗志的作用。在最初对职工进行定岗的时候,就有人闹过,其中又尤以汪盈和赵静静闹得最凶。可她们怎么闹,厂里也是无动于衷,充其量就是几位厂领导上班的时候稍微麻烦一点,要绕到办公楼的后面进门。再等到那个愣头青唐子风回来,只是轻轻一击,就把汪赵联盟给打破了,其他人又能闹出什么名堂呢?

既然命运已经确定,那大家该做的,就是赶紧抓住几根救命稻草。劳动服务公司给大家提供的机会,吸引了所有人的注意力。他们已经无暇去与厂领导理论,而是想着先下手为强,别弄到最后连服务公司里的位置都抢不到了。

周益进终于接受了张建阳的建议,提出要与他人合作创办搬家公司。可没等张建阳高兴过来,就发现周益进找来的合作伙伴居然是汪盈,这让张建阳的脸立马就变成了锅底的颜色。

"老张,你是知道的,我做事精细,做做内部管理没问题,但涉及和外人打交道的事情,我实在是不灵光啊。汪盈这个人,是公认的胆大泼辣,脑子也灵活。我想来想去,还是和她合作最合适,以后公司里由她主外,我主内,你觉得怎么样?"面对着脸色铁青的张建阳,周益进怯怯地请示道。

张建阳没好气地斥道:"老周,你不知道汪盈这个人在厂领导那里是什么印象吗?尤其是她和唐助理的关系,你没听人说过?我好心好意给你出主意,让你挑头去搞搬家公司,还想着能让唐助理给你一些点拨。现在可好,你把汪盈拉进来,让我怎么跟唐助理交代?劳动服务公司的事情,如果让唐助理不满意,后面还能办得成吗?"

"我跟汪盈说过了,她说她去和唐助理谈。"周益进说。

"她要去找唐助理?她想干什么?"张建阳大惊失色。

周益进说:"汪盈说了,她是去向唐助理道歉的,绝对不会和唐助理吵起来。"

"我信你的鬼!"张建阳恼道,"临一机这么多人,你找谁合作不行,非得找汪盈,你是鬼迷心窍了。"

话归这样说,张建阳最终还是硬着头皮把这个情况向唐子风做了汇报。唐

第一百二十七章 先下手为强

子风倒不记仇,答应可以接见汪盈和周益进二人,并表示如果汪盈能够痛改前非,他不会戴着有色眼镜区别对待她。

汪盈随着周益进一起来到唐子风的办公室,进门就开始痛心疾首地做自我检讨,把自己说得猪狗不如,以至于唐子风都听不下去了,赶紧制止了她的进一步发挥。汪盈在得到唐子风的口头原谅之后,立马就变了一副脸色,极尽谄媚地请求唐子风给她与周益进的搬家公司支着。她的理由是,黄丽婷开超市,就是唐子风给支的着,现在做成了临河市赫赫有名的企业。那么,搬家公司是响应唐助理的号召开办的,唐助理能厚此薄彼吗?

唐子风于是把自己所知道的后世搬家公司的各种做法都向周益进、汪盈做了介绍,二人听罢,茅塞顿开,随即就在劳动服务公司的帮助下创办起了一家"邻居搬家公司",面向全市有搬家需求的个人和单位提供服务。汪盈表现出了不俗的经营能力,同时凭着她多年与厂长、车间主任斗争的经验,为搬家公司扫除了不少障碍。

搬家公司的成立,消化掉了100余名文化程度低、技术水平差的分流职工,当年取得近10万元的利润,在向临一机交纳一部分管理费之后,职工们都拿到了数百元的奖金,而周益进和汪盈二人作为企业的创始人,更是赚了个盆满钵满,这就是后话了。

受到搬家公司这个点子的启发,张建阳深入群众,凭着三寸不烂之舌,拼命地忽悠分流职工积极想办法创业。这些分流职工中间也还是有一些能人的,这些人只是在自己的工作岗位上做不出成绩,给他们换一个位置,就有如鱼得水的感觉。这就应了那句话,叫作"废物只是放错了位置的宝贝而已"。

短短几天时间里,劳动服务公司旗下就新增了七八家创业公司,有生产家具的,有搞文化培训的,有专门给企业送快餐的。唐子风指示张建阳,要给这些创业公司提供最全面的支持,包括提供场地、资金,帮助申请执照,利用厂里的一些关系为他们寻找最初的业务,等等。

1500名职工,哪怕按照每人每月100元基础工资来计算,一年也要花费180万的成本。唐子风的想法,就是把这些成本拿出来,作为扶持这些分流职工创业的基金。如果这些人能够创业成功,临一机就甩掉了一个极大的包袱,可以轻装上阵了。

当然,这些只是整个职工分流工作中最乐观的一面。事实上,从启动这项工作开始,各种申诉、告状、央求、耍赖的事情就从未中断。那些比较理性的分流职工明白大势不可逆,不会做什么徒劳的折腾。但并非所有人都是有理性的,遇到事情一哭二闹三上吊的人,可绝非只有汪盈和赵静静两个。

"唐师兄,你的脸色怎么这么难看?"

肖文珺拎着一个布兜走进唐子风的办公室,一进门就吓了一跳。只见唐子风瘫坐在办公转椅上,脸色像是久病初愈一样,额头甚至隐隐都能看出抬头纹了。

"一个上午,来了11拨哭闹的,非说是我把他们的工作给弄没了,还说以后要上我家吃饭去。我同一句车轱辘话反复说了几十遍,现在嗓子都冒烟了,脸色难看算个啥?"唐子风用疲倦的口吻应道。

"那么,你吃饭了吗?"肖文珺问。此时已经是中午一点多钟了,早过了吃饭的点。此前几天,唐子风中午都是回家与肖文珺、于晓惠共进午餐的,今天唐子风没有回去,所以肖文珺便找到他门上来了。

唐子风摇摇头,说:"哪有时间回去吃饭。对了,你们没等我吧?"

肖文珺说:"我们倒是等了你一会,后来晓惠说你可能在开会,不知道什么时候回家,所以我们就先吃了。"

"哦,以后碰上这种事,你都先吃吧。"唐子风说,同时伸手拉开办公桌的抽屉,从里面拿出了一盒方便面。

"你中午就打算吃方便面了?"肖文珺看着唐子风问。

唐子风笑笑,说:"这算啥?上大学的时候,方便面也没少吃。"

"别装可怜了!"肖文珺说,接着走上前,从手上提着的布兜里掏出几个饭盒,搁在唐子风的桌上,说道,"知道你没吃饭,所以,我给你送饭来了。还是热的,你赶紧趁热吃吧。"

"居然有这样的好事?"

唐子风像是被人施了肥一样,立马就变得鲜活起来了。

第一百二十八章　主要是担心你熬夜

"嗯嗯,好吃,这个熘肉片熘得很滑嫩,一咬一口鲜味。这个鱼片也做得好,这么薄,怎么切出来的?哎呀,这么好吃的煎豆腐,我不见它,已是三十多年……"

唐子风一边狼吞虎咽地埋头吃饭,一边唠唠叨叨地赞美着菜的美味。也不知道是这些菜真的做得好,还是他饿急了,吃什么都觉得香。

肖文珺坐在一旁,看着唐子风这副饿死鬼投胎的样子,倒也觉得开心。做菜的人,总是希望别人喜欢吃的。这几天她住到唐子风家里,天天亲自掌勺炒菜,唐子风和于晓惠已经不止一次夸过她的手艺了。

"亏你们还能想起我没吃饭啊。"

把肖文珺带来的饭菜消灭了七八成之后,唐子风总算是抬起了头,他看看肖文珺,笑着说:"怎么会是你来给我送饭?晓惠呢?"

肖文珺说:"是晓惠担心你没吃饭,一直帮你把饭菜放在锅里热着。后来过了一点钟,她说你可能是有事没法回来了,就说要来给你送饭。我说我正好要过来上班,索性提前一点帮你把饭带来。"

"还是晓惠有良心,不枉我这样待她。"唐子风感慨道。人刚吃完饭一般都会有点大脑缺氧,以他的聪明,居然没发现这话已经得罪人了。

肖文珺果然有些不爽,她说道:"你还好意思说,你是怎么待晓惠的?让人家一个初中生天天给你这个当叔叔的做饭、扫地、洗衣服,你早上起来连被子都不叠,还让人家晓惠去帮你叠。"

"我付了钱的。"唐子风理直气壮地说,说罢又补充道,"晓惠这丫头自尊心很强,如果我不让她干这些活,她也不好意思拿这份工资的。"

"钱不是你们那个劳动服务公司给的吗?"肖文珺反驳道。

"谁说的!"唐子风说,随即又压低了点声音,说,"这件事你知道就行了,千万别告诉晓惠。她拿的那份工资,其实是我私人出的,只是通过劳动服务公司转交给她而已。她如果知道了,估计就不愿意要了。"

"这是什么缘故?"肖文珺一时有点蒙。

唐子风说:"很简单啊,给领导家里配保姆这种事情,属于不正之风。原来的厂领导是这样做的,但我们这届新班子上来之后,就把这个政策给废除了。但劳动服务公司那边告诉我,说晓惠家里比较困难,想给她一点资助,所以我就把她留下了,但钱必须我出,否则我们厂长可饶不了我。"

"原来是这样。"肖文珺点点头,"这么说,你还是个好人?"

"这是什么话!"唐子风不满道,"我如果不是好人,会把自己的卧室让出来给你,我自己睡到寸草不生的北屋去?"

此言一出,肖文珺明显有些局促了。她支吾了片刻,讷讷地说:"唐师兄,这件事真的有点不好意思,我忽略了你的感觉。是这样的,我前几天突然想到一个特别好的机械设计,所以特别想马上把它做出来,所以就盯上你的电脑了。正好秦叔叔叫我从小招待所的豪华套间搬出来,我就想,正好搬到你那去住,这样哪怕通宵作图都没关系了。

"还有,我觉得我一个人住到你那里去,不太方便,所以就拉着晓惠给我做伴。你是不是生晓惠的气了?"

"我倒没有生晓惠的气。……我主要是担心你天天熬夜,对身体不好。"唐子风言不由衷地说。

肖文珺自动过滤掉了唐子风的虚伪,接着说:"后来我想了想,觉得我们俩占了你的房间,的确不太好。要不,今天晚上我和晓惠就搬到北屋去住,你还是住回你自己的房间吧。"

"你是说,你晚上不熬夜画图了?"唐子风欣喜地问。学霸终于不再霸占我的电脑了,哥们可以通宵玩游戏了!沙漠风暴,我来了!老萨,等着我!

肖文珺理直气壮地说:"不是啊,电脑可以搬到北屋去的啊。"

"……"唐子风一下子就蔫了,"你有没有搞错,那是我的电脑好不好?"

"师兄啊……"肖文珺秒变包娜娜,用央求的口吻说,"我真的是在做一个特别有意思的设计,你就暂时把电脑让给我吧。其实你要电脑也没用是不是?"

"怎么就没用了?没用我买电脑干什么?"

"你敢说你不是成天用电脑玩游戏?"

第一百二十八章　主要是担心你熬夜

"谁说的……"

"晓惠说的。她说她放学回来,好几次都看见你在玩游戏。那时候还没下班呢,你居然旷工跑回家去玩游戏,亏你还自称是厂领导。"

"厂领导的事,能叫旷工吗……"唐子风的气焰明显地弱了,他找不出话来反驳肖文珺,只能愤愤地嘟哝了一句,"晓惠这个小间谍!别想我给她买琼瑶小说了!"

"……"

"对了,妹妹,我还没问你呢。你说你一个堂堂学霸,动不动就能够给国家做多大贡献的那种人,怎么会愿意跑到我们这样一个破厂子来给工程师做培训啊?"唐子风换了一个话题,对肖文珺问道。

肖文珺说:"我想赚笔外快啊。图奥公司的李总答应给我一笔报酬的。"

"不会吧,你爸不是17所的总工吗?你家还缺钱?"唐子风诧异道。17所是军工系统的单位,这几年国家压缩军工支出,但17所的业务还是能够保证的,所以职工的待遇不错,不像过去的临一机那样。肖明既然是17所的总工,工资应当是很高的,怎么会让女儿出来打工赚钱。

"总工家就不缺钱了?"肖文珺反问道,说罢,又知道自己的回答有些避重就轻,于是笑着解释道,"其实也不是了。主要是我自己想买一台笔记本电脑,要花3万多块钱。这笔钱肯定不能让家里拿的。我这几年省吃俭用,还拿奖学金,又在外面做了一些兼职,现在才攒下2万多,离目标还差1万呢。"

"有志气。"唐子风向肖文珺跷了个大拇指,然后说道,"要不这样吧,你也别回学校了,留在这里给我当保姆,只需要负责做菜就行。我也给你付工资,一个月100,怎么样?做上八年,你买笔记本的钱就够了。"

"呸!"肖文珺的回答完全在唐子风的预料之内,不过,她在表示了唾弃之后,又解释道,"做饭这件事,其实是因为我占了你的房间,觉得有些对不起你,想弥补一下。所以嘛,就不用你付报酬了。"

"好吧。"唐子风放弃了,他说,"你们也别搬了,电脑搬来搬去也容易坏,是不是?你们两个人,睡我的大床正合适,北屋的床太小,你们挤不下。你还是继续觉得对不起我就好了,然后天天负责炒菜。"

"没问题!"

"必须顿顿不重样。"

"可以!"

"除了这个熘肉片,还有煎豆腐,还有炖莲藕,还有,嗯,让我想想……"

"你是说,这几个菜不要?"

"不是,这几个菜可以保留……"

"……"

"我要见唐助理!我为国家出过力!我为临一机流过血,你们不能这样对待我!"走廊里传来一个惊天动地的声音,打断了屋里这对年轻人的腻歪。接着,两个人就听到有人在劝说着:"宋师傅,你别激动,领导们忙了一个上午了,现在正在休息,你稍等一下,等到上班时间再见领导行不行?"

"不行,我有话要说!我必须马上见唐助理!"

"要不……"

唐子风办公室的门开了,唐子风走出来,对着走廊上正在劝说上访者的厂办工作人员说道:"小曹,请宋师傅进来吧。"

在唐子风身后,肖文珺拎着装了空饭盒的布兜,低着头离开了。唐子风似乎听到一声轻轻的叹息,也不知道是不是一个幻觉。

"唐助理,你说我老宋在临一机已经工作二十多年了,就算没有功劳,也得有苦劳吧?厂里为什么就把我分流了?我没有文化,我承认,可这能怪我吗?我上小学的时候,学校里就在闹停课,我虽然也算是高中毕业,可满打满算,上过的学连两年都不到,然后就下乡了。后来返城进了厂,厂里让我学技术,我哪学得懂?这不,就只能待在后勤发发开水票了……"

一个40来岁的壮汉坐在唐子风办公室里,唾沫横飞地诉说着自己的委屈。

"宋师傅,你进厂的时候,多大年龄?"

"23岁。"

"23岁到现在,整整二十五年时间,你就没学过一点什么?"

"……"

"按十二年初等教育计算,二十五年时间够你高中毕业两回了,你凭什么觉得自己没文化就是天经地义的呢?"

"……"

"你能不能告诉我,你有什么特长?"

"我特别能吃……"

第一百二十八章　主要是担心你熬夜

"这个不算……算了,我来说吧。我听说,宋师傅家里种了很多花,很多职工家里的花都是从你那里移植过去的,有没有这么回事?"

"这个……倒是有。我下乡那几年,跟个当地的老乡学过种花……"

"你有没有兴趣开个花木公司,专门培育花草?现在临河很多人家搬了新房子,都要买点花装饰一下,花草生意还是挺有前途的。"

"种花也能赚钱?"

"劳动服务公司可以给你解决场地和资金问题,不过你得负责安置不少于30个分流的职工……"

"我试试看!"

第一百二十九章 论功行赏

一边是临一机厂方毫不动摇的态度，另一边是劳动服务公司倾尽全力拓展安置渠道，1500名冗余职工的分流工作最终波澜不惊地完成了。尽管还有一些人在锲而不舍地上访、告状，但终究已经掀不起风浪。等到第一批在劳动服务公司扶持下创业的人员获得不菲的收益之后，那些只知成天喋喋不休抱怨命运不公的人终将成为全厂的笑柄。

在安置分流职工的工作告一段落之后，临一机又召开了一次声势浩大的表彰大会，表彰在过去半年中为临一机脱困做出重大贡献的人员，其中有技术处的工程师，有车间里的优秀技工，有销售处的业务员，也有劳动服务公司里的家属工。

在表彰大会上最惹眼的两个人，分别是韩伟昌和黄丽婷。前者的贡献在于敏锐地发现了打包机的业务机会，并创新性地提出了"片状打包"的概念，为临一机开拓出一个新的市场，实现产值近5000万元。后者的贡献则在于承包东区商店，半年时间上缴利润10余万元，为鼓励职工自主创业树立了典范。

在表彰大会上，韩伟昌和黄丽婷分别获得了5万元的嘉奖。说是嘉奖，其实前者拿到的是厂里承诺的业务提成，后者拿到的则是承包分红。黄丽婷的承包分红在此前已经拿到手了，这一次是从财务处借了5万元现金出来，在众人面前走了一个过场，表彰结束之后，这笔钱还是要还给财务处的。

至于其他的受表彰者，也分别得到了几百元至1000元不等的奖励，虽然与韩、黄二人获得的奖励无法相比，但也足够让人眼红耳热了。

周衡选择在这个时候召开表彰大会，公开韩伟昌和黄丽婷获得的巨额收入，也是有所考虑的。他要用这样的方法，让厂里的职工看到希望。此前，为了对分流人员形成心理压力，厂里制造了不少谣言，给全厂职工的小心灵造成了不小的伤害。这次大规模表彰，目的在于消除谣言的影响，让大家明白，在临一

第一百二十九章 论功行赏

机,只要你愿意好好工作,再加上有一些能力,你是能够发财致富的。

表彰大会产生的效果是良好的,一连若干天,厂里热议的话题都是如何赚钱。尤其是销售处的那些业务员,一个个被家人揪着耳朵教训,质问他们为什么不能像韩伟昌那样搞出一个大新闻。人家韩伟昌压根就不是业务人员,只是一个工程师而已,却能揽回几千万的业务,提成款拿得手抽筋。你们这些正经在外面跑业务的,怎么就没这个能耐?

至于机关、车间里的其他人员,也都纷纷开动脑筋,琢磨着如何在平凡的岗位上干出一些不平凡的工作,以便让平凡的工资条上出现一些不平凡的数字。

当然,负面的影响也是不可避免的,比如韩伟昌在抱着5万元现金回家之后,就遭遇了幸福的烦恼,一天之内,他接待了上百批上门祝贺、借钱、提亲的客人,最夸张是上门提亲的人居然看中了他家的两个儿子,一个17,一个15……

厂里的另外一项重大举措,也在这时候出台了,那就是按照唐子风的提议,厂里腾出了最靠厂区边缘的三幢办公楼,用于向社会出租。时下临河的办公楼租金价格在每平方米每天1元左右,一幢办公楼几千平方米,一年的租金就有70多万元,三幢楼能收到200多万元。

办公楼租金收入与生产产品的产值可不一样。生产产品是需要有投入的,200万元的产值也就能有60万元的毛利,其中一多半是工资,净利润还要打个折扣。而租金收入基本都是利润,最多支出一些维修、管理之类的费用,所占比例非常有限。

"几项措施同时发力,预计今年厂里的财务状况应当是比较乐观的。就算达不到全面盈利的程度,收支平衡至少应当能够做到,职工工资足额发放是没有问题的。"

厂务会上,总经济师宁素云介绍完全厂的收支情况之后,信心满满地说道。

"真不容易啊!"副书记施迪莎感慨道,"去年这个时候,厂里开会讨论得最多的就是怎么再去找银行协调一下,再贷一些款来发一部分工资。周厂长上任到现在,还不到五个月的时间,厂里的面貌就焕然一新,实在是太了不起了。"

"这也说明局党组慧眼识珠,把周厂长这样英明的领导派到临一机来,果然是不同凡响啊。"张舒也凑趣道。

周衡笑道:"老施,老张,咱们自己内部就没必要这样互相吹捧了吧?临一机能够有这样的起色,是在座的各位共同努力的结果,靠我一个人,能干成什么事情?"

"咱们这个集体的成绩,的确是应该肯定的。但周厂长作为咱们集体的班长,应当是首功。不说别的,就冲着周厂长到任之后,果断地卖掉奔驰车,给退休工人报销医药费,这一点就不是其他领导能够想到和做到的。还有一点,就是周厂长敢于大胆地起用年轻人,委以重任,这也是一种难得的魄力啊。"副厂长朱亚超说。

吴伟钦笑道:"老朱,你说的这个年轻人,应当是有所指吧?"

朱亚超也笑了起来,他用手一指坐在会议桌一角的唐子风,说:"那是不言而喻的,我说的就是小唐嘛。我听说,小唐是周厂长坚持要带到临一机来的,最初局里有些领导还不太赞成,觉得小唐太年轻,难担重任。"

"可实践表明,小唐是个难得的人才,去金车讨欠款,开拓打包机业务,给技术处弄到电脑,这些都是大家能够看到的成绩。我觉得还有一项是被大家忽略的,那就是劳动服务公司能够有今天,也是和小唐的努力分不开的。"

"大家想想,如果劳动服务公司还是原来那个样子,不但不能赚钱,还要厂里补贴,那么我们这一次分流 1500 人,能往哪放?如果这 1500 人的安置无法完成,厂里怎么可能出现现在这种大好局面。"

"没错,我觉得,盘活劳动服务公司这件事,才是小唐最大的功劳。"张舒附和道。

唐子风赶紧表示谦虚:"朱厂长、张厂长,你们谬赞了。劳动服务公司能够有今天,其实主要还是张经理做的工作,我只是给他敲了敲边鼓而已。周厂长把张经理安排到劳动服务公司去,才是整件事的关键,事实表明,张建阳在那个位置上做得还是非常出色的。"

"张建阳的工作的确值得肯定。"周衡说,"小唐给他出了一些主意不假,但要把这些想法落实,还是需要付出一些精力的。我了解过,张建阳在这几个月里,光是找人谈话就有几百次。像东区商店、饭馆、几个附属工厂的业务调整,张建阳都是亲力亲为的。家属工以及后来的分流人员,都是不太好做工作的群体,张建阳能够做好这些人的工作,的确非常不容易。这也证明张建阳这个同志,工作能力和工作热情都是有的,值得表扬。"

"这倒也是。"朱亚超点头道,"张建阳这个人,过去当厂办副主任的时候,就比较细心,也能够忍辱负重。周厂长撤了他厂办副主任的职,让他到劳动服务公司去当经理,大家都说是一种惩罚,但他能够在这个岗位上做出成绩,也是非常难得的,这倒让我对他有点另眼相看了。"

吴伟钦说:"我有个想法。劳动服务公司可能是咱们厂起色最为明显的部门。原来这个部门是隶属于后勤处的,只是一个科级单位。现在它一年能够有几十万的盈利,管着 800 名家属工和 1500 名分流的正式职工,差不多是咱们厂 1/3 的规模,再维持一个科级单位的编制,就有些不合适了。我觉得,是不是应当把它的级别提起来呢?"

"我赞成!"张舒举手说道,"实际上,最初厂务会决定让小唐分管劳动服务公司的时候,劳动服务公司就已经不归后勤处管了。现在把它的级别提起来,直接作为一个处室,也算是名正言顺。"

施迪莎也说:"我也觉得应当把它的级别提高一点,好家伙,光是下属的二级公司就有 20 多个,这还像个科级单位吗?"

"可是,咱们的处级单位,也没这么大规模的吧?"朱亚超提醒道。

施迪莎笑道:"怎么,老朱,你还打算建议提拔张建阳当厂领导吗?"

"这倒还不至于。"朱亚超说。

唐子风接过话头,说道:"施书记,朱厂长,我倒觉得,如果大家都承认张建阳过去一段时间的工作是得力的,那么论功行赏,提拔他当个厂长助理也不为过。我曾经想过,未来劳动服务公司应当承担起厂里的半壁江山,厂里的食堂、招待所、医院、学校等等,都可以划到劳动服务公司的旗下,厂本部只需要专注于主业就行了。

"届时咱们也别再称它为劳动服务公司了,给它起个正式的名字,叫个什么科贸实业公司之类,成为独立法人,甚至融资上市,都是可以的。"

"这个步子有点迈得太大了吧?"

众人皆愕然道。

第一百三十章　到临河街上转转

"这并不是什么步子迈得太大了。"唐子风正色道,"企业办社会,是国企难以与民营企业竞争的重要原因之一。咱们背了太重的包袱,人家是轻装上阵,咱们怎么拼得过?咱们厂这一次分流了1500名职工,各部门的人员都精减了,效率提高了,这是大家都看到的。但其实,我们的分流还远远不够,像厂子弟学校、医院、招待所这些机构,依然是厂里的负担,我认为,下一轮清理的对象,就应当是这些机构。"

"国企包袱重,这是国企的缺陷,我也承认。但这些包袱,同时也是国企的优越性。这一点小唐你也同意吧?"施迪莎说,"咱们国家毕竟是社会主义国家,咱们作为国企,应当为职工提供这些福利,而不能简单地把福利都当成包袱甩掉。小唐,你觉得呢?"

唐子风点点头说:"施书记说得有道理。咱们是国企,应当保障职工的福利,这一点我也赞同。不过,保障职工的福利,不等于厂子要提供所有这些福利。现在国家提出要搞市场经济,很多福利是可以由市场来提供的,为什么我们非要完全包下来呢?"

"市场提供的那些,怎么能算是福利呢?"施迪莎反问道。

唐子风笑道:"施书记,你这话,用佛经上的话来说,就是着相了。就拿咱们厂医院来说吧,厂里职工有个头疼脑热的,都可以到厂医院去看,这看起来就是咱们为职工提供的福利。但如果我们把给厂医院的补贴,改成为职工买的医疗保险,职工生了病,凭着医疗保险到社会上的医院去看,效果不是一样吗?"

"我倒觉得,效果没准会更好呢。"宁素云插话道,"前几天,我有点不舒服,到厂医院去了。医院的几个医生,对我倒是挺热情的,宁总长宁总短的,全是领导待遇。可问题是,那几个医生的水平,真是让人不敢恭维。我自己身体上的毛病,我是清楚的,可他们硬是诊断不出来。"

第一百三十章 到临河街上转转

"这倒也不是一天两天的事情了。"朱亚超说,"厂里职工对厂医院的意见由来已久,这里头的事情,一句话也说不清楚。"

吴伟钦说:"也没啥说不清楚的,就是缺乏竞争嘛。就像子弟学校的情况那样,上次厂里整顿了一下,听说子弟学校的面貌变化很大,我听到不少工人都说厂里整顿得好呢。"

施迪莎说:"既然是这样,那咱们就对医院也整顿一次好了,也没必要像小唐说的那样,全都推到社会上去嘛。"

唐子风说:"施书记,我的想法是这样的。医院也罢,学校也罢,厂里关注一点,它们当然是会做得好一点。但现在我们能够有精力去关注,未来如果厂里的业务紧张了,大家没有精力关注,又怎么办?

"现在国家提出了一个概念,叫作建设现代企业制度,其中的内涵非常多。我觉得,明晰产权关系,明晰职责,是现代企业制度的关键。咱们是一个生产企业,就应当把自己的工作重心放在生产上,而不应当被各种后勤、福利上的琐事纠缠住。

"就比如说子弟学校吧,经过咱们整顿之后,教学水平有了明显的提升,我听说有一些职工的亲戚也在托关系,想把孩子送到咱们的子弟学校来就读。既然如此,咱们为什么不能把子弟学校改成一个经营主体,外面的孩子想进来就读,咱们就收他们的借读费,用这笔钱来支付咱们聘请优秀教师的支出,从而减少厂里的补贴。

"至于咱们本厂的子弟,厂里按人头数给子弟学校付钱,把双方变成一种合同关系。子弟学校想挣厂里的钱,就好好提高教学质量。如果它的教学质量不好,咱们就把这笔钱交给临河市的学校,把孩子送到那些学校去读书。这样一来,校长就该有压力了,那些像赵静静那样的老师,估计就待不下去了。"

"可是,你把学校当成一个经营主体,如果它为了赚钱,就不收咱们本厂的子弟,或者对本厂子弟不重视,光重视那些交钱的厂外学生,怎么办?"施迪莎抬杠道。

朱亚超说:"这倒不用担心。学校敢这样做,咱们也不是吃素的,还愁收拾不了它?"

"正是如此!"唐子风哈哈笑道。

"这件事,咱们回头再议吧。"周衡打断了众人的讨论,"小唐说的思路,对我们有一定的启发，但是不是要做得这么极端，大家可以再思考一下。就目前的情况来说，咱们还不便于把步子迈得太大。

"劳动服务公司这边，可以考虑把级别提高起来，让它和后勤处平级。张建阳原本就是副处级，这一次分流职工的工作做得很出色，提拔一级，让他担任正处级，也是可以的。施书记，你安排组织部考察一下。"

"没问题！"施迪莎回答得非常响亮。

"劳动服务公司的级别提高之后，小唐，你还是继续分管，不过，要注意培养张建阳的独立能力，毕竟你的精力还要放到厂本部的业务开拓上来。"周衡继续说。

"是啊，生产这边的事情才是全厂的重心，小唐，我们还盼着你给大家开拓更多的业务呢。"吴伟钦笑着对唐子风说。

唐子风装出一副可怜的样子，说道："我命苦，我知道。这段时间主要是忙着搞人员分流的事情，所以我没有外出去跑业务。另外，秦总工这边重镗的技术开发也还没有完成，我想等秦总工这边的研发有些眉目，再去找找其他各家重型装备企业，推销一下咱们的重镗。"

刚才大家讨论经营的事情，秦仲年一直保持着沉默，他也实在是不太了解这些事情，想说话也插不上嘴。现在听唐子风说到他头上，他才振作精神，说道：

"我们这边的工作，进展情况非常可喜。小唐给我们请来的培训老师，虽然只是一个在校大学生，但水平非常高，大家都反映她讲课条理很清晰，指导大家操作也很耐心。现在大家已经基本掌握了CAD的用法，我原来预计需要两个月时间才能完成重镗的设计，现在看来，一个半月应当足够了。"

"嗯，我听说了，听说那个女孩子是楚天17所肖明的女儿，看来是虎父无犬女嘛。"周衡笑着说，随后又转头对唐子风问道，"怎么，那女孩子还是住在小招的豪华套间里吗？"

"没有没有。"唐子风连忙说，"她自己说，秦总工提醒过她，说她一个大学生住豪华套间不合适，所以她就主动提出要搬出来，换了一个2人的普通房间。"

"她跟我说了这事，我表扬她了。"秦仲年得意地说。肖文珺告诉他此事的时候，与唐子风此时的口径完全一致，只说自己换了一个2人间，却没提这个2人间是在什么位置。也多亏了老秦自恃身份，不便去肖文珺的住处探望，所以直到今天老爷子也不知道老友的女儿居然是和他打算严防死守的小唐住在一起的。

"肖同学的培训工作已经完成了,她准备后天回京城去。"唐子风向周衡汇报道。

"她的劳务是该由谁负责的?"周衡问。

唐子风说:"这个已经说好了,是由图奥公司那边负责的,咱们只是负责交通和食宿。我昨天已经让张建阳安排人给她买了卧铺票。"

"嗯嗯,这是应该的。"周衡说,说罢,他想了想,又交代说,"这样吧,既然她帮了咱们这么大的忙,咱们一点表示都没有,也不合适。小唐,你们年轻人之间比较好沟通,你明天陪她到临河街上转转,给她买点临河特产,费用就从厂里的招待费里报销。额度方面嘛,不超过 200 元吧。"

"周厂长,这个不必了吧?"秦仲年连忙阻止。他倒不是心疼厂里的 200 元钱,而是周衡说让唐子风陪肖文珺"到街上转转",触动了老头的敏感神经。

唐子风向秦仲年扮了个鬼脸,嘿嘿一笑,说:"秦总工,这事你就别替小肖客气了。她帮了咱们厂里的忙,厂里对她表示感谢,也是应该的嘛,并不违反原则。"

"我的意思是说……"秦仲年的话说到一半,终于说不下去了。他那点小心思,哪能当着众人的面说出来?

"这事就交给小唐去办吧,也算是善始善终嘛。"周衡打断了秦仲年的话,接着说,"老秦,下一步,你们技术处要抓紧消化 CAD 技术,尽快让咱们厂的设计能力提升一个台阶。另外,小唐,你有时间要多到秦总工那里去了解一下情况,看看能够创造出什么新的业务机会。

"当然,业务方面的事情,也不能光指望小唐一个人,大家都要开动脑筋,多出主意。刚才小宁说,咱们厂今年盈亏平衡基本不成问题,但要想实现明显的盈利,还需要大家继续努力。"

"放心吧,周厂长!"众人齐声应道。

第一百三十一章 你觉得有意思吗

次日是个礼拜六,而这周又恰逢所谓的"大礼拜",周六也是放假的。于是唐子风便带上肖文珺和于晓惠,"一家三口"径奔临河市中心,奉旨逛街去了。

"唐叔叔,文珺姐,我去书店看书了,你们去逛吧。"

走过一家新华书店门口时,于晓惠向二人招呼了一声,也不等他们同意,便一溜烟地钻进书店去了。这小丫头可绝对不是没有眼色的人,这一路上唐叔叔对她横眉立目,满脸都写着"嫌弃"二字,她还能不知道是什么意思吗?

这些天肖文珺住在唐子风家里,拉着于晓惠做伴。唐子风无数次对于晓惠许以小恩小惠,想让她晚上借故不要过来,以便自己图谋不轨,结果于晓惠都没有答应。现在肖文珺就要离开了,唐子风难得有一个陪她逛街的机会,于晓惠再不知进退,恐怕唐子风就真的要跟她急眼了。

"这孩子,挺爱学习的,像我。"

看着于晓惠消失在书店门里,唐子风满意地点点头,对肖文珺说道。

肖文珺哭笑不得:"唐师兄,醒醒,你也没比晓惠大几岁好不好?怎么这么喜欢装长辈啊?"

"我本来就是她的长辈好不好!"唐子风争辩道。

"那我呢?"

"你……咦,你看那朵云,像不像飞碟……"

"……"

"师妹,你明天就回学校了。你给我做了这么多天的饭,我也没啥好谢你的。这样吧,咱们到街上逛逛,你看到有什么特产可以带回去给同学吃的,就尽管买,我出钱,你看怎么样?"

两个人说着废话,顺着熙熙攘攘的大街慢慢地逛着。往前走了一趟,两个人手上各有了一支硕大的棉花糖,唐子风一边伸出舌头舔着,一边嘟哝道:"真

第一百三十一章 你觉得有意思吗

是的,这么大的一个摊子,居然没第二支半价,太可恶了!"

"师兄!"肖文珺忍不住了,跺着脚斥道,"你至于吗?你这样做很没有礼貌的好不好?"

"我这不是穷吗?"唐子风悻悻地说。第二支半价这种话,当然只是他的恶搞,他从本质上说属于不太擅长于撩妹的那种人,本想通过说几句俏皮话来显得幽默一点,谁知道却是弄巧成拙了。

肖文珺说:"你还叫穷?我才是真穷好不好?你买一个显示器都要1万多块钱,放在那里就是用来玩游戏的,你再说穷就没天理了。"

"那是我省吃俭用存下来的钱。"唐子风说。

肖文珺哼了一声,直接把唐子风的话当成了空气。唐子风不清楚肖文珺的来历,肖文珺却是对唐子风颇为熟悉的,她的铁杆闺密包娜娜在她面前说过无数次唐子风其人其事,包括唐子风做生意的事情,所以唐子风在肖文珺面前叫穷,是没有一点作用的。

"师兄,有个问题,我一直想问你,又不知道合适不合适。"肖文珺说。

唐子风一愣:"什么问题,很严肃吗?"

肖文珺点点头,说:"这些天,我也了解了一些你的事情,包括你对付那个名叫汪盈的女工,还让人编谣言让她和那个叫赵静静的小学老师吵架。我总觉得,你好歹也是人民大学毕业的,成天做一些这样的事情,你觉得有意思吗?"

"你是说,我做事的方法不够光明正大?"唐子风问道。他对于肖文珺知道汪盈、赵静静她们的事情并不觉得惊讶,肖文珺这些天在技术处给工程师们做培训,和几个比较年轻的女技术员也混熟了,偶尔会在一起聊聊天。

唐子风"痛殴"汪盈的故事,在临一机也算是很劲爆的一件事,再至于后来赵静静与汪盈反目的过程,经吃瓜群众推演之后,也认定必是出自唐子风的手笔,只是唐子风如何做到这一点,大家还不清楚。

肖文珺是唐子风从京城带来的,又曾在临一机"出双入对",女技术员们也都是八卦心极强的,在肖文珺面前刻意提一提唐子风,也就不奇怪了。

肖文珺摇摇头,说:"这倒不是。我只是觉得,你把精力用在这些事情上,实在有些不值得。"

唐子风说:"怎么就不值得了?我们厂要搞职工分流,面临着很大的阻力。汪盈、赵静静她们不过是出头鸟,大家都在等着看厂里会如何应对她们的挑衅。

我打破了她们的联盟,也让厂里那些想跟着闹的人有了一些畏惧感,这样我们后面的工作才能顺利展开。"

"可这种事情没必要由你去做啊。"肖文珺说,"你们厂有那么多厂领导,什么周厂长、张厂长啥的,有他们去做这种事情就可以了,你为什么要去做呢?"

唐子风有些诧异:"我不做这个,我做啥?"

肖文珺说:"我是觉得,像你这样的才华,应当做一些更有价值的事情才是,没必要浪费在这种事情上吧?"

"你是说,我应当去设计重镗?"唐子风试探着问。

"我没这样说,再说你也不会设计重镗。"肖文珺说,"我一直不明白,你为什么会愿意待在临一机,成天做这些没有价值的事情?"

唐子风哑然失笑:"我说妹妹,你这是什么话? 临一机的厂长助理可是正处级,我今年才24岁,能当上一个正处级的厂长助理,多少人羡慕都羡慕不过来,你居然会说我做的事情没有价值。"

肖文珺认真地说:"唐师兄,如果是别人这样跟我说,我或许会信。可你唐师兄会在乎这个正处级吗? 我觉得你待在临一机纯粹就是浪费时间,如果你只是因为贪图这个正处级,就更是得不偿失了。"

"等等,妹妹,你怎么觉得你话里有话啊? 你说别人这样说,你会信,我说了你就不信,这是什么缘故? 我和别人有什么区别吗?"

"你和别人当然有区别。最起码,你现在已经是事业有成,你自己的公司一年能挣几十万,你有什么必要在乎一个正处级呢?"

听闻此言,唐子风停下脚步,看着肖文珺,问道:"你怎么知道我有公司? 就算是李可佳也不知道这一点吧?"

肖文珺也停下来,抬眼看着唐子风,好半天才问道:"唐师兄,你不会是说真的吧? 包娜娜没在你面前提起过我吗?"

"包娜娜? 没有啊!"唐子风一惊,"你居然认识包娜娜!"

肖文珺真是欲哭无泪。包娜娜在她面前言之凿凿地说,曾经向唐子风介绍过她。尽管包娜娜其人有习惯说大话的毛病,但作为多年的闺密,肖文珺能够分辨出她嘴里哪句话是真的,哪句话是假的。肖文珺坚信,包娜娜的确在唐子风面前提起过她,因此也就坚信唐子风是知道她这个人的。

在来临河的火车上与唐子风初次见面时,肖文珺以为唐子风会提起此事,

第一百三十一章 你觉得有意思吗

但唐子风啥也没说,肖文珺也就认为唐子风是在装糊涂,或许是想制造出一点神秘感之类。这些天,她在与唐子风的交往中,一直都是按照二人神交已久的设定,而且屡屡感到唐子风是非常配合这个设定的。

那种两个人明明早已互相认识,却要装出初次相逢的感觉,还是有点小刺激的,肖文珺玩这样的游戏,觉得很是开心。

现在她才知道,原来唐子风脑子里根本就没有她这个人,她的所有表演,都是在唱一出可笑的独角戏,或许在她玩得乐不可支的时候,唐子风却处于莫名蒙圈之中。

真是可恶啊!包娜娜如此郑重地把我介绍给你,你居然连一点印象都没有!

唐子风还真不是作伪。包娜娜在他面前介绍清华闺密的事情,他的确是忘到九霄云外去了。更确切地说,他一开始就没把这事放在心上,所以即便是今天肖文珺提起此事,唐子风也根本想不起来有过这样的事情。

不过,肖文珺一提包娜娜,唐子风倒是明白了不少事情。合着眼前这位清华女学霸早就知道自己的事情,没准还在包娜娜的怂恿之下,对自己有那么几分崇拜。怪不得初次见面的时候,她就显得那么热情,丝毫没有一点生分的感觉,自己真是猪头啊!

"哈哈,怪不得你叫我师兄,原来是跟包娜娜学的。"唐子风后知后觉地说。

"我和包娜娜从小学起就是同学。关于你的事情,她跟我说了很多。"肖文珺恨恨地说道,被人无视的感觉,实在是太令人无法接受了,这种事也就是眼前这个家伙能够做得出来。

"失敬失敬。不过我真的想不起来包娜娜是不是向我说起过你。她这个人,你应当知道的,嘴里没一句实话。我是她师兄,对她太了解了。"唐子风满含歉意地说。

不管怎么说,这是他的错,而且错得很离谱。如果早知道对方和包娜娜是闺密……呃,好像也没啥用吧?

第一百三十二章　没必要活得太功利

听说对方居然是包娜娜的闺密,唐子风有一种自己已经被对方看穿的感觉。他沉默了一会儿,就肖文珺此前的问题回答道:

"你说得对,其实正处级啥的,对我的确没有太大的吸引力。我觉得我未来有可能会离开体制,一心去经营我的公司。不过,我这个人有个习惯,那就是既然接受了一件事,就要把这件事做好,哪怕它对我可能没有太大的作用。人一辈子,其实也没必要活得太功利的,你说是不是?"

唐子风这话,与其说是在回答肖文珺的问题,还不如说是在给自己一个回答。其实,这些天唐子风有时也会对自己提出疑问,置疑自己为什么要在临一机这样一个地方耗费时光。他的确是给自己找了不少理由,比如目前还不到离开体制的时候,自己需要暂时保留一个体制内的身份;又比如自己在临一机的工作对于自己未来经商还是有作用的,能够多拓展一些人脉,等等。

然而,他自己也知道这些理由其实是站不住脚的。如果说他最初到临一机来,是有些身不由己,那么到了今天,他其实已经可以随时抬腿离开。他和王梓杰合办的双榆飞亥公司已经初具规模,如果不出意外,《高考全真模拟》的热销将会给双榆飞亥公司带来上千万的利润。千万级别的利润,即便是放到二十年后,也足够他衣食无忧了,他哪里还有留在临一机的必要性呢?

可是,到了现在,他却发现自己已经很难鼓起勇气离开临一机了。他感觉自己与临一机之间有了一些情感上的联系,这是完全超乎于利益考量之外的。这几个月,他为临一机做了许多事情,让濒临沉沦的临一机焕发了生机。他从这些事里体会到了一种从未有过的满足感,这是一种被人需要的感觉。

因为阴差阳错的原因,他来到了这个时空。借助于穿越者的先知先觉,他掘到了第一桶金,不再如上一世那样穷困潦倒。也许应了那句"仓廪实而知礼节"的古训,他觉得自己的心态没有原来那样焦躁了。他开始愿意给别人一些

第一百三十二章　没必要活得太功利

帮助,初期只是为了在那些弱小的人面前炫耀自己的强大,而到了后来,这种行为就成为他内心的一种自觉。

去金车讨欠款那一次,他与宋福来斗智斗勇,纯粹是出于少年人的争强好胜。但当他讨回了欠款,看到临一机的职工们拿到久违的工资,脸上露出开心的笑容时,他突然意识到,原来,帮助他人也是能够让人感到愉悦的!

于是,他开始沉溺于这种愉悦而不能自拔。他开拓打包机的业务,布设陷阱阻止乡镇企业仿造自己的产品;他指导张建阳整顿劳动服务公司,让劳动服务公司扭亏为盈;他智斗汪盈,促成技术处的甩图板,帮助分流冗余人员,干得不亦乐乎。

他说不出做这些工作能给自己带来什么好处,只知道这是他的工作,他既然接受了,就要把它做好。

这或许就是人们所说的敬业吧。

听到唐子风的回答,肖文珺沉默了。她相信唐子风不会在她面前唱什么高调,因为唐子风根本没有必要在她面前唱高调。那么,这些话就是出于唐子风的内心了?

人一辈子,其实也没必要活得太功利的……

这就是唐子风的处世哲学吗?

"师妹,你觉得你做事是为什么呢?"唐子风反问道。

"我吗?"肖文珺目光有些迷茫,她想了想,缓缓地说,"其实……我也不知道。反正从小周围的人就教育我要好好学习,我所做的一切,都是为了成为别人心目中的好孩子。上大学这四年,我每年都拿一等奖学金,还是系里的积极分子,无论是科研活动,还是文艺活动,我样样都做得比别人好。……我唯一为自己做的事情,就是想攒钱买笔记本电脑,所以我就接受了图奥公司的邀请,到临一机来了……"

"那么以后呢?"唐子风问道。

"以后嘛……我肯定要读研的,硕博连读。毕业以后,我可能会留校,也可能会去一个研究所,然后……"

肖文珺说不下去了。然后的事情,她没有认真思考过,不过脑子里早有一个答案,那就是努力做科研,评副教授、评教授、评院士……

放在今天之前,她会认为这样的道路是理所应当的,也是十分辉煌的。她相信自己会成为整个清华最年轻的教授,然后是全中国最年轻的院士,而且是女院士。她会收获无数的荣誉,走到任何地方,都是人们瞩目的焦点。

可是,这有什么意义呢?

人一辈子,真的只是为了功利而活着吗?

天聊到这个程度,真可谓是被聊死了。肖文珺不再说话,只是低着头慢慢地走着。唐子风走在她身边,几次想找个话题来打破沉默,可嘴张开了又说不出什么来。两个人就这样意外地谈到了一个如此沉重的话题,以至于再没有逛街的心思了。

"要不,咱们叫上晓惠,回去包饺子吃吧。"唐子风最终提出了一个很煞风景的建议。

肖文珺点头答应了。二人顺着来路返回,来到于晓惠进的那家书店。还没进门,就听到店堂里传来一个女人的叫骂声,二人心中一凛,不禁加快脚步,走进了书店。

在书店的一个角落,围了一群人,似乎正在看什么热闹,那叫骂声正是来自人群的中央。二人侧耳听了听,那女人的叫骂中有一些不堪入耳的脏话。唐子风大步流星地走过去,拨开人群往里一看,不由得怒不可遏。

只见在一个书架旁,一位穿着书店工作人员制服的女人正在唾沫横飞地训斥着一个小姑娘。那小姑娘站在女人对面,低着头,怯怯地,一声不敢吭,脸上似乎已经有了一些泪痕。

"晓惠!"

唐子风大喊了一声。

正在被那女人训斥的小姑娘,可不正是于晓惠。听到唐子风的声音,她抬起头来,看到唐子风,她嘴一瘪,眼泪扑簌簌地落了下来。

"晓惠!"

肖文珺也赶到了,看到于晓惠这副模样,她喊了一声,然后上前一步,揽住了于晓惠,把她搂在自己怀里。于晓惠扎进肖文珺的怀里之后,终于再也忍不住,呜呜地哭了起来。

"怎么回事?"唐子风用能够杀人的眼神盯着那书店工作人员,冷冷地问道。

"你是这个小贼的哥哥是不是?我跟你说……"那女人冲着唐子风便打算

第一百三十二章 没必要活得太功利

控诉了。

"你把刚才的话再说一遍!"

唐子风伸出一只手指头,指着那女人的鼻子,恶狠狠地说道。

"我说这个……"女人的话说了一半,终于意识到不对了。面对于晓惠,她自可满嘴污言秽语,丝毫不用担心这个小姑娘会和她拼命。但在唐子风面前,她感觉到了一种威胁。

"她在这里抄书,一本书都快被她翻烂了。我们这里是书店,又不是图书馆,买不起书就别读书嘛,装什么……"女人习惯性地打算吐槽,随即又卡住了,这让她避免了一顿暴打。

唐子风忍了忍气,问道:"她在抄什么书?"

"就是这本。"女人从旁边拿过一本书和一个作业本,递到唐子风的面前。

唐子风接过来一看,那是一本平面几何习题集,而那个作业本正是于晓惠的,封皮上有她的名字。唐子风一下子就明白了事情的原委,想必是于晓惠买不起这样一本习题集,于是便利用书店开架售书的便利,带着本子到这里来抄书,以便带回去练习。一本习题集,不过是几块钱的事情,却让这个小姑娘蒙受了如此的羞辱。

"你们开架售书,规定了读者不能抄吗?"唐子风决定要和对方讲讲歪理了,他得帮于晓惠争回这个面子。

"当然不能抄,如果大家都在这里抄,我们还卖什么书?"女人振振有词地说道。

"有规定吗? 拿出来给我看看。"唐子风说。

"规定倒是没有,这是大家都知道的嘛。"

"没有规定,是谁允许你这样对待一个顾客的?"

"她弄脏了我们的书,我当然可以骂她!"

"是吗?"唐子风板起脸,"我不跟你废话。把你们经理叫来,我要问问他,平时是怎么教育员工的,像你这种毫无职业道德的员工,不开除还留着过年吗?"

那女人也恼了,双脚离地地跳起来,对着唐子风喊道:"你算老几! 你凭什么让我叫经理来?"

唐子风飞起一脚,把眼前一个小椅子踹得飞起来,擦着那女人的身体,砰一声砸在她身后的墙上,把那女人吓得尖叫一声,周围一干看热闹的读者也都不禁愕然。

唐子风指着那女人,厉声喝道:"滚!叫你经理来!"

第一百三十三章　贫穷是一份财富

书店的经理曾启新终于出来了。

事实上,刚才那个名叫万凤仙的女售货员辱骂于晓惠时,曾启新就已经知道,只是没有出来干预而已。万凤仙是一个有着轻微狂躁症的女人,曾启新和书店里的其他职工也不敢轻易招惹她。

万凤仙在书店里与顾客吵架已经不止一次,不过每次她都能占着一点理,比如顾客弄脏了书,或者把拿下来的书放错了地方。曾启新其实是有些纵容万凤仙与顾客争吵的,因为这可以震慑一部分经常来书店蹭书看的顾客。书店是开架售书不假,但曾启新并不希望顾客把书店当成图书馆。

见万凤仙把一个小姑娘给骂哭了,而人家家里的大人又找上门来,且在万凤仙面前做出了过激的举动,曾启新知道自己不能再躲着了。万一双方一言不合动起手来,总是一件麻烦事。尤其是如果万凤仙在斗殴中吃了亏,她肯定是会在店里闹个不死不休的。

"请问,你们是哪的?"

曾启新走到唐子风等人面前,态度矜持地问道。在他身后,跟过来几名店里的男性员工,那是曾启新专门找来给自己撑场面的。

听到曾启新的问话,唐子风没有马上回答,倒是肖文珺不动声色地伸手在自己的小包里掏了一下,摸出一个东西,别在了自己的胸前。

"清华大学!"

围观者中有人小声惊呼起来。肖文珺刚刚别上去的,正是一枚清华大学的校徽。

曾启新愣了一下,脸上的表情分明有些慌了。此时还没有开始高校扩招,一个清华大学的学生,在临河这样的城市是颇有一些影响力的。可以这样说,如果在街上遇到两个人吵架,其中有一个人别着清华校徽,那么99%的旁观者都会坚信此人代表的是正义的一方,因为……他是清华的呀!

于晓惠在书店里抄习题集,这种举动的确是显得很寒酸。可这一刻,几乎所有的人都转变了看法,这是一个有清华大学的亲戚罩着的女孩子,那么她的所作所为,很自然地便获得了正义的光环。每个人都在想,这是一个多么爱学习的好孩子啊,她未来肯定会像她的小姐姐那样,戴着一枚清华的校徽回来,亮瞎这些嫌贫爱富的书店售货员的眼睛。

"她是我妹妹,在你们这里看书,被你们的店员无端辱骂了,我希望你们能够给我们一个解释!"肖文珺用平静的口吻说道。

"这位同学是我们临一机的子弟。我是临一机厂长助理唐子风,我以临一机的名义,要求你们就此事给出解释。"唐子风霸气侧漏地说道。

"唐子风!你就是唐……唐助理!"

曾启新打了个哆嗦。如果说肖文珺的校徽让他感觉有些棘手,唐子风的名字就直接让他震惊了。书店经理并不是一个了不起的职务,但毕竟也是体制内的。在临河市的体制内,谁没听说过临一机唐子风的大名?不,确切地说,是他的恶名。

"这位同学,呃,还有唐助理,这件事……应当是个误会。"

曾启新决定服软了,他带再多的人撑台面也白搭,整个临河市,有哪个单位敢和临一机比人数的?这件事,要说起来本身也是书店理亏,人家小姑娘就算是抄了一点书,你最多提醒一下也就罢了,哪有当众辱骂的道理?

"误会吗?"唐子风可不会这么轻易就放过对方,他说道,"这位经理,要不要我把你拉到大街上,骂你一顿,然后说这只是一个误会,就算了结了?"

"唐助理,这件事,的确是我们做得不妥,要不,我们送这位同学一本新书,以示赔礼?"曾启新又想出了新的办法。

唐子风把眼一立:"你以为我们买不起一本书?"

"不是不是,我的意思是说……"

"道歉!让这个疯女人向我们这位同学鞠躬道歉!"

"这……"曾启新犹豫了,万凤仙是这么好说话的人吗?

唐子风冷冷一笑,转头对肖文珺说:"文珺,你带晓惠出去,找个公用电话亭,给厂办樊主任打电话,让她联系市里的吕市长,请他来处理。"

"别别!"曾启新立马就厌了,他丝毫也不认为唐子风是在虚张声势,无论是

第一百三十三章 贫穷是一份财富

以唐子风的名气,还是以临一机的级别,要请吕正洪出来处理一件事,都是能够办到的。而这件事如果真的被捅到吕正洪面前去,他这个经理就算是当到头了。

"万凤仙,你听到没有?还不过来向这位同学道歉!"曾启新把头转向万凤仙,大声喝道。

"我……对不起。"万凤仙被唐子风的气场镇住了,平日里的泼辣荡然无存。她乖乖地走上前来,微微躬了一下身子,向于晓惠道歉。

唐子风冷哼一声,对肖文珺说道:"文珺,带上晓惠,咱们走。"

说罢,他又转过头,也不知道是对着万凤仙,还是对着周围一干吃瓜群众,冷冷地说了一句:"我告诉你们一句话,莫欺少年穷!"

离开书店,三个人走了一段,于晓惠仰起头,泪眼婆娑地对唐子风和肖文珺说道:"唐叔叔,文珺姐,对不起,我给你们丢脸了。"

"说啥呢,这怎么能怪你?"肖文珺劝道,同时向唐子风递去一个白眼。

唐子风大致能够猜出肖文珺所想,他也没解释,而是把一只手搭在于晓惠的肩膀上,说道:"晓惠,你别这样想。你家里的情况,我是了解的,贫穷不是一种错误,也不仅仅是苦难,它是你人生中最难得的一份财富。"

"可是……"于晓惠迟疑着,不知道该说什么好。

唐子风说:"其实,我读书的时候,家里也是非常贫穷的。我在市里上学,因为买不起饭菜票,每星期都要从家里背米到学校去,下饭的菜就是从家里带来的霉豆腐和豆瓣酱,有时候一个月都吃不上一回肉。"

"真的?"于晓惠吃惊地瞪大了眼睛。她毕竟是工厂子弟,就算是厂里经济状况最差的时候,她也没吃过这样的苦。事实上,到了20世纪90年代中期,中国的人均收入水平已经大幅度提高,即便是贫穷的家庭,与80年代相比,也要改善许多了。

唐子风说:"当然是真的。有时候,晚上饿得受不了了,我就和你胖子叔叔一起去老乡的地里偷红薯充饥。后来被老乡发现了,你胖子叔叔跑得慢,被老乡抓住痛打……"

于晓惠噗的一声就笑出来了,她和宁默关系挺好,总觉得这个胖子叔叔憨态可掬。现在听说他被人痛打,她立马就想起《西游记》里二师兄被人痛打的场景了,她不由得笑出声来。

肖文珺见唐子风三言两语就让于晓惠解开了心结，便接过唐子风的话头说："我小时候，我妈妈身体不好，经常要吃药，有些药是厂里不能报销的，只能自费，所以我家的经济条件也很不好。我那时候学习特别努力，有一个原因就是我们学校会给年级前三名发奖学金，其中第一名是20块钱。我每次都能领到这笔钱。"

"嗯，我明白了。"于晓惠点点头。她刚才在唐子风和肖文珺面前哭泣，只有一小半是因为被万凤仙羞辱，倒有一多半是因为在他们二人面前暴露了自己家境的贫寒，她觉得这是一件羞耻的事情。现在听说唐子风和肖文珺都是经历过贫穷的，甚至他们当年的贫穷远甚于她的贫穷，她心里那种羞愧的感觉便自然地消失了。

三个人回到厂里，于晓惠表示要先回家一趟，肖文珺不放心，便以想去她家参观一下为名，陪着她去了。唐子风交代于晓惠晚上到自己家里来吃晚饭，说他和肖文珺会包饺子吃，于晓惠也愉快地答应了。

唐子风绕到东区超市，买了面粉、肉馅、韭菜等物，回到家便开始和面。他刚和了一会，肖文珺也回来了，不过脸色显得很难看。

"你怎么啦？"唐子风关切地问道。

"我真没想到，晓惠家会那么穷。"肖文珺坐下来，沉着脸对唐子风说。

唐子风点点头："我知道。她父亲身体不好，办的是病休，只能拿基础工资，所以家里非常拮据。我之所以留晓惠在我这里当保姆，也是因为这个原因。"

"可是，你们厂就不能帮帮晓惠这样的人家吗？"肖文珺怒道，"你们厂领导那么奢侈，随便吃个饭，四个菜都不够。还有那个小招待所的豪华套间，带24小时热水的。你们就不能减少一点这样的享受，帮助一下厂里的贫困家庭？"

第一百三十四章 我可能是做错了一件事

"你知道临一机有多少职工吗?"唐子风反问道。

肖文珺摇摇头。唐子风说:"临一机有6800名职工,还有1000多名退休职工,二者合计就是8000人。你光看到厂领导吃饭要四个菜,但你没想过,就算厂领导省下这四个菜,分到8000名职工头上,一个人又能有多少钱?"

"可这也不是你们奢侈的理由啊。"肖文珺反驳道。

唐子风说:"你弄错了。事实上,周厂长和我到临一机之后,周厂长干的第一件事,就是卖掉了前任领导买的奔驰轿车,用来给退休职工报销医药费,你觉得周厂长是追求奢侈的人吗?"

"……"

"领导需要起模范带头作用,这一点没错。但觉得只要领导艰苦朴素就能够让全厂职工富裕起来,这就是'何不食肉糜'了。"

"……"

"我告诉你,在我们到临一机之前,临一机已经连年亏损,最惨的时候,全厂工人一年只发了三次工资,被称为'三资企业'。"

"怎么会这样?"肖文珺愣住了。她在临一机结识的朋友倒也跟她说过临一机过去经营不好,但还真没说一年发三次工资的事情。她也是企业子弟,自然知道工资对于职工的重要性。在她家经济状况不好的时候,父母每个月底都要数着日子,等着发工资的那一天。如果当时所里一年只发三次工资,她不知道父母将如何应对。

唐子风叹了口气,说道:"你光看到晓惠家里穷,其实全厂有几个家庭不穷的?我到临一机之后干的第一件事,就是去金尧车辆厂讨要200万的欠款,目的是回来给全厂职工发两个月的工资。"

"我知道这件事。厂里人说,你当时是拿着板砖威胁人家厂长,才把钱讨回来的。"肖文珺说。

唐子风无奈道："我说我当时拿的是管钳，你信吗？"

"不信。"肖文珺说，接着又解释道，"其实娜娜跟我说过这件事。她说你当时是抓住了对方厂长的一些把柄，以此相要挟，才讨到了钱。不过娜娜没有跟我说具体情况。她过去什么事都不会瞒我的，但就是这件事，打死她她都不肯跟我说实情。所以我知道，这肯定是非常敏感的事情，你应当是担了很大风险的。"

"看来包娜娜也知道分寸嘛。"唐子风说，"具体的情况，我也的确不适合告诉其他人。包娜娜是我找的帮手，所以她才会知道，我是再三要求她不能泄漏一个字的。至于风险，我跟你说个笑话，我刚从金尧回到厂里，发现我房间里有个人，差点把我吓死。我以为是宋福来派来灭口的杀手，谁知道却是晓惠。"

肖文珺并没有笑，而是喃喃地说道："想不到你们这么难……"

唐子风说："要帮助像晓惠这样的人，唯一的办法就是不断地开拓新业务，让临一机起死回生。你应当听包娜娜说过，去年年底的时候，我们开发了一个打包机产品，前后做成了近6000万的业务，毛利有1000多万，够全厂半年的开销。春节前，我们给大家一次性地发了三个月的工资。你看到晓惠偶尔会穿到身上的那件新夹克衫，就是她家拿到补发工资以后给她买的。"

"原来是这样……"肖文珺脸上掠过一丝黯然之色，停了好一会，才低声说道，"师兄，对不起……"

唐子风说："你不了解情况，也谈不上什么对不起的。其实，你这次到临一机来教技术处的工程师用CAD，就是帮了我们很大的忙。如果我们能够拿下重镗的订单，开拓出重镗市场，一年有个三五台的订货，也有三五千万了，我们感谢你还来不及呢。"

肖文珺摇摇头，说："师兄，我说的不是这个。我……我可能是做错了一件事。"

"什么事？"唐子风不经意地问道。

"年前，井南省有一家龙湖机械厂，仿造你们厂的打包机，结果总是不成功。后来正好我们老师带我们到井南实习，是我发现了你们在打包机设计里设的陷阱……"

肖文珺断断续续地说。她突然有一种负疚的感觉，觉得自己对不起唐子

第一百三十四章 我可能是做错了一件事

风,对不起于晓惠。

年前在龙湖机械厂,面对着临一机在打包机里设置的技术陷阱,肖文珺仅仅是把它当成了一道作业题。以她的才华,破解这样一个低级的技术难题是完全不在话下的。在当时,临一机对于她来说完全就是浮云,她并不觉得自己做错了什么。

但当她开始与临一机产生了联系,在这里有了自己的朋友,看到像于晓惠这样的小姑娘为了一本几元钱的习题集而遭人羞辱,这家企业对她而言就再不是无关痛痒了。听到唐子风自述为了让临一机脱困而殚精竭虑,而她却在谈笑间将唐子风的努力化为乌有,她觉得都有些无地自容了。

"哈,这算个啥?"

听到肖文珺说的事情,唐子风只是摆摆手,说道:"我从一开始就没指望能够永远骗过他们,倒是这个什么龙湖机械厂,要找清华的人来帮忙才能发现问题,实在是枉我高看他们一眼了。"

"可是,如果我不帮他们发现问题,你们是不是能够多卖一些打包机的?"肖文珺问。

唐子风说:"也许能多卖三五台,但没多大意思。其实春节过后,我们就了解到,光是井南一个省,至少就有五家乡镇企业成功仿造我们的打包机了,你说的龙湖机械厂不过是其中之一而已。你和老秦那么熟,你可以问问他,我在最初就说了,打包机就是一锤子买卖,临一机不可能靠这个来活命。"

"但是,我还是觉得过意不去。"肖文珺说。

唐子风笑道:"过意不去好啊。今天这顿饺子,我就不插手了,你负责和面、调馅、包饺子、下锅,我和晓惠只负责吃就好了。"

"这没问题。"肖文珺答应得很爽快,但脸上丝毫没有一点轻松的表情。作为一个学霸,她从来都是对自己严格要求的,不能容许自己犯任何错误。可谁承想,自己却在无意中犯了一个如此大的错。

诚然,唐子风说了她的举动对临一机并没有什么实质性的影响,因为打包机的技术秘密其实是瞒不了太长时间的。如果没有包娜娜的虚假宣传,那些山寨企业甚至可能从一开始就会意识到钢材品种的问题,并通过修改设计来予以解决。肖文珺在龙湖机械厂的作为,仅仅是帮赵家兄弟省去了一些探索的时间,与大局是无关的。

肖文珺知道唐子风这些话并非作伪,因为她破解的技术并不难,就算当时她不吭声,她的老师以及其他同学也同样能够解决这个问题。要说错误,只能说此时的国人并没有太强的知识产权保护意识,政府也没有出台强有力的政策来保护知识产权,这都是与她肖文珺无关的。

但是,肖文珺并不是那种会轻易原谅自己的人。中学时候,她曾有一次无意中在老师办公室看到一道题目,而后来这道题目又出现在期中考试的试卷上。她采取的方法,便是放弃了对这道题目的作答,即便此前她没有偷窥过这道题目,她也是能够轻易解出的,但她还是选择了捍卫自己的原则。

这就是一个学霸的偏执。

这当然也是一个学霸才有资本坚守的偏执。

"师兄,我想资助一下晓惠,你觉得可以吗?"肖文珺怯怯地问道。

"没必要。"唐子风断然说,"如果需要资助她,我比你更有条件,而且我比你更有钱。但晓惠也有她的自尊,她是不会接受别人的资助的。这就是为什么我要让她给我买菜做饭的原因,凭自己的劳动赚钱,不丢人。而如果是依靠别人的资助,她以后会抬不起头的。"

"我也是这样想的,所以……"肖文珺不知道说啥好了。她也不是完全没有社会经验的人,知道贸然地给别人资助是不合适的。到这一刻,她开始意识到唐子风雇于晓惠当保姆是一种怎么样的善举,当然,唐子风最初的出发点很可能只是因为自己懒惰,这一点,肖文珺就没必要去戳穿了。

唐子风说:"师妹,你真的不用觉得自己做错了什么。你放心吧,有你师兄在,临一机的明天肯定会更美好的。我们在厂务会上已经提出了一个目标,争取在今年年底实现全面盈利,届时我们会把过去几年欠职工的工资陆续补还,还会全面提高职工的工资水平。

"现在社会上一些比较好的单位,职工工资已经能到300多元,甚至500元的都有。我们的职工平均工资才150元,这已经远远落后了。我们的目标是:到明年春节,把平均工资水平提高到200元以上;到1997年春节,提高到400元以上。

"如果这个目标能够实现,晓惠家的经济状况也会大为好转,这样的改善才是长久的,而且也是她家应得的。靠别人资助来改善生活,毕竟不是长久之计。"

第一百三十四章 我可能是做错了一件事

"那么，你们能够办到吗？"肖文珺问。

唐子风假意地叹了口气，说："办得到要办，办不到也要办，谁让你师兄命苦呢？既然上了这条'贼船'，就只有义无反顾地走下去了。"

第一百三十五章　机床再生

两个人的中午饭只是用方便面对付了一下,当然,方便面里是要放榨菜和鸡蛋的,唐助理从来都不会委屈自己的胃。

吃过饭,唐子风回北屋睡觉,肖文珺则回到南屋,关上门不知忙活什么。唐子风隐约听到她打电话的声音,用的是楚天方言,或许是在和家里通话吧。唐子风屋里的电话没有开通长途,但肖文珺自己带着300卡,能够用普通座机打长途电话,这也算是当年学生的一种技能了。

半下午的时候,于晓惠来了,看上去心情不错,应当是已经从上午的事情里走出来了。肖文珺拉着于晓惠一起包饺子,唐子风想上前帮忙,被肖文珺赶开了。唐子风于是便乐呵呵地跑到南屋玩游戏去了,还大开着音箱,直升机上的火箭炮打得轰轰作响,伴随着客厅里一大一小两个美女低吟浅笑的聊天声音,让唐子风倍感快乐。

一夜无话。第二天一早,唐子风安排了一辆小轿车过来,与于晓惠一道,亲自送肖文珺去火车站。一路上,肖文珺没有和唐子风说什么,只是不断地给于晓惠讲学习上的事情,又表示已经给家里打了电话,她父母会把她上中学时候用过的习题集寄到清华去,届时她再从清华寄过来,供于晓惠作为学习参考书。

两个姑娘聊得很嗨,于晓惠也受到了肖文珺情绪的感染,怯生生地表示几年后要考入北京的高校,届时要到"文珺姐"那里去吃饭,而文珺姐也愉快地表示了接受。

到了火车站,唐子风帮肖文珺拿着行李,与于晓惠一道把她送进了候车室。他最终还是帮肖文珺买了一些临河特产,用的当然还是周衡特批的那200元预算。

于晓惠长这么大,还没坐过几回火车,对火车站是完全陌生的。进了候车室,她就有些眼睛不够看了。在肖文珺的鼓励下,以及在唐叔叔的怒目暗示下,她嘻嘻笑着，满处看新鲜去了。

看到于晓惠离开，肖文珺从随身的包里掏出一张软盘和一张纸条，交到唐子风的手里，说道："唐师兄，龙湖机械厂那件事，是我对不起你。这里有我爸爸的电话号码，等我走了以后儿，你和他联系一下。"

"什么意思？"唐子风接过软盘和纸条，有些莫名其妙。怎么好端端的，就让自己去见家长了呢？

肖文珺说："我爸爸所在的楚天17所，有一大批旧机床，有些是20世纪六七十年代的国产机床，还有一些是80年代初从国外进口的，其中多数是普通机床，也有一些是数控机床。这些机床都已经有些过时了，还有的因为磨损等原因，精度大幅度下降。17所一直想找一家机床厂帮助翻新这批机床，但一直没有找到合适的厂家。据我了解的情况，17所准备用于机床翻新的预算不少于500万元。"

"你是说，临一机可以接下这桩业务？"唐子风眼前一亮。别看他平时在美女面前会习惯性地智商降频，一旦涉及业务，他就又变回那个精明过人的唐助理了。机床翻新这种事情，唐子风是了解的，知道临一机有这样的能力。

翻新机床和制造机床还不太一样，翻新工作需要使用的材料不多，大多数费用都是工时费，所以毛利率很高，500万的业务，毛利率达到300万也不为过，这也就相当于全厂2个月的开销了。

肖文珺说："17所要翻新机床的事情，已经考虑过好几年了。我这几年寒暑假回家，都和我爸爸讨论过这件事。我还跟我爸爸去车间看过那些机床。昨天我写了几个文件，还画了几张设计图，都存在这个软盘里了，你把软盘交给秦叔叔，他能看明白的，都是我考虑过的翻新机床的思路。不过，具体的设计还得你们厂的技术处去做，我和技术处的工程师们接触过，知道他们肯定能够拿得下的。"

"这……这可太好了！"唐子风由衷地说。他能看到的事情，可比肖文珺要多得多。他想，既然光是一个楚天17所，就有价值500万的机床翻新业务，那么全国上下这么多企业，得有多大的市场？自己过去完全忽略了这样一个市场，现在经肖文珺一提起来，他突然感到"钱景"无限光明。

翻新机床的业务，在西方国家也是非常兴盛的，它还有一个正式的名字，叫作"机床再生业"。翻新机床可不仅仅是把机床拆开、除锈、上油等等，还包括对老式机床的适当改造。

比如说，有些单位早年进口的国外精密机床，各种机件都是良好的，只是缺乏数控系统，无法提高生产效率。如果能够在此基础上加装一套数控系统，就相当于获得了一台数控机床。一台进口原装的数控精密机床，价格可能高达几十万美元，折合人民币就是几百万。但加一套数控系统，花费不过几万或者十几万，产生的效果并不比原装设备差，用户单位肯定是乐于接受的。

翻新机床这种业务，对于临一机这种老牌企业来说是最为适合的。那些新兴的民营机床企业虽然具有成本优势，但要论技术水平，与临一机就无法相比了。诸如西野的进口精密磨床那种设备，临一机有能力做维修或者翻新，临河的那些民营机床企业恐怕连碰都不敢碰一下，因为万一碰坏了，他们根本就赔不起。

"师妹啊，你昨天中午给肖明兄打电话，就是说这件事吗？"唐子风问道。

肖文珺的脸以肉眼可见的速度变黑了。

"我是说，咱肖明叔已经知道这件事了吗？"唐子风立即改口。

"我跟我爸爸说了这件事，我还说秦叔叔现在就在临一机当总工。我爸爸说可以给临一机一个机会，如果临一机有这方面的能力，他可以说服所里，把机床翻新的业务交给临一机来做。"肖文珺说。

"那可太好了，肖兄真是我们临一机人民的好朋友啊！"唐子风身体力行地验证着"不作死就不会死"这条原理的正确性，看到肖文珺又有翻脸的迹象，他连忙说道，"师妹，包娜娜应当跟你说过吧？我们厂对于帮助提供业务信息的人员，是会给予业务奖励的。我现在就可以做主，这桩业务如果能够做成，我让厂里奖励你1万块钱，你买笔记本的愿望，马上就可以实现了。"

"是吗？能有这么高的奖励？"肖文珺看着唐子风，似乎有些心动。

"只多不少。"唐子风许诺道。他也的确有这个底气，如果肖文珺提供的信息能够让临一机接到这笔500万的业务，拿出区区1万元奖励给肖文珺，恐怕全体厂领导都会赞成的。嗯，或许要除了秦仲年吧。

肖文珺点点头，然后说道："唐师兄，如果真的有这样一笔奖金，你帮我拒了吧。这是我欠你们临一机的，还上这笔钱，我就没有心理包袱了。"

唐子风说："哈哈，师妹言重了，你不必有心理包袱的，该奖励你的钱，你就拿着好了。"

第一百三十五章 机床再生

肖文珺说:"不必了,这桩业务,我就是为了还债才给你介绍的。我要买笔记本,回去帮李师姐打打工就行了。"

"你是说真的?"

"真的。"

"你真的是包娜娜的闺密?"

"当然是。"

"那你怎么没染上她那斤斤计较的恶习?"

"信不信我回去把这话告诉娜娜?"

"我刚才说啥了吗……"

一个话题又被机智地岔开了。唐子风当然知道肖文珺并不是视金钱如粪土的人,否则她也不会为了赚图奥公司的劳务费而跑到临河来当培训教师。但这样一个人,却坚决地拒绝了一笔合理的业务奖励,其中自然是有其他缘由的。不过,肖文珺不愿意讲,唐子风也就没必要追问了,他只需要知道肖文珺的拒绝是真心的。

1万元,对于其他人来说,会觉得是一笔巨款,但唐子风相信,凭着肖文珺的才华,未来赚1万元应当是轻而易举的事情,所以她要拒绝就拒绝吧,无须强求。

发车时间到了,于晓惠早已回来,她拉着肖文珺的手,一直把她送到检票口,这才眼泪汪汪地撒开手,看着肖文珺检票进站。甚至等到肖文珺已经走向月台,无法看见了,于晓惠还在挥着手。

"傻丫头,哭啥?"

唐子风走上前来,不屑地对于晓惠说道。刚才于晓惠送肖文珺到检票口,唐子风只是站得远远地看着,显得很是漠然的样子。

于晓惠扭头看着唐子风,问道:"唐叔叔,文珺姐走,你不觉得难过吗?"

"为什么要难过啊?"

"人家都说情人分别是很难过的。"

"这就证明我和她不是情人啊。"

"骗人!"

"晚上我们叫上胖子叔叔一起去吃烧烤好不好?"

"我不去。"

"怎么,生气了?"

"不是啦,是我从现在开始,要好好学习了。文珺姐说了,她会辅导我考上清华的!"

于晓惠自豪地声明道。

第一百三十六章　是谁的助理

楚天省五朗市，国防科工17所的所在地。

一辆挂着军牌的吉普车载着唐子风和韩伟昌二人，开进了戒备森严的17所大门，顺着林荫大道又行驶了几百米后，拐上一条岔路，最后停在一幢两层的红砖小楼前。

车刚停稳，便有一位年轻人走上前来，替唐子风他们拉开了车门。唐子风和韩伟昌跳下车，那年轻人热情地上前招呼道："请问，是临河来的韩科长和唐助理吗？"

"我叫唐子风。"唐子风向那年轻人做着自我介绍。

"我叫侯江涛，是17所总师办的，是肖总工让我下来迎接你们的。"那年轻人礼貌地说道。

"哦，原来是侯工，辛苦了。"唐子风说。对方没有自报官衔，估计就是一个普通工作人员了。总工程师办公室的工作人员，八成是做技术的，称呼对方一句"侯工"不会有大错。

果然，侯江涛没有纠正唐子风的称呼，而是伸手示意道："二位请吧，肖总工在办公室等你们呢。"

两个人跟着侯江涛进了小楼，顺楼梯来到二楼。侯江涛在前面带路，把他们带进了一间门口写着"总师办"三个字的办公室。办公室的面积不小，一头摆了一张写字台，另一个方向则有一张会议桌，旁边还摆着一些折叠椅，看起来，这里还经常充当会议室使用，或者是总工程师与下属讨论设计的地方。

17所总工程师肖明，也就是肖文珺的父亲，此时就坐在写字台后面批阅着文件。侯江涛带着唐子风二人进了门，恭恭敬敬地向肖明报告道："肖总，韩科长和唐助理已经到了。"

肖明抬起头，看到唐子风和韩伟昌，连忙微笑着站起身，从写字台后面绕出来,走向唐子风一行,同时还伸出了两只手,做出要与客人握手的姿态。

唐子风赶紧上前一步,同样伸出两只手,然后便目瞪口呆地看着肖明无视他的举动,直奔韩伟昌去了。

"是韩科长吧,一路辛苦了!"肖明不容分说,抓住韩伟昌的手,热情地问候着。

韩伟昌一下子就蒙了:"这是啥节奏,怎么先冲着我来了?"他挣扎着想把手从肖明的手中抽出来,同时尴尬地说道:"肖总工,我、我……那是我们唐助理。"

肖明认真地与韩伟昌握完手,这才把头转向唐子风,向他伸出一只手去,说道:"是小唐吧?很年轻嘛,你给老秦当助理多长时间了,哈哈,老秦有没有跟你说起过他和我是大学同学?"

"呃……"唐子风不知该说啥好了。他伸出手去,肖明和他只是简单地握了一下,便又转回头去,打算与韩伟昌继续寒暄。很显然,人家是把他唐子风当成一个小透明了。

韩伟昌这会也明白过来了,合着对方把唐子风当成了秦仲年的助理,再看他如此年轻,便先入为主地认定韩伟昌才是此行的负责人,唐子风不过是韩伟昌的跟班而已。这也解释了为什么刚才肖明没有到楼下迎接他们,而是只派了一个工作人员去迎接。如果临一机派出的人以一个工艺科副科长为首,肖明一个堂堂总师,的确没必要亲自去迎接。

"肖总工,您可能弄错了,唐助理……是我们厂的厂长助理。"韩伟昌哪敢和肖明谈笑风生,他只是拼命地做着解释。

"厂长助理?"肖明一愣,他再次转头看了唐子风一眼,又狐疑地向韩伟昌问道,"他是你们临一机的厂长助理,还是分厂的厂长助理?"

时下许多大型企业都时兴搞分厂制,也就是把原来的车间改名叫分厂,当然,相应的管理模式也会有所不同,比如核算上要相对独立一些。改成分厂后,原来的车间主任就成了分厂厂长,那么再有厂长助理之类的也就不奇怪了。

分厂的厂长助理,与总厂的厂长助理,是完全不同的两个层次。以唐子风的年龄,即便是当分厂助理,也算是破格了。肖明是懂行的人,所以才会觉得唐子风充其量就是一个分厂的助理而已。

"他是我们临一机的厂长助理,是我的领导。"韩伟昌苦着脸证实道。

"这……"肖明终于傻眼了。

第一百三十六章 是谁的助理

他先是接到女儿从临一机打来的电话,向他推荐临一机作为17所机床翻修的承包商。随后,老同学秦仲年也打来电话,询问17所是否有这样一桩业务,在得到肯定的回答后,秦仲年便表示,临一机将派出一位姓唐的厂长助理和技术处工艺科一位姓韩的副科长到17所去谈这桩业务。

天地良心,秦仲年在介绍唐子风的时候,说的的确是厂长助理。但或许是电话的通话效果不好,肖明只听到了"助理"二字。当时,肖明还多问了一句这位唐助理是什么来历,多大岁数。秦仲年告诉他,此人是个小年轻,大学刚毕业没几年,不过能力还行……

秦仲年这个介绍,让肖明形成了一个印象,觉得这个所谓的助理应当是秦仲年的助理,因为以临一机的级别,可能存在一个大学刚毕业没几年的厂长助理。此外,唐子风即便是秦仲年的助理,肯定也不是那种有级别的助理,而只是一个小助手罢了。

刚才他对韩伟昌如此殷勤,而对唐子风显得比较怠慢,正是缘于这样的错觉。在他想来,唐子风不过是个小年轻,他打个招呼就可以了,哪里需要问长问短的。现在经韩伟昌说破,他顿时就有些窘了。

"这、这……哎呀,瞧我这……抱歉抱歉,唐助理,你可别介意。"

肖明都不知道说什么好了,弄错人的级别,的确是一件比较犯忌讳的事情,谁知道这个少年得志的小年轻会不会介意呢?

肖明与秦仲年虽然是同学,但性格上颇有一些不同。秦仲年一直在研究所工作,学究气比较重。肖明所在的17所虽然名称上也是研究所,但其实是一家科工一体的企业,与临一机这样的工厂更为类似。肖明在这种单位里当总工,身上的烟火气肯定是要更重一些的。

唐子风笑着摆摆手,说道:"肖总,瞧你说的。其实我这个厂长助理是虚的,部里派周厂长到临一机去当厂长,考虑到他年纪比较大,所以就安排了我给周厂长当助理,其实就是一个跑腿打杂拎包的角色,你可千万别当真。"

肖明说:"哪里哪里,唐助理一看就年轻有为,肯定是机械部重点培养的干部。来来,快请坐吧,小侯,给客人倒茶。"

唐子风和韩伟昌各自落座,肖明也在他们旁边的凳子上坐下了,甚至还给二人敬了烟,并掏出打火机打着了火,等着给对方点烟。换成平常时候,即便知道唐子风是临一机的厂长助理,肖明也无须如此客气,毕竟他的级别和资历都比唐子风超出一大截,给唐子风一个冷脸也是可以的。但鉴于刚才自己摆了乌龙,肖明就只能放低一点身段了。

韩伟昌接过了烟,诚惶诚恐地就着肖明的打火机点上了。唐子风表示自己不会抽烟,于是又赢得了肖明的一番表扬。

宾主之间的谈话是先从肖明与秦仲年的同学关系说起的,随后肖明又说起了周衡,称自己与周衡也打过几次交道,对周衡印象颇好,云云。聊完这些没有油盐的废话之后,唐子风进入了正题,说道:

"肖总,我和韩科长这次到五朗来,是听说咱们17所有一批旧机床想翻新改造,此前秦总工和你也通过电话吧?"

"的确是有这么回事。"肖明点头说,"我们所有一千多台机床,绝大多数都是20世纪60年代至80年代购置的,现在有些跟不上形势了。所以,我们就考虑对一部分机床进行翻新。正巧,老秦被调到临一机去当总工了,他听说这个消息,就给我打了电话,说临一机是老牌的机床企业,技术实力雄厚,希望我们把一部分机床翻新工作交给临一机做。

"我把这个情况在厂务会上说了一下,大家都觉得临一机的技术水平还是可以信赖的,所以请你们来试试。"

"这可太好了。"唐子风说,"我们厂在机床维修、翻新方面,有丰富的经验,前不久我们还帮西野重型机械厂修复了好几台损坏的进口磨床,据我们的跟踪了解,这几台磨床在维修之后全部达到了原有的加工精度,这一个多月时间里,工作非常稳定。

"17所是咱们兵工系统的重要企业,秦总工把17所的情况向我们周厂长汇报之后,周厂长高度重视,责成技术部门和生产部门要抽出精兵强将,务必高质、高效地完成17所的旧机床翻新工作。

"这不,我和韩科长就是为这事来的。韩科长是我们厂最有经验的工艺工程师,我和他此次过来,就是想实地察看一下这批旧机床,与17所方面商定翻新方案,以便尽早地开展这项工作。"

第一百三十七章　照最低成本报价

"好的好的,临一机真是急我们之所急,想我们之所想,实在是太感谢了。"

"哪里哪里,支援国防建设,也是我们地方企业的责任嘛。"

"贵厂的这种精神,真值得我们学习。"

"互相学习,互相学习。"

"……"

一番吹捧与自我吹捧之后,双方约定次日一道去看那些需要翻新的机床。随后肖明便交代侯江涛先给唐子风一行安排住处,晚上再陪他们一起吃饭。他还向唐子风再三道歉,说自己手头有一件非常紧要的工作要处理,所以抽不出时间陪同客人,敬请原谅,云云。

送走唐子风一行,肖明并没有如他自己说的那样,去处理什么紧要工作,而是抓起桌上的电话,拨通了远在临河的秦仲年的办公室电话。

"喂,老秦,你搞什么鬼?就这么一个小业务,你们怎么还派了个厂长助理过来?有必要这么隆重吗?……对对,我了解一下,你们这位厂长助理,到底是个什么来头……"

十分钟后,肖明放下电话,内心感慨万千:临一机不愧是老牌企业,做事的确是够认真的。这位名叫唐子风的厂长助理,原先自己还以为他只是一个不入流的干部,却想不到他竟是周衡的得力助手,连老秦都表示这个年轻人能力挺强的。可就为了这么一点小业务,临一机居然派了如此得力的一位干部过来……

与此同时,刚刚在招待所安顿下来的唐子风和韩伟昌,也在互相感慨,只是感慨的内容与肖明恰成鲜明对照:"真不愧是军工企业,这么大的一项业务,单位居然不当一回事。"

"是啊,老秦给肖总工打个电话,这事就妥了。而且看这意思,除了老肖之外,其他的所领导也不打算出面了。估计这种区区 500 万的业务,他们也没放在心上。"

"那是啊,军工单位嘛,人家的钱都是按亿计算的。"

"老韩,明天你表现得好一点,看看能不能从他们这里多撬一些业务回去。"

"唐助理,你就瞧好吧……"

当天的晚餐,是由侯江涛带着他们在所里的招待食堂吃的,没有什么山珍海味,只是三个家常菜而已,也没有任何厂里的领导前来作陪。从这一点也可以看出,17所对于这件事并不重视,只是把唐子风二人当成了其他单位来的普通业务员,能管一顿饭估计都是看在同为国有大厂的面子上。

第二天,肖明再次出现了,亲自陪着唐子风和韩伟昌去车间看需要翻新的机床。17所的生产区与行政区之间另有一道大门,这道门的警戒比行政区的戒备更为严格。唐子风和韩伟昌出具了工作证、身份证和介绍信,又有肖明作保,这才获准进入了生产区。不过,二人对此没有丝毫怨言,这可是军工单位,随便看到的一点东西都事关国防机密,能让他们进来,已经是很大的面子了。

"这批机床,就是我们希望临一机能够帮助翻新的,你们可以看看,有什么困难没有?"

肖明把二人带进一个有着数字编号的车间,指着车间里的一排机床说道。

这排机床,分为四列摆放,一眼看去,有七八十台的样子,很有些重金属风格。唐子风现在也算是有点机械知识了,认得这些都是六七十年代最常见的国产机床,诸如什么C620车床、X62W万能铣床之类。机床的保养做得非常不错,表面上看不到什么油污和锈迹等,不过唐子风也清楚,这种机床使用了二三十年之后,各种机件的磨损会非常严重,从而影响到加工精度,这就是需要翻新的原因了。

"翻新这些机床,没啥难度。"韩伟昌走上前粗略地看了几眼,就做出了答复,"这些型号的机床,我们厂过去都生产过。17所对机床的保养做得很好,大多数机件都还是完好的,只要把磨损的机件更换掉,这些机床就会像刚买来一样好用。嗯,不对,应当会比刚买来的时候还好用。"

韩伟昌这话也不算是瞎说,这种使用过二三十年的机床,自然时效非常充分,机身铸件的应力都已经消除得差不多了,更换掉磨损的机件之后,其稳定性会比新机器更好。机床再生业务之所以有市场,一部分原因也在于此。

"这里一共有86台机床,其中48台车床、38台铣床,购置时间大致是在

1962年至1980年之间。你们估计一下,翻新所有这些机床,大致需要多少费用?"肖明问。

"费用嘛,让我算算……"韩伟昌掰着手指头计算开了。

"等等……"唐子风隐隐觉得有哪不对,他拦住正准备报价的韩伟昌,对肖明问道,"肖总,你们需要我们做翻新的机床,都在这里吗?"

"是啊。"肖明想当然地应道。

"只是翻新,不需要做数控化改造?"唐子风又问。

肖明笑道:"这些旧机床,磨损得太厉害了,做数控化改造太浪费了吧?"

"……"

唐子风傻眼了。

身为机床厂的厂长助理,他对于普通机床的价格还是有所了解的。就眼前这批机床,全新状态下一台的售价也超不过1万元,翻新成本能有多少?你总不能让人家花5万元一台的价格来翻新一台原价1万元的机床吧?

那么,如果每台机床的翻新成本是几千元,这86台机床的翻新业务也就是十几二十万而已,与肖文珺此前透露给他的500万预算差出了10倍都不止。

这也就解释了为什么肖明对于唐子风是厂长助理一事会如此惊讶,同时也解释了为什么这样一桩业务肖明一个人就敢答应下来。这么一笔小业务,人家是真的没当一回事啊。自己堂堂一个近万人大厂的厂长助理,屁颠屁颠地跑上门来,就是为了谈一笔十几二十万的小业务,人家能不吃惊吗?能不感动吗?能不这样坑人吗?

"怎么,唐助理,有问题吗?"肖明感觉到了唐子风情绪的变化,不由得关切地问道。

"没啥问题。"唐子风把牙咬得咯咯作响,脸上却带着温和的笑容,"关于费用嘛,韩科长确定下来就可以了。在我们厂,不到500万的业务一般是不需要厂长助理参与的。"

韩伟昌也反应过来了,什么?这就是17所打算让临一机做的所有业务?如果一台机床的翻新费收2000元,这86台的机床的翻新连20万都不到。照着厂里的提成标准,自己能够从这桩业务中拿到0.5%的提成,连1000块钱都不到,这业务做得有个啥意思啊!

要知道,现在老韩也是见过钱的人了,不再是区区几百块钱就能够打动的。

这趟出来,他本想着有500万的业务,自己能拿到三万两万的提成,谁知是这个结果。

"唐助理,这业务……"韩伟昌看着唐子风,话里带着暗示意味。如果唐子风表示对这桩业务不感兴趣,他就打算直接报一个对方无法接受的高价,索性把业务谈崩拉倒。

这倒不是说临一机看不上这种十几万的业务,如果是17所向临一机订购几台机床,哪怕总价不到十几万,韩伟昌也不会想着拒绝。但翻新机床是一件挺麻烦的事情,费时费力,最终才赚这么点钱,就有些不值得了。

唐子风却是向他微微摇了摇头,然后说道:"老韩,17所是军工企业,咱们不能赚他们的钱。你认真算一下,照咱们最低的成本价报个费用就好了。"

"最低的成本价?"韩伟昌一愣。

唐子风说:"没错,只要把咱们的材料费、工人工资、差旅费之类算进去就可以了,利润啥的不需要考虑。"

"这个嘛……"韩伟昌不明就里,不过既然唐子风这样说了,他也就开始认真评估了。他琢磨了一会儿,说道,"各台机床的磨损情况不太一样,分别报价也没太大必要。我觉得,每台的翻新费用2000元左右就可以了,86台机床,一共就算17万2000吧。"

"零头可以抹掉,一口价,17万吧。咦,17所,17万,还真是巧呢。"唐子风笑着说。

"17万吗?"肖明有些惊讶。17所虽然不是搞机床的,但毕竟也是机械企业,肖明对于翻新机床的成本是估算过的,知道17万这个报价实在是非常良心了。他原本还担心这桩业务太小,而临一机又过于重视,最终双方会在价格问题上产生一些分歧。可这个唐子风一张嘴就说按最低标准报价,甚至还抹掉了一个2000元的零头,这是图个啥呢?

"肖总,17万已经是最低价了,再低我们可就是亏本了。"唐子风推心置腹地说,"要不,你们抓紧讨论一下吧,如果觉得这个费用可以接受,那咱们就签正式的协议,然后我们就可以派工人过来了。"

"好的,好的,我们会抓紧讨论的。"肖明连声应道。

第一百三十八章　肉已经被别人捞走了

从生产区出来,肖明仍然交代侯江涛送唐子风二人去招待所,自己则返回总师办去了。17万的一桩翻新业务,其实是用不着他这个总工程师亲自去谈的,随便找个设备科长啥的陪着唐子风他们走一趟就行了。肖明之所以亲自出马,还是看在秦仲年的面子上,毕竟这是老秦的同事,他过于怠慢了也不合适。

侯江涛把唐子风他们送回招待所就离开了,听着他的脚步声在走廊尽头消失,韩伟昌这才关上房门,向唐子风问道:"唐助理,这是个什么情况?"

"我琢磨着,其中必有蹊跷!"唐子风模仿着后世电视剧里某位人物的口吻说。

"莫非,17所是想用这批烂机床来考验我们?"韩伟昌猜测道,一台售价不到1万元的机床,对于临一机来说的确可以算是烂机床了。君不见秦仲年他们正在设计的重镗,售价是冲着1000万以上去的。如果17所需要翻新的是这种级别的机床,每台的翻新费用报个100万也不为过了。

唐子风摇摇头:"不像。从昨天老肖的表现来看,他从一开始就没打算给我们500万的业务。我其实想错了,现在全国上下最穷的就是军工企业了,500万对于他们来说不是一个小数目,他们不可能这么随意的。"

"是谁说17所有500万的机床翻新预算的?"韩伟昌问道。

"这个嘛……"唐子风难得地有些脸红了,让一个姑娘骗了,实在是比较丢人的事情,他还真不好意思在韩伟昌面前说出来。

"这算是一个小道消息吧,虽然没证实,但也是有出处的,有一定的可信度。"唐子风含糊地说。

"哦,我明白了。"韩伟昌做恍然大悟状。周衡是从部里派来的,没准这样的信息也是通过部里的渠道打听到的吧,这不是他这个小小的工艺科副科长有资格打听的。他说道:"那么,现在怎么会只剩下这十几万的业务呢?"

"我需要打个电话。"唐子风说。

17所给他们俩各自安排的都是单间,听说唐子风要打电话,韩伟昌便识趣地退出了唐子风的房间,回自己屋里待着去了。唐子风关上门,从兜里掏出一个手机,拨通了京城的号码。

在临一机的财务状况略有好转之后,周衡便交代厂办给一些重要的人员配上了手机,唐子风便是其中之一。厂里的职工已经看到了厂领导的努力,也看到了厂子的起色,对于厂领导配手机一事也就能够接受了。只要厂领导是在为厂子的振兴而奔忙,配个手机也是合情合理的嘛。

"喂,请问一字班的肖文珺同学在吗?麻烦请她来接电话。"

电话接通,唐子风对对方说道。他拨的这个电话号码,是肖文珺离开临河之前留给他的,是清华机械系实验室的电话。肖文珺说过,在没课的时候,她经常会在实验室待着。

对方应了一声,便叫人去了。少顷,电话里传来一个熟悉的声音:"喂,我是肖文珺,请问是哪位?"

"我是唐子风。"唐子风说。

"师兄好。"对方规规矩矩地应道。想必是周围有老师、同学等人,肖文珺也不便跟他贫。

"我现在在五朗。"

"什么?你去17所了吗?"

"是啊,半小时前我还和老肖在一起谈笑风生呢。"

"嘻嘻,老肖厉害不厉害?"

"不厉害啊,挺和蔼的一个小老头。"

"你确信不是找错人了?"

"应该不会吧……"

"你给我打电话,就是为了告诉我这件事?"

"主要是为了告诉你这件事,当然,顺便还有一个小问题想向你打听一下。"

"什么小问题?"

"老肖让我们帮忙翻新的机床,一共是86台,都是20世纪六七十年代的普通国产机床。我们刚刚计算了一下,按照每台机床的翻新费用2000元计算,这笔业务的总金额是17万2000元。对了,为了表示我对老肖的敬意,我把2000

第一百三十八章 肉已经被别人捞走了

元的零头给抹了。"

"什么？"

肖文珺一下子就听明白了唐子风的意思。尽管唐子风说得风轻云淡，但她岂能不知道对方是来兴师问罪的？离开临河之前，她言之凿凿地告诉唐子风，说17所预备了500万的资金用于翻新机床，可当唐子风兴冲冲赶到五朗时，得到的却是一桩仅17万的业务，人家能不找她讨个说法吗？

"你说的那86台机床，你们看到没有？"

"看到了。"

"你们记得是哪个车间吗？"

"是107车间。"

"那么，我爸爸没带你们去那几个2字头的车间吗？"

"没有。我就没听说过什么2字头的车间。"

"我明白了。师兄，这件事等我了解一下再给你答复。"

挂断电话，肖文珺想了想，掏出300卡，开始给肖明打电话。

关于17所打算花500万元翻新机床一事，肖文珺是听父亲说的，这事肯定没错。但肖文珺毕竟只是一个在校大学生，不是17所的职工，所以了解的情况并不全面。

在临河的时候，肖文珺出于向唐子风道歉的心理，给父亲打了一个电话，说自己在临一机当培训老师，又遇上了秦仲年，她听说临一机的经营状况不太好，所以想把17所的机床翻新业务介绍给临一机，问父亲是否同意。

对于女儿的要求，肖明并没有想太多。他表示，所里也的确在寻找地方上的企业帮助翻新一些机床，临一机如果有兴趣，可以派人过来谈谈。在条件相等的情况下，他可以做主，把业务交给临一机去做。

可能是因为长途电话费太贵，父女俩没法深入交流，也可能是因为肖文珺介绍业务这件事另有隐情，她不便向父亲说得太多。双方在这一轮沟通中，其实是出现了一个误会的。

以肖文珺的想法，17所打算花500万翻新机床，临一机去承接，当然就是针对这500万，无须多说。

但在肖明那边，他并不知道女儿惦记的是那500万的业务。设备科那边提出要请地方企业帮忙的，只是这86台普通机床的翻新业务而已，肖明心里想的

219

是这桩小业务。接到女儿的电话,他当然就很爽快地答应了。毕竟也就是区区十几万的事情,给谁做不是做呢?

如果肖明知道肖文珺所说的是那500万的业务,他是不可能答应女儿的。500万对于17所来说,是一笔很大的资金,交给谁做,是需要所行政办公会讨论的,甚至讨论一次都不够。这么大的事,他岂能因为女儿的一个电话就答应下来?

后来,秦仲年给他打电话,他也同样认为秦仲年问的是这些普通机床的翻新业务问题。所以当听说临一机派来联系业务的居然是一位得力的厂长助理时,他还有些奇怪,十几万的一桩业务,至于这样隆重吗?

肖文珺此时再给肖明打电话,当然不会把唐子风的话和盘托出。她只是声称临一机方面给她打了电话,对她介绍业务一事表示感谢,随后,才假装无意地问起有关业务的详情。肖明对女儿并无戒备,以为女儿只是关心他的工作而已,所以就把一些不涉及机密的事情都向女儿说了。

打过电话之后,肖文珺脸上露出一个苦笑,闹了半天,自己还真是摆了乌龙。

"原来是这样。"

接到肖文珺重新打回来的电话,唐子风目光闪闪,陷入了深思。

"唐助理,你了解到什么情况了?"闻讯回来的韩伟昌问。

唐子风说:"我已经了解过了,17所的确是从国防科工委申请到了一笔500万的设备改造专项基金,用于旧机床的翻新改造工作。这件工作的重心,是对一批早年进口的机床进行数控化改造。至于让咱们做的那部分,只是这项工作的一个零头而已。"

"可是,肖总为什么没跟咱们提起数控化改造这件事呢?"韩伟昌问。

唐子风说:"因为这桩业务已经被另一家单位承接下来了,目前这家单位还没有确定最终的价格,但17所方面预计要投入400万至450万。"

"闹了半天,肉已经被别人捞走了,给咱们也就留了一口汤。早知如此,咱们连这口汤都别盛了,直接摔碗回去得了。"韩伟昌牢骚满腹地说。

此前唐子风让他按最低标准报价,他的理解是唐子风或许想用这种方法来稳住对方,以便获得后续的业务。但现在看来,人家早就找到厂家了,自己再殷勤也是白搭。既然如此,那这个17万的业务也没啥做的价值了。

第一百三十八章 肉已经被别人捞走了

唐子风笑道:"老韩,瞧你这个暴脾气。业务哪有那么好做的,如果咱们随便跑一趟就能拿到大业务,厂里又何必许下这么高的提成呢?"

韩伟昌说:"嘿嘿,唐助理说得也对。可是,现在人家已经确定厂家了,咱们还留在这里有什么用呢?"

唐子风说:"你刚才说,肉已经被别人捞走了,这话不假。可是我听到的另一个消息是,人家虽然把肉捞走了,但到目前为止还没有吃到嘴里去。"

韩伟昌一愣:"为什么?"

"或许是这肉还有点烫嘴吧。"唐子风说,"老韩,只要对方还没把肉吃下去,咱们就还有机会,你说呢?"

第一百三十九章　无从下手

正如唐子风所说,承接了17所40台进口机床数控化改造的军工432厂,此时正面对着一顿饕餮盛宴无从下手。这桩业务的价值超过了400万,但432厂有点吃不下去了。

"怎么回事,还是查不出原因吗?"

17所的205号车间里,432厂总工程师谷原生冲着下属许萍和章国庆低声地吼道,同时还用眼睛偷偷瞟着不远处的几名17所工程师,生怕被他们听见。

军工432厂是军工系统专业从事数控机床研究和制造的企业。在国外对中国进行高技术工业装备封锁的那些年里,432厂凭借着自己的力量,开发出十几种工业控制芯片,装配在若干种大型机床上,生产出了中国最早的一批数控机床,并用于重要军工部门的生产实践。

中国与西方的关系改善之后,432厂从日本、德国、美国等国家引进了一部分半导体制造设备以及工业控制芯片的设计技术和专利,芯片开发能力得到大幅度提高,所生产的一部分工业控制芯片性能与西方主流的工控芯片已相差无几。

然后,就在432厂打算大展宏图的时候,国家开始对军工经费进行压缩,432厂的生产任务严重缩减,几乎到了入不敷出的境地。由于经费紧张,职工待遇不断下降,不少职工纷纷跳槽离开,余下的人也是怨声载道,让厂长感觉压力山大。

432厂倒也不是没有想过要进行自救。如当年的许多军工企业一样,432厂利用自身优势,开发民品,先后生产过录音机、洗衣机、空调等产品,结果都因为种种原因,非但没有盈利,还赔进去大量的原始投入,使企业的状况雪上加霜。

这一次,432厂的厂领导豁出一张老脸,联系楚天17所联合向科工委申请

第一百三十九章 无从下手

了一笔500万元的技改资金,用于对17所的一批旧机床进行翻新改造,其中最重要的就是利用432厂自主开发的工控芯片,对40台80年代进口的普通机床进行数控化改造。至于17所在申请经费的时候加了点私货,希望把一批旧的国产机床也做一些翻新,432厂就懒得关心了。这并不是他们所擅长的领域,17所愿意找其他企业来做,432厂是不在乎的。

432厂早年生产数控机床,是为了填补国内空白,打破国外对中国的数控机床封锁。432厂生产的那些数控机床,成本高于进口机床,生产效率则不及进口机床,在市场上没有太大的竞争力。这回之所以从翻新机床方面入手,而不是"讹"着科工委下属企业采购他们生产的机床,也是出于这个原因。

谷原生是432厂的总工程师,在国内也算是排得上号的电子技术专家,432厂的十几款工控芯片,都是在他主持下开发成功的。这次科工委批准了他们两家企业联合提出的翻新计划,并拨付了500万元资金之后,谷原生便带上一个团队,来到了17所,开始研究那批进口机床的改造方案。

17所进口的这批机床,也是在中国与西方关系全面改善之后引进的。当时国际市场上当然也有全数控化的机床存在,但数控机床的价格比普通机床高出了两倍都不止,在国家资金非常紧张,尤其是外汇严重短缺的情况下,17所当然不便选择数控机床,而是选择了一批普通机床。

这批进口机床的加工能力和加工精度都远远好于国产机床,一经投入生产就成为17所的主力机床。经过十几年的使用,一些机床也出现了磨损,此外则是在数控机床不断普及的背景下,这些普通机床显得有些过时了,生产效率跟不上17所的生产要求。

对于17所来说,最好的选择当然是向国家申请经费进口新的数控机床,但所领导也知道,这样的要求是不可能得到科工委方面批准的。一台进口磨床价值几十万美元,折合人民币就是300多万元。恰在此时,432厂找上门来,扬言可以帮17所把原有的普通机床改造成数控机床,顺带还能修复一下磨损的部件,恢复设备的生产能力。

17所的领导对于432厂能不能做到这一点,其实是心存疑惑的。但人家找到门上来,而且不需要17所出钱,只是让17所在申请书上签个名而已,所领导又何乐而不为呢?如果科工委同意出翻新机床的钱,432厂帮着17所把这批进口机床改成数控机床,得益的毕竟还是17所。

就这样,两家单位联合报了一个方案。科工委方面也觉得这不失为一个好的思路,于是便把钱拨下来了。

对普通机床进行数控化改造,在时下算是一件时髦事情,不少企业搞内部革新的时候,也会这样做。不过,具体到每台机床应当如何加装数控模块,并没有一个现成的模式,只能由工程师到现场进行摸索。谷原生带人到17所来,就是来摸索这种模式的。顺便说一下,唐子风他们来到17所的时候,谷原生等人已经在17所待了快一个月了。

在过去的这一个月中,前十几天谷原生的心情还是不错的。他全面考察了17所希望改造的40台机床,提出了一些改造思路,得到了以肖明为首的一干17所工程师的好评。

可所有这一切,在432厂的工程师拆掉一台进口磨床的主轴轴承,打算观察机身内部是否有布线空间的时候,就发生了变化。这个主轴轴承拆下来的时候倒是挺顺利,可再想把它装回去,就是难上加难了。

这不,一干人折腾了七八天,还是没能把轴承装回到正确的位置上,而是和原来的位置存在着一点偏差。磨床是做精密加工的,轴承装偏了,加工时连基本的尺度参数都难以保证,更别说精密了,这可就要了谷原生的命了。

"你们拆的时候,就没有注意过应当装到什么位置吗?"谷原生向下属们问道。

"我们注意了,就是这上面画了线的地方。可现在的问题是,我们根本没办法把轴承严丝合缝地装回到这个地方去,不管怎么装,都有一头要偏离这条线。"女工程师许萍红着眼说。她倒不是哭红了眼,而是在这台磨床前耗了好几天,每天瞪着眼睛看轴承的装置位置,生生把眼睛给熬红了。

"真是见鬼了,德国人当初是怎么把它装进去的,为什么一拆下来就装不回去了?"谷原生嘟哝道。

章国庆提醒道:"谷总工,我觉得这中间应当是有什么技巧的。咱们现在这样蛮干,万一把轴承或者轴承孔给磨损了,可就麻烦了。"

"我当然知道。"谷原生没好气地说,"可这到底有什么技巧,你们弄清楚没有?"

"没有……"章国庆苦着脸,"谷总工,我是学电子的,搞机械这玩意,我不灵啊。"

第一百三十九章 无从下手

"小许,你是搞机械出身的,你看出什么问题没有?"谷原生又向许萍问道。

已经奔五的许萍也就是在谷原生的嘴里还能称为"小许",如果和唐子风比,叫她一句大妈也不为过了。她摇着头说:"小章说得有道理,德国人的机床装配方法,和咱们是不太一样的。咱们没留神,把这个轴承拆下来,再想装回去,可就是难了。我琢磨着,德国人是不是有什么专用的工具?咱们如果没有这个工具,恐怕是无法把它装回去的。"

"那怎么办?"谷原生问。

许萍献计道:"要不,让家里抓紧查查资料,看看能不能找到什么启发。咱们先把这个磨床放下,研究一下那台旋风铣。"

所谓"家里",就是指432厂的本厂了。他们在17所是客人,想找点资料也找不着。432厂的资料室里是有不少资料的,包括一些国外的机床期刊,如果安排人去查一查,说不定能够找到一点安装轴承的技巧。当然,如果从厂里的资料中也找不到相关内容,那么没准还得安排人去京城找其他的资料,这就是厂里需要去协调的事情了。

谷原生也知道欲速则不达的道理,他同样是搞电子出身,虽然对机械也不陌生,但许萍都说拿不下来的事情,他就更不用去费神了。他说:"看来,也只能打电话回去,让家里安排人去查资料了。可是,当初咱们说拆开这台磨床的时候,跟人家17所是说好了的,拆开看看就给他们装回去。现在装不回去了,让我怎么跟肖总工说呢?"

"也只能实话实说了。"章国庆说,"其实,咱们在这已经折腾了好几天,他们的人在旁边也是看得明白的。虽然没直接问我们,估计也是给咱们留着面子吧,但咱们如果装糊涂,倒反而不够光明磊落了。"

"唉,看来也只能对肖总工实话实说了。"谷原生长叹道。

第一百四十章　红烧肉管够

下班时间到了,谷原生带着几名下属,垂头丧气地离开车间,往生产区外走。此时下班的工人也不少,大家边走边聊着各种八卦,各种南腔北调的口音混杂在一起。谷原生等人走在工人们中间,自己也在低声聊着天,冷不丁有一句话钻进了谷原生的耳朵:

"进口机床的轴承装配也不是什么了不起的难事,当初我……"

进口机床,轴承!

这两个关键词让谷原生不禁一凛,连忙竖起耳朵,想听听下文如何。

就听到身后有一个年轻的声音在说:"韩老师,你说什么过盈配合,这样做有什么好处吗?"

另一个稍微成熟一点声音回答道:"这是为了减少机件缝隙带来的震动影响,国外的精密机床一般都采用这样的方式,咱们过去用得少,现在也开始应用了。"

"那过盈装配的轴承,要拆下来不是挺麻烦的?"

"也不麻烦,上次我不是给你演示过吗?"

"那是,嘿嘿……"

"快走吧,晚了红烧肉就没有了……"

说话间,两个人从谷原生一行背后超过了他们,果真是大步流星地往前走,估计是抢红烧肉去了。谷原生几乎连脑子都没过,伸手就抓住了走在后面的那位年轻人的衣服,喊道:"小伙子,等等!"

"嗯?"年轻人停下脚步,面有诧异之色,"老师傅,你拉我干什么?"

"请问……"谷原生一时语滞,不知道该说啥好了。

刚才与年轻人说话的中年人也回过身来,问道:"小唐,怎么啦?"

那小唐自然就是唐子风了,他装傻道:"老韩,我也不知道啊,这位老师傅刚

第一百四十章 红烧肉管够

才拉着我的衣服,还让我等等。"

"请问,你们二位是哪个车间的?"谷原生问道。

唐子风与韩伟昌对了个眼神,然后带着几分不悦地反问道:"你问这个干什么?你是哪个车间的?"

"我吗?我是205车间的。"谷原生说。他一时没想好自己要不要透露432厂的身份,最终还是决定先报一个假身份为好。17所有上万名职工,别说不同车间的人,就算是同一个车间的工人都有互相不认识的,所以他也不担心穿帮。

"205车间的?"唐子风心中好笑,但脸上并未表现出来,他看着谷原生问道,"那么,老师傅,你找我有什么事呢?"

"我就是想问问……你们二位懂进口机床的轴承拆卸?"谷原生问。

唐子风又看了韩伟昌一眼,然后依然沉着脸说:"老师傅,你问这个干什么?"

"这个嘛,主要是有点好奇……"谷原生支吾道。撒谎这种事情,他真是不擅长。

唐子风说:"这有啥好奇的,国外的机床装配技术和咱们当然不一样。对不起,老同志,我得赶紧走了,再晚到食堂就抢不到红烧肉了。"

"可是……"谷原生实在无语了,难道我堂堂一个军工企业的总工,还不如红烧肉值钱吗?

章国庆赶紧过来打圆场了。谷原生也是当领导当惯了,说话做事不太替别人着想,章国庆虽然在432厂也是个副科长,但毕竟要更接地气一些。他笑着对唐子风和韩伟昌说道:"两位师傅,我们刚才偶然听到你们俩聊天,好像说起什么进口机床轴承过盈配合的事情。我们车间正好在修一台进口机床,好像就是碰上这个问题了,所以想向你们请教一下,不知道是不是可以?"

"请教我们可不敢当,既然是车间里的事情……"韩伟昌吞吞吐吐,似乎有点想答应对方的意思。

唐子风却是打断了他的话,对谷原生一行说道:"几位师傅,关于这个问题,你们如果感兴趣的话,要不明天到107车间来找我们吧。我师傅姓韩,我姓唐,你们到车间一问就知道了。现在我们急着去食堂呢,去晚了就没有……"

"不就是红烧肉吗?两位师傅,你们也别去食堂了,今天晚上我们请客,红烧肉管够,怎么样?"许萍实在忍不住了,跳出来插话道。这个17所是怎么回事啊,怎么养了一群吃货啊?

"这个不太好吧……"韩伟昌面有难色。

唐子风同样装出为难的样子,但谁都能看出他那压抑不住的欢喜。他说:"哎呀,这样也太不好意思了,怎么能让你们破费呢?不过,工作上的事情也的确不好耽搁,要不咱们就边吃边聊吧,早点把问题解决也是对工作负责嘛。是不是,韩师傅?"

"这……"

432厂的众人都无语了,脸上的表情煞是好看,这小伙子的无耻,真是让人无力吐槽啊。

韩伟昌的老脸也红了,唐助理,你好歹也是临一机的厂领导好不好,能不能不要装成这种半年没吃过好东西的样子?你现在是假冒身份,倒也无所谓,可人家迟早是会知道你的真实身份的,到那时候,丢的可是整个临一机的人啊。

谷原生他们在17所已经待了一个月时间,对于周边环境都比较熟悉了。出了生产区的大门,许萍在前面带路,果然在家属区找到了一个还不错的饭馆,进去要了一个包间,让大家分别落座。

韩伟昌是真的有几分窘迫,再三与大家客气之后,才坐了下来。唐子风则是一副没皮没脸的样子,章国庆给他指了个位子,他就一屁股坐下了,还喧宾夺主地招呼其他人也赶紧坐下。

432厂的各位兴趣不在吃饭上,所以点菜很是随便,倒是许萍气不过唐子风的做派,同时点了两份楚天省特有的红烧肉,并声明其中一份是专供唐子风享用的,另一份才是大家吃的。对于她的这个安排,唐子风自然是一笑置之。

"韩师傅,你在17所有多少年了?"

谷原生先与韩伟昌拉起了家常,他看得出来,韩伟昌是懂些技术的,唐子风估计也就是个学徒工,没有什么笼络的价值。

韩伟昌也知道今天的主演是自己,唐子风只是友情出场的嘉宾演员而已。他对谷原生说道:"我到17所倒是没多久,一直是在其他企业里的。"

"哦……"谷原生应了一声,也不便再刨根问底了,于是转入正题,问道,"韩师傅,刚才在路上,我听到你和这位小唐师傅在谈关于进口机床轴承安装的问题,莫非你拆过进口机床?"

"那是肯定的。什么德国的、日本的、意大利的、法国的,我拆过的机床多

第一百四十章 红烧肉管够

了。"韩伟昌说。这话可真不是吹牛,临一机本身就是机床企业,对各国的机床都有所研究。前两年临一机效益不好,厂里的职工纷纷在外面搞副业创收,韩伟昌的副业就是帮企业修理机床,那段时间里也接触了不少各种类型的机床,这是他敢于糊弄谷原生等人的底气。

谷原生说:"我刚才听你们说,进口机床的轴承是过盈配合的。过盈配合这种方式,我们过去倒也接触过,但自己亲自做的机会不多。韩师傅,你拆卸过过盈配合的轴承吗?"

"当然拆过。"韩伟昌说,"拆这种轴承可是有讲究的,如果直接硬拆下来,轴套上的过盈量就会被破坏了,而且还有可能造成轴套的变形,到时候再想装回去就难了。"

许萍与章国庆互相对了个眼神,脸上都有了一些苦色。205车间里那台进口磨床的主轴轴承,他们就是硬扯下来的。

"可是,韩师傅,你说不能硬拆,那么这种轴承应当怎么拆呢?"许萍问道。

韩伟昌说:"这个就得因地制宜了,机器不一样,轴承不一样,拆卸的方法也是有区别的。一般情况下吧,应当是往轴套里面充入高压油,利用油压的作用让轴套胀开,这样就可以很轻松地把轴承拆下来。"

"充高压油,怎么充?"许萍继续问道。

韩伟昌说:"这个也有很多办法啊。像瑞典SKF的轴承,有专门的油压工具可以使用。如果没有专门的油压工具,我们过去试验过,用普通的手动柱塞泵也可以做到,就是需要加一截油管,这不是什么难事。"

"那么,拆下来以后再装回去,该怎么做呢?"

"利用热胀冷缩的原理啊,用一般的热处理回火油加热,我们测算过,油温和室温差100度左右就可以了。"

"……"

许萍傻了眼,不就是拆个轴承吗,怎么还有这么多门道?听眼前这位"韩师傅"说得头头是道,应当不是假的。现在的问题是,432厂过去造机床,并没有这些讲究,所有的技术传承都是50年代从苏联学来的。80年代初,432厂从西方国家引进技术,主要是工控芯片的技术,不涉及机械方面,所以对于西方机床在机械方面的诀窍,许萍可以说是一无所知。

432厂与17所联合提出改造机床的方案时,并没有考虑到进口机床与国产机床在制造工艺方面的差异，一心以为自己过去也造过数控机床，大致原理没什么区别，只要加上数控模块，换几个零件，就能够把钱赚到手了。现在才明白，机床改造真不是一件简单的事情，自己似乎是刨了个坑，把自己给埋进去了。

第一百四十一章　乐子可就大了

这顿饭，432厂的一干技术人员可谓是食不甘味，倒是那个姓唐的小青工吃得满嘴流油，时不时还一个人偷着傻笑，让人看着就想给他一耳光。

韩伟昌表现出了一位老工人特有的憨厚淳朴，对于432厂众人提出的问题，他非但是知无不言、言无不尽，还能举一反三，说出各种对方没想到的情况。

他说得越多，众人的脸色就越是难看，只觉得前景一片灰暗，恨不得明天就买票回溪云省去，从此不再踏足中原一步了。

432厂作为一家生产过数控机床的企业，当然不会是一点机床常识都没有的，相反，像许萍这样的工程师，对于机床还是比较了解的。但也正因为了解，所以韩伟昌说的那些东西，她都能够听懂，同时也知道凭着432厂的技术积累，恐怕是很难做到的。

其中的缘由，就在于432厂原来制造的数控机床，是为了填补国内空白而设计的，解决的是"有没有"的问题，品质方面的考量是其次的。出于保密的需要，432厂无法博采众长，有些地方企业经过多年实践摸索出来的工艺诀窍，432厂并没有掌握。

如临一机这种企业，高峰年份一年生产两三千台机床，韩伟昌这种工艺工程师就是在大量的生产实践中磨砺出来的，经验异常丰富。这就有点像医生这个职业，有些医院技术实力不可谓不雄厚，但因为接触的患者少，临床经验反而不及一些县城人民医院的医生。遇到一些疑难杂症，小医院的医生能够想出一些办法来解决，大医院的医生反倒是束手无策了。

432厂就是如此，他们制造过很高端的专用机床，但要论机床技术上的积累，就远不如临一机了。

唐子风从肖文珺那里听说432厂有一帮技术人员正在17所做进口机床的数控化改造工作，便开始私下了解。他打电话给周衡，让周衡通过自己的关系了解了事情的始末，也包括432厂的技术实力等情况。接着，他又让韩伟昌利用在107车间检测机床的机会，旁敲侧击地向17所这边的职工打听432厂在17所的作为。

如果被打听的对象换成肖明，他肯定会三缄其口，拒绝向唐子风和韩伟昌透露432厂的事情。但对于17所的普通职工来说，这种并不涉密的八卦有啥可隐瞒的？更何况，老韩平时请他们抽的都是好烟，在这样一个厚道人面前吞吞吐吐，自己的良心能安吗？

就这样，唐子风了解到432厂被一个轴承给难住了，而这样的问题对于韩伟昌来说是没有难度的。于是，唐子风便导演了这样一场戏，他与韩伟昌故意跟在谷原生一行的身后，说了一些足以让谷原生动心的话，结果老谷就真的入瓮了。

"韩师傅，你明天能不能……"许萍一时冲动，就打算和韩伟昌来场不见不散的约会了。

"韩师傅，唐师傅，都吃好了吧？要不，咱们今天就到这吧，不耽误两位师傅休息了。"谷原生及时地打断了许萍的话。

"呃……哦哦，对对，不耽误两位师傅休息了。"许萍错愕之下，才意识到自己有些失态了，连忙掩饰着说道。

唐子风一副没心没肺的样子，站起身来笑着说："其实也没啥，谢谢谷师傅，谢谢许师傅。以后有啥不明白的事情，尽管找我师傅打听就是了。我们平常都在107车间，你们到车间一问就知道了。"

与唐子风一行告辞，谷原生带着属下回到了招待所，来到自己住的大套间，召开内部会议。他并不知道，那两位自称107车间的技术专家，此时就住在他们头顶上的楼层，只是这些天大家进进出出，从未打过照面而已。

"小许，你对这件事怎么看？"谷原生首先盯上了许萍，向她问道。

许萍说："刚才那位韩师傅，是真的懂机床。他说的很多问题，我过去也看过相关资料，但不如他理解得透彻。听他的意思，他亲手修理过很多种类型的进口机床，水平比咱们厂最有经验的钳工都要高出一截。"

"既然如此，17所怎么从来没有提过这个人？照理说，他们有这样一个宝贝，应当会派他来配合我们工作的。"谷原生说。

章国庆说："刚才许工和韩师傅交流的时候，我问了一下那位姓唐的小年

第一百四十一章 乐子可就大了

轻,他说韩师傅是刚到17所来的,在这之前一直都在其他企业工作。"

"问清楚是什么企业没有?"

"我问了,他没回答。"

"为什么没回答呢?"

"可能……可能是他没听清我的问题吧,我跟他说话的时候,他一直都是心不在焉的。"

"他的眼睛一直盯着桌上几个硬菜呢!"一位名叫李璇的女技术员恨恨地说道。

"这个小年轻……也真是够可以的。"谷原生犹豫了一下,终于还是选了一个比较中性的评价。

许萍说:"谷总工,我有一种感觉,咱们先前把这件事情考虑得太简单了。其实进口机床的设计和装配都是有一些特点的,咱们对这些特点不太了解,盲目地进行改造,我担心会出问题。"

章国庆也附和道:"我也意识到了。我们还只是拆了一个轴承,就面临着装不回去的问题。下一步如果拆的东西多了,麻烦就更大了。再说,就算我们能够把设备组装得和原来一模一样,因为不了解它的设计原理,机床的性能还能不能保证原样,咱们可就说不好了。咱们厂所擅长的,其实是半导体技术,机床这东西,门道太多了,咱们不一定灵啊。"

"那依你们的意思,该怎么办呢?"谷原生问。

许萍说:"其实我刚才是想请韩师傅明天到205车间去帮咱们看看那些机床的,如果他能够给咱们一些建议,咱们也能少走一些弯路。"

谷原生说:"这件事,我觉得还是要先向厂里请示一下。咱们自己解决不了技术问题,反而要请17所的工人来帮忙,肖明那边会怎么看?科工委的技改资金是先拨给17所的,如果这件事要请17所参与,他们就有理由截留个百八十万的,到时候咱们就被动了。"

"咱们如果是私下里请韩师傅去看看呢?不说是帮忙,就说是……探讨?"李璇献计说。

谷原生说:"纸里包不住火,一旦咱们请17所的人参与了,就要做好被肖明他们知道的准备。大家考虑一下,如果我们承认在机床方面有欠缺,希望17所的同志提供帮助,17所会开出一个什么样的价钱?"

"这个真不好说。照着那位韩师傅的说法,咱们除了提供控制芯片和控制技术之外,在其他方面没有任何优势,需要他们参与的程度是非常深的。我琢磨着,百八十万……"

许萍摇了摇头,表示这个数字还有些乐观了,对方如果精明一点,开出来的价钱恐怕不止这些。而如果对方提出的费用超过了100万,就相当于在432厂的身上割肉了。432厂好几千职工,都指望着这400万买米下锅呢,让17所再切走一刀,大家真是觉得肉疼啊。

章国庆说:"谷总工,我觉得费用方面的问题还在其次。最重要的是,通过这件事,暴露出了咱们在机床改造经验上的不足。这位韩师傅的确是懂得不少,但他是不是能够完全解决咱们的问题呢?如果未来有一些新问题,是咱们加上这位韩师傅都解决不了的,那又怎么办?"

"17所会不会还有其他懂机床的工人?"李璇问。

许萍说:"这就不好说了。其实,韩师傅算不算是懂机床的人,目前我也没法确定。我只能说以我的知识水平,觉得他说的挺有道理的。但我自己也并不精通机床,怎么能够判断他说的是真是假呢?如果他也只是半挑子水,只是把我们给唬住了,而我们却把他当成了救命稻草,那乐子可就大了。"

"大意了,咱们向科工委提出方案的时候,的确是太草率了。"谷原生按着太阳穴,苦恼地说。

章国庆说:"谷总工,也不是咱们草率,实在是没办法了。现在不管怎么说,科工委把钱拨下来了,就算咱们分给17所一部分,好歹也有两三百万进账,厂里的职工也不用啃草根过日子了,你说是不是?"

谷原生听出章国庆话里有话,他盯着章国庆问道:"国庆,你的意思是说,给17所让一部分利也无妨?"

章国庆说:"我觉得这是不可避免的事情。其实,咱们这几天没能把磨床恢复原样,17所方面肯定是有察觉的。我甚至觉得,这个韩师傅,是不是就是17所故意派出来向咱们递话的。"

"会是这样吗?"谷原生一怔,再回想自己发现唐子风一行的过程,越想越觉得章国庆的猜测有道理。想想看,这俩人偏偏要在走过自己身边的时候,提什么进口机床轴承的事情,这不是故意吗?还有,萍水相逢,最忌交浅言深,而这位韩师傅却是有问必答,这不也很奇怪吗?

第一百四十一章 乐子可就大了

"如果真像国庆说的那样,17所应当是顾忌咱们的面子,不便直接跟咱们说,所以才派了韩师傅来递话。咱们如果装聋作哑,是不是就有点不合适了?"谷原生向众人询问道。

第一百四十二章 全是套路

这个猜测一经提出,大家就都有了同感。认真回忆一下,那一老一少两个工人行为的确是有些可疑,好像是专门冲着自己这帮人来的。磨床的事情,17所肯定是早就知道的,但一直都没说破,现在派个有经验的工人来点拨自己,实在是太合理了,这也显示出了17所的仗义,至少没有让大家当场难堪是不是?

既然认为韩伟昌是17所专门派出来的,谷原生就不能对此事漠然置之了。他立马给远在西部的432厂本部打电话,直接向厂长张凯华汇报此事。张凯华听闻,也坐不住了,马上把几个厂领导都喊到自己家来开了一个临时厂务会,最后形成决议,让谷原生次日就去向17所求援,要求17所派出有经验的工人配合工作。

关于因此而导致的费用分配问题,张凯华也给了一个指导原则,那就是50万元之内,谷原生可以做主,答应留给17所。但如果17所要求的费用超过了50万,那就得等张凯华亲自去谈了。

就这样,次日早晨一上班,谷原生便来到了肖明的办公室。

"老谷来了,快请坐吧。"肖明看到谷原生,倒也没觉得惊讶,只是热情地起身招呼,又喊来侯江涛给谷原生倒茶,自己则陪着谷原生在沙发上坐了下来。432厂和17所是平级单位,肖明和谷原生也是平级,必要的礼节是不能省的。

两人稍微寒暄了几句之后,谷原生说明了来意:"老肖,我今天到你这来,是来向老弟你求援的。"

"求援?这从何说起啊?你们来这里帮我们改造机床,我们感谢还来不及呢。"肖明打着哈哈说,同时在心里快速地琢磨着,对方会提什么要求呢?

谷原生说:"我们的确是遇到困难了,所以想请老肖你帮我们借一个人。"

"什么人?"

"107车间,一位姓韩的师傅。我琢磨着,他应当是个钳工吧?"

第一百四十二章 全是套路

"107车间,姓韩?"肖明目光迷离,"107车间有姓韩的师傅吗?再说,107车间是机加工车间,哪有钳工啊。"

"是吗?"谷原生一怔,他认真地看着肖明的眼神,觉得那眼神不像是作伪。照理说,如果韩伟昌真是肖明派去的,此时谷原生提到韩伟昌,肖明应当会是有点异常的,他承认或者不承认认识韩伟昌,都在可理解的范围内,但绝对不应当是这样一副迷茫的样子啊。

莫非老肖大学时候学的不是机械,而是表演艺术?

"的确有。不过他是不是钳工我就说不清了,他说他是刚调来的,或许你也不认识吧。"谷原生说。

肖明点点头说:"这倒是,车间里的工人,我大致有个印象,但要说每个人都认识,可真是做不到。你说的这位韩师傅,有什么专长,需要老谷你亲自来要人?"

"他懂进口机床的拆卸和装配。"谷原生说,"想必你也知道,我们前些天拆了一台进口磨床的主轴轴承,装配的时候遇到了一点麻烦。恰好你们这位韩师傅对这个比较熟悉,所以我想请他去205车间给我们指导一下。"

"哦,还有这样的事,我真不太清楚。"肖明这回的表现就有点出戏了,显然他是早就知道磨床的事情,却装作不知道的样子。现在谷原生在他面前提起来,他自然要有所掩饰,而他的掩饰显得比较生硬,与刚才说起韩伟昌时那种茫然无知的模样完全不同。

"小侯,你给107车间打个电话,问一下他们那里有没有一位姓韩的师傅,懂得机床装配的。"肖明向侯江涛吩咐道。

"大概40岁左右,中等个头,稍微有点胖……"谷原生向侯江涛提示着,"对了,他有个徒弟姓唐,大概二十四五岁的样子。"

"……"

侯江涛都已经拨出去几个数字了,听到谷原生的最后一句话,他啪的一下就把听筒又按回到叉簧上去了,然后便目瞪口呆地看着谷原生。

"怎么,小侯,有什么问题吗?"

肖明看出了侯江涛的异样,不禁奇怪地问道。

"谷总工,你说的那个姓唐的徒弟,是不是1米78左右的个头,长得挺秀气的?"侯江涛问道。

"个头倒是差不多,长得嘛……你这样一说,好像的确是长得挺秀气的。对了,我们小李还说他挺帅的。"谷原生笑着说,"怎么,小侯,你知道他们是谁了?"

肖明也用期待的眼光看着侯江涛,侯江涛苦笑道:"肖总工,如果我没猜错的话,这二位,你也认识啊。"

"咳!原来是他们啊!"

肖明也反应过来了,闹了半天,这个什么韩师傅、唐徒弟啥的,不就是临一机的韩伟昌和唐子风吗?废话,人家是机床厂派来的,能不懂机床?问题是,这个谷原生怎么会和唐子风他们搞到一起去了?

"老肖,什么情况?"谷原生有些愣了,画风有点不对啊,莫非这俩人有什么问题?

肖明定了定神,问道:"老谷,我打听一下,你是怎么认识这俩人的?"

谷原生于是把事情的前因后果向肖明介绍了一遍,有些细节,比如唐子风的贪吃啥的,也就不便细说了。肖明知道唐、韩二人的身份,自然会想得更多一些。从谷原生的叙述中,他一下子就听出来了,这哪是什么偶遇?分明就是人家设了个套,把老谷他们一行给装进去了。

"老谷,你是说,你觉得这位韩师傅的技术水平,比你们厂的工程师要高?"肖明问。

谷原生有些尴尬,但也只能直说了:"老肖,咱们明人不说暗话,我们原来觉得 432 厂搞过数控机床,改造一下进口机床没啥难度。昨天和韩师傅聊过之后,我们才意识到,进口机床里的门道是挺多的,没有十年八年的积累,我们恐怕是掌握不了。我昨天已经向厂里做过汇报了,厂里的意思,是让咱们两家合作来做这件事情,该你们 17 所的费用,我们肯定是不会去争的。"

"你们愿意让出多少费用来请外人参与?"肖明问。

谷原生老老实实地说:"50 万之内吧。这个项目原来预计是 450 万,我们可以让出 50 万,留 400 万给我们就可以了。"

这倒不是谷原生没城府,而是他明白 50 万是一个最低线,要说服 17 所接受 50 万,就是一件很困难的事情。如果他还存着讨价还价的心理,报个 20 万、30 万啥的,反而是在戏弄肖明了。

肖明苦笑道:"50 万恐怕不够啊。"

谷原生说:"老肖,你应该知道的,这笔钱,科工委是为了帮我们厂渡过困难,才拨付下来的。我们知道,你们出了力,不给你们留一点也不合适。但你们也别太贪心了,毕竟咱们两家是兄弟单位,你得拉兄弟一把啊。"

肖明摇摇头:"老谷,实话说吧,如果真是我们所和432厂之间的关系,我就算不收钱也无所谓,就像你说的,咱们是兄弟单位,我们稍微出点力也不算个啥。"

"什么意思?"谷原生听出了肖明的潜台词。

肖明说:"很简单,我们107车间并没有姓韩和姓唐的两名职工,这俩人的确是在107车间,但他们是临一机派到我们厂来帮我们做107车间那批旧机床翻新的。"

"临一机?临河第一机床厂?"谷原生问道。

"正是。"

"难怪……"

谷原生喃喃地说,同时许多困惑他的问题都迎刃而解了。他可不是一个书呆子,对方这般做作,用意何在,他还能猜不出来吗?

"老谷,你对这事怎么看?"肖明用略带怜悯的口吻问道。

谷原生想了想,说:"既然如此,我想我还是直接和他们谈谈吧。能不能麻烦小侯还是给107车间打个电话,请他们过来一趟。"

"你是说,在我这里谈?"肖明问。

谷原生说:"既然要谈,那就别背着人了。说到底,你是甲方,他们想截我们432厂的胡,总得让你这个甲方同意吧?"

"咱们要不要商量一个口径?"肖明又问。

谷原生想了想,说:"现在商量口径还太早,我想知道他们到底有多大的胃口。反正厂里给我的授权,也就是50万。50万之内,他们如果能够帮我们解决所有的机械问题,这笔钱就让他们赚了也无妨,谁让我们技不如人呢?但如果他们狮子大开口,开出来的价钱超过50万……"

"怎么样?"

"那就只好请我们厂长来谈了,他们恐怕也得来个厂领导才行吧?"

"……"

肖明无语了,他还以为老谷会拍着胸脯声称宁死不屈,谁知道最后还是怂了。看起来,这一唐一韩给老谷下的眼药剂量够大的,老谷明显已经没有自信了。

既然如此，17所恐怕也要考虑一下如何与432厂合作的问题了。432厂明显是拿不下这桩改造业务的，非得有另外一家专业的机床企业参与才行。临一机有这样的实力，但如果开价太高，432厂接受不了，17所应当有自己的态度，不能光照顾432厂的利益。

万一这帮二货财迷心窍，明知不可为，还要强行去做，自己可不能拿着这批价值上亿的进口机床去冒险。

第一百四十三章　试看天下谁能敌

从生产区到行政区,有一段不近的路程,107车间的车间主任听说是肖明要找唐子风和韩伟昌,专门找了辆车把他们俩送过来,所以二人来得挺快。

谷原生从知道二人的真实身份开始,就在纠结于见面之后如何表现,要不要义正词严地斥责对方隐瞒身份的劣行,或者是装出一副既往不咎的样子,以便赢得对方的合作。没等他定好计策,二人已经一前一后地走进了肖明的办公室。看到谷原生在场,韩伟昌略略有些尴尬,唐子风却是像没事人儿一样向他打着招呼:"嗨,这么巧,谷师傅也在啊。"

"这位是432厂的谷总工。"引导唐子风他们进门的侯江涛赶紧做着介绍。人家老谷好歹也是副师级干部,唐子风管人家叫谷师傅合适吗?

"老谷,我给你介绍一下。"肖明充当了中间人的角色,他把唐子风和韩伟昌的身份向谷原生介绍了一遍,接着又反过来向唐子风介绍谷原生的身份。

"原来是谷总工,得罪了,得罪了。"唐子风变脸极快,立马就换成一副恭敬的模样,伸出手去要与谷原生握手。

谷原生愣了一下,这才伸手和唐子风握了一下。这一握手,一肚子谴责的话也无从说起了,人家显得那么低调、那么坦荡,自己再拿对方隐瞒身份的事情来发难,不是显得太小肚鸡肠了吗?

再说了,要说隐瞒身份,好像是自己先隐瞒的,这种事掰扯起来,自己脸上无光啊。

"听说,你们昨天晚上见过面?"

众人分别落座之后,肖明开门见山地向唐子风问道。

唐子风点点头:"是的,昨天是谷总工他们请客,韩科长和谷总工这边的同志谈得很投机。"

"你们一直不知道谷总工他们的真实身份?"肖明问。

唐子风说:"一开始不知道,后来听说他们在 205 车间改造进口机床,我就知道了,只是也不好说破而已。当然,具体到谷总工的职务,我的确不清楚。"

"你怎么知道我们在 205 车间改造机床的事情?"谷原生问。

唐子风说:"我听所里的同志聊天的时候说起过,说 432 厂来了一个团队,在 205 车间帮助改造机床。昨天听你们一说,我就知道你们是 432 厂的人。"

"那你们……"谷原生想问唐子风在他身后谈进口机床轴承的事情是否故意,但话说了一半又咽回去了。人家已经把话说圆了,显然就是不想承认挖坑设套的事,他再去追究,只能是自讨没趣。这个年轻的小助理,昨天在饭桌上扮得像个小丑一样,显然是那种敢于把脸撕下来当抹布的小混混,自己和这种小混混计较,能有啥好结果吗?

"唐助理,刚才谷总工到我这里,谈起昨天和你们见面的事情。他觉得,你们临一机对进口机床比较了解,有意请你们参与他们的机床改造工作,不知道你们有兴趣没有。"

肖明索性把事情捅开了,反正最后也是要说开的,大家云里雾里的,也没啥意思。

唐子风看看谷原生,笑着说:"我们当然有兴趣,就是不知道谷总工这边是怎么考虑的?"

"我们想请临一机帮助我们解决一些机床装配技术上的问题,就像昨天韩科长跟我们说的那些问题一样。"谷原生说。

"完全可以。"唐子风答应得极其爽快。

"……"

谷原生却是没词了。他原本以为唐子风会提出一些条件,然后他就可以根据唐子风提的条件开始逐条地回答。可谁承想,唐子风什么条件也没有,直接就答应了,这让他怎么往下说呢?

"就这样?"肖明也感觉出不对了,他看着唐子风问道。

唐子风笑道:"不然呢?"

肖明也无语了,沉默了好一会,他才讷讷地问道:"你就不问一下合作的条件?"

唐子风一指谷原生:"谷总工没提,我怎么好提?"

谷原生继续傻眼,他过去接触的都是正人君子,和唐子风这类人打交道,他实在是没经验啊！

肖明也是被唐子风的话噎了个够呛。你精心设局把谷原生套进去，你敢说你没准备后手？明明是一肚子阴谋诡计，还装得像只纯洁兔一样，你把我们当成啥了？

不说别的，以老谷的岁数，当你爹也足够了吧？以我的岁数，当你岳……啊呸，反正肯定也是你的长辈吧？你个小年轻，就不知道啥叫敬老？

"唐助理，这件事，我想你们应当也有一些想法吧？谷总工也是个爽快人，你就先把你们的想法说出来，行与不行，大家也好商量商量，是不是？"肖明耐着性子对唐子风说。

"真让我说？"唐子风问道。

"你尽管畅所欲言。"肖明说。

唐子风说："那好吧，我们的想法是，改造进口机床这件事，离开我们，432厂肯定是拿不下来的。"

此言一出，谷原生的脸以肉眼可见的速度变成了锅底色，连带着肖明也隐隐作怒。

"唐助理，你这样说，是不是有些……过于自大了？"肖明斟酌了一下，选了一个比较中性的词评价道。

唐子风说："这不是什么自大，只是实事求是罢了。432厂在工控芯片设计方法上的实力，我们一向是非常钦佩的。但要论机床制造，尤其是磨床、镗床，临一机可以说，在国内我们自称第二的话，没人敢说自己是第一，谷总工以为如何？"

"这个……"谷原生有些语塞。国内制造磨床、镗床的机床企业有上百家，技术水平上乘的也有七八家。临一机在这些企业中，不能算是第一，但如果临一机说自己是第二，也的确没其他家敢称第一。实际上，这几家顶尖企业的技术水平，属于各有千秋，比不出一个绝对的名次来。但不管怎么说，临一机的确是有些实力的。

唐子风继续说道："进口机床的设计和装配方式，和咱们国家以往从苏联学习的技术有所不同，加上这几十年的技术变化，432厂原来拥有的技术，已经远远落后了。以这样的技术来给17所做进口机床改造，改造后的机床恐怕很难保证原有的加工精度，数控系统的效率也不一定能够充分发挥。"

"你是说,如果请你们参加,你们就能够解决这样的问题?"谷原生问。

唐子风说:"不是请我们参加,而是由我们来承接这批机床的数控化改造工作。432厂只是负责工控系统的供应,以及参加相关设计,就可以了。"

"这不可能!"谷原生脱口而出。这年轻人也太黑了,一张嘴就要拿整个项目的主导权,让自己成为附属,那432厂折腾这件事情还有啥意义?

唐子风问:"谷总工,你想想看,你们不了解进口机床的设计原理,无法提出一个最优的改造方案。在改造过程中,你们无力制造用于替换的部件,你们也派不出足够数量的优秀钳工。你说说看,你们怎么能够承接这项工作?"

"这……"

谷原生突然有些后悔,自己为什么要在肖明这里与唐子风谈判呢?如果是在一个私下的场合,他完全可以撕下脸皮来和唐子风谈,比如明确地告诉唐子风,这桩活是432厂争取来的,这笔钱不可能让别人去赚。

但当着肖明的面,他再这样说,肖明那边恐怕就会有些想法了。

肖明当然也知道这笔钱的来历,但肖明同时还是这个项目的甲方,相比432厂能不能赚到这笔钱,肖明更关心的是自己的机床能不能改造成功,以及在改造的过程中会不会遭遇风险。谷原生如果敢声称自己不在乎17所的死活,肖明恐怕是会把这事捅到科工委去的。

"唐助理,你说得都有道理。"

最终,还是肖明出来打圆场了,甲方的作用就体现在此。他说:"从对事情负责的角度来说,这件事由临一机牵头,的确是比由432厂牵头更为合适……"

"老肖!"谷原生的眼睛都瞪圆了。

"老谷,你别着急,听我说完。"肖明挡住谷原生,继续对唐子风说道,"但是,我也实话实说,这些年国家军费压缩非常厉害,我们17所还勉强能过得去,谷总工他们的432厂,现在已经揭不开锅了。科工委拨下这500万元资金,很大程度上就是为了补贴432厂的,你们如果把项目拿走了,让432厂怎么办呢?"

唐子风笑道:"肖总工说的,恰恰也是我想说的。432厂有困难,我们也有所耳闻。但恕我直言,432厂就算吃独食,把这500万全吃下去,又能支撑几个月?等这500万用完以后,你们还能指望科工委继续拨钱吗?"

"什么意思?"

谷原生和肖明都听出了唐子风的弦外之音,不由得异口同声地问道。

第一百四十三章　试看天下谁能敌

唐子风说:"与其大家在这里为一个蛋糕如何切闹得不可开交,不如大家联手去开发更多的蛋糕。432厂在数控系统方面有优势,临一机在机床制造方面有优势,咱们两家如果能够联手,军民团结如一人,试看天下谁能敌?"

第一百四十四章　大家好才是真的好

"联手？"

谷原生思维有些跟不上。老爷子在军工企业待了一辈子，从来就没接触过市场，哪懂其中的弯弯绕绕。他只知道自己弄来的 500 万要被面前这个小年轻切走一大块了，而他却只能眼睁睁地看着，一点手段也没有。

肖明倒是听出了一点味道，他问道："唐助理，你们打算怎么和谷总工他们联手呢？"

唐子风说："其实，目前机床翻新是一个方兴未艾的大市场。据统计，咱们国家现有的机床存量在 300 万台以上，其中绝大多数是普通机床。要把这些机床全部淘汰，换成数控机床，显然是不可能的。但要说让全国的企业凭借普通机床去参与国际竞争，也是不可能的。

"所以，把普通机床经过简单改造之后变成数控机床，就是一个非常必要的选择。17 所有这样的要求，其他企业同样有这样的要求。我们简单计算一下，就算全国只有 10% 的机床需要改造，每台机床的改造费用是 1 万元，这就有多少钱了？"

"30 亿。"韩伟昌终于逮着一个发言的机会，给唐子风助了一下声威。不过，在他内心另有一个计较，那就是觉得唐子风又在吹牛了。全国有 300 万台机床不假，但要说把 10% 的机床改成数控，这未免太浮夸了，大多数企业其实是没有这个需求的。

"没错，就是 30 亿。"唐子风说。他也知道自己的假设有破绽，于是继续找着证据："事实上，说一台机床的改造费用 1 万元，这是远远不止的。17 所要改造的机床只有 40 台，经费却有 400 多万，平均一台就是 10 万元。还有，有些企业引进的进口机床，除了需要进行数控化改造之外，还要进行机件的翻新，费用就更加庞大了。我们把整个市场的规模估计到 100 亿，恐怕都不为过。"

第一百四十四章 大家好才是真的好

"居然有 100 亿?"谷原生的眼睛里闪着了光芒。唐子风的计算,听起来好像很有道理的样子,莫非这个市场真的有这么大?

唐子风笃定地说:"没错,至少是 100 亿。谷总工,你想想看,是你们单打独斗,围着 17 所这区区 500 万的资金,恨不得崩掉几颗大牙才能吃下去好,还是与我们联手,进军这 100 亿的市场好?"

我们怎么就会崩掉几颗大牙了?谷原生郁闷地嘀咕道。不过,唐子风的意思他是明白的,他问道:"唐助理,你是说,咱们两家联手,就能够拿下这 100 亿的市场?"

"当然拿不下。"唐子风改口比翻书还快,"这么大的市场,咱们两家怎么吃得下去?不过,如果咱们合作,你们专注于数控系统的开发,我们专注于机床设计,强强联手,在这个市场上肯定是极具竞争优势的。届时一年拿个几千万的业务,应当不成问题。如果我们能拿到 5000 万的业务,就算分给你们 10%,你算算是多少?"

"那就是 500 万了!"谷原生大喜,旋即又勃然大怒,"我们凭什么只拿 10%?"

"呃,我只是打个比方嘛。"唐子风悻悻地说。本指望把老先生哄过去,最好让他签字画押表示以后只拿 10%,谁知人家老是老了点,可绝不糊涂,愣是没上这个当。

"我觉得唐助理的思路可行。"肖明说。他是一个厚道人,内心还真有替谷原生他们着想的愿望,他说道:"老谷,你们 432 厂的弱项,不仅仅在于机床制造能力不足,还有一条更重要的,那就是市场经验不足。而临一机在这方面……至少从唐助理身上,我觉得临一机的市场意识还是非常强的。"

"哼,没错!我一不留神都会被他给算计了!"谷原生恨恨地说。

唐子风嘻嘻一笑,并不接话,而是只顾自地说:"谷总工,刚才我说 10%,只是开个玩笑。昨天晚上我和韩科长测算过,按照改造一台进口磨床收费 10 万元计算,你们负责提供数控系统,并参与电子部分的设计,可以拿到 30% 至 40% 的费用,我们拿余下的一半多一点。如果我们一年能够拿到 5000 万的业务,你们应当能拿到 1500 万至 2000 万,而且其中没有太多的成本,何乐而不为呢?"

"你这么确定一年能够拿到 5000 万的业务?"谷原生问。

唐子风说:"事在人为。如果没有 432 厂帮忙,我们自己去开拓这个市场,一年拿5000万,稍微有点压力。如果432厂能够加盟,我们一年拿5000万就是轻而易举的事情,拿到1个亿都是有可能的。"

"我们能做什么?"谷原生问。

"你们能够提供国产芯片啊。"唐子风说,"如果不和你们合作,我们就只能使用进口芯片,比如我们临一机过去用过的日本佐久间的芯片,一套系统的价格就要5至10万,如果是更复杂的系统,价格也更高。这么高的价格,基本上就没啥竞争力了。而用你们的芯片就便宜得多了。"

谷原生点头说:"这倒是,我们的芯片比进口芯片起码便宜80%。他们一套10万的系统,我们有2万都够了。"

"还有一点,就是你们的军工背景。"唐子风诡秘地笑道,"17所的这40台进口机床改造,就是咱们最好的广告。咱们两家联手,抓紧把改造工作完成,然后我们就可以请军报记者来报道,最好还能请到几位领导来剪彩。这样一来,其他系统内的企业会不会有想法呢?如果其他企业也想搞旧机床的翻新,除了找咱们两家,他们还能找谁?"

"他们……"肖明本想说这世界上也不光是他们两家会做机床改造,转念一想,忽然明白了唐子风的意思。

与17所同在一个系统的,都是军工企业。军工企业要搞设备改造,不是随便抓个阿猫阿狗就能做的。432厂是系统内的企业,无疑是承担这类工作的最佳选择。432厂自己没有改造机床的能力,当然是要拉着临一机一块干的,临一机也就光明正大地拥有了参与军工系统设备改造任务的资格。

"哈,唐助理,你这可是在算计谷总工了。没有谷总工,我们系统内的业务,你们恐怕是拿不到的吧?"肖明揶揄道。他实在是看不惯眼前这个年轻人的跋扈,能够找个由头敲打一下对方,他是很乐意的。

唐子风把嘴一撇,说道:"肖总工,你说这话就是小看人了。我们临一机作为国家最早的十八罗汉企业,也是参与过国防建设工作的,我们厂直到现在还有保密厂房。说真的,我们真想甩开谷总工他们,自己来承接军工系统的业务,也不是承接不下来。我们周厂长过去是给许老当过秘书的,如果我们请许老出面,科工委会不会给我们面子呢?"

"这倒也是。"谷原生老老实实地承认了。他知道唐子风说的许老,是原二局局长许昭坚,那也是国防军工系统的奠基人之一,432厂的荣誉室里都有许老的照

第一百四十四章　大家好才是真的好

片的。如果临一机请许老出来说句话，军工系统内敢不买账的可能还真没多少。

"所以，咱们两家只有联合才有出路，大家好才是真的好……"唐子风一高兴，忍不住又胡说八道了。

"可是，你们说得这么热闹，我们 17 所能落着什么好处？"肖明问道。

谷原生说："老肖，你给我们帮了这么大的忙，432 厂是肯定不会忘记你的。啥时候你到溪云去出差，我自掏腰包陪吃陪玩一定让你满意而归。"

唐子风不禁笑倒，看不出来，老谷这么一个极其方正的人，居然也会来这套。其实，社会上的那些事情，体制内的人也是门儿清的。他们不敢搞这些名堂，但在嘴皮子上说说，也算是一种心理满足了。从谷原生能够和肖明开这种玩笑来看，刚才自己的话已经打动他了，他对于这桩合作是非常支持的。

肖明说："算了，你那两陪就留着吧。以后你们和临一机成了合作单位，估计唐助理和韩科长去溪云的时候也不会少，你还是陪他们俩吧。对了，老谷，唐助理，关于 205 车间那批机床改造的事情，你们算不算是达成协议了？如果你们达成了协议，那咱们也得把协议改一改，得明确你们双方的责任不是？"

谷原生看了唐子风一眼，说道："这件事，我还得向厂里汇报。如果真要和临一机合作，恐怕最好是双方的厂领导在一起谈。我毕竟是分管技术的，经营这方面的事情，得让我们张厂长来定。"

唐子风点点头说："的确如此。谷总工，要不咱们各自都向自己厂里汇报一下。如果双方确有合作意向，要不咱们就请各自的厂领导到五朗来，一是把这次的合作协议签了，二是签一个未来的长期合作协议。我琢磨着，咱们双方如果要合作，你们最好能够派出一支得力的技术队伍，住到我们临一机去，以便双方随时沟通。"

"没问题！"谷原生爽快地回答道。

第一百四十五章　对小唐有什么看法

得到谷原生和唐子风各自打回去的电话，432厂和临一机的厂领导都坐不住了。432厂厂长张凯华亲自带着一干中层干部坐了两天两夜的火车赶到五朗，与提前一天到来的临一机厂长周衡和总工程师秦仲年进行会晤。

双方在畅谈了一番军地友谊之后，便进入了实质性的谈判。谈判在亲切友好的气氛中进行，张凯华强调了432厂目前遭遇的困难，希望临一机能够发扬一贯的风格，在17所机床数控化改革项目中最大限度地向432厂让利。周衡也很爽快，答应临一机在这个项目中只收材料费和人工成本，企业利润一分钱都不要。

在此前，秦仲年已经带着一干临一机的工程师对17所的那40台进口机床进行了全面检测，并与谷原生的团队一道，计算了对这些机床进行数控化改造的成本，并确定了双方的职责划分。

经过测算，机床改造的成本包括三个方面：数控系统的提供、机床配件的更换、改造工作所需的人力支出。其中临一机承担的是后两项，按实际成本计算，大约在120万元左右，其中不包括临一机应当提取的管理成本。

至于432厂，在这项工作中能够承担的就是数控系统的提供，以及参与数控化改造的设计。同样按照实际成本计算的话，432厂的成本大约在80万元之内。

经过谈判，双方最后商定，临一机在这个项目中拿走150万元，余下300万元归432厂所有。这个比例表面上看起来对临一机很不公平，但临一机的领导们很清楚，临一机只能接受这个结果，如果想争取更高的份额，反而对自己不利。

这其中的原因，其一是这笔钱本来就是科工委为了给432厂救急而拨付的，其中的利润是默认归432厂所有的，临一机想去抢这笔利润，先要考虑一下

第一百四十五章 对小唐有什么看法

科工委同意不同意。其次，临一机意识到，要进入机床翻新改造这个市场，与432厂联手是一个很好的选择。

临一机在20世纪80年代的时候曾经引进过日本佐久间会社的数控技术，但至今"消化不良"，尚未形成独立自主的数控机床设计和改造能力，要想独立开展机床的数控化改造，只能是依葫芦画瓢，难免有形似而神不似的情况。如果能够得到432厂的帮助，临一机就补上了自己的短板，开展业务也就没有后顾之忧了。

既然要与432厂联合，那么第一次合作中给对方一些好处，也就无妨了。唐子风的意见得到了临一机厂领导的一致认同，那就是这个市场大得很，临一机没必要计较一城一池的得失。

张凯华是带着与临一机艰苦谈判的思想准备来的，没想到周衡竟是如此通情达理，痛痛快快地就把200多万的利润全部让给了432厂。周衡说出这话的时候，随同张凯华前来的一干432厂中层干部都惊呆了，随即就自发地鼓起掌来，张凯华也站起身，向周衡深鞠一躬，又说了无数感谢的话。

有了这个基础，双方接下来探讨后续合作的时候，就没什么障碍了。双方同意成立一个合资公司，各占50%股权，专门从事机床翻新改造的业务。公司只有一个账号，而没有实体，在具体的项目中，由两厂各派出人员参与，营业利润按照各自的贡献分配。

在此前秦仲年与谷原生已经探讨过，在一般的机床数控化改造业务中，临一机发挥的作用在六成至七成之间，432厂只能占三成至四成，这也就意味着未来的业务应当是临一机获得60%至70%的利润。这一点，双方在会谈中也已经提到，张凯华对此表示完全赞成。

双方还同意，各自在自己的领域里为合资公司开拓业务，432厂负责军工系统内的业务开拓，临一机则负责地方业务的开拓。开拓业务的一方可以从业务中获得一定比例的提成，这笔费用不计算在其应得的利润之内。

临一机提出，合资公司的办公场地可以设置在临一机的厂区内，临一机可以拿出一幢办公楼的两个楼层作为合资公司的办公用房。为了方便沟通，432厂将派出一个由20名资深数控专家组成的技术团队，常驻临一机。张凯华还同意，这个团队在平时可以协助临一机工作，为临一机提供技术支持。

后面这一条，其实算是投桃报李，临一机让出了这么多的利润，432厂派几个人去给临一机干点活，也是应当的。再说，432厂的技术人员与临一机的人员一起工作，也并非只是付出，他们也同样可以从临一机那里学到机床设计方面的技术，属于一种双赢的合作。

关于合资公司的名称，大家充分表现出了一群工业人的词汇匮乏，最终决定从各自所在省份的名称中取出一字，命名为"东云机床再生技术公司"。

双方当场草签了合作意向书，但具体的操作还有一系列程序要走。尤其是432厂，作为一家军工系统企业，要与地方企业合作成立合资公司，是要经科工委批准的。不过，这事也没太大难度，这些年军工企业普遍日子难过，科工委一向是鼓励企业搞"军转民"的。432厂过去也搞过不少民品，而且因为缺乏市场经验而亏得一塌糊涂，现在能够傍上一个地方企业，让别人带着自己飞，科工委应当是乐见其成的。

这是一次成功的会谈、胜利的会谈。会谈结束之后，17所所长蒋会为两厂的人员举行了盛大的宴会，既是庆祝432厂与临一机的合作，也是庆祝17所机床改造工作正式启动。

在酒宴上，谷原生郑重其事地领着张凯华来到唐子风的面前，声称唐子风是促成两厂合作的最大功臣。张凯华先是亲自向唐子风敬了一杯酒，随后又令自己的一干属下向唐子风敬酒，因为唐子风所促成的这桩联合，可谓是救432厂于水火，说唐子风是432厂几千职工的再生父母也不为过。

有了张凯华的命令，432厂十几条壮汉和若干美女便一拥而上，把唐子风围在中心，开始轮番进攻。随张凯华前来的那些人不知前因，都是打心眼里感谢唐子风。而此前就已经待在17所的那些人，诸如章国庆、许萍、李璇等等，感谢之余难免还有几分此前被耍弄带来的羞恼，敬酒的力度更是猛烈。

唐子风不出意料地被灌醉了，以至于肖明带着蒋会来与他碰杯时，他丝毫没有一点恭敬之意，还搂着肖明的脖子一口一个"肖兄"，秦仲年在一旁看着直咧嘴……

闹闹哄哄的酒宴之后，喝醉的一帮人都被架回招待所休息去了，还没喝醉的便三三两两地分头行动，有找地方喝茶的，有凑一桌打牌的，还有躲在黑暗角落里讨论技术的……

秦仲年被肖明带到了17所的总师办，肖明把手下打发走，拿出一套茶具，亲自给秦仲年沏上了香茶，开始聊天叙旧。

第一百四十五章 对小唐有什么看法

"老肖,你对我们厂的小唐有什么看法?"

聊过一些家长里短的琐事之后,秦仲年似乎不经意地提起了一个人。

"你是说你们那个唐子风吗?"肖明想了想,说,"能力挺强的,头脑也很灵活,符合你在电话里跟我说的情况。老实说,你们厂能够和432厂形成合作,的确是神来之笔。这个小唐年纪轻轻,能够有这样的眼光,而且能够巧妙地把老谷绕进去,的确是很聪明。"

秦仲年叹道:"是啊,有时候我也觉得是后生可畏啊。我们厂这几个月的起色,这个小唐做出的贡献,甚至比周厂长的贡献还大。"

"人才难得,你应当觉得高兴啊。"肖明笑着说。

秦仲年看看肖明,又轻叹了一声,问道:"那么,你觉得这个人身上有没有什么毛病呢?"

肖明有些诧异,但还是沉吟了片刻,说道:"毛病嘛?恐怕就是年轻人都有的一些毛躁吧,说是过于轻浮……似乎有些苛求了。"

秦仲年犹豫了一下,说:"我的意思是说,如果他是你的晚辈,你觉得他身上这些毛病,能够接受吗?"

"晚辈?"肖明一愣,旋即便严肃起来,"老秦,你这话是什么意思?"

秦仲年说:"这件事压在我心里很长时间了。照理说,我作为长辈,也不太适合对一些事说长道短。但这事毕竟是在临一机发生的,我如果不跟你说,我自己也过意不去。"

"你是说,文珺和这个唐子风有什么事?"肖明大惊。在其他事情上,他或许没这么快的反应,但事关女儿,他岂能不敏感?秦仲年这样吞吞吐吐,又说什么当长辈的,再结合此前肖文珺去过临一机这件事,他自然明白秦仲年的所指。

秦仲年面有惭色,说道:"这件事,也怪我太迟钝了。我们厂搞甩图板工作,厂里派小唐到京城去联系电脑和软件。图奥公司除了提供软件之外,还为我们派遣了培训老师,也就是文珺。当时文珺就是和小唐一起到临一机来的。"

第一百四十六章　不是你想的那样

"然后呢？"

肖明强撑着平静问道。他当然知道，秦仲年这样一脸沮丧的样子，肯定不只是因为唐子风和肖文珺坐了同一列火车，而应当还有其他天怒人怨的事情。

"文珺到临一机之后，小唐安排她住在招待所，让招待所给她开了我们平常用来接待司级以上领导的豪华套间。"秦仲年说。

肖明皱了皱眉头："这个太不合适了，文珺还只是一个学生呢。"

"是啊，我也是这样说的。"秦仲年说，"我专门跟文珺说了这事，然后她就告诉我，说她从豪华套间搬出去了，还说小唐给她安排了一个普通的双人间。"

"这不是很好吗？"肖明说。

秦仲年说："我一开始也是这样想的。后来文珺回学校以后，我让总师办的工作人员去招待所给文珺结算住宿费用，这才知道，文珺从招待所的豪华套间搬出来以后，就没在招待所住。"

"那她住哪了？"

"我问过了，她搬到小唐那里住去了……"

"什么？"

肖明腾地一下就站起来了，差点把面前的茶几都带倒了，茶几上的杯具就都悲剧了……

"他们怎么敢这样！"肖明目眦欲裂，恨不得现在就拎着管钳去找唐子风理论理论。

好小子，干出了这样的事情，这些天在我面前还装得像个没事人一样，枉我还一口一个"唐助理"地称呼你，把你当成啥好人了。早知有这么一回事，我岂能容你嚣张！

"老肖，你别急，不是你想的那样。"秦仲年赶紧解释，"我了解过了，那些天，文珺一直是和我们厂里一位职工的女儿住在一起的。小唐住的是我们厂里分配的两居室,文珺和那个女孩子住在一间,小唐住的是另一间。"

"那个女孩子是叫于晓惠吧？我想起来了,文珺是说过,有个名叫于晓惠的中学生和她做伴。"肖明重新坐了下去,开始回忆起女儿此前和他打电话说过的事情。他还记得,女儿前几天让他把她中学时候用过的复习资料寄到京城去了,说是要转寄给那个名叫于晓惠的女孩子。

"可是,她为什么要住到唐子风家里去呢？难道是你没说清楚？"

明白事情并没有那么糟糕之后,肖明稍稍冷静了一点,对秦仲年问道。

秦仲年说："这个问题我也问了,我们技术处的几位女技术员知道这个情况。据她们说,唐子风从京城返回临河的时候,给自己买了一台计算机,配的是21寸的显示器。文珺那段时间在做一个学校里的设计,所以一直在借用小唐的计算机。她可能也是为了用计算机方便,所以才搬到他那里去住的。"

"这件事,文珺好像也跟我说过……"肖明点点头,这个理由倒是可以接受的。搞设计的人,熬夜干活是常事,如果在人家家里用电脑,干得太晚,直接住下也是可以理解的。他记得,肖文珺的确是说过自己在做一个设计,还曾就其中的一些问题在电话里与他探讨过。

顺便说一下,肖文珺和肖明探讨技术问题的时候,都是让肖明把电话打过去,据说是因为肖明打电话不用花钱。肖明当时还有点纳闷,女儿住的房间怎么会有直拨电话？按道理说,招待所房间里的电话不是要转分机的吗？此外,女儿接电话的时候,似乎就在电脑旁边,当时他没在意,现在想来也是一个重大的疑点,招待所怎么会有电脑呢？

"老秦,你是觉得,文珺和这个小唐有没有可能在处对象？"肖明低声地问道。

秦仲年说："这个也看不出来。年轻人之间关系处得好一点,也是正常的。唐子风是人民大学毕业的,又在部里工作,现在是临一机的厂长助理,而且工作非常出色,这样一个人才,文珺愿意和他交往,也不奇怪。"

"他们之前应当不认识吧？"肖明问。

秦仲年说："应当是不认识的。"

肖明又点点头,在他印象中,也的确没听说过肖文珺与什么人民大学的年轻人有过什么交往,除了肖文珺的发小闺密包娜娜之外。包娜娜其人,肖明是见过的，知道她是一个稳重、正派、懂礼貌的好姑娘……

两个人沉默了好一会，肖明问道："老秦，小唐这个人，人品怎么样，你了解吗？"

秦仲年愣了一下，然后回答道："老肖，你也知道的，我这个人看人不太行。就我的看法，小唐这个人，虽然平时有点油腔滑调，做事不拘一格，但人品应当还是可以信任的。老周这个人你应当很了解，他是非常稳重的。部里安排老周到临一机当厂长，老周没有提任何条件，只是要求派小唐给他当助手，由此就可以看出，小唐这个人，品质上应当是没有问题的。"

"是啊。"肖明说，"这一次他和你们那个韩伟昌给老谷他们设了个套，让老谷误以为他们是我们17所的人，还跑来向我借人。如果他不是用这样的方法，而是直接向老谷摊牌，老谷恐怕不会那么容易被他说服。从这件事来看，这个小唐的确可以说得上是机智灵活。

"但是，整件事情上，他的目的只是为了促成432厂和临一机的合作，没有任何个人的私利在内，这就很是难能可贵了。现在的年轻人，能够为了国家的事情费尽心机，是很难得的。"

"是的是的。"秦仲年说，"我们到临一机这半年时间，小唐有一半时间都是在外面跑，风里雨里的，毫无怨言。还有，我们厂有一个政策，就是业务人员联系到的业务，可以提取1%的提成，但同时又规定厂领导不能拿提成。

"像我这个位置，本身也不会出去拉业务，所以这个规定对我来说是无所谓的。但小唐就不同了，这半年时间，由他直接拉回来的业务有两三千万，如果允许拿提成，他可以拿到二三十万。"

"你是说，他放弃了这二三十万的提成？"

"是的。"

"是自愿的吗？"

"是自愿的，虽然他在厂务会上假装心痛的样子，但谁都看得出来，他是真的不在乎。"

"可是，你刚才说，他上次从京城回临河的时候，带了一台电脑，用的是21寸的显示器。现在一个21寸显示器，起码1万块钱，他怎么买得起？"肖明的脑子像是装上了奔腾芯片一样，转得飞快。

秦仲年说："这个问题我跟周厂长提过，让他注意一下小唐是不是有什么不

第一百四十六章 不是你想的那样

当行为。周厂长跟我说,小唐的收入是合法的,具体细节他不便透露。"

"是这样……"肖明点点头。他可以不相信唐子风的人品,但周衡的人品他是相信的。他也相信以周衡的阅历,不会被唐子风所蒙蔽。既然周衡说唐子风的收入没有问题,那就证明其中的确没有问题。

既然收入没问题,却能够买得起一台 21 寸的显示器,那就说明这个年轻人家境殷实,女儿如果嫁过去……呸,自己怎么会去琢磨这样的事情!

"老肖,你看这事……"秦仲年怯怯地问道。同窗好友的女儿到他的单位工作,跑到一个小伙子家里住了十几天,他居然毫无知觉,这怎么都算是对不起人的事情,肖明如果要对他兴师问罪,他也只能认了。

"算了,年轻人的事情,就让他们自己去处理吧。"肖明终于端正了态度,装出一副大度的样子说道。这事真怪不了老同学,自己的儿女跑到人家那里去住,还骗老同学说是住了一个普通双人间,这能怪人家吗?唉,看来还是自己教女无方,出了这样的事情。

那么,自己要不要给女儿打个电话,好好问一下这件事呢?

似乎也不妥。万一人家其实没啥事,就是普通的交往,自己这样一问,不是反而弄巧成拙了吗?

不对,如果女儿对这个唐子风没啥想法,她住在唐子风家里,不可能在给自己打电话的时候丝毫不提这个名字。另外,前几天女儿突然打电话回来询问机床改造的事情,随后就有了唐子风设套诱骗谷原生的事。看起来,唐子风和女儿之间是有电话往来的,而女儿却瞒下了这一点。

那么,这个唐子风家境不错,学历不错,能力在同龄人中绝对是超群的。他才 24 岁就当上了企业里的正处级厂长助理,前途不可限量,还有人品不错,长得也是一表人才,配自家的女儿应当也算够格吧。刚才在酒席上,那臭小子喝高了,搂着自己肩膀叫自己啥来着?

秦仲年坐在肖明对面,看着肖明脸上阴晴不定,时而咬牙切齿,时而笑逐颜开,心里也明白了几分。好吧,自己该说的也都说了,剩下的事情,就让老同学自己去考虑吧。小唐这个人,倒也不让人讨厌,除了偶尔会没大没小地称自己一句"老秦",其余的言谈举止也算是中规中矩的。

日后如果成了自己的侄女婿,他如果再敢叫自己"老秦",自己就可以狠狠地扇他两个耳光了,那该是多美的事情啊。

第一百四十七章　给你10秒钟

周衡和张凯华次日就各自返回了。秦仲年和谷原生带着一干技术人员多待了几天，把17所的设备情况都弄明白以后才离开的。不过，谷原生离开17所之后并没有返回432厂，而是带着多名属下随秦仲年一道去了临河。

17所的机床改造，需要先制定改造方案，这是需要两个厂的技术人员坐在一起讨论决定的。谷原生等人去临河，就是为了去与临一机的技术人员共同做设计。

除此之外，谷原生他们还有一个任务，就是协助临一机完成西重那台重型镗铣床的数控部分设计。在此前，秦仲年带着临一机的电子工程师们已经做了一部分，但总觉不够满意。现在有432厂的专家援手，秦仲年算是彻底放心了。

唐子风和韩伟昌离开得比技术人员早一些，他们俩的任务只是来开拓业务，后续的工作与他们就没多大关系了。唐子风仓皇离开，还有一个不太重要的原因，那就是在蒋会举办宴会之后的第二天，唐子风发现自己被人跟踪了。

跟踪他的，是一位40来岁的中年妇女，穿着17所的制服，看上去应当是17所的一位机关干部。此人鬼鬼祟祟，盯着唐子风上下打量，目光如X光一般敏锐，看得唐子风浑身发毛。

唐子风直到离开17所，也没弄明白这位妇女是何许人也，唯一的线索就是此人的眉眼与肖文珺似乎有几分相似。

"老韩。"

"老韩？"

"老韩！"

开往临河的火车上，唐子风看着神不守舍的韩伟昌，连喊了几声都没得到回音，最后忍不住大吼了一声，这才把对方从迷瞪状态中惊醒。

"啥？唐助理，你喊我？"韩伟昌看着唐子风，似乎还在怀疑刚才自己的耳朵

第一百四十七章 给你10秒钟

是不是出现了幻听。

"想啥呢,这么入神?"唐子风问。

"没想啥,嘿嘿,唐助理,你有啥事就说吧。"韩伟昌假笑着说。

唐子风没好气地问:"你是不是又在算你的提成了?"

"不是不是,我怎么会在算提成呢?咦,是啊,这桩业务,我也应当是有提成的吧?"韩伟昌显得有些后知后觉。搁在从前,老韩一颗心都悬在提成上,这一路下来,还不得和唐子风念叨个百十回的。

"老韩,这次能够降服432厂,让他们心甘情愿和咱们联手,你是首功。"

"哪里哪里,唐助理才是首功,我就是给唐助理跑跑腿而已。"

"回去以后,我会向厂务会汇报你的贡献,提成少不了你的。"

"谢谢唐助理,唐助理真是……呃,反正我老韩这辈子就跟定唐助理了,你指东,我绝不打西。"

"老韩,我刚才琢磨的,就是这件事。"唐子风严肃地说,"从这几次出去谈业务来看,你的业务能力非常不错,完全是可以独当一面的。每次都让你跟着我一块出来,其实是浪费了你的天赋。"

韩伟昌做惶恐状:"唐助理说哪里的话,没有唐助理指导,我哪会做业务啊?"

唐子风没有在意韩伟昌的谦虚,他问道:"老韩,如果厂里调整销售部的工作,安排你到销售部当个销售部部长……嗯,让我想想,应当是副部长吧,你乐意不乐意?"

"销售部副部长?我现在只是一个副科长啊。"韩伟昌说。

唐子风说:"这个不重要。咱们厂要想脱胎换骨,肯定是要不拘一格使用人才的。你能力强,而且懂技术,擅长于开拓市场,任命你当个销售部副部长,我觉得没啥问题。"

"这……"韩伟昌支吾起来,不过他眼睛里闪出的光芒暴露了他的内心所想,显然这样一个职位对他是有很大吸引力的。

临一机是个正局级企业,各部门都是处级单位,只有处级干部才能算是中层干部。韩伟昌是技术处下面的工艺科的副科长,属于基层干部,在临一机是没啥地位的。如果唐子风说话算数,真的把他提拔为销售部副部长,他就相当于一步跨过了两个台阶,晋身副处级干部的位置,在厂里就有一席之地了。

前后拿了几次项目提成之后,韩伟昌已经是半个十万元户了,在临河市也算是个有钱人。他原来的理想只是赚钱,现在有了钱,其他的小心思就开始萌动了。在厂里混个中层干部的地位,也是他的小心思之一,却没想到会实现得这么快。

"过去这几个月,销售部的工作不够得力。现在在销售部主持工作的副部长廖福男守成有余、开拓不足,以至于重要的业务反而是我这个厂长助理帮他开拓出来的,这种情况必须改变。"唐子风说。

韩伟昌连连点头:"唐助理说得对。老廖这个人,太本分了,说得不好听一点,就是不求有功、但求无过。我听说,销售部有一些业务员提出了很好的业务思路,他只是说研究研究,一研究就是几个月。上次厂里公开表彰我,给我发了5万元的业务提成,销售部的很多人眼睛都红了,有人跑来跟我说,其实他们也能做成这么大的业务,都是被老廖耽误了。"

"这事,你怎么没跟我说过?"唐子风问。

"呃,我忘了。"韩伟昌尴尬道。他没跟唐子风说这事的原因,一是这属于销售部的事情,他作为技术处的人,也没义务去汇报;二是销售部工作不力,他是乐于见到的。一定程度上说,他算是销售部的竞争对手,对方的工作做得差,他的机会就多了,所以他明知这些情况,也不会主动告诉唐子风。

至于为什么现在他又想说了,自然是因为唐子风刚才的承诺。既然销售部有这么多问题,那么派他老韩去销售部当副部长,岂不就是当务之急了?

"这件事我还没跟周厂长说,不过我觉得你来当这个副部长,还是比较合适的。"唐子风说。

"其实当什么不重要,重要的是随时能够得到唐助理的指导。"韩伟昌说。

唐子风笑道:"我是厂长助理,不是销售总监,销售上的事情,我不可能永远管下去。老韩,你说说看,如果你来当这个销售部副部长,你会采取什么样的举措,促进临一机的业务发展?"

"这个我怎么合适说?"

"我说你合适,你就合适。"

"这样不好吧,我不是还没当这个副部长吗?"

"给你10秒钟,你如果不说,这辈子都别想当这个副部长了。"

"别别,唐助理,我觉得吧,销售部要想打开局面,可以从八个方面入手……"

"呃……"唐子风无语了，10 秒钟还没到呢，就想出了八个方面，你敢说自己没惦记过这个位子？

"第一个方面，销售部的组织结构需要彻底改变。销售部目前是按全国六大区设置六个科室，科室管理业务员，所有的业务员外出谈业务的时候，都是单打独斗，谁建立的业务关系就属于谁，别人不能插手。

"这种方式在业务规模比较小的时候还是可以的，但如果我们要扩大业务规模，再维持这样的组织结构就不行了。比如我们这次到楚天 17 所，遇到和 432 厂竞争的事情，有关 432 厂的情况，都是厂部直接安排人去调查的，销售部完全没有这方面的积累，这就是缺陷。

"如果我来负责销售部，第一个方面，我会建立几个新的科室：第一是商业信息科，专门搜集全国的企业信息和行业信息，用来给业务人员提供指导；第二是客户关系科，负责维护已有的业务关系；第三是大客户科，对于年合同金额超过 500 万的大客户，要有专人维护……

"第二个方面，建立业务小组制，业务员开拓的客户，必须上报小组，小组再上报销售部。业务员可以从开拓的业务中获得提成，但客户不能属于业务员个人所有，而是要纳入整个销售部的统一管理。

"第三个方面……"

韩伟昌不说则已，一说便是头头是道。他提出的思路有些是时下其他企业正在做的，他借鉴过来倒也在情理之中，还有一些思路明显超前于时代，与唐子风在后世听说过的一些做法隐隐暗合，让唐子风都要怀疑韩伟昌是不是也被穿越者附体了。当然，韩伟昌的其中一些想法也有不成熟的地方，真要实施的话，唐子风还是可以再指点一二的。

"老韩，不会吧，你这套想法都是哪来的？你不是工艺科的副科长吗？我怎么觉得你天生就是当销售部长的材料啊？"

听罢韩伟昌的讲述，唐子风惊讶地问道。

"哪里哪里，都是一些愚见。"韩伟昌假意地谦虚着，随后又解释道，"其实吧，我这也是搞工艺搞出来的习惯，遇到什么事情，我都要从工艺设计的角度去思考一下。这半年多，我不是经常跟着唐助理去跑业务吗？所以对销售方面的事情就想得多一点，日积月累，也就攒下了这么几点心得。"

"行了，有你这几点心得，你这个销售部副部长的位子就稳了。等回到厂里，我就在厂务会上提出来，我相信厂领导们会认可的。"唐子风许着诺言。

"那可太好了，唐助理，你放心吧，我老韩绝对不会辜负你的希望的！"韩伟昌挺起已经初见规模的肚腩，大声地发着誓言。

第一百四十八章　有钱有身份

车到临河站,唐子风和韩伟昌下了车,一前一后走出火车站,七八辆人力三轮车一齐冲过来,车夫们开始争先恐后地拉客:

"两位,坐车吗?"

"师傅,去哪啊?两块钱全包!"

"师傅,坐我的车吧,我路最熟了!"

"两位一看就是大老板吧,看我的车多新,肯定配得上你们的身份……"

"……"

这年代,临河已经有出租车了,但全市的出租车好像还不到100辆,而且一般并不在街上揽客,而是在出租公司趴着,等需要用车的客人打电话去预约。从临河火车站到临一机,也有公交车,但班次很少,而且开得很慢,连临一机的职工外出都不爱坐公交车。

不知从什么时候起,临河开始出现了这种载客的人力三轮车,起步价一元,如果路途比较远,可能需要两元、三元。因为价钱不贵,而且速度快,服务也好,人力三轮得到了临河居民的普遍接受,以至于数量不断增长,以此为职业的人也越来越多。这种人力三轮还有一个俗称,叫作"蹬士",也就是用脚蹬的"的士"。

以往,唐子风出差或者返回,大都会让厂里的小车接送,但这回他也是偷了个懒,回来之前没有给厂里打电话,所以厂里便没派车来。他与韩伟昌在火车上就商量好了,说下车以后叫个"蹬士"回厂即可,也就是两元钱的事。

唐子风对于蹬士揽客的场面并不陌生,看到众车夫围过来,他抬手就准备应下一辆车。当他的目光扫过那辆据说能配得上大老板身份的豪车时,却意外地发现那辆车的车棚上写着一行字:

"丽佳超市,给你一个美丽的家!"

"咦,这位师傅,你过来,我们就坐你的车了。"唐子风向那车夫招招手说。

车夫大喜,把车往前蹬了两步,正好来到唐子风的面前。唐子风和韩伟昌上了车,说了一句"到临一机",车夫应了一声,踩动脚踏板,三轮车只用不到10秒钟就完成了时速从0到20公里的加速,向着临一机的方向飞驰,在几个拐弯处甚至开出了飘移的效果。

唐子风稳稳地坐在车斗里,对车夫问道:"师傅,我打听一下,你车上写的这是啥意思?"

"车上?"那车夫一愣,回头看了一眼自己的车棚,然后笑着说道,"老板是第一次来我们临河吧?"

韩伟昌在旁边不干了,他瞪了车夫一眼,说道:"你说啥呢?我们唐老板就是临河本地的,也就是刚到外地出了个差回来而已。"

这就是所谓的财大气粗了,韩伟昌发财之后,脾气也涨了不少。他一向是把唐子风当成领导膜拜着的,生怕有一丝怠慢。现在见唐子风向车夫问话,车夫还在卖关子,便忍不住发作了。

"哦哦,是我眼瞎了,老板你别生气啊!"车夫连忙道歉。

"老板,你这些天不在临河,可能不知道。咱们临河新开了一家超市,就是我这里写的'丽佳超市',一开张就火得不得了。对了,你们不就是临一机的吗?这个丽佳超市的老板,就是原来在你们临一机开那个东区超市的女老板,老板你们应当听说过吧?"车夫像说绕口令一样地叙述道。

唐子风点点头,说:"我知道丽佳超市,我是想问,你的车上为什么写着丽佳超市的名字?"

"这是丽佳超市在我车上打的广告啊!"车夫说,他用手指了指旁边驶过的其他几辆三轮车,说道,"临河市的蹬士,现在有一半都刷了这行字,起码有1000辆吧。不瞒老板你说,我们不但车上刷了字,平时还要帮丽佳超市做宣传。人家丽佳超市说了,如果我们能带外地客人到丽佳超市去,每带去一个人,就可以在超市里免费领一瓶矿泉水。"

"才一瓶矿泉水吗?"唐子风诧异道。

车夫说:"一瓶矿泉水也要一块钱呢。我们拉谁也是拉,有时候拉过去的人也不一定会在超市买东西,人家超市能白送一瓶水,也是不错的。"

唐子风明白了,丽佳超市能够答应的也不过如此了,如果按人头给更高的

第一百四十八章 有钱有身份

奖励，难免会有车夫拉一些"托儿"去骗提成。其实，一瓶水值不了多少钱，但有了这样一个奖励机制，三轮车夫们就会对丽佳超市有更深的印象，有时随口和坐车的客人聊两句，也能起到宣传的效果。

想到此，他又问道："那么，丽佳超市在你们车棚上打广告，给不给钱呢？"

"当然给。"车夫说，"一辆车，一个月10块钱，一年就是120块，也抵我跑半个月的了。"

"的确不错。"唐子风笑了。一辆车一个月10元钱，1000辆车就是1万元，相对于超市的收入而言并不多。蹬士是满城跑的，可以说临河的每个角落都能够看到蹬士，这就相当于把广告做到全市了，而且是全天候的，这比在电视台做广告的效果可好多了。

对蹬士车夫来说，车棚闲着也是闲着，刷一行字没准还显得好看一点。刷上一行字，一个月就能赚10元钱，相当于拉10趟客人，也是不错的事情。

"老韩，在火车上你说咱们厂也要做广告，我倒是觉得你可以向黄丽婷学学，她的广告意识非常不错呢。"唐子风向韩伟昌说。

韩伟昌连连点头："没错没错，黄丽婷这个人，原来还看不出来，也多亏了唐助理你把她挖掘出来了，现在看来，她真是一个商业天才。你说在蹬士上印广告这事，花费不多，效果却非常好，的确值得我们借鉴。"

唐子风说："等翻新机床的业务开始做起来，我们肯定要投放一些广告。不过，广告如何做，是一件需要动脑筋的事情。咱们不能光想着报纸、电视这些渠道，户外广告，还有口碑宣传，都是可取的方式。做广告是很花钱的，咱们现在还很不宽裕，需要把每分钱都花在刀刃上。"

"唐助理你放心吧，我记住了。"韩伟昌说。

交代完这件事，唐子风又对车夫问道："师傅，你刚才说丽佳超市开业之后火得不得了，具体有什么表现吗？"

"表现？这能有什么表现啊？"车夫挠着头皮想了想，然后说道，"我跟你说这样一件事吧，现在临河人都知道，经常到丽佳超市去买东西的，就是有钱、有身份的人。还有人说了，现在小伙子去相亲的时候，如果手里提的是一个丽佳超市的购物袋，成功的可能性就会多三成；如果拿一个别的超市的购物袋，失败的可能性就会多三成。"

"噗！"唐子风险些笑喷了，这算个什么恶搞的说法啊？

"老板,你不信是不是?"车夫认真地问。

唐子风说:"我还真不信,一个超市而已,怎么就成了有钱、有身份的象征了? 难道丽佳超市的东西比别家更贵?"

车夫说:"这倒不是。现在临河的超市也不少了,丽佳超市和这些超市比起来,东西也不算贵的。不过,丽佳超市有很多从京城、浦江过来的货,这是其他超市没有的。你平时如果只是买点油盐酱醋,当然去个什么超市都可以,路边那个小副食店也有。

"但如果你想买点上档次的东西,就只能去丽佳超市。所以啊,你想想看,是不是经常去丽佳超市的人,就是有钱、有身份的人了?"

唐子风哑然失笑,觉得车夫的说法还真挺合逻辑的。

从京城、浦江进一批高档商品的想法,黄丽婷早就向唐子风说起过,现在看来,效果还是挺不错的。如果能够给消费者造成一个丽佳超市有档次的印象,就能够吸引到临河市的高收入人群。

丽佳超市开业的事情,唐子风事先就知道。非常不巧的是,这一次开业,唐子风又在外地出差,再次错过了开业大典。唐子风算了一下,从超市开业到现在,总共也才不到一星期时间,临河百姓怎么可能就总结出"有钱有身份"这样的规律呢? 还有小伙子相亲的段子,明显也是太过超前了。

这样一想,唐子风就明白了,这种说法,肯定也是黄丽婷让人炒作出来的。其实,要炒作出这样的舆论并不困难,找几个闲人到各种人多的场合去高谈阔论,再加上一些博眼球的噱头,自然就能传播起来了。

这一手,唐子风与黄丽婷闲聊的时候倒是说起过,至于黄丽婷这样做是受了他的启发,还是出自商业本能,唐子风就判断不出了。

一路聊着有关丽佳超市的八卦,三轮车已经驶入了临一机的厂区。唐子风让车夫把车一直骑到厂部办公楼前,这才下了车。韩伟昌抢着付了车费,然后向唐子风告辞,先回家去了。唐子风则拎着自己的旅行包,进了办公楼,来到周衡的办公室。

第一百四十九章　不过是在吃老本而已

周衡正在看文件,见唐子风进门,也不起身,只是放下手里正在看的东西,抬手示意唐子风自己坐下,然后笑着说:"回来了?这一趟,你辛苦了。"

唐子风在一边的茶几上拿了个杯子,自己给自己倒了杯水,这才在沙发上坐下来,同样笑着回答道:"为临一机服务,谈不上辛苦。"

周衡说:"这一次,你功劳不小。我和老秦去17所的路上,他跟我说,如果和432厂的合作能够成功,临一机不但能够解决业务问题,技术上也会上一个新台阶,真正实现脱胎换骨了。"

唐子风轻描淡写地说:"这也算是个意外的收获吧,我去17所之前,真没想过这件事。后来听说是432厂在做数控改造的业务,我才灵机一动的。"

周衡说:"意料之中也有必然性吧。如果不是你小唐,而是换成其他人,可能真想不到和432厂合作这种方式,也拿不回这150万的业务。"

"老周,你不会是又想算计我什么吧?我印象中,你很少这样夸我啊。"唐子风装作惶恐地问道。

"三句话不到,又没正形了!真是烂泥扶不上墙!"周衡笑着骂了一句,语气中颇有一些亲昵。

其实,他们俩两天前还见过面,只是那时是在17所,大家要讨论与432厂谈判的策略,周衡还要与张凯华、蒋会等人应酬,所以也没时间聊天。与432厂合作和开拓机床翻新改造市场,是两件事,而且都是对临一机有极大好处的事情,周衡是懂行的人,见到唐子风能够做成这样两件大事,自然是要表扬他一番的,唐子风倒是有些以小人之心度君子之腹了。

说过这些场面话,唐子风换了个神色,说道:"周厂长,回来的路上,我和韩伟昌聊了一些事情,倒是给了我不少启发。我有一个想法,咱们或许可以任命韩伟昌为销售部副部长,主持销售部工作。我觉得,老韩既有这方面的工作热情,也有工作能力,应当是能够开辟出新局面的。"

周衡也严肃起来,说:"销售部的问题,我也一直在琢磨。原来的销售部部长侯望落马以后,销售部一直是廖福男在主持工作。老廖这个人过于保守了,说得好听点,就是过于稳重了,缺乏开拓精神,以至于厂里的销售,都全靠你这个厂长助理来推动,这的确是不正常的。"

"没错,这方面的反映不少。"唐子风说。

周衡说:"前一段厂里的主要任务是扭亏,加上职工分流,所以销售部的调整也就暂时搁置了。这一次,趁着开拓新业务的机会,调整一下销售部的负责人,倒也可以。不过,韩伟昌这个人到销售部去主持工作,你觉得合适吗?我担心他经验不足。"

唐子风把韩伟昌在火车上说的"韩八策"向周衡介绍了一遍,周衡听罢,也是点头不已。企业管理也是有套路的,韩伟昌能够想到这些问题,就说明他有足够的经验,看问题非常准,思考问题也比较成熟,的确是具备了一个部门负责人的能力。

"另外一个问题,就是韩伟昌这个人的品质行不行?我感觉他还是有些太轻浮了,不够稳重。"周衡说。

唐子风笑道:"老周,你这算不算是叶公好龙啊?刚才你还说廖福男稳重有余,开拓精神不足,现在我给你介绍一个有开拓精神的,你又担心他不够稳重,你不能指望手下都是唐子风这样德艺双馨的人才吧?"

"……"

周衡被噎了个够呛,恨不得向唐子风竖个中指。好一会儿,他才无奈地说:"我也不是这个意思,我只是说,任用一个干部之前,我们还是要考虑到风险。韩伟昌有业务热情,但这种热情更多是来自他想赚钱的欲望。销售部是个诱惑很多的单位,我担心韩伟昌会经不起诱惑,最后步侯望的后尘。"

"这个风险当然是存在的。"唐子风说,"这就要看厂里能不能挽住他的嚼头了。老韩这个人,是典型的有心没胆,凡事有些瞻前顾后。只要我们盯得紧一点,不让他有犯错误的苗头,相信他也就老实了。

"廖福男的职务也不要调整,就让他当老韩的副手,任务就是盯死了老韩,但凡老韩有越轨的行为,就让老廖向厂里汇报,然后我去收拾老韩。这老东西,敢有个花花肠子,看我不把他揍得连他老婆都认不出来。"

第一百四十九章　不过是在吃老本而已

周衡只觉得很是心累,这个下属的俏皮话张嘴就来,如果每句话都跟他计较,自己迟早是要得心脏病的。好吧,其实他最近已经有点冠心病前兆了,谁让他有这么一个经常让人心塞的属下呢?

"你有这个信心就好。"周衡最终还是决定不去理会这种俏皮话了,他说,"关于任命老韩到销售部主持工作的事情,下次厂务会大家议一下,尤其是要听听施书记和朱厂长的意见。他们是临一机的老人,了解的情况更多一些。小唐,你推荐韩伟昌去销售部,那么你自己呢,是不是以后就不打算插手销售的事情了?"

唐子风说:"至少也不能像前一段那样,成天疲于奔命吧?"

"嗯,前一段的确是把你用得太狠了。"周衡承认道。

唐子风说:"我琢磨了一下,我所擅长的,可能还是开拓新的业务方向。一旦方向确定了,后续的工作交给销售部去做就好了。就比如机床翻新改造这类业务,基本模式已经探索出来了,合作伙伴也有了,如果再让我一个客户一个客户地去谈,把我累死了也谈不出几家,这不是浪费了我的才华吗?"

"自己说自己有才华,真的很合适吗?"

"我只是无意中说了一句真话而已。"

"那么唐天才,你能不能告诉我,你下一步打算做什么?也省得等你才华横溢的时候,我和老秦还得忙着找拖把去给你洗地。"

"周厂长,你突然这样幽默,让我很不适应呀……"

唐子风习惯了周衡的严肃方正,对方画风突变,真的让人觉得诡异,莫非是自己早上起床太猛了,或者,眼前这个老周其实是肖同学假扮的?

周衡也觉得自己跟个小年轻开这种玩笑有点为老不尊,他轻咳了一声,掩饰住尴尬,然后说道:"不开玩笑了,说说,对于厂里下一步的工作,你有什么新想法?"

"新想法的确是有一些。"唐子风说,"这次到17所去,和432厂的人接触了一下之后,我有些感触,由此也想到了一些事情。"

"什么感触?"

"432厂有些衰败的迹象了。"

"这不是废话吗?国家压缩军费,军工企业的日子都不好过,像432厂这样困难的企业多得很。再说,前一段咱们临一机不也是这种情况?"周衡不以为然地说。

唐子风说:"我说的衰败,不仅仅是指他们经营上的困难,而是他们的技术也落伍了。我们觉得432厂在数控技术上有优势,其实他们不过是在吃老本而已。咱们临一机的情况也是如此,咱们一张嘴就说自己是当年的十八罗汉厂,经验丰富,实力雄厚,但事实上,我们的技术实力是在逐年下降的,等老本吃完,咱们恐怕连个乡镇企业都比不过。"

周衡的眉毛皱了起来,他想了想,说:"你说得有理。我们现在拥有的竞争实力,还是当年的积累。咱们有一批八级工、七级工,技术处也有一些老人,阅历丰富,这是乡镇企业比不上的地方。

"但中青年一代的情况的确不容乐观,尤其是80年代初顶替进厂的那批人,像汪盈那样完全不学技术的当然也不多,但大多数人技术水平比不上他们的父母辈,而这些人现在已经是厂里的骨干力量了。"

"骨干"这个概念,并不一定是指技术最强,而是还包括了体力的因素。临一机还有一批接近退休年龄的老工人,技术是更好的,但精力已经不济,难以承担高强度的工作。至于更年轻的一代,如宁默、赖涛涛等,技术水平还不足,经验更是欠缺,也是难挑大梁。

所以,临一机的骨干力量就是20世纪七八十年代新进厂的那批工人,这些人的技术水平大多数是在四级工上下,不能说没有技术,但也的确配不上技术精湛的评价。应付一些寻常的生产任务,在有老师傅指点的情况下,他们还是能够胜任的。但如果厂里的业务繁忙起来,再有一些高标准的业务,临一机恐怕就要捉襟见肘了。

其实,眼前临一机就面临着这样一个挑战。如果翻新改造机床的业务全面展开,全国各地有十几家客户都要做进口机床的改造,临一机就无法凑出这么多高水平的装配钳工,其结果就会像432厂那样,看着美味的业务,却没有能力吃下去。

唐子风想到的正是这个问题,所以他才会急着来见周衡,不解决这个问题,新开拓出来的业务终将是镜花水月。

第一百五十章　大练兵

"你是怎么考虑的？"周衡问。他知道唐子风既然要提出这个问题，肯定就有自己的一套想法。

果然，唐子风毫不犹豫地回答道："三个字，大练兵。"

"大练兵？"周衡想了想，说，"我明白你的意思，是不是要开展全面的岗位练兵运动，全面提高工人的技术水平。这样的运动，过去很多企业都搞过，临一机应当也搞过。效果不能说没有，但要达到你所希望的程度，恐怕有些难度。"

"我当然知道。"唐子风说，"组织技术培训，开办夜校，进行技术比武，优胜者每人发个搪瓷缸啥的，然后就可以写材料向上级汇报了。在二局的时候，这样的汇报材料，我都快看吐了。"

周衡无语道："可不就是这些方法吗？也不能说都是走过场，有些企业做得还是不错的，事在人为吧。"

唐子风说："这些方法当然是有效的，但如果不能调动职工学习技术的积极性，光靠搞运动的做法，效果是不会太好的。对技术感兴趣的职工，你搞不搞这种运动，他们都会主动去学。对技术不感兴趣的，光奖励一个搪瓷缸子管用吗？"

"依你之见呢？"

"如果一个搪瓷缸子不够，那就两个！"

"说人话！"

"我是说，拿钱砸，砸到大家眼红为止！"

"你是说，重奖技术比武的优胜者，激发大家学习技术的积极性？"周衡试探着问道。唐子风的思路太飘逸了，他是真有些跟不上。

唐子风说："不是重奖，而是直接拉开差距。我想了一个办法，咱们在厂里评 20 名技术最好的工人，直接授以称号，嗯嗯，就叫'大机工匠'……"

"这算个啥称号,太难听了吧!"周衡都忍不住要吐槽了。

"这不是重点。"唐子风说。没办法,搞工业的人实在不会起名字,他原本还有点这样的天赋,到临一机之后也迅速退化了。他说:"重要的不是称号叫什么,而是所有获得这个称号的人,每月可以领取1000元的特殊津贴。"

"每月?"

"每月!"

"这个太激进了吧?"周衡咂舌道。临一机目前的人均工资只有150元,厂务会讨论过,准备在财务状况改善之后,把平均工资水平提高到250元左右。一个高级技工,工资大约能到500元就不错,唐子风上来就说每月发1000元特殊津贴,这得造成临一机红眼病大暴发吧?

唐子风说:"韩伟昌拿了5万元的业务提成,销售部的业务员们都眼红了,嗷嗷叫地要去开拓新业务。黄丽婷承包东区商店,半年拿了5万元的分红,所以汪盈也不闹了,跟打了鸡血一样和周益进一起开搬家公司,听说累得腰都粗了两圈。这就说明榜样的力量是无穷的,如果不让大家眼红,大家就不会有动力,三两个搪瓷缸子的奖励,说出去都是个笑话。"

"20个人,每月1000元津贴,一年就是24万,额度倒是不高。"周衡算了笔账,心里踏实了一点。他预感到自己可能要被唐子风说服了,所以得先算算账再说。

"这是第一步。我们先评选出这批'大机工匠',然后声称未来还要再评一批'小机工匠',津贴稍微低一点,名额也更多一点。"唐子风又说。

周衡的嘴角抽动了好几次,但终于没再挑名称上的刺。这就是所谓温水青蛙了,第一次听唐子风说"大机""小机"的,周衡觉得无法忍受,但听多了,好像也还行。

"你觉得,树立了这些榜样之后,大家就会有学技术的动力吗?"周衡问。

唐子风摇头说:"这当然不够。刚才说的是奖励,就是在大家鼻子前面挂的胡萝卜。除了胡萝卜之外,还要配合大棒政策,让所有不愿意学技术的人混不下去。"

"说说你的大棒政策。"周衡平静地说。

"大棒政策也很简单,那就是给每个工人重新考核定级,提出提升目标。一段时间内,非升即走。"唐子风牙痒痒地说道。

第一百五十章 大练兵

"我们画一条线。技术工人，35岁之前没有晋升为中级的，直接淘汰，或者转为普工，或者去劳动服务公司做保洁；45岁之前没有晋升为高级的，直接办内退，自谋职业去。"唐子风说。

"这个似乎也太极端了。"周衡说，"现在咱们厂35岁以下达到中级工标准的，只有不到30%，有一些人年龄已经快到35岁了，照你的办法，这些人都得送到劳动服务公司去了。"

唐子风说："过去的事情，我们可以不管。从现在开始，给出三年的缓冲期。比如说，你现在是35岁，还是初级工，那么我们可以等到你38岁再来考核，如果到时还是初级工，那就对不起了，只能淘汰。但如果你现在是32岁，到35岁的时候未能晋升中级，同样淘汰。

"高级工的情况也是如此。45岁以上的，我们可以不管。但如果现在是45岁以下，那么三年之内，或者45岁之前，如果不能晋升高级工，对不起，就请退休吧。"

"这个要求是不是太高了？"周衡说，"机械部前两年做过统计，全国的机械行业技术工人中，高、中、低级的比例大约是5比35比60。咱们厂的情况比这个还差一点。照你的要求，几年之后，我们起码要达到10比50比40，这个难度可不是一般的大。"

"难度当然大，否则怎么能够达到我说的大练兵的要求？"唐子风说。

周衡说："凡事还是要循序渐进吧？你这样一搞，很可能把一半的工人都给淘汰掉了。你要知道，现在这些工人可是我们已经分流过一轮留下来的，虽然总体技术等级还不尽如人意，但好歹也能派上用场。如果再淘汰一半，咱们厂的生产还要不要维持了？"

唐子风说："这有什么困难的？真的淘汰了一半，我们大不了再招新工人就是了。"

"新工人的技术等级不是更低吗？"周衡问。

"谁说的？我不能招熟练技工吗？"唐子风反问。

周衡说："你准备从哪招熟练技工？"

"432厂啊。"

唐子风的回答让周衡顿时无语。这厮去一趟17所，得是受了多大的心灵创伤啊？他居然能够想出挖432厂墙脚的招，还亏得谷原生在自己面前夸他识大体、顾大局呢。

唐子风正色道:"周厂长,我不是在开玩笑。当然,说从432厂招收熟练工,只是举了一个例子。过去几年,甚至包括未来几年,中国将会有数以万计的国企破产或者改制,下岗三千万人绝对不是耸人听闻。在这些人中,不乏熟练技术工人,咱们为什么不能把这些工人招过来为我所用呢?

"我想过了,过了这一段时间,我再出去跑跑,开拓三五十个新的业务方向,三年之内让临一机年产值过5亿不成问题。届时我们就会需要大批的高级技术工人,现有的这些人如果不努力,那就直接淘汰。"

第一百五十一章　临一机的台柱子

临一机家属院,装配车间老钳工芮金华的家里。

"爸,你就办个病退,跟妈一起到浦江去吧。小凯现在没人带,浦江请个保姆差不多要300块钱,相当于我半个月的工资。你们老两口也这么大岁数了,你办个病退,一个月也少不了多少钱。到我那里去,又是大城市,顺便又帮了我,这不是很好吗?"

一个二十七八岁的年轻人正在劝说着芮金华。在他的身边,有一位年轻女子,手里抱了个2岁上下的孩子,脸上尽是期待之色。

"我还没到岁数,现在就办病退,人家会说的。"芮金华低头抽着烟,讷讷地说道。

劝他的那位年轻人,是他的儿子芮文胜,在浦江的一个机关里工作。芮文胜身边的女子就是他的妻子曾芳,而曾芳抱着的孩子,自然就是芮文胜说的小凯了,那是芮文胜夫妇的儿子,芮金华的孙子。

"现在办病退的多得很,怎么会有人说呢?"芮文胜说。

"是啊,爸,办病退是自己的事情,关别人啥事?再说,你本身就有关节炎,到医院开个证明,很容易的。"曾芳也跟着劝道。

没办法,正如芮文胜说的,他们两口子要上班,没人看孩子,请保姆的价钱又实在是贵得让人心疼,于是只好回来请老人去帮忙了。芮金华的老伴倒是在家里闲着,可以跟孩子到浦江去,但老伴又担心自己走后,芮金华一个人不会照顾自己。芮文胜夫妇情急之下,便想到了要劝父亲办病退,以便与母亲一道到浦江去。

对于去浦江一事,芮金华是一百个不乐意。他曾和老伴到儿子那里去住过几天,结果,他发现自己吃不惯浦江的饮食,住不惯孩子家鸽子笼一样大的房子,听不懂孩子家周围邻居说话。有人说浦江是个人人向往的大城市,他却觉得临河才是世界上最宜居的地方。

当然,还有最重要的一点,他是不会向儿子说的:他喜欢干钳工的活,不想这么早就去过含饴弄孙的无聊日子。

可是,现在孩子有困难,想让他过去帮忙,他又有什么理由拒绝呢?

"厂里新来了一个厂长,是个真正干实事的。现在厂里接了不少业务,有些装配上的大活,还就指着我去担呢。就像上次到西野去修进口磨床的事情,换了别人,厂长也不放心。这个时候我如果办病退,不是给厂里拆台吗?"芮金华耐心地对儿子、儿媳说道。

芮文胜冷笑道:"爸,临一机前两年是个什么鬼样子,我还不知道吗?现在就算换了一个新厂长,又能有什么希望?你办病退是天经地义的事情,怎么能算是给厂里拆台呢?厂里又不是只有你这一个钳工,他们凭什么不让你办病退?"

芮金华说:"文胜,你不能这样说。我们新厂长还是很不错的。还有我们新来的厂长助理,比你还年轻,办事有股子麻利劲。上次我去西野修磨床,他回来就给我批了200块钱的奖金。"

"不就是200块钱奖金吗?"芮文胜说,"又不是每个月都给你200块钱。你这么好的技术,一个月才300多的工资,和浦江一个保姆的工资差不多,你说你干得还有什么意思?"

"我们工资低,是因为过去郑国伟他们把厂子搞得快破产了。新厂长说了,等厂子的财务状况好转一点,要给大家普调工资的。"芮金华说。

芮文胜说:"就算是普调,能给你调到多少?400,还是500?"

芮金华也没啥信心,只能硬着头皮说:"这个也不好说吧,万一呢⋯⋯"

芮文胜说:"爸,我这句话放在这里,你们厂如果能给你500块钱的工资,我就不劝你去浦江了。大不了我和小芳咬咬牙,请个保姆在家里带小凯,反正也就是一两年,小凯就该上幼儿园了。但如果你拿不到500块钱的工资,那待在厂里还有什么意思?不如到我们那里享受一下大城市的繁华生活,是不是?"

芮金华正要说什么,就听到屋外有人在喊:"芮师傅在家吗?"

"在呢!"芮金华应了一声,连忙起身去开门相迎,因为他听出在屋外问话的正是装配车间主任孟平忠。

孟平忠哈哈笑着进了门,芮文胜也是认得他的,忙恭恭敬敬地喊了声"孟叔

第一百五十一章 临一机的台柱子

叔",又让自己的孩子管孟平忠叫爷爷。孟平忠夸了一句孩子长得聪明之类的，然后便从兜里掏出一张表格，递到芮金华的面前，说道："芮师傅，你赶紧把这个表填了，这可是天大的荣耀呢。"

"什么表啊？"芮金华丈二和尚摸不着头脑。

芮文胜站在父亲旁边，伸手替父亲接过了表格，打眼一看，表格头上写着"临河第一机床厂'临机大匠'登记表"。

"孟叔叔，这又是个什么表？啥叫'临机大匠'啊？"芮文胜问。

孟平忠笑道："这是厂里刚刚定下来的事情，要在全厂评选 20 名技术最过硬的工人，授予'临机大匠'的荣誉称号。我们装配车间这边，芮师傅是钳工公认的头把交椅，他如果评不上'临机大匠'，我都不知道还有谁敢去评了。"

"这不就是技术能手的意思吗？我爸爸过去就拿过临一机的技术能手，你看，那墙上挂着的奖状都有好几个了。"芮文胜不屑地说。他虽是晚辈，但因为上过大学，如今又在浦江上班，还是一个小官员，所以对孟平忠也就没那么多顾忌，表面上的礼貌自然是要有的，但说话难免就不太讲究了。

孟平忠大摇其头："这可不一样，技术能手是技术能手，临机大匠是临机大匠，不是一回事的。"

"是不是一回事，要看有没有实惠吧。"芮文胜说，"现在浦江那边的单位都是很务实的，凡事都是和经济挂钩的。"

孟平忠前面含糊其词，其实就是为了在这个时候抖个包袱。他笑着说："文胜这话可说着了，厂里评这个'临机大匠'，就是为了和经济利益直接挂钩的。我跟你们说吧，厂里已经决定了，所有评上了'临机大匠'的人，厂里每人会发 1000 元的特殊津贴。"

"1000 元！"芮文胜惊讶地说，"这是一次性发下来，还是分成很多个月发？"

孟平忠得意地说："文胜，你理解错了，我说的是，每个月都有 1000 元的特殊津贴。"

"这……这怎么可能！"芮文胜蹦了起来。如果说 1000 元的一次性奖励还在他能想象的范围之内，每月 1000 元的津贴，简直就颠覆了他的三观。

芮金华现在的工资就有 300 多元，如果再加上 1000 元的津贴，岂不是每月有 1300 元的工资？芮文胜在浦江的单位也算是不错了，一个月的工资也就是七八百元。他此前牛哄哄地说父亲病退也少赚不了多少钱，就是因为他的工资比父亲要高出一倍还多,使他有了说话的底气。

可谁承想,临一机竟有这样的大手笔,能把一个工人的工资提高到 1300 元。

"孟主任,你不是跟我开玩笑吧?一个月 1000 元的特殊津贴,这……这也太高了吧,让人怎么相信啊?"芮金华也被吓着了,说话的时候嘴都有点哆嗦了。

孟平忠露出一个充满羡慕忌妒恨的表情,说道:"这事是没错的。今天开会的时候,周厂长说了,你们这些'临机大匠'就是咱们临一机的台柱子,是咱们的核心竞争力所在。你应该也听说了吧,前几天唐助理在楚天那边和溪云的 432 厂谈了个合作,以后咱们厂要给全国的机械企业搞机床翻新,你想想看,机床翻新的事情,离得开你老芮吗?

"周厂长说,你们是厂里的宝贝,拿再高的津贴都是应该的,现在定下 1000 元的标准,以后说不定还要再提高。不过,他也说了,希望你们珍惜'临机大匠'这个称号,给厂里多做贡献,另外就是要多带一些徒弟,把自己的绝活传授给年轻人,给咱们临一机培养出一批'中匠''少匠'。临一机腾飞了,大家才会有更好的生活。"

"这个绝对没问题!"芮金华掩饰不住内心的狂喜,他笑着说,"其实给多少津贴倒无所谓,关键是厂里能够有这个意思,就说明厂里真正重视我们这些人。我们还有啥好说?以后这条老命就卖给厂里了。"

"哈哈,芮师傅可别这样说,你这条老命,值钱着呢。"孟平忠说。

平忠走了,芮金华看着儿子、儿媳,满脸歉意地说:"文胜、小芳,你们看,厂里这样抬举我,我如果……"

"爸,你别说了。"芮文胜赶紧打断父亲的话,说道,"其实我想请你们到浦江去,也是担心你们在厂里受委屈。现在看起来,你们新厂长还真是一个干大事业的人,你这么受重视,我怎么还敢叫你到浦江去?你和妈就踏踏实实在临河待着吧,小凯的事情,我和小芳自己想办法解决就是了。300 块钱一个保姆,我们紧一紧,也能雇得起的。"

"雇保姆的钱,我们出了!"芮金华豪迈地说。

第一百五十二章 你们跟我说实话

同一时刻,离退休管理处副处长顾佳成的家里。

"老顾,你这是怎么了?"

妻子李凤英看着坐在阳台上闷头抽烟的丈夫,担心地问道。

顾佳成抬头看看李凤英,问道:"凤英,你觉得我这个副处长当得有意思吗?"

"嗯?老顾,你没事吧?"李凤英诧异道。

顾佳成今年刚满40岁,能够当上副处长,在同龄人中已经算是很不错了。李凤英平时与姐妹们一起聊天的时候,大家都羡慕她丈夫是个中层干部。虽说离退休管理处只是个冷门部门,但副处长毕竟是副处长,比厂里一大堆40来岁刚混到科级干部的同事不知强到哪去了。

以往,顾佳成对自己的职务也是颇为满意的,每次与老同学聚会回来,他都会得意地向李凤英吹嘘,说同学都让他坐上座,有多少多少人向他敬酒。可现在,他居然说自己这个副处长当得没意思,这是抽什么风呢?

"你说,我如果当初留在车间里,没有调到机关来,会不会更好一些呢?"顾佳成又问。

"你这是什么意思?"李凤英俏眼生愠,"我爸费了那么大的劲,把你从车间调出来,还对不起你了是不是?"

"不是不是,凤英,你知道我不是这个意思!"顾佳成赶紧辩解,生怕一言不合就引起内战。

李凤英的父亲是原来临一机的厂领导,顾佳成当时是大件车间的铆工。顾佳成天赋极高,学什么都是一点就透,很快就成为大件车间里数一数二的技术能手,连拿了好几年的全厂劳动模范。李凤英的父亲也就是因此而看中了他,让大件车间主任谭洪亮做媒,把李凤英嫁给了顾佳成。

有了一个当厂领导的岳父,顾佳成便平步青云,先是"以工代干",调到生产处当了个副科长,随后便正式转为干部编制,接着晋升科长、副处长。他提副处长的时候,生产处这边没有空余的位置,厂里便让他到离退休处来任职,虽然与他的专业不符,但好歹是一个副处级岗位,他是欣然前去就任的。

顾佳成提副处长并不是借助于岳父的帮助,此时他的岳父已经退休了,但这并没有影响到他的晋升。他晋升的资本是此前拿过的若干个劳模称号。

"顾佳成,你今天把话给我说清楚,你到底是什么意思?觉得我们李家的人耽误了你,你就明说,不用吞吞吐吐的。"李凤英恼了。

过去这个老公说起离开车间的事情,对老岳父都是充满感谢的,说如果没有老岳父提携,他现在还在车间里抡大锤。现在可好,父亲退休才几年,这家伙居然说如果没从车间出来会不会更好一些,这分明是外面有人的表现啊!

"凤英,你听我说……"顾佳成无奈了,他招呼虎着一张脸的妻子坐下,然后说道,"你不知道,厂里刚刚推出了一个政策,准备在车间里评选20名'临机大匠',也就是全厂技术最好的工人。我今天碰上谭主任了,他说现在大件车间没几个能挑大梁的,如果我还在大件车间,这个'临机大匠'的称号,肯定是要给我的。"

"什么'临机大匠'?算什么级别?"李凤英没好气地问道。她是在厂档案处当管理员的,平日里也不太关注厂里的大事,所以并不知道这件事。

顾佳成说:"级别倒是没有级别,但如果评上了大匠,厂里每个月会给发一笔特殊津贴,你猜猜,有多少钱?"

"多少钱,有50块钱没有?"李凤英不经意地问。50元钱对于临一机的职工来说,当然也是一笔不小的收入。

"1000块钱!"顾佳成竖起一个手指头,对李凤英说。为了强调这个"1"的分量,他使足了劲,把那个手指头绷得能当水泥钉用。

"1000块!"李凤英失声喊道,旋即便抬手捂住了嘴,然后用惊恐与激动交加的目光看着顾佳成。

顾佳成点点头:"可不是吗?我刚听到这个政策的时候,也是吓了一大跳。可回头一想,不能不佩服周厂长的魄力啊。想当初我为什么愿意从车间出来?不就是因为在车间里没奔头吗?就算干到七级工、八级工,也就是200多块钱的工资,机关里随便一个小科员都可以刁难我一下,走出去也没面子。

第一百五十二章 你们跟我说实话

"可有了这个政策,谁还敢瞧不起工人?别说咱们临一机,就是整个临河市,有几个人能够拿1000块钱的工资?"

"你是说,你想回车间去?"李凤英回到现实中,情绪复杂地对顾佳成问道。1000元的津贴啊,谁能抵挡得住这种诱惑?

顾佳成点点头:"我有点动心。我这个副处长,说起来是风光,可钱也不比别人多挣,而且每天都是和厂里那些离退休职工打交道,过年送个温暖啥的,无聊透顶。我刚才在想,我再干几年,说不定整个人就废了,除了会打官腔,其他啥都不会,这不是可惜了我的一身本事了吗?"

"可是,你回车间去,能让你当什么?"李凤英问。

顾佳成说:"以我的级别,去车间应当是当副主任。但大件车间现在已经有副主任了,谭主任说,如果我回去,只能当个工段长,也就是科级,副处级待遇可以保留,不过肯定是要上生产一线的。"

"搞了这么久,还要回去抡大锤……"李凤英低声嘟哝道。

"可是我每个月能够多赚1000块钱,一年就是12000,十年就是12万。你想想看,临河市区一套3居室的房子才七八万,我干上五六年就能买下一套房子了。"顾佳成兴奋地说。

"要不,这事问问爸的意思?"

"肯定要和爸商量一下。不过,我已经决定了,明天我就去跟张厂长说,我要求调回车间去!凤英,你觉得咱们如果在临河市区买房子,买哪的最好?"

"我觉得,丰水湖边上的不错,风景又好,小区也特别漂亮……"

"买!"

这边顾家两口子开始幻想带着孙子在丰水湖边高档小区散步的情景,另一处,实际上正带着孙子在市粮食局家属院里玩秋千的临一机退休铸造工戚运福却迎来了一群"不速之客"。

"明良、梦云、志明,你们几个今天怎么来了?"

戚运福看着眼前几人,好生奇怪。余明良、蔡梦云、高志明都是戚运福带过的徒弟,如今都在铸造车间当铸造工。这几位徒弟对他这个师傅还是挺尊重的,每逢年节也会上门来看望一下,但此时非年非节,几个人却一起上门,而且手里都拎着大包小包的糕点、水果啥的,看起来很是隆重,这就有些异常了。

最让戚运福觉得不可思议的是,蔡梦云还抱了一辆硕大的遥控玩具车,想必是送给他的小孙子的。戚运福知道这种玩具车,听说一辆要 50 多块钱,小孙子好几次闹着让他儿子去买,他儿子都舍不得。戚运福昨天还在和老伴商量,打算拿自己的钱去给小孙子买一辆,只是尚未付诸行动而已。可现在,蔡梦云居然就带了这样一辆车过来,这就绝对不是随便来看望一下师傅的意思了。

"小宇,看阿姨给你带啥来了。"

蔡梦云直接先从戚运福的小孙子入手了,把玩具车硬往小孩子手上塞。

小孙子倒也懂事,虽然眼睛直勾勾地盯着那辆车,却不肯伸手,还回头向戚运福递了一个询问的眼神。

戚运福赶紧上前阻拦:"梦云,这可使不得,这车太贵了,我们不能收的。"

"师傅,瞧您说的,就是一辆车嘛,给孩子玩的。您教了我们这么多东西,我们给孩子买个玩具算啥呢?"蔡梦云说得轻描淡写的,好像就是五毛钱的一辆车一般。

"你们……这是有啥事吧?"戚运福看着徒弟们,迟疑着问道。众人这副做派,莫非是出了天大的事情,要他这个当师傅的去顶雷?

"其实,也没啥……"几个人中年龄最大的高志明先说话了,他讷讷地说道,"我们就是觉得当初跟师傅学技术的时候没好好学,现在想请师傅抽时间给我们补补课。"

"对对,我们就是想请师傅给我们补补课。"

"唉,过去跟师傅学技术的时候,太年轻,不懂事,现在后悔了……"

另外两个徒弟也附和道,脸上写满了"浪子回头"四个字。

戚运福可不傻,他盯着徒弟们问道:"你们跟我说实话,厂里出啥事了?你们怎么突然又想学技术了?"

第一百五十三章　临一机变天了

　　戚运福可知道,自己这几个徒弟对师傅很尊重,但要说学技术,可真是一个比一个懒,否则也不会混到 30 来岁还都是初级工。当年戚运福带他们的时候已经快要退休了,他还想过要把自己的一身能耐传授给这些徒弟,也算是有个传承了。可每当他准备向徒弟们讲讲自己的"绝活"时,徒弟们都是一副不以为然的样子,让他倍感无趣,只能悻悻地作罢。

　　他退休之后这些年,徒弟们每年都会来给他拜年,但聊天的时候基本都不会谈到车间里的事,他们津津乐道的都是某某人发了大财,某某地方出了什么新鲜玩意。戚运福当然也不会煞风景,只能陪着徒弟们谈这些话题,屡屡有话不投机的感觉。

　　可就是这么几个废柴,居然拎着大包小包的礼物来求他去给他们补课,戚运福除非是脑子被驴踢过,才会相信什么后悔之类的鬼话,这肯定是厂里又出什么事情了。

　　"是这样的……"余明良满脸尴尬地说,"厂里刚出了一个新政策,叫作什么'非升即走'。35 岁以前不能晋升中级工,就要被打发到劳动服务公司去扫地; 45 岁以前晋升不了高级工,就要强制退休。我们几个都快到 35 岁了,现在还是初级工,这不,没法子了,只好来求师父救命。"

　　"是啊,师傅,你说这政策不是要人命吗!"蔡梦云也装出哭腔说道。

　　高志明沮丧地说:"唉,师傅,老实说吧,真让厂里把我们给淘汰了,我们可真丢不起这个脸。"

　　"师傅,这也是丢您的脸啊。"余明良说。

　　"哼,你们还知道丢了我的脸!"戚运福板起脸,找回了当初做师傅时候的威严,"我早就跟你们说过,当工人,学技术是天经地义的事情,哪有不学技术的工人?我 30 岁就已经是五级工了,你们的师兄、师姐们,30 岁的时候最起码也是三级工,这都算是不争气的。你们可好,30岁连个二级工都没评上,我这张老脸早就被你们丢到爪哇国去了。"

"师傅,我们错了,我们当年不懂事。"三个徒弟同时哀求道。

戚运福说:"你们想让我给你们补课也行,我丑话说在前头,这一回可是你们来求我的,如果我教的时候你们不听话,我直接大耳刮子扇你们,我可不管你们30多岁了,要不要面子。"

"没问题,您尽管扇!"余明良大声说,"您如果扇不动,让高师哥替您扇都行。"

"没错没错,我们互相扇,不劳师傅您动手。"高志明说。

戚运福大喜,说道:"你们有这个心气,那就没有学不会的技术。我也说句大话,我老戚的徒弟,要是让人给淘汰了,那才是怪事。你们好好学,我认真教,一定把我的绝活都教给你们。三年之内,别说中级,你们去考高级都没问题。"

徒弟们齐声道:"那是肯定的,名师出高徒。三年之内,我们如果考不上高级,以后也没脸再见师傅了。"

"行了,那你们就先回去吧,明天我就回厂里去。"戚运福说。

"好的,好的,要不我们明天过来接您。"

"用不着,我自己能去。对了,你们带的这些东西,都带回去。你们技术没学好,也是我的错,给你们补课是我的本分,用不着这些。"

"哪里哪里,是我们自己没学好。这些东西都是我们拿来向师傅赔罪的。"

三个徒弟撂下一堆礼品,落荒而逃。戚运福看着他们的背影,呵呵笑了起来。

小孙子跑上前,拉着戚运福的衣袖,问道:"爷爷,爷爷,我可以玩那个小汽车吗?"

"玩吧,这是蔡阿姨送你的,你就拿去玩吧。"

"爷爷,他们为什么要送咱们这么多东西啊?"

"因为……临一机变天了。"

感受到临一机变天的,可不止戚运福一个人。许多和他一样的退休工人都被昔日的徒弟请回去补课了。那些20世纪80年代初进厂的工人,如今已是中年。他们当年不在乎学技术,现在才知道没技术的苦,不得不像二十啷当岁的小学徒一样,跟在师傅后面老老实实地学习。

第一百五十三章 临一机变天了

这段时间,临一机出现了一个很有趣的现象,那就是父子两代同时熬夜看书。父亲看的是技工教程,儿子看的是小学教辅。因为有了父辈言传身教,七八年后临一机的子弟高考平均成绩比临河市的平均水平高出一大截,这就是后话了。

努力学习技术的,不光那些技术水平低的工人。有些已经达到技术能手水平的工人,也在不断地冲击自己的能力极限。"临机大匠"的1000元特殊津贴,让其他人甚是向往。据说厂里还打算评选"临机中匠""临机小匠"之类,也都有额度不等的津贴。大家就算争不到"大匠"的称号,争个"中匠""小匠"之类的,是不是有希望呢?

在这股浪潮中,当然也不是没有不和谐的声音。有些技术不行而且不想回炉学习的工人便放出了"宁为玉碎"之类的"豪言",试图鼓动一些人与自己一起向厂部抗议。但临一机已经没有了这些人蹦跶的环境,绝大多数人都从厂子的变化中看到了希望,知道自己的生活将会越来越好,谁有兴趣去闹事?所以这些反对的声音很快就被淹没掉了,连一点浪花都没有激起来。

任命韩伟昌担任销售部副部长主持工作的提案,在厂务会上获得了通过。韩伟昌过去这半年做出的成绩也足够辉煌,虽说军功章里有唐子风的一多半,但剩下的一小半也仍是金光灿灿的,足以让人对他产生信心。

厂务会还做出了一个决定,那就是把销售部由原来归总经济师宁素云分管,调整为交给厂长助理唐子风分管。这个提案是由宁素云自己提出来的,她表示自己对业务开拓毫无经验,而唐子风精通此道。照理说,以唐子风的级别,分管这样一个重要的处级部门有些不妥,不过这个提案还是获得了全票通过。

任命决定一经发布,在临一机又掀起了一轮小小的波动。各种羡慕忌妒恨再次把韩伟昌淹没。无数昔日与他仅是点头之交的同事,现在也上门来向他贺喜,让他请客。几天时间里,韩伟昌光是请人吃烤串就花掉了好几百块钱,同时自己也因为吃烤串上火而长了一嘴的燎泡。

韩伟昌新官上任,便在销售部实施经唐子风改良的"韩八策",调整部门结构,新建若干业务部门,对全体销售人员开展业务培训,建立健全客户档案。销售部里也有一些老业务员对韩伟昌不以为然,觉得韩伟昌的销售业绩名不副实,让这样一个前工艺科副科长跑到自己这片地来主持工作,是众人的耻辱。

面对质疑,韩伟昌毫无怯意。他带着几名年轻业务员南征北战,很快就签下了几个机床翻新的大单,并且毫不吝惜地把业务提成分到了几名属下的名下。此举可谓是恩威并重,一下子就让那些不服气的人闭了嘴,让那些想要做出一番成绩的人有了信心,整个销售部焕发出了久违的工作激情。

4月底,技术处在432厂技术人员的帮助下,借助CAD系统,完成了数控重型镗铣床的设计。得到消息,西野重型机械厂副厂长郑明元、总工程师梁宇霄、生产处长祝启林共同来到临河,听取临一机技术处对重镗设计情况的介绍。

在临一机,客人们除察看重镗的设计图纸之外,还了解了临一机与432厂的合作关系,并以嘉宾的身份出席了临一机为20名"临机大匠"举行的授牌仪式。郑明元等人还应邀参观了临一机的生产车间。在车间里,他们看到许多白发苍苍的老工人正在给一帮中青年工人讲授技术要领,听者都是全神贯注,心无旁骛。

"临一机的学习氛围,真是让人羡慕啊。"祝启林忍不住向陪同参观的临一机副厂长吴伟钦说道。

吴伟钦道:"我们厂提出了建设'学习型组织'的目标,准备利用三年时间完成对全厂现有工人的培训,实现技术工人中、高级工占比35%,中级工占45%,初级工不超过20%,而且全部限制在28岁以下的年龄段,超过这个年龄段一律淘汰。"

"这太不容易了!"祝启林惊呼。都是搞工业的,他自然知道时下各企业里初级工、中级工、高级工各自所占的比例,一家企业里的高、中级技工能占到技术总数的40%,就已经是很不错了,临一机的目标居然是达到80%,这是何等的气魄。

"唯有如此,才能保证我们的产品质量。"吴伟钦自豪地说。

"看到这些工人认真学技术的样子,我对临一机的产品有信心了。"郑明元说,"我们可以马上和临一机签合同,请临一机为我们制造这台数控重镗。另外,我们也有一批机床需要做翻新改造,如果临一机的报价在合理范围内,我们希望交给临一机完成。"

第一百五十四章　一对一

临一机的各项工作开始步入正轨，唐子风向周衡请了几天假，来到了京城，与他同来的，还有即将参加高考的妹妹唐子妍。

唐子风去楚天17所之前便打了个电话给王梓杰，让他把尚在校对的《高考全真模拟》打印一个精缩版，直接寄往屯岭，供唐子妍作为复习参考。唐子风从楚天回来，又忙完厂里评选"临机大匠"的事情，接待完西野的郑明元等人，再打电话回屯岭，妹妹带着哭腔告诉他，那本《高考全真模拟》上的很多题她都不会做，干着急没办法。

《高考全真模拟》虽然内容丰富，但学习起来也是需要循序渐进的。如果唐子风能够早一点把这套书弄出来，在唐子妍刚上高三的时候就开始对照着学习，那么有大半年时间，也足够她把其中的内容消化吸收了。如今距离高考只剩下两个多月，让唐子妍一蹴而就地掌握这套书里的知识，实在是有些强人所难。

"你不能问一下老师吗？"唐子风在电话里问。

"大家都要问老师，老师也不能光给我一个人讲题啊。"唐子妍说。

"我不是让爸妈给你请家教了吗？"唐子风又说。

时下即便是屯岭这样的四线城市也开始出现家教了，价钱一小时3元至10元不等，越贵的当然就是越资深的。屯岭一个公务员的月工资也就是200元左右，能够花每小时10元的代价请家教的人，都是那些先富起来的暴发户。

唐子妍说："我们同学也有请了家教的，听她们说，家教老师讲的内容也很一般。我有一个同学拿着你给我的那本书上的难题去问她的家教，她的家教是我们一中数学组的组长，结果家教也做不出来，看了后面的答案还说不清楚解题思路。"

"那是肯定的。"唐子风得意地说，"你也不看这些解题思路是什么人写的，那起码都是各市的状元,你们老师哪比得了……咦,对啊,我怎么把这事给忘了。"

"什么事忘了?"唐子妍莫名其妙。

唐子风没有解释,而是直接吩咐道:"你回去跟爸妈说,过两天跟我去京城,我马上请假回屯岭,带你到京城去!"

就这样,唐子风匆匆回了一趟屯岭,带上妹妹直奔京城,径直把她带到了六郎庄小学双榆飞亥公司的办公室。

"这就是咱妹妹啊?不错不错。"王梓杰上下打量着唐子妍,连连点头称赞。他也是个当大哥的人,不好直接夸小妹妹漂亮,但唐家的基因确实不错,唐子风是个小帅哥,唐子妍则出落得亭亭玉立,秀丽可人。

"对了,老八,咱妹妹不是正在高三复习吗?这么紧张的时候,你还带她到京城来玩?"夸完唐子妍之后,王梓杰瞪起眼睛对唐子风问道。

唐子风说:"我就是为高考的事情来的。老七,我交给你一个任务,你从给咱们编书的学生里,挑一批成绩最好、脑子最灵、最有耐心的,每科两个人,这段时间,负责对我妹妹做一对一辅导。"

"啥叫一对一辅导?"王梓杰吓了一跳。

唐子风说:"就是针对子妍的弱项,专门为她设计一套学习方法,然后专人指导。每科两个人,是为了避免一个人的想法有偏差。给你一个月时间,6月份我就要把她带回去备考。我告诉你,我妹的目标是考清华,如果到时候考不上,我唯你是问。"

"我能不能问一下,咱妹妹目前在年级里排第几?"王梓杰小心翼翼地问。

"上次模拟考是第82。"唐子妍怯怯地答道,同时白了哥哥一眼,自己的目标分明是东叶师范大学,而且还是得踮踮脚才能考上的,清华……自己连梦都没做过好不好?

王梓杰又问:"那么,去年你们学校考了几个清华?"

"一个都没有。"唐子妍说。

"天啊!"王梓杰以手抚额,"老八,你这个目标,是不是有点大了?"

"是大了一点。"唐子风承认道,"要不,浦交大?"

"老八,你的意思是说,让我从这些人里挑出十几个来给咱妹妹当家教?现在京城的家教价格可贵了,而且这些人都是各地的状元。"

第一百五十四章 一对一

王梓杰决定不再纠结于目标的问题了,再争下去他会和周衡一样得心脏病的,虽然他并不认识周衡,他开始和唐子风探讨费用的问题。

唐子风撇着嘴说:"能用钱解决的问题,还能叫问题吗?"

"也是……"王梓杰无语了。时下京城的家教价格是每小时30至100元不等,请这些状元当家教,100元一小时也就到顶了。一天10小时就是1000元,一个月3万,如果能让一个在四线城市里年级排80多名的妹妹考上国内顶尖名校,这个支出还真不算贵。

当然,前提是你有这么多钱……

"还有,妹妹在京城待一个月,住哪?"王梓杰又问。

唐子风说:"找个旁边的宾馆,给她开个房间吧。平时上课就到公司来。"

"最后一个问题……"王梓杰说到一半,想了想,还是把唐子风拉出房间,站在外面低声问道,"咱妹妹在京城这段时间,谁来照顾她啊?总不能让我去照顾她吧……"

正是因为唐子妍是唐子风的妹妹,王梓杰才会有这样的顾虑。换成别的一个漂亮姑娘,王梓杰怎么也是上赶着自告奋勇去当护花使者了。同学的妹妹,他可以提供帮助,但总是得保持点距离的,毕竟唐子风也没打算把他发展成妹夫。

唐子风皱了皱眉,他原来没想太多,觉得把妹妹放到王梓杰这里就可以了。但现在想来,的确不太妥当。

"我倒是可以找个女生来和她做伴,但如果不太熟,就有些别扭了。这和当家教还不一样,家教给点钱就有人愿意干,做伴这种事情,不太好说。"王梓杰说。

"熟人?"唐子风眼前一亮,有现成的啊,和老子同吃同住半个月,天天霸占我的电脑,现在我妹妹到京城来了,她不该尽点义务吗?

"这个问题我来解决。"唐子风自信地说,"晚上到五道口找个馆子,你也跟我去吧,我要摆个鸿门宴。"

肖文珺接到唐子风的电话,说约她和包娜娜在五道口的某饭馆吃饭,她也没太在意。到了约定的时候,她简单拾掇了一下,先到五道口工人俱乐部门前与包娜娜会合,然后便一道施施然地来到了那家饭馆。

"唐师兄、王老师,久违了!这位是……"

走进包间,肖文珺还没来得及说什么,包娜娜先抢着和唐子风、王梓杰打了招呼,然后把目光投向了坐在唐子风身边的唐子妍,语气中带着几分暧昧。

"包师妹、肖师妹,坐吧。"唐子风用手示意了一下。都是年轻人,也没什么上首下首的讲究,他们仨先到了,便坐在一起,给包娜娜和肖文珺留了两个位子。

"这是我妹妹,唐子妍,现在在老家读高三。"唐子风简单地介绍道。

"哟,是咱妹妹啊!"包娜娜听说这位美女不是唐子风的女友,一腔敌意顿时就化为了滔天热情。她抢着坐到了唐子妍的身边,一双贼手便搭到了唐子妍的肩膀上。

唐子妍乍被包娜娜袭扰,还有些不适应,只是出于礼貌不好拒绝。但不知包娜娜与她聊了几句什么,两个人居然迅速地热络了起来,开始低声地说起了悄悄话。因为有唐子风这样一个哥哥,唐子妍的性格也是比较开朗的,并不是那种没见过世面的乡下姑娘。

唐子风看着这一幕,也是好生无奈。包娜娜不愧是新闻系毕业的,真有点自来熟的能耐。他转头,给王梓杰和肖文珺做起了介绍:

"肖师妹,这位是我大学同宿舍的同学王梓杰,现在在人民大学当老师。我开的公司,就是和他合伙的,所以包娜娜也认识他。——老七,这是肖文珺,清华大学机械系1991级的本科生,是包娜娜的中学同学。"

"你好,王老师!"

"你好,肖同学!"

二人互相点头问候,王梓杰转头看着唐子风,诧异地低声问道:"这个肖同学是包娜娜的同学,你怎么会认识的?而且看你们俩之间的表情,似乎有情况。"

刚才肖文珺进门的时候,虽然没有说话,但是与唐子风交换了一个眼神,这个小动作居然没有逃过王梓杰的眼睛。

唐子风呵呵一笑,并不回答,吩咐守在门外的服务员上菜。包娜娜一边与唐子妍联络感情,一边在唐子风和肖文珺身上来回瞟着,眼神里分明有一些戏谑之色。

第一百五十五章　我怕你把她带坏

菜上得很快，啤酒和饮料也上来了。唐子风先让大家都倒上了啤酒，当然唐子妍只能喝饮料，毕竟她还是个中学生。随后，唐子风端起酒杯，站起身来，清了清嗓子说道：

"今天这顿饭呢，首先是要感谢肖文珺同学为我们临一机介绍了机床翻新业务，这一业务使我们找到了432厂这样一个优秀的合作伙伴，同时还开拓了一个新的市场，对临一机在1995年内实现扭亏为盈起到了重要作用。这杯酒，我谨代表临一机2万职工和职工家属，敬肖文珺同学，请大家一起举杯，谢谢，谢谢。"

一席话把大家都说得无语了，尤其是唐子妍，从来没见过哥哥如此拿腔拿调，一时都不知道他是认真的还是开玩笑。

包娜娜倒是在一怔之后就蹦起来了，冲着唐子风不满地斥道："唐师兄，你不打官腔会死啊！"

"会。"唐子风认真地回答道。

包娜娜顿时就欲暴走，肖文珺忍着笑一把把她按住，然后端着酒杯站起来，一本正经地对唐子风说："谢谢唐助理，这都是我应该做的。"

当事人都这样说了，其他人还能说啥？王梓杰打着哈哈站起来，举杯和肖文珺碰了一下，说道："肖同学，幸会。临一机我春节的时候也去过，听子风说，形势很不乐观。你能帮临一机找到业务，也算是帮了子风的忙，我跟子风一起敬你。"

"不敢，王老师客气了。"肖文珺赶紧客套。她能和唐子风逗着玩，和王梓杰却不熟，听王梓杰这样说，她是必须要谦虚一下的。

包娜娜冲着三个人撇了撇嘴，以示不屑，然后端起杯子对身边的唐子妍说："子妍，咱们不跟这些家伙碰杯，咱们俩来。"

唐子妍不明就里，糊里糊涂地和包娜娜碰了下杯，喝了口饮料，眼睛却依然盯着唐子风等人，想看看这些人如何表演。

唐子风等三人互相碰了杯，唐子风和王梓杰都是把一杯啤酒一饮而尽，肖文珺喝了半杯，也算意思到了。三个人坐下之后，没等肖文珺说什么，唐子风又给自己倒上了酒，然后对她说："这第二杯酒呢，就是有一个不情之请，还想请肖师妹帮忙。"

肖文珺看着唐子风的神色，觉得他不像是在开玩笑，便点点头说："有啥事你就说吧，只要我能帮上忙。"

唐子风用手指了指唐子妍，说："我妹妹在老家上中学，马上就要高考，但老家那边的教育质量不行，我带她到京城来，是想给她找几个家教，帮她突击复习一下。现在家教的问题已经落实了，不过，她在京城这段时间，我想找个人照料她一下，你看你有时间吗？"

"我？"肖文珺一愣，她原本以为唐子风找她是为了厂里的事情，甚至可能是与17所相关的事情，谁知却是这么一件私事。她看了看唐子妍，然后向唐子风问道："你说的照料，具体是要做什么呢？我们宿舍没有空床了，她想在我们宿舍借宿，恐怕有点难度。"

唐子风摇头道："这倒不必了，我已经在人大附近找了个宾馆，给她开了房间。我的意思是，她一个外地女孩子在京城，难免会有一些生活上不方便的地方。我没法在京城久待，所以想请你有空去看看她，如果她有什么生活上的困难，请你帮着解决一下。"

"这个完全没问题。"肖文珺答应得极其爽快。在临一机与唐子风同吃同住半个月，她与唐子风的关系已经很近了，唐子风把这样的事情托付给她，她肯定是义不容辞的。

"子妍，你认识一下这位肖姐姐，肖文珺，以后这一个月，她就是你的监护人了。"唐子风对妹妹说道。

唐子妍斜了唐子风一眼，这是对他使用"监护人"一词表示不满。不过，她再回头去看肖文珺时，却是满脸笑容，说道："那就麻烦肖姐姐了。"

"别这样说，子妍。"肖文珺说，"前两个月我在临河，你哥哥对我也挺照顾的，所以我照顾你是应当的。"

"师兄，那我呢？"包娜娜见唐子风与自己的闺密说得热闹，却把她给忽略了，不禁醋意大发，噘着嘴对唐子风发难道。

第一百五十五章 我怕你把她带坏

"你怎么了?"唐子风装傻。

"咱妹妹在京城,你为什么不让我去照顾她?"包娜娜问。

唐子风说:"一个理由——她是理科生,而你是文科生。"

"文科生怎么啦?"包娜娜不满地说,"你只是要找人照顾她的生活而已,又不是要给她辅导功课,文科生为什么不行?"

唐子风说:"我怕你把她带坏啊。"

"唐子风!"包娜娜龇出十几颗牙,恶狠狠地喊了一声,随即又转头看着肖文珺,说道,"亲爱的,唐子风欺负我,你就不管管?不带这样过河拆桥的好不好?"

肖文珺赶紧安抚她,说道:"好了好了,娜娜,唐师兄是跟你逗着玩呢。你没看他给子妍订的宾馆是在人大旁边吗?就是想让你多去照顾照顾子妍的。我在清华,离得远,去一趟很不方便的。"

"是不是这样,唐师兄?"包娜娜对唐子风问道。

唐子风说:"你看看,作为闺密,为什么你就没肖师妹那么聪明呢?"

"我忍!我忍!"包娜娜装出气急败坏的样子,然后又转头对唐子妍说,"子妍,你以后可不能跟你哥学,你哥最坏了,他看我这个亲师妹好欺负,就总是欺负我,他就偏着你肖姐姐。"

唐子妍看了哥哥一眼,见他脸上笑嘻嘻的,显然应当是对这位包姐姐并无恶感,于是便对包娜娜说道:"娜娜姐,我哥是跟你开玩笑呢。其实,我哥跟我说了,要请你们两位姐姐照顾我,指导我学习,以后就麻烦你们了。"

包娜娜大喜,她端起酒杯向唐子妍示意了一下,说道:"还是我妹妹懂事。来,咱们走一个。"

这件事便算是说定了。从唐子风的初衷来说,也是想同时请肖文珺和包娜娜两个人来照顾妹妹,这俩人与他的关系都不错,而且都是名校出身,把妹妹交给她们俩还是可以放心的。

唐子风先前郑重其事地把唐子妍托付给肖文珺,是因为知道肖文珺办事更靠谱。他这样对肖文珺说了,肖文珺自然就会把这件事放在心上,肯定会无微不至地照顾唐子妍。

至于包娜娜,唐子风知道即便自己不说话,她也会跳出来抢着表现,既然如此,那就等她自己提出要求再说了。包娜娜这人热情过剩,但每每只能持续五分钟,而且性格上过于跳脱,唐子风就算把唐子妍托付给她,她也不可能做得像肖文珺那样妥帖。

　　谈完正事,大家便开始吃菜、喝酒。即便是肖文珺和包娜娜,也多少有些酒量,大家频频举杯,喝得很是酣畅。有了点酒意之后,相互之间的陌生感也就消失了,大家开始聊起一些感兴趣的共同话题,其中尽显名校学生的见识和智慧。唐子妍坐在一旁听着,只觉得眼前全是小星星,对众人的崇拜已如黄河之水。

　　"对了,文珺,有件事我还想请教一下你这位机械天才。"

　　聊过有关世界和平之类的重大话题之后,唐子风想起了一件小事,对肖文珺说道。他没注意到自己对肖文珺的称呼有些不妥,这引得包娜娜向肖文珺送去一个揶揄的笑容。

　　"我可不敢自称是机械天才。有什么事你就说吧,我不一定能回答得上。"肖文珺说。她也注意到唐子风对她的称呼,但又不便当面纠正,否则就有"此地无银"之嫌了。事实上,在临河的最后几天,唐子风就是偶尔这样称呼她的,她也不知道这个变化是怎么发生的,似乎一切都很顺理成章。

　　唐子风说:"我这次回老家去接子妍来京城,回家看了一下。我家正在盖新房子,房子四周有一些装饰用的木雕,都是由木匠一点一点雕出来的。我想知道,这样的工作是不是可以用机床来完成?"

　　"机床雕花吗?"肖文珺想了想,说,"这样的机床在国外已经有了,利用数控技术应当不难实现。咱们国家也搞过仿形铣床,不过用来雕木板的,我还没见过。"

　　"你觉得我们临一机搞这种机床,有没有意义?"唐子风又问。

　　肖文珺笑道:"这个问题我回答不了,经营上的事情,不是你唐助理最擅长的吗?我只能告诉你,要设计一种雕花的机床并不复杂,如果是在木板上雕花,就更简单了。"

　　唐子风问:"你能设计吗?"

　　肖文珺说:"如果有足够的时间,应当能设计出来。"

　　"你说的足够时间是多长?"

　　"如果要求不太高的话,三天吧。"

　　唐子风轻轻一拍桌子,说:"行,那就三天。我在京城等你三天,你帮我设计出这样一台机床来。对了,不让你白干,我回去以后给你申请1万元的设计费,如何?"

第一百五十六章　你怎么不自己留着

吃过饭,大家分头返回。肖文珺和包娜娜一路,唐子风兄妹俩一路,王梓杰因为还有其他的事情,便单独走了。

上了公交车,唐子妍看看旁边没有认识的人,便压低声音对唐子风问道:"哥,刚才这两个姐姐里面,是不是有一个是我未来的嫂子啊?"

唐子风笑道:"你怎么看出来的?"

唐子妍说:"我当然看得出来,而且我还看得出,她们两个对你都有意思。"

"没那么回事。"唐子风说,"我跟你说,包娜娜是个自来熟,见谁都是这个样子。她过去从我手上赚过一些钱,所以对我亲近一点也正常吧?至于肖文珺,其实我也就是3月份才认识她的,她是到我们单位去做培训的。对了,她和晓惠的关系不错,捎带着就和我的关系也不错了。"

唐子妍不屑地说:"哥,你哪懂女孩子的心思?我刚才看得很清楚,她们两个人看你的眼神都不一样,绝对是惦记着想当我嫂子的意思,这骗不过我。"

"嗯嗯,或许吧。"唐子风决定不和妹妹争这个问题,这种争法肯定是越描越黑的,他问道,"那么,以你的看法,我应该挑哪个呢?"

唐子妍假模假式地琢磨了一下,说道:"依我看嘛,那个包娜娜适合当个情人,不过如果是想娶进来给我当嫂子,还是肖文珺更合适。"

唐子风目瞪口呆,好一会才伸手揪着唐子妍的耳朵斥道:"你这都是跟谁学的,还知道啥叫情人了。难怪你学习成绩这么差,成天就想这些乱七八糟的事情。"

"喂喂喂,疼啊!唐子风,你想干吗?"唐子妍喊道。

唐子风松开手,唐子妍一边揉着耳朵,一边嘟哝道:"人家是为你着想嘛。这俩女生长得都挺漂亮的,我就不信你舍得放过哪个。"

唐子风拍了拍她的脑袋,说道:"别胡思乱想了,我们之间的关系没那么复杂。大家都是年轻人,关系处得亲近一点是正常的,哪能见个合适的就想着要娶过来。你哥今年才24,不着急考虑这个问题。"

"爸妈可着急呢。"唐子妍笑着说。

"你就告诉他们,你哥在外面是人见人爱,现在挑花眼了,让他们耐心等等。"唐子风牛哄哄地说。

另一边,包娜娜与肖文珺手挽着手在街上走着,在聊过了几句闲话之后,包娜娜似乎是不经意地对肖文珺问道:"亲爱的,你还没跟我说呢,你上次去临一机,有没有和这个唐子风眉来眼去的?"

"我为什么要和他眉来眼去?"肖文珺义正词严地问道。

"我怎么觉得,他跟你的关系,比跟我还熟呢?"包娜娜说。

肖文珺说:"他不是已经说了吗?他妹妹是理科生,他想请我辅导他妹妹学习,所以就要显得跟我更熟一点了。你自己的师兄,你还不了解,绝对是个无利不起早的人。"

"这倒也是,这人可小心眼了!"包娜娜贬了唐子风一句,随即又贴紧了肖文珺,问道,"对了,你对我师兄印象怎么样?"

"印象?我刚才不是说了吗?他就是个无利不起早的人。"

"这不是心里话,我是问你的心里话。比如说,有没有觉得我师兄很帅?"

"帅吗?"肖文珺笑着反问道,"娜娜,你不会是情人眼里出潘安吧?"

"我跟你说真的。"包娜娜说,"亲爱的,我过两个月就要出国了,把你一个人留在国内我不放心,所以才想着把我的亲师兄介绍给你。我还愁没机会撮合你们,谁知道你们先搞到一起去了。"

"什么叫搞到一起去了?真难听!"肖文珺不满地说,"我也没想到会那么巧,图奥公司派我去,我接到任务才知道是去临一机,而且正好和他同一车去的临河,就这样认识了。"

包娜娜说:"我不相信事情会这么简单,刚才吃饭的时候,他看你的眼神绝对有问题。"

"有吗?我没发现。"肖文珺坚决地说。

包娜娜说:"文珺,你别瞒我,我是真心想撮合你们。我师兄这个人虽然有点油腔滑调,但为人还是很靠谱的,而且能力非常强,有担当,像个男子汉,长得又帅,这跟你不是绝配吗?"

第一百五十六章　你怎么不自己留着

"既然这么好,你怎么不自己留着?"肖文珺问。

包娜娜摇头说:"我跟他不合适的。他的性格很强势,我又是那种不愿意受拘束的人,我们俩如果在一起,肯定不会有好结局的,我一直觉得他和你很合适。"

"你是说,我愿意受拘束?"肖文珺似笑非笑。

包娜娜认真地说:"我了解你,你表面上看起来很洒脱,其实内心是很脆弱的,你需要有一个强势的男朋友给你遮风挡雨,然后你就能安心搞你的研究了,这是你想要的生活。"

"其实……"肖文珺忽然觉得心里有点沉,她伸出手挽紧了包娜娜的胳膊,默默地走了好长一段路,才缓缓地说道,"其实,我也不知道我想要什么样的生活,也许……一切随缘吧。"

一夜无话。第二天一早,唐子风把妹妹带到双榆飞亥公司,王梓杰已经筛选出了十几名愿意给唐子妍当家教的学生,其中女生居多,这也是唐子风要求的。唐子风亲自和那些家教学生聊了一次,听了听他们对于辅导一名高三学生的想法,提了一些修正意见,然后便让他们按计划开始做辅导了。

所谓"一对一辅导",是要按照学生的情况量身定制的。家教先要了解唐子妍的各科学习情况,形成一个总体印象,再在此基础上明确辅导的重点,最后才能开始讲解。这些具体细节,唐子风与家教们交流过之后,便交给他们去执行了。王梓杰请来的这些人都是真正意义上的学霸,对于学习的理解并不在唐子风之下。

公司没有多余的办公室,唐子风便毫不客气地把王梓杰的办公室给征用了,用作妹妹的辅导室。他与王梓杰二人来到走廊尽头的阳台上,开始聊天。

"老八,你昨天和那个肖文珺说的是什么东西?"王梓杰首先发问道。

唐子风说:"是我的一个想法。我在乡下看到木匠在木板上雕花,就想能不能制造一种机床来做这样的事情。你知道,我在机床厂待久了,看啥都觉得能用机床来做。这种机床如果能设计出来,应当又可以成为我们厂的一个拳头产品。"

王梓杰说:"你就没想过自己做?"

"自己做?"唐子风一愣,"你是说,咱们公司来做这种机床?"

"是啊。"王梓杰说,"既然你这么看好这种机床,那么它应当不会亏本的,弄不好还能大赚一笔。这样的业务,你为什么不留着自己做呢?"

唐子风愣住了,老实说,他在老家看到木匠雕花的时候,就萌生了开发雕花机床的念头,但他一丝一毫都不曾想过要自己来做。他分析过,如果这种机床的价格不算太高,适合于个体或者小型企业使用,那么市场前景绝对是非常可观的。这么好的一个产品,他为什么没有想过要留在自己手上做呢?

"这个……咱们也做不了吧?"唐子风给自己找了一个理由。

王梓杰说:"咱们做不了,可以找企业代工啊。你想想看,让你那肖师妹设计出来之后,咱们给她一笔钱买下来,然后申请一个专利,再找厂子代工,咱们只负责销售,利润不都归咱们自己了吗?"

唐子风认真地想了一会儿,然后摇摇头,说:"算了,这不是咱们擅长的业务,没必要去做。不过,你说的有一点是对的,让肖师妹申请一个专利,然后临一机买她的专利生产,这样我也不用从厂里给她申请奖金了,她拿专利授权费就足够了。这丫头不像包娜娜那么贪财,估计专利费给个千儿八百,她就该笑傻了。"

"呸!"王梓杰唾了唐子风一口,说道,"你就给我装吧!你如果和她没一点故事,我把我的姓倒过来写。你没看昨天晚上吃饭的时候,你那眼神色眯眯的,像极了黄世仁的样子。"

"你见过黄世仁?"

"没有。"

"那不就结了。"

"我只是说像……咦,我们为什么要讨论黄世仁呢?"

"我们原本是在讨论啥来着?"唐子风也有点蒙,他觉得好像是跑题了,但又没有证据。

王梓杰也懒得回忆了,他拍拍自己的脑袋,倒是想起了另外一件事,说道:"对了,有一件事,上个月李可佳回系里来办不知道什么事,正好碰上我。她跟我说,如果你回京城来,让你和她联系一下。她还留了个手机号在我办公室里。"

唐子风笑道:"李可佳?这位大师姐又想整啥幺蛾子了?嗯,也好,反正我还要在京城待几天,不如下午就去见见她吧。上次她送我们50套软件,我还没谢她呢。"

第一百五十七章　为国争光李师姐

在海淀黄庄的一个小茶馆里，唐子风见着了大师姐李可佳。她身边还有两个略显呆萌的小伙子，都戴着近视眼镜，身上的衣服皱皱巴巴的，与衣着亮丽的李可佳恰成鲜明对比。见到唐子风进来，李可佳起身相迎，拉着他的手让他坐在自己旁边，这才开始给唐子风介绍另外二人。

"这是赵云涛，电子科技大学毕业的；这是刘啸寒，北邮毕业的。他们俩都是我的合伙人。"李可佳说道。

"唐子风，可佳师姐是我的师姐。"唐子风向那二人做着自我介绍，语法上略有一些瑕疵，但意思表达得很明确。他正想对二人说点什么客套话，忽然脑子里一个念头闪过，不禁转头去看李可佳，诧异地问道："合伙人？师姐难道不在图奥了吗？"

"我是上个月辞职的。"李可佳优雅地拿起桌上的小茶壶，给唐子风面前的杯子倒上了茶，然后说道，"现在我是新经纬软件技术有限公司CEO（首席执行官），赵云涛先生是公司的CIO（首席信息官），刘啸寒先生是公司的CTO（首席技术官）。"

"哦，失敬，失敬。"唐子风赶紧向两位点头致意。

"好说，好说。"两个眼镜男齐声说道，同时在脸上挤出一个略显尴尬的笑容。

"你们公司现在有多少人？"唐子风又向李可佳问道。

"三个。"李可佳答道。

"三……"唐子风忍不住又转头去看那俩"欧"，同时掰着手指头开始算，一、二、三……合着新经纬公司的所有人都在这屋里啊。

李可佳知道唐子风在想啥，她轻咳了一声，说道："师弟，你不要嫌我们公司小，苹果公司刚起步的时候也只有三个人，微软公司刚起步的时候只有两个人，所以……"

"没有没有,绝对没有看不起师姐公司的意思,其实,三个人的公司已经不小了。"唐子风赶紧解释。

时下国内号称"十亿人民九亿商,还有一亿在观望",像这种两三个人的创业公司,在社会上是再常见不过了。唐子风与王梓杰最早开始做公司的时候,也只有他们两个人,现在公司得到了长足发展,有了一个前台,就已经变成三个人的公司了。李可佳的公司从一起步就有三个人,的确可以算是大企业了。

"不知道你们公司是做什么业务的?"唐子风换了个话题,对李可佳问道。

李可佳说:"我们是软件技术公司,未来的目标就是超越微软。目前还只有一款产品,叫作华夏CAD。"

"华夏CAD,好名字。"唐子风赞了一声,心中却很是不以为然。20世纪90年代中期,国内涌现出很多小型IT公司,大家都以成为微软为目标,幻想着未来成为国内首屈一指的大公司,所以推出的产品往往以"华夏""神州"之类的词语命名。以后世的眼光来看,就属于有点"中二"情结了。

"华夏CAD是云涛和啸寒他们俩开发的。"李可佳解释说,"他们俩原来都在电子部的一个研究所工作,就是做软件开发的。这个产品是他们俩利用业余时间合作搞出来的,本打算申请所里的一笔资金,用来完善这个软件,填补国内CAD软件的空白。

"可谁知道,所里的领导对这个产品一点都不看好。他们俩写了申请报告,领导非但不批,还指责他们干私活,要给他们处分。他们俩一气之下,就辞职下海,注册了这个新经纬公司,专门做华夏CAD软件的开发和推广。"

"可这不就成了你们图奥的竞争对手了吗?"唐子风问。

李可佳说:"其实新经纬和图奥目前还不是竞争对手。我认识云涛他们俩,是因为他们俩到图奥公司来,希望把他们开发的几个插件加在图奥CAD上,这几个插件都是辅助设计的。我让技术部的人看过,他们也认为这几个插件开发得非常精巧,编程水平非常高。"

"然后呢?"唐子风好奇地问。

"然后我们就拒绝了他们的要求。"李可佳笑着说。

这就是所谓"十动然拒"了。唐子风也能想象出来,图奥公司拒绝这些插件的原因只是因为新经纬公司太小了,小到图奥公司根本就懒得去评估它提供的插件。想想也是,你一个卖红薯的,跑到微软去建议他们在卖软件的时候,附送一块烤红薯,盖茨能答应吗?

"那么,为什么你又加入新经纬了呢?"唐子风问。

李可佳说:"我看过他们做的软件,虽然和图奥的 CAD 没法比,但主要的功能都有了,使用上也还比较方便,有几个方面甚至比图奥的 CAD 还要好一些。另外,就是华夏 CAD 的价格非常便宜,一套只需要 280 元,即使是像你们临一机那么穷的企业,也能够支付得起。"

唐子风无语。

李可佳也是有意要和唐子风逗个趣,她继续说道:"你上次到我办公室去跟我讲的道理,给我留下很深的印象。图奥 CAD 虽然很先进,但它的价格太高,至少在十年内是无法在国内普及的。现在图奥 CAD 能够有这么大的影响力,大多数是因为盗版。如果国家严厉打击盗版,图奥 CAD 完全可能被排斥在中国市场之外,而像华夏 CAD 这样的本土软件,就有用武之地了。"

"你是说,你想用国产 CAD 打败图奥 CAD?"唐子风问。

李可佳笑着说:"这是为国争光的事情啊,为什么不做呢?"

这种话就是姑且听了,或许赵云涛和刘啸寒在这方面的想法更多一些,李可佳可不像是那种能够为了民族志气而毅然放弃外企高薪职位的人。她选择与赵云涛他们合作,想必是看中了华夏 CAD 的发展前景,存了一些投机的心理。

"你让王梓杰带话,说要见我,就是为了告诉我这个消息?"唐子风又问道。

李可佳说:"当然不是,如果只是为了告诉你这个消息,我给你打个电话就够了。"

"那是为了……"

"我想请你给我们出点主意,我们的华夏 CAD 应当怎么销售?"

"为什么找我呢?"

"因为你当初去我办公室讲的那套东西,很有头脑,我相信凭你的聪明,肯定能给我们提出一些好建议的。"

"可是,这事和我没关系啊。"

"你欠我的人情啊。"

"那是欠图奥公司的。"

"你敢说我给你安排的培训老师不漂亮?"

"要不,咱们还是谈谈华夏CAD的事情吧?"

唐子风败了。李可佳安排肖文珺去临一机做培训的时候,果然是没安好心,唐子风算是被她抓着把柄了。面对一个公然耍赖的大师姐,唐子风还真没什么好的应对方法,只能是认输了。

"师姐,你们现在的销售情况怎么样?"唐子风问。

李可佳给了赵云涛一个眼神,赵云涛推推眼镜片,不好意思地说道:"从我和啸寒下海开公司到现在,我们一共卖了45套。"

"这有多长时间了?"

"差不多一年。"

"一年45套?一套280元,45套就是……"唐子风一时算不过来。

"12600元。"刘啸寒替他说出来了,这倒不是刘啸寒的口算能力有多强,而是这个数字他们已经算过很多次了。

"一年时间赚了12600元。"唐子风说,"如果你们没什么成本,有这些钱倒也够吃饭了。"

赵云涛叹道:"怎么会没有成本?我们在颐宾楼和人合租了一个门面,一个月要1000块钱租金,挣的这点钱,就正好交了房租。"

"那你们俩平时靠什么吃饭?"唐子风脱口而出。这问题并不奇怪,赵云涛和刘啸寒过去都是在研究所工作的,属于工薪阶层,能有多少积蓄?下海之后如果赚不到钱,饿肚子是再正常不过的事情了。

刘啸寒说:"我和小赵都有技术,在颐宾楼有时候帮人装装计算机,有时候帮着处理个故障啥的,基本上也够日常开支了。"

李可佳插进话来,说道:"子风,你明白了吧?云涛和啸寒他们两个,做技术是没说的,但要论经营,真是很不擅长,所以我才要加盟他们的公司,给他们补上这块短板。"

"然后呢?"

"然后没补上。"李可佳无奈地说,"现在市场上充斥着盗版的图奥CAD,谁乐意用国产CAD?我联系了一些学校去做宣讲,动员这些学校使用国产CAD,支持民族软件产业,可收效甚微。"

"可是我也没卖过软件啊。"唐子风叫苦说,"师姐,你好歹还懂得去学校宣讲,我连这个都不懂。你让我来给你们出主意,这不是问道于盲吗?"

李可佳说:"不会的,我相信你肯定有办法,这是我的直觉。我今天和云涛、啸寒一起来,就是想跟你说,如果你能够帮我们找到出路,我们可以给你两成的股份,以后咱们就算是合伙人了。你自己的公司,难道你也不用点心吗?"

"这事……我得想想看。"唐子风还真有点动心了。

"唐兄,这是一套华夏CAD系统,你可以带回去试用一下,看看效果如何。"刘啸寒向唐子风递去一张光盘。他的岁数其实是比唐子风大的,称唐子风一句"唐兄"也就是书生们的客套方式而已。

第一百五十八章 这不是很简单吗

接下来,大家便在一起商量了一些营销思路,其中并不仅限于唐子风出主意,而是你一言我一语,互相启发、互相补充。大致的路数不外乎通用版免费、行业版加专用插件收费加年费、装机免费试用一个月、找国内高校老师合作、寻找代理渠道等等。

这些思路有些是赵、刘二人过去也想过的,但缺乏执行能力,最终也没做成,现在有了李可佳来做营销,倒是可以陆续做起来。赵、刘二人在过去一年可谓是过得暗无天日,现在看到了一线曙光,欣喜若狂之下,却没发现两个人大毕业生眼里满是无奈之色。

聊完天,李可佳让赵、刘二人先回颐宾楼去盯摊,自己送唐子风去公交车站。看到二人离开,李可佳对唐子风说道:"子风,你看到没有?姐真是掉坑里了,你可得拉姐一把。"

唐子风笑道:"不会吧,以师姐的精明,怎么会明知是坑还往里跳呢?你肯定还是看好这摊业务的,是不是?"

李可佳点头说:"老实说,我到现在还是看好这件事的。最重要的就是,我让图奥的同事评估过,他们说赵云涛、刘啸寒两个人都可以算得上是编程天才。你知道吗?他们最早写华夏 CAD 程序,是用汇编语言,直接拿 Debug (一种调试软件)写的。"

"这个很了不起吗?"唐子风问。

"听说挺了不起的。"李可佳说。

于是两个文科生各自沉默了半分钟,为自己的计算机知识默哀。

"刚才大家提的那些方案,解决不了公司的问题啊。"

默哀毕,李可佳换了个话题,对唐子风说道。

唐子风说:"的确。不过可能会比过去好一点,最起码不至于一年才卖出

45 套。"

"可这离我的期望太远了。"李可佳说,"我是放弃了一个月 6000 的薪水来做这件事的,如果就为了一年赚 12000 元的目标,我也太冤了。"

"那还能怎么办?"唐子风问。

李可佳说:"我不管,反正我已经找过你了,你必须给我想出办法来。实在不行,你们临一机买我们 50 套吧,至少可以让我们的销售量翻一番。"

"你不至于差这点钱吧?"唐子风吐槽道。他也知道李可佳这话是开玩笑,50 套也就是 14000 元,如果李可佳真要让唐子风利用职权给她一单 14000 元的业务,那也未免把两人的交情卖得太廉价了。作为一个曾经月薪 6000 元的外企高级白领,眼界不会这样窄的。

"说真的。"李可佳用认真的语气说,"我了解过了,你和王梓杰合开了一个公司,现在起码有上百万的收入。对于你的经营头脑,我是非常看好的,所以我才会让王梓杰替我约你。我刚才说给你两成的股份,不是开玩笑的,你只要愿意加盟,我同样可以给你一个高管的位置。"

"就是你们那些什么'欧'?"唐子风揶揄道,"你们一个首席执行官、一个首席信息官、一个首席技术官,我如果去了,是个什么官?"

"首席行政官。"李可佳毫不犹豫地说,"Chief Administrative Officer。"

"你确信不是在骂人吗?"唐子风郁闷道。

李可佳哈哈大笑起来,作为前人大女生,她对于这一类的哏可是毫不陌生的,刚才这样和唐子风说,也多少有些调侃的意思。

与李可佳分手之后,唐子风回了公司,见到王梓杰,与他说了李可佳那边的事情,包括李可佳承诺给他两成股份的事情也没隐瞒。

"你看好这件事?"王梓杰问。

唐子风说:"回来的路上,我想了想,觉得这事有点意思。我现在也算是搞工业的,工业软件这方面,目前咱们国家非常薄弱,几乎可以说是空白。现在国内基础差,各部门都没意识到这个问题。过上二十年,等咱们成为世界第一工业大国,这样的短板就非常突出了。那时候,工业软件公司肯定会是香饽饽。咱们趁现在进入这个领域,蛰伏若干年,最后必能一举成名。"

"二十年……"王梓杰望天无语。

"咱们以公司入股吧。"唐子风说,"两成肯定是不够的,咱们给新经纬公司注资,要求四成股份,由公司持股。他们那个软件还要进一步优化,咱们出点钱,让那俩码农别在颐宾楼帮人家装机器赚生活费了,浪费人才。咱们把他们圈养起来,让他们好好编程就是。啥营销手段都是虚的,产品才是真的。"

"可是,李可佳只是想和你合作,你把股权放到公司,我不是平白占便宜了?"王梓杰有些忐忑地说。

唐子风拍拍王梓杰的肩膀,说道:"觉得占便宜了,你就多干点活。我妹妹这段时间在京城,你给我盯着点,让那些当家教的学生用点心。至于说股权啥的,现在还不值多少钱呢,说不定过两年那个皮包公司就倒闭了,咱们现在分得这么清楚,不是多余吗?"

"好吧。"王梓杰也不说啥了,唐子风有这个态度,他再叽叽歪歪反而显得矫情了。入股新经纬公司属于唐子风过去说过的风险投资,就像入股黄丽婷的超市一样,成功了就能大赚一笔,失败了也不过就是损失几万元而已,这样的项目未来还会有很多,每个项目都去计较谁贡献大、谁贡献小,那大家也别合作了。

随后的两天,唐子风回了一趟机械部,向局领导汇报了一下工作,余下的时间就待在双榆飞亥公司里,一方面是指导《高考全真模拟》的收尾工作,另一方面则是陪着唐子妍学习。

虽然只有短短两三天时间,"一对一"的效果还是很明显地表现出来了。唐子妍和唐子风一母同胞,继承的基因差不多,所以她的智商也是足够高的。在此前,唐子妍学习也不可谓不努力,只是方法不得当,加上老师的水平一般般,所以学习成绩不太理想。

现在她得到一干学霸的指点,相当于在一群武林高手的帮助下打通了任督二脉,积蓄多年的真气滚滚涌动,真有些要引天劫突破的意思。据"家教"们的估计,这姑娘在京城补习一个月,回去之后参加高考,考个一流重点应当是没啥悬念了。

这期间,包娜娜到宾馆去看望过两回唐子妍,给她买了些女孩子用的生活用品,又约好等哪天唐子妍休息的时候,带她去逛西单买衣服啥的。对此,唐子风也没干预,包娜娜嘴上显得很俗气的样子,基本素质还是非常高的,而且性格开朗,让唐子妍和她接触接触,也有助于唐子妍的成长。

唐子风回京城后的第四天晚上,肖文珺打来电话,说雕刻机的设计基本完成了,唐子风便约她次日上午到公司面谈。

第一百五十八章 这不是很简单吗

到了约定的时间,肖文珺独自一人来到了六郎庄小学的教学楼下,唐子风下楼迎接,把她带进公司。因为王梓杰的办公室被唐子妍占用了,唐子风便在大办公室里找了个角落,听取肖文珺的汇报。

"雕刻机的硬件设计没有什么问题,我做了一个总体设计图,细节的设计你拿回去让你们技术处的工程师来做就可以了。这种雕刻机的设计并不复杂,基本上就是一个龙门铣床的结构,电主轴加个架子,伺服控制,加一套系统。

"我查了一下资料,你们临一机过去造过仿形铣床,其实雕刻机的原理就是一台仿形铣床,而且因为是在木材上做雕刻,结构的刚度要求不高,成本也可以大幅度缩减。"

肖文珺展开一张打印出来的缩略图纸,给唐子风讲解着。她说得轻描淡写的,让唐子风感觉此前承诺的1万元报酬很是不值。

"你是说,这东西我们临一机自己也能搞出来?"唐子风问道。

肖文珺说:"如果只是造一台仿形铣床,临一机原本就已经有这样的技术,根本用不着重新设计。"

唐子风听出了肖文珺话里的玄机,问道:"你是说,你这个设计和仿形铣床不一样?"

肖文珺说:"仿形铣床的特点是先要做出一个样板或者靠模,用触头接触样板,触头移动的时候,产生位移信号,然后把位移信号转化为电信号,控制铣头的位移,这样就可以在工件上模仿出与样板一样的图形。"

她一边说,一边在纸上给唐子风画着示意图。唐子风现在也有一些机械常识了,听了两句就明白了。所谓仿形铣床,其实就和后世路边配钥匙用的那种小机器一样,匠人把原来的钥匙固定好,另一边装上钥匙坯子。开动机器之后,有一个触头会沿着原钥匙的齿形移动,另一端的刀片则按照原钥匙上齿形的深浅移动,这样就可以做出一把与原钥匙一模一样的新钥匙。

其实这种配钥匙的小机器,就是简易版的仿形铣床,工厂里用来制造歼星舰配件的仿形铣床只是比配钥匙机大一点,原理是完全相同的。

"这不是很简单吗?"唐子风愕然道,"这么简单,你居然设计了三天,而且……"

他没往下说,其实他刚才一见肖文珺就发现了,这丫头满脸憔悴之色,像是又熬了几天几夜的样子。

小唐很心疼……

心疼他此前许诺的1万元报酬。

第一百五十九章　你又想骗我了

"可是,你需要的是一台仿形铣床吗?"肖文珺看着唐子风问道。

唐子风愣了一下便反应过来了。仿形铣床加工的一个重要前提,是要先制造一个样板或者靠模。用配钥匙的道理来说,就是你必须先有一把旧钥匙,才能仿制出新的钥匙。

工厂里使用仿形机床主要是用于制造复杂形状的工件,人们可以先用木头做一个模型,这就是所谓的靠模。木头易于雕琢,所以用木头做模型很容易,机床再根据木模的形状在金属上雕刻,就能够完成复杂曲面的加工。

可现在唐子风想做的是木雕机床,如果使用仿形铣床,就意味着工匠需要先雕一块木板出来,再用机床仿照这块木板上的花纹来雕刻另一块木板,这不就多此一举了吗?

当然,如果有人要开一个雕花厂,先手工造一个模具,再用机床制造成百上千个相同的产品,自然是可以这样做的。但全国能有多少家雕花厂? 再说,行业里也有专门做木工机床的,估计这种雕花用的仿形机床早就有了,临一机费心费力去开拓这个市场,就很不值得了。

肖文珺看唐子风的眉毛皱了片刻就展开了,便知道他已经明白自己的意思,于是接着说道:"你那天说,你是受你们家建房子时候木匠雕花的事情启发,才想到要开发这样的机床。我考虑,乡下的木匠雕花,肯定不能千篇一律,如果家家户户的雕花都是一样的,大家肯定会觉得不舒服。

"木匠在给各家雕花的时候,应当是用几种花样进行组合,让各家的雕花板图案看起来不同。这样一来,仿形铣床这个思路就不可行了,必须另辟蹊径。"

"牛!"唐子风向肖文珺跷起一个大拇指,由衷地赞道。

啥叫学霸? 像赵云涛、刘啸寒那样光会编程,却混得不得不靠给人装机器糊口的境地,根本就不配称为学霸。只有像肖文珺这样,不但会设计机器,还能比客户想得更深,这才叫真正的学霸。

换成唐子风,当然也是能够想到这个问题的。但可惜他不懂机械,甚至仿形铣床这样的概念都是刚刚接触,自然就想不到这么深入了。如果不是肖文珺机智,看出这个问题,他傻乎乎地回去让临一机试制木工仿形铣床,那可就要闹笑话了。

"所以,我觉得,你想要的应当是一台能够根据图纸来进行雕刻的机床,只要把图纸输进去,想雕出什么花样都可以。有了这样的机器,那些乡下木匠的技能就会跃上一个台阶,届时不但是盖房子的人会请他们去雕花,他们还可以雕刻家具、招牌,甚至是工艺品。"肖文珺说。

"没错没错。"唐子风说,"比如可以在街上摆个摊子,帮人雕刻人像,就像有些人在街上给人画素描一样,我们搞的是立体素描,一张雕版收个百八十块的不成问题。"

"我还真没想得这么远。"肖文珺说,她的目光开始变得迷离起来,或许已经开始思考雕刻人像的技术了。

"别急,妹妹!"唐子风赶紧把肖文珺的思绪拽回来,他问道,"那么,你是说,你已经把这个问题给解决了?"

肖文珺点点头,又摇摇头,说:"我其实只解决了一部分。用现成的图纸来进行雕刻,原理上比仿形机床还简单。仿形机床需要把触头的位移信号转化为电信号,而如果有图纸,直接就可以生成电信号,把仿形的那部分都可以省掉了。"

"是啊!那不是更简单了吗?"唐子风再次醒悟,心疼的感觉又涌上来了。自己为了什么要承诺1万块钱报酬啊?这些钱省下来多好。自己有一个妹妹和一个侄女要养,一个18,一个15……咦,自己是不是跟韩伟昌走动太多,染上他的唠叨毛病了?

肖文珺白了唐子风一眼,继续说道:"如果要雕刻的花纹都是直角边,那么的确是没啥问题。但雕花的时候,花瓣的过渡应当是弧形吧?这种弧形在图纸上如何表现,如何将其转化为铣头的进给轨迹,还有,铣削深度不同的情况下,采取什么样的进给策略,都是需要设计的。我这三天时间,总共没睡满10个小时,就是为了解决这些问题。"

"原来如此。"唐子风听了个半懂,但至少明白这些事情是很复杂的,不是专业人员,肯定想不到这么深。他问道,"这么说,你已经把问题解决了?"

肖文珺说:"这个问题已经解决了。我自己设计了一套图纸规范,规定各种过渡面的标注方法,然后在这个规范的基础上,设计了铣头的走刀策略。只要是按照我这个规范生成的图纸,雕刻机就能够完美地把图案雕刻出来,而且加工时间最短,铣头的磨损也是最少的。"

"你是说,这都是你自己设计的?"唐子风诧异地问道。

"是。"

"过去没人做过?"

"应该没有吧。"

"那么,你考虑过申请专利吗?"

"专利?"肖文珺一愣,"这个也需要申请专利吗?"

"太需要了!"唐子风说,"刚才听你这样一说,我现在对这种雕刻机的前景非常看好。我估计,一年销售2000台没有任何问题,这还不算出口,如果算上出口,一年1万台都有希望。这样的产品,如果不给核心技术申请专利,让别人仿造也就罢了。万一有人居心不良,抢注了专利,回头我们还得付给他专利费,那就冤了。"

"你是说,有了专利就可以收专利费?"

"当然可以!"唐子风说,"有了专利,我们厂要生产这种机床,就得获得你的授权。我们假定专利授权费按每台10元计算,一年是多少钱?"

"2万?"肖文珺有些惊喜,她是按照唐子风说的一年2000台计算的,至于说海外市场啥的,她觉得还有点遥远。

"呃……"唐子风却是有些失望,想了想,又改口说,"一台10元哪够,怎么也得一台100元吧! 一年100万专利费是最起码的。"

"我怎么觉得你又想骗我了?"肖文珺警惕地说。

"什么叫又? 我过去啥时候骗过你了?"唐子风恼道。

"那这回为什么骗我呢?"

"因为……这回也没骗你啊!"

"我不信。"肖文珺摇头说,"再说,我也不要一年100万,只要你能给我申请到1万的设计费,让我凑够买笔记本的钱,我就知足了。"

"笔记本不是问题。"唐子风说,"这样吧,申请专利的事情,我找人去办,你回头写个授权文件给我。未来专利申请下来之后，专利授权的事情我也负责找人办，专利费我提成20%，你看如何？还有，你不是想要1万块钱吗？我先付给你，以后从专利授权费里扣。如果专利没授权出去，这钱就算我友情赞助给你了。"

"这……"肖文珺有些犹豫了。唐子风说的条件太好了，让她有些难以拒绝。尤其是唐子风承诺先给她1万元用于买笔记本电脑，这对她有着极大的吸引力。

但是，这事似乎又有点太大了，超出了她的想象。早上出门的时候，她还是一个为了凑钱买一台笔记本电脑而省吃俭用的女大学生，一转眼就有人告诉她说有可能年入百万，这事怎么想都透着一种不靠谱的味道。

可要说眼前这位唐师兄不靠谱吧，似乎也不是。她过去就听包娜娜说过唐子风开公司的事情，现在坐在唐子风的公司办公室里，那几十台电脑形成的视觉冲击甚是强烈，让她又不得不相信唐子风的能力。

或许，他真能做到这一点呢？一年100万，分给唐师兄20%，自己还剩80万，可以买30台笔记本，每月1号用IBM、2号用康柏、3号……

"唐师兄，你听我说，这台设备还有一个大问题，我目前解决不了。"

肖文珺只是幻想了几秒钟，便回到了现实，她说：

"我刚才说了，它要工作，前提是拥有按照我定义的规范设计出来的图纸。但你想想看，乡下的木匠会用CAD画图吗？

"我目前是想了一个折中的方法，那就是你们厂找人设计一些图案，制作成模型库。这些木匠只要学会从模型库提取现成的模型来生产就可以了。未来你们还可以再更新这个模型库，这样设备就有了加工不同图案的能力。"

"你是说，如果要自己设计图案，就必须学会CAD？"唐子风问。

肖文珺点头："是的，不过我觉得这不太现实。"

"为什么？"唐子风理直气壮地质问道。

"为什么？用CAD也是需要技术的呀！"肖文珺不满地反驳道，"就你们临一机技术处那些工程师的水平，学CAD都有困难，你让一些乡下木匠怎么学得会？"

唐子风笑道："很简单啊，我们把CAD改一下，改成傻瓜式的，只要简单培训一下就能学会。你等着……"说到此，他掏出手机，拨打了一个号码，然后对对方霸气地说道,"李师姐,现在有一个绝好的机会,你如果想抓住这个机会,就带上你那两个'欧',半小时之内赶到六郎庄小学的教学楼来,过时不候!"

第一百六十章　这种算法没啥难度

李可佳接到电话，也不问缘由，直接拎上 2 名合伙人，叫了辆出租车便直奔六郎庄。唐子风让公司前台出去把李可佳一行接进来，又叫来了王梓杰，然后便在大办公室的这个角落里展开了三方会谈。

会议一开始，是由肖文珺介绍她设计的制图规范，也就是如何把一块雕版上的图形在计算机上表现出来。与一般的零件三视图不同，雕版上面有许多花纹，试图用侧视图来表现花纹的过渡曲面是不可能的。

时下虽然也有 3D 设计软件，像 3D_Studio（三维动画生成软件）之类，但设计一个曲面的过程足以让人崩溃。木雕上的图案设计其实是很简单的，多少有点起伏就可以了，用 3D 设计软件去做这种雕版的设计，实在是有点杀鸡用牛刀的感觉。

肖文珺也是考虑到了这一点，所以专门编制了一套制图规范，大致就是先画出图形的轮廓，标出各个高度转折点，然后再定义不同转折点之间是线性过渡，还是弧形过渡。如果是弧形，那么是正向弧还是反向弧，或者服从什么曲线，都可以标注出来。

这样一套表示方法，在机械制图中其实没太大意义，但在木板雕花这个领域里是极其适用的。

"怎么样，赵总、刘总，你们听明白了吗？"

肖文珺介绍完毕之后，唐子风对赵云涛和刘啸寒二人问道。

"这个很简单嘛。"赵云涛说，"在软件里实现也不困难，只要定义不同的颜色代表不同的过渡方式，就可以做到了。"

"你们能设计出一个这样的 CAD 软件吗？"唐子风问。

"这个不用单独设计啊，在我们的华夏 CAD 上加个插件就可以实现了。"刘啸寒答道。

第一百六十章 这种算法没啥难度

唐子风手里正好就有刘啸寒送他的光盘,他打开一台电脑,插进光盘。刘啸寒上前替他操作,很快就把那套华夏CAD给装好了。

点开界面,唐子风这边的三个人都有些无语,李可佳则是有些尴尬。因为这个界面看上去很乡土,满屏花花绿绿的,总共也就不到100个汉字,却用了六七种字体,让人觉得设计师一定是写恐吓信出身的,擅长于掩饰自己的真实笔迹。

"是不是不太美观?"赵云涛看出了几个人的想法,不禁怯怯地问道。关于界面的问题,他们已经被人讽刺过很多回了,多少有点自知之明。

唐子风说:"挺好看的,有些妖艳的美感。不过,咱们面对的是工程师,所以可能稍微严肃一点会更好。梓杰,这事交给你了,你负责去找个美工来把界面调整一下。"

"明白!"王梓杰大声应道,能够在这件事情里发挥一点作用,他觉得很欣慰。

刘啸寒又接着开始演示制图方法,看得出来,这款软件是瞄准图奥CAD而来的,很多操作都与图奥的CAD高度兼容。学习过图奥CAD操作的技术人员,要转而使用华夏CAD不需要费太多工夫。

"操作方法太复杂了,另外很多功能是多余的。"肖文珺评价道。

"哪多余了?"刘啸寒忍不住就要抬杠,这就是典型的码农做派了,听不得别人说自己的程序一句坏话。

唐子风赶紧解释:"刘总,肖同学的意思不是说华夏CAD上的功能多余了,而是说如果要转换成制作雕版图的软件,很多功能就可以省略掉了。"

"删掉一些功能应当不难吧,啸寒?"李可佳对刘啸寒问道。

刘啸寒从李可佳的话里听出了一些打圆场的意味,他点点头,不情不愿地说:"删掉功能肯定比添加功能容易。"

"还有就是简化操作,目标是有小学毕业水平就能够使用。"唐子风又说。

"小学毕业?"赵云涛有些不敢置信。他们开发CAD的时候,都是以自己的知识水平为蓝本的,结果做出来的软件连大专生学起来都嫌困难,现在居然要把标准降低到小学毕业水平。

"能做到吗?"唐子风盯着他们俩问道。

"尽力而为吧。"赵云涛说。

唐子风不吭声,只是向李可佳投去一束不悦的目光:"我是给你们创造机会好不好,你们这二位'欧'怎么这样一副大爷做派?"

李可佳是被两个合伙人气过多回的,已经有些免疫了。她叹了口气,说道:"这个没问题,把提示做得清楚一点就行了,云涛,你说呢?"

"嗯,应该是吧。"赵云涛说。

"还有,最好有一个图形导入的功能。"肖文珺说,"我这几天思考过,如果能够把一些现成的图画,通过软件直接进行转换,变成雕版图案,那么这个软件的适用性就大幅度提高了。对了,刚才唐师兄说可以用来做计算机刻人像,有了这个功能,刻人像也不成问题了。"

"这是一个好主意。"唐子风拍案叫绝,"我们甚至可以不要求工匠会画图,只要他会用扫描仪把图形扫描进去,再一键转化,就可以生成雕版。"

"把图形扫描以后直接转化?这个算法很麻烦啊。"刘啸寒皱着眉头说。

唐子风也懒得跟他生气了,他转头对李可佳说:"师姐,这个软件,如果你们能够在半个月内做出来,我就准备让临一机批量采购,作为标配卖给各地的木雕个体户。一套软件定价2860,临一机按批发价买,每套888。如果顺利,到明年5月之前,我们厂采购2000套没问题。"

"2000套,那就是……"李可佳飞快地计算着。

"178万。"王梓杰用计算器帮她算出来了。

"178万!"赵云涛和刘啸寒的眼睛都直了,唐子风甚至能看到他们嘴角隐隐有些光芒,那是哈喇子的反光。

"前提是,半个月之内必须开发出来。"唐子风面无表情地说。

二人对视一眼,然后异口同声地说道:"没问题!"

这回轮到王梓杰撇嘴了,他看看这两个家伙,问道:"刘总刚才说的什么算法……"

"算法不是问题!"刘啸寒打断了他的话,说道,"我在原单位的时候,就是搞图形算法的,这种算法没啥难度。"

"好吧,你赢了。"王梓杰无语了。

李可佳看着唐子风,问道:"子风,你说的能算数吗?万一你们厂里不认可这个产品,我们可就白干了。"

唐子风说:"你们尽管做,如果我们厂里不认可,我个人赔偿你们的损失,怎

第一百六十章 这种算法没啥难度

么样?"

"这倒不必。"李可佳说,"其实也花不了太多成本的。既然你有这样的把握,那我们可以试试。"

唐子风看了看赵、刘二人,说道:"这样吧,文珺,你和赵总、刘总交流一下软件的要求,越详细越好,以便他们对软件进行修改。师姐、梓杰,咱们到外面去聊,别打搅他们讨论技术问题。"

李可佳和王梓杰都会意地站了起来,与唐子风一道出了办公室,来到走廊尽头的阳台上。

站定之后,唐子风对李可佳问道:"师姐,你原来说给我股份的事情,现在还有效吗?"

李可佳看了王梓杰一眼,然后说道:"当然有效。"

唐子风说:"我想以我和梓杰的公司的名义入股,我们投入10万,要求占40%股份,你同意吗?"

"没问题!"李可佳答应得极其爽快,显然对于唐子风的这个要求是早有心理准备。不过她倒没想到唐子风会以公司的名义来入股,这就相当于让王梓杰白捡便宜了。唐子风的这种处理,也让李可佳对自己与唐子风的合作多了几分信心,这是一个讲究商业道德的人,和这种人合作是更让人放心的。

"他们俩能接受吗?"唐子风又问。

李可佳说:"他们会接受的。其实,我加盟这个公司的时候,他们已经是穷途末路了,我甚至敢说,如果我愿意出2万元,他们就会把这个软件全部卖给我。此前我们在公司也讨论过,想引入战略投资方,最多可以拿出49%的股权,交换10万元的投资。现在你们愿意出10万元,只要求40%的股权,而且还加上你们两位营销精英加盟,我们还赚了呢。"

"那就没问题了。"唐子风说,"稍后你和他们商量一下,如果他们同意这个方案,我们就尽快签协议,然后我们会把10万元打到公司账上,他们俩也别在颐宾楼待着了,给他们租个三居室的公寓,配上最好的电脑,实在不行再配个做饭的保姆,让他们务必夜以继日地把这个软件搞出来。"

"你真有把握让你们厂采购我们的软件?"李可佳再次问道。

唐子风说:"有八成的把握吧。我已经把雕刻机的销售方案考虑周全了,临一机没理由不接受这个方案。搞成了,这将又是一个年产值几千万的大业务,这回厂里如果不给我提成,我直接上厂长办公室静坐去!"

"真的?"

"最起码,到厂长助理的办公室静坐是可以的……"

第一百六十一章　请胖子叔叔吃烤串

双榆飞亥公司向新经纬公司注册 10 万元的举措,极大提高了赵云涛和刘啸寒两位码农的积极性,至于公司因此而转让了 40%的股权,他们并不在意。

两个人下海的时候,对于手上的股权还是颇为珍视的,但在海里扑腾了一年,灌了无数海水之后,他们便明白凭自己的那点水性,在市场大潮面前根本就无法自保。为此,他们引入了李可佳作为公司的 CEO,又在李可佳的鼓动下,准备拿出一部分股权用于市场融资。

他们现在深刻地理解了成功学专家们经常说的蛋糕理论。独占一个小蛋糕,不如与其他人分一个大蛋糕。他们俩做了一年,才把蛋糕做到 1 万元的规模,而唐子风只花了几天时间,就给他们画出了一个价值 178 万的大蛋糕。在这种情况下,分出一部分蛋糕给唐子风又有何妨呢?

10 万元资金到账,李可佳果然在附近给二人租了一套三居室的大房子,作为他们的住处兼办公室,还雇了一个保姆给他们打扫卫生、做饭、洗衣服。

肖文珺最终也与双榆飞亥公司签了一个代理协议,由双榆飞亥公司全权负责帮她进行雕版图纸制图规范以及雕版机刀头进刀策略的专利申请,同时还负责对外的专利授权,以及未来遭遇专利侵权后的维权行动。作为回报,双榆飞亥公司可以获得专利授权费的 20%。

肖文珺知道,在这件事情里,双榆飞亥公司其实算是白白给她帮忙的,因为 20%的代理费实在是很不起眼,以双榆飞亥公司目前的业务规模来说,根本就没必要赚这笔小钱。以她以往的做事原则,她是不喜欢欠别人人情的,但这一回,她接受了这份好意,她甚至都不知道自己为什么会这样做。

关于这项合作,王梓杰只评论了两个字:呵呵。他越发相信唐子风和这位肖同学肯定是有问题的,当然,鉴于肖同学是个技术型学霸,王梓杰对她还是采取了欢迎的态度。双榆飞亥公司要想取得长足发展,拥有一个懂技术的老板娘还是很必要的。

安排完这些事情,唐子风挥挥手离开了京城,不带走一片云彩。

"晓惠,晓惠,快出来帮忙!"

拎着两个鼓鼓囊囊的旅行袋回到在临一机的家,一打开房门,唐子风便大呼小叫地喊着于晓惠的名字。

在京城出发之前,唐子风给厂里打了个电话,让宁默通知于晓惠自己的归期,所以他知道于晓惠这时候应当是在他家里的。

"唐叔叔,你回来了!"

果然,于晓惠闻声从厨房跑出来了,手里还湿漉漉的,估计刚才是在洗菜吧。唐子风专门让人告诉她自己的归期,当然就是要让她准备午饭了。

"来,帮叔叔把这两个袋子拎进去,我实在是拎不动了。"唐子风倚在门边,呼呼地喘着粗气。刚才这些东西上楼,消耗掉了他所有的力气。

"呀,这是什么呀?这么死沉死沉的。"于晓惠试着拎了一下袋子,然后悲哀地发现自己根本拎不动。唐子风是个20来岁的小伙子,拎这些东西都嫌重,于晓惠不过是个15岁的瘦弱女生——不对,她现在已经有些胖起来的迹象了,得益于唐子风时不时留她吃饭,所以更是拎不动了。

唐子风做了个手势,说道:"你先拖到北屋去吧,这两袋东西都是你肖姐姐带给你的,她做人情,倒快把我累死了。"

"是吗?"于晓惠扮了个鬼脸,果然是半提半拖地把两个袋子拉到北屋。

唐子风随她进了北屋,于晓惠指着那俩袋子问道:"唐叔叔,这真是文珺姐带给我的?"

"是啊。"

"是什么东西啊?"

"你打开看看不就知道了。"

于晓惠有些不好意思地蹲下身,拉开旅行袋的拉链,不由得惊呼了一声——那袋子里满满当当全都是装订得整整齐齐的资料。

"这是文珺姐给我买的复习资料吗?怎么会这么多?"于晓惠又惊又喜,其中惊的成分还要更多一些。满满两袋子资料,这是打算让自己做到退休吗?

唐子风笑道:"你先看看再说吧。"

"咦?《高考全真模拟》,怎么会是高考卷子?"于晓惠纳闷了,自己分明是

第一百六十一章　请胖子叔叔吃烤串

个初中生好不好,你给我弄这么多高考卷子来是干什么呢?难道这是预备着自己几年之后用的?

唐子风说:"晓惠,你认不认识正在读高三的学生?"

于晓惠点点头:"我家邻居的姐姐就在读高三,还有几个其他的。"

唐子风拿起一本册子,对于晓惠说:"这是目前京城最流行的高考复习资料,每本包括10套精选的高考模拟题以及最详细的解题思路。你拿去问问你认识的那些高三学生,看他们想不想买。如果他们想买的话,每本是30元钱,你卖给他们就是。"

于晓惠有些不明白:"唐叔叔,文珺姐让你带这些资料回来给我,就是让我卖给那些高三学生的吗?可是我为什么要卖给他们呀?"

唐子风说:"我告诉你,这些资料在京城的批发价是每本15元,你肖姐姐给你买了100套,你如果能卖出去,就还1500元钱给肖姐姐,剩下的都是你的收入,你明白了吗?"

"原来是这样!"于晓惠一愣,随即脸上就露出了欣喜与惊愕交织的神情。

批发商品进行零售这种做法,于晓惠并不陌生。前两年厂里经济困难,最惨的时候一年只发了三次工资,那时候于晓惠的母亲就曾到批发市场批过一些袜子手套之类的东西,摆在大街上销售,于晓惠甚至还帮母亲卖过货,所以知道其中的原理。

听唐子风的意思,这些资料的定价是30元,而批发价是15元,那么自己按30元卖出去,是完全合理的,而从每一套资料的销售中,自己就能够赚到15元的利润。这钱是清清白白的,没有任何问题。

赚这笔钱,也丝毫无碍她的做人原则,因为肖姐姐并没有给她钱,只是帮她在京城批发了这些资料而已。唐叔叔同样没有出钱,只是帮着把资料背回来了。她自然应当感谢这二位的帮助,但这和接受他们的资助是完全不同的。

去向高三学生兜售复习资料,于晓惠没有任何心理障碍。她唯一觉得惶恐的,是这100套资料的利润竟能够达到1500元之多,这对于她来说,简直就是一个天文数字了。

"唐叔叔,这些资料的批发价,真的是15元一本吗?"于晓惠不放心地问道。

唐子风用手在袋子里扒拉了一下,翻出一张发货单来,上面赫然盖着一个"京城双榆飞亥文化传播有限公司"的公章,发货单上写的正是资料100份,总价 1500 元。

这批资料,当然不是肖文珺帮于晓惠批发的,而是唐子风自己从公司拿的。在此前,唐子风让王梓杰打印一套《全真模拟》的精缩版寄给唐子妍,作为她的复习资料。

王梓杰灵机一动,索性找了个印厂,印了一批精缩版的《全真模拟》,其中省掉了那些需要花较多时间掌握的知识,只保留了考前冲刺的内容。只是当作资料印出来,然后便让原来招的学生推销员去小范围地兜售。有些学生推销员脑子比较灵,直接把资料寄回自己过去就读的中学,一所学校也能卖出一两百套。

唐子风知道此事后,便想到了带一些回来让于晓惠去销售。他过去就想过要找办法资助一下于晓惠,让于晓惠帮忙卖书无疑是一个好办法,因为这属于自食其力,不欠任何人的人情。

这些缩略版的"全真模拟",双榆飞亥公司的发货价是每套 20 元,售价 30 元,销售员从每套资料中可以赚到 10 元钱。唐子风心疼于晓惠,索性把批发价报低了 5 元,让于晓惠能够从每套书里赚到 15 元。如果这 100 套资料都能卖出去,于晓惠就能赚到 1500 元,差不多是她父亲大半年的工资了。

至于说要借肖文珺的名义,自然是考虑到了于晓惠的心态。如果唐子风说这是自己帮于晓惠找的赚钱机会,于晓惠肯定会想得更多。而如果说这是肖文珺帮她批发来的资料,她或许就易于接受了。

"那……唐叔叔,如果我赚到了钱,是不是应该分一些给文珺姐啊?"于晓惠怯怯地问道。

唐子风拍了拍她的脑袋,说道:"想啥呢?你辛辛苦苦卖资料赚来的钱,你文珺姐好意思分吗?她其实也没出啥力气,就是知道这个消息以后,跑去批发了 100 套。真正出力的是你唐叔叔,你如果赚了钱,要请唐叔叔吃烤串,知道吗?"

"知道了!"于晓惠脸上笑开了花,她郑重地承诺道,"我如果赚到了钱,一定要请唐叔叔吃烤串,还要请胖子叔叔。"

"别请他,他吃得太多。"唐子风假意说道。

"才不呢!胖子叔叔给我买过那么多吃的,这一次我一定要请他一回。"于晓惠骄傲地宣布道。

第一百六十二章　高风亮节肖同学

于晓惠给唐子风做好中午饭就离开了。她借了唐子风的一个背包,背了25套资料回去,准备中午的时候就到子弟中学的高中部去兜售。唐子风教了她一套广告语,其实这些广告语在资料的封皮上也是写着的,诸如全国多少市级状元联袂编写之类,足够抢人眼球了。

为了防止有人盗印,资料的每一页上都套印了《高考全真模拟》的底图,不影响正常阅读,但如果想用它来做复印,就没法看了。这个底图还能起到一个广告的作用,过了7月份,等下一届高中学生进入高考起跑线,正式版的《高考全真模拟》就该在全国各地同时发售了。

唐子风吃过饭,睡了个短暂的午觉,然后便带着肖文珺画的图纸以及软盘前往厂部,临出门之前还给总师办打了一个电话,让那边的工作人员通知秦仲年一上班就去厂长办公室议事。

实践表明,秦仲年的时间观念远比唐子风要强得多。唐子风不紧不慢地来到周衡办公室时,秦仲年已经到了,正在等着他呢。

"你说送你妹妹到京城去找人补课,怎么去了那么多天?"周衡一见唐子风的面,就语气不善地质问道。

"我顺便跑了点业务啊,这不,我请秦总工过来,就是要谈这事。"唐子风理直气壮地回答道。这一回他真的底气很足,因为他真的不是翘班,而是给厂里找来了业务,周衡非但不能批评他,还得给他报销差旅费。

"说说看,又找到什么业务了?"周衡换了一副笑脸问道。

唐子风在心里鄙视了周衡一番,然后拿出肖文珺画的图纸,交给秦仲年,说道:"秦总工,你先看看这个,咱们能不能造出来?"

"这是啥?"秦仲年接过图纸看了看,嘀咕道,"这就是一台数控龙门铣吧?横梁和立柱都太细了,刚度不够吧,这是用来铣铝材的吗?"

"铣木材,可以吗?"唐子风问。

"你是说,这是木工机床?"秦仲年还是有点不明白,"如果是木工机床,这个难度不大啊,国内有几家木工机床厂都能造这种机床,你是从哪弄到这份图纸的?"

唐子风得意地说:"秦总工,你这可搞错了,这种机床起码在国内是首创,我跟你解释一下,你就明白了。"

说着,他开始讲解这台机床的奥妙,重点介绍了专用制图规范和走刀策略的问题。秦仲年是懂行的人,一听就明白了是怎么回事,不禁连连点头,称发明这套规范和走刀策略的人非常了不起。

周衡在一旁也听出了一些端倪,他问道:"怎么,小唐,你是打算让咱们厂生产这种机床?"

"正是如此。"唐子风说。

"有具体的客户吗?"

"目前还没有。"

"那你打算怎么做?"周衡诧异道。

唐子风说:"我认真想过了,这种机床的销售对象,应当是各地的木雕个体户,或者小型木雕企业。他们可以给建筑雕花,也可以给家具雕花,还可以给店铺做门牌。现在各地都有一些'电脑刻字'的小门面,但他们使用的设备技术水平太低,雕刻英文字体没问题,刻中文就比较困难了,只能用现成的几个字库,没有扩展能力,更不用说自己设计图案。

"我们这款雕刻机床,可以使用现成的图库进行雕刻,也可以自己设计图案,还可以通过扫描图片来生成图案。可以预见,一旦这种机床投放市场,整个木雕行业将发生天翻地覆的变化。我们在造福数以万计的木雕个体户的同时,也能卖出数以万计的机床。"

"数以万计,你这个估计太乐观了吧?"秦仲年摇头说,"你说的那种乡下建房子搞木雕的,我也见过,但总的需求并不大,怎么可能有数以万计的木雕个体户?"

唐子风笑道:"秦总工,供给能够产生需求。现在需要雕花的场合的确不多,这是因为雕花匠人太少,而且收费太高。如果我们把这个门槛降低了,那么需求就会暴涨。比如秦总工的办公桌上也可以雕上秦师母的头像,这不比你把

第一百六十二章 高风亮节肖同学

秦师母的照片压在玻璃板底下强得多？"

秦仲年的脸又黑了！

周衡比秦仲年更懂得市场规律，他想了想，说道："小唐的想法倒也有些道理，你估计，这个市场能有多大？"

唐子风说："我做了一个大致的估算。咱们这种机床，定价应当控制在2万元之内，另外每台机床需要配一台电脑和一个设计软件，电脑和设计软件的费用单算，大约是6000至8000元左右。这样一来，全套设备的投入不到3万元，这是一个个体户能够承担得起的。

"雕一块木板的价格，根据木板大小和花样的复杂程度，收费10元至100元不等。按最低价10元计算，雕3000块木板就能够回本。

"我家目前正在建新房子，以我爸的趣味，恨不得家里的门窗、楼梯、橱柜面板上都要雕上花，我粗略计算了一下，起码是100块以上的雕花板，也就是1000元的木雕费用。

"你还别嫌贵，乡下人盖一幢房子，也得花六七万块钱，拿出1000元来雕花算不上什么。一个县有两三百个村子，算每个村一年新盖一幢房子，就需要2至3万块雕花板。一个县养活三四个雕花个体户毫无难度。全国有2000多个县，这就有上万台雕花机的需求了。"

"账不能这样算。不过，听你这样一说，这个需求倒的确还是挺大的，值得一做。"周衡点头道。

唐子风得意地说："那是当然！周厂长，秦总工，你们算算看，如果一台机床2万元，在全国范围内卖1万台，这可就是2个亿的产值了。等国内市场饱和了，咱们再往国外卖，像什么东南亚之类的，他们那边更酷爱各种雕花产品，市场是大大的！"

周衡自动过滤了唐子风的废话，认真地问："但是，咱们怎么销售这种机床呢？咱们过去做销售，都是针对企业。这种机床的销售对象，像你说的那样，主要是各地的个体户，咱们总不能让业务员满大街找个体户推销去吧？"

"做广告啊！"唐子风毫不犹豫地说，"周厂长，你没看过那种'致富培训'的广告吗？就是教人家怎么养蚯蚓、养蚂蚁、种中药材啥的，培训完全免费，末了卖给人家一堆蚯蚓蛋，一个蛋好几块钱，利润全都在蛋上了。"

"你是说，咱们也可以搞雕花机床的培训？"周衡眼睛一亮，唐子风说的这个招,貌似还真有点靠谱。

"还有就是和各地的下岗再就业中心联系,也是提供就业培训。学会了就买台机床回去创业,赔了赚了都与我们无关。"唐子风说。

"机床的培训没问题。"秦仲年说,"这种机床没啥操作难度,也不容易出安全问题。但你说的要自己设计图案,那就涉及CAD的使用了吧?这个培训可不容易。你想想看,那些做个体户的,大多数学历都不高,而且年纪也比较大,你能保证他们学得会图案设计?"

"这就是我要说的另一件事了。"唐子风正色道,"首先是秦总工说的学习CAD的问题。我在京城的时候,已经联系了一家开发国产CAD系统的软件公司,请他们为我们定制傻瓜版的CAD,要做到只要识字就能够操作。未来这种傻瓜版的CAD要作为咱们机床的标配卖给用户,每套定价888元。"

"这个倒也不算贵。"周衡说,"毕竟一套设备差不多要3万元,花几百元买个软件是应该的。"

"其次,就是我带回来的这些图纸,还有相关控制程序,都已经在申请专利。专利拥有方同意向我们提供专利授权,我们每生产一台机床,要向对方交纳100元的专利授权费。"

"这个授权费是不是太低了?"秦仲年皱着眉头说,"小唐,这些图纸是你找谁设计的?技术人员开发一项技术不容易,咱们不能欺负别人。"

秦仲年这样说是有道理的。临一机前些年引进了不少国外技术,也是需要向国外交纳专利费的,人家的专利费标准高得很,一个小工艺都能收几十美元,更何况唐子风带回来的是整套的解决方案。机床的设计没什么新鲜的,但图纸规范和走刀策略都是很关键的技术,一台收100元的专利费,显然是小唐又欺负人了。

唐子风嘻嘻笑道:"没办法,我找的那位工程师高风亮节,硬是不肯收专利费。我好说歹说,她才答应一台收100元意思一下。要不,秦总工你亲自和她谈一谈,给她加点价?"

"怎么,我认识这位工程师?"秦仲年诧异道。

唐子风说:"认识啊,前几个月她还在咱们厂里待过呢,一口一个秦叔叔地叫你,你居然就忘了?"

"你是说,设计这些图纸的人是文珺?"秦仲年瞪圆了眼睛。

唐子风点头道:"没错,就是清华大学的肖同学,秦总工要不要和她通个电话?"

第一百六十三章　忙并快乐着

秦仲年臊眉耷眼地回去了，一路上还想着要不要给肖明打电话通报一下这件事，顺便再委婉地告上一状，让肖明好好管管那个不尊重老年人的唐子风。

送走秦仲年，周衡没好气地对唐子风斥道："你干吗老这样耍弄秦总工？也就是老秦有胸怀，不和你计较，但你也得注意一点吧，毕竟他岁数也比你大那么多呢。"

唐子风笑道："周厂长，你这就不知道了，古人说'生于忧患，死于安乐'，我不三天两头气气秦总工，他难免会英年早肥，到时候得点心脏病、高血压啥的，不是更糟？"

"胡说八道！"周衡骂了一句，也懒得再纠缠此事了，他问道，"你说这套设备是肖明的那个女儿设计的，此事属实吗？"

"这还有假？"唐子风说，"老肖的女儿是个机械天才，我跟她简单说了一下思路，她就能举一反三，只用了三天时间就把机床设计出来了，还有那套图形规范。"

"你管肖明叫老肖？"周衡看着唐子风，忍不住笑着说，"我怎么听说，你和老肖的女儿在谈朋友呢？"

"这是谣传。"唐子风严肃地说，"我和肖同学是纯洁的友谊，现在又加上了一层，那就是甲方和乙方的关系。"

周衡点点头，这种晚辈之间谈恋爱的话题，他也不便说得太多。他换了个问题，说道："如果这些设计是老肖的女儿做的，那么给她付专利费，会不会有点不太合适？"

"为什么不合适？"唐子风反问道。

周衡迟疑着说："这是不是应当有回避原则？还有，她还是在校学生呢……"

唐子风说："周厂长，你这就是不讲理了。别说老肖不是咱们厂的人，就算

第一百六十三章　忙并快乐着

他是咱们厂的总师,他女儿做出了设计,我们也无权白白占有。至于说她还是学生,这就更不是理由了,凭什么学生就不能收专利费?我还是个孩子呢,机械部就不给我工资了?"

周衡无语,有你这么无耻的孩子吗?他想了想,说:"你说得也有理,既然咱们要搞市场经济,就一切按市场规律办吧。专利费的问题,回头上会讨论一下,再让技术处那边查一下有关文件,按照规定办就行了。

"老实说,如果这种机床能够像你预计的那样卖出 1 万台,每台给小肖交 100 元专利费也不算多,我们交给外国公司的专利费比这多得多了。

"不过,从小肖那边来说,一台 100 元,1 万台就是 100 万,啧啧,恐怕肖明一辈子也没赚到这么多钱,他女儿画张图纸就赚到了。看来,这个时代真是你们年轻人的时代了。"

唐子风说:"我们要鼓励科技创新,对于开发出新产品的人,不管他是谁,都要进行重奖,这样大家才有积极性。肖文珺拿走 100 万专利费,看起来很多,但她一个产品能够为我们创造出 2 亿的产值,给她 100 万又算什么呢?"

"是的,我们应当有这样的气魄。"周衡说,接着,他又安排道,"你到销售部去,和销售部的同志再议一下,看看这个项目是否可行,另外具体的销售方案该如何做。我个人对于这个项目还是比较看好的,如果做成,未来不说做到 2 亿产值,一年能够有几千万,对于临一机来说,也可以成为一项新的支柱性业务了。"

领导一声令下,各部门又紧锣密鼓地忙碌开了。

首当其冲的是技术处。

技术处原本是一个比较悠闲的部门,工程师们每天上班就是一杯茶、一支烟,找几本技术资料看看,心情好的时候便在图纸上画几笔,有时候设计一个螺母都恨不得要花两星期时间。

可自从周衡等人上任之后,工程师们的好日子就到头了。先是为了设计打包机而苦干了大半个月,接着便来了数控重镗的设计业务。忙了两个月,好不容易把重镗的图纸交出去,厂里又揽来了机床翻新改造的业务,这可是无底洞。

像打包机、重镗这些,好歹也就是一锤子买卖,设计出来就行了。机床翻新是针对旧机床的,几乎每种机床都要单独设计一套改造方案。有些客户那里的机床,是临一机的工程师们从未见过的,他们需要先到现场去研究这台机床,弄清楚它的工作原理,再确定数控模块的安装位置、电缆的走线方式,以及哪些部件需要进行更换,这都不是简单的事情。

这桩活没做完,厂里又声称要开发木雕机床。秦仲年倒是拿回来了一张图纸,说是机床的总体设计,但大家看过之后,都摇头不迭。作为一家专业的机床企业,临一机有着丰富的机床设计经验,肖文珺搞出来的这个设计,大体思路是没问题的,但诸多细节就欠考虑了,所以还需要重新进行设计。

此外,一台机床光有总体设计还不够,每个零部件都要单独出图纸,否则是不可能造出来的。秦仲年还带回来一个精神,要求机床的设计要考虑到成本问题,在保证质量的前提下,要尽可能降低成本,这涉及能否顺利销售。

大家现在无比感激唐子风给大家解决了甩图板的问题。用 CAD 做设计,起码为大家减少了七成的工作量。机床上有些零件形状差不多,只要改一下尺度就可以移植到其他机床上去使用,而搁在过去,像这样的零件是需要重新画图的,大量时间都是消耗在这种体力劳动上。

尽管肖文珺做的机床总体设计受到了诟病,她设计的图形规范和走刀策略还是得到了众人的广泛赞誉,而事实上,这些才是这台木雕机床的核心技术所在。临一机的工程师们经验足够丰富,但要说创新能力,就有些不足了,肖文珺的贡献恰恰就在于这方面,这一点,秦仲年也是不得不承认的。

销售部的情况也差不了多少。得到唐子风的指示之后,新上任的销售部副部长韩伟昌片刻都没耽搁,马上召开了全体会议,讨论木雕机床的销售前景及销售方案。

销售员们都有着很强的业务敏感性,一下子就嗅出了这个产品中蕴含的商机。经过评估,大家认为这种新型的木雕机床年销售 2000 台不成问题,按每台 2 万元的售价,能够产生不少于 4000 万的产值。

关于销售思路,大家更是天马行空,一口气提出了十几种方案,其中包括了唐子风说过以免费培训带动销售的方式,以及与各种就业培训机构合作的方式。除此之外,还有在报纸上做广告、在各地找代理商、让全厂的职工帮助做口碑营销等等。

思路有了,还需要进行具体的落实。韩伟昌大手一挥,众人便开始写文案、联系媒体、联系培训机构等,其中如何忙碌也不必细说了。

采购部、生产处、各车间也都纷纷行动起来,未雨绸缪地做着各种准备工

第一百六十三章 忙并快乐着

作。如果木雕机床的销售能够达到预期,那就意味着临一机一年要生产2000台以上的机床,这对于原材料采购、生产组织等都是一个严峻的挑战。

各部门虽然忙得不可开交,但大家的心情是非常愉悦的。有工作就意味着有奖金,厂里的业务形势好,厂领导做出的普调工资的承诺就更有希望实现。没有人会和工资过不去,连宁默这种让人一看就联想到"好吃懒做"四个字的胖子,谈起厂里最近的变化也是眉飞色舞。

"老唐,你们这些人来了,咱们临一机可真是大变样了。你看,连晓惠都能请我吃烤串了。不行,我今天得多吃几串,不能让晓惠扫兴。"

宁默手里握着一支油光光的烤串,嘴里咯吱咯吱地嚼着肉,含含糊糊地说道。他们此时正坐在东区菜场外的夜市上,请客的正是于晓惠。

于晓惠推销复习资料的生意做得异常顺利。这套资料的水平远远超出了临河市各高中目前使用的复习资料,一时间非但临一机子弟中学的学生抢着购买,临河市一些学校里的学生也托人到临一机来买。唐子风原来还担心100套资料很难卖出去,结果没到一星期就已经售罄了。

于晓惠把1500元钱的本金交给唐子风的时候,兴奋得小脸通红。她告诉唐子风,自己把赚到了1500元交给父母时,她母亲激动得都哭出来了,专门抽出200元钱让她去请唐子风吃烤串,说要好好地感谢一下唐助理。

就这样,唐子风叫上了宁默,与于晓惠三个人来到了夜市的烤串摊子。于晓惠第一次做东,难免有些手忙脚乱,一会问唐子风和宁默喜不喜欢吃这种,一会又问要不要加几串那种,唯恐招待得不够殷勤。

宁默和唐子风都是穷人家出来的孩子,自然懂得于晓惠的心情,于是故意装出嘴馋的样子,吃得津津有味。于晓惠自己吃得很少,她坐在一旁,眼睛亮晶晶地看着两位叔叔边吃边聊,心里很是舒畅。

第一百六十四章　不理解胖子的逻辑

"晓惠,卖资料有没有耽误学习啊?"

唐子风吃了一口烤串,笑呵呵地对于晓惠问道。

"没有。"于晓惠说,"前几本卖的时候还费了一点工夫给他们解释,后来高中有个老师看到了资料,说这份资料很好,建议学生有条件的都去买一套,结果一下子就来了好多人买,然后还有临河市的学校的。还有好多没买到的不高兴呢。"

"这还不简单,你给你文珺姐打个电话,让她再给你寄几百本来,发铁路快运,两三天就到了。"唐子风说。这事他与肖文珺是有默契的,根本用不着肖文珺去办,只要肖文珺告诉王梓杰一句,王梓杰就会安排人办了。卖资料这种事情,对于双榆飞亥公司来说是多多益善。

于晓惠有些窘,沉默了一会,才怯怯地对唐子风说:"唐叔叔,我想给文珺姐分一些钱,你帮我跟文珺姐说说好不好?"

"她又不缺你这俩钱。"唐子风说,"她爸是军工企业里的总工呢,工资高得很,她哪会缺钱?"

"才不是呢,文珺姐说她要买电脑,正在攒钱呢。"于晓惠说,这也不知道是什么时候肖文珺跟她说过的。说罢这话,她又换了一个理由,说:"其实也不是她缺不缺钱的事情,是我自己不好意思总这样麻烦她。这两天有好多人都来找我,要买资料。不过如果文珺姐不收钱,我不好意思让文珺姐再帮我去批发。"

"可这样一来,文珺姐不也不好意思了吗?"唐子风笑道,"她又没出什么力,凭什么还分你的钱?"

"她给我提供了信息啊,你说过,信息也值钱的。"于晓惠认真地说。

唐子风想了想,点点头,说:"行,这事我来跟她说。这样吧,上一批就这样了,我让她再给你寄一批过来,每一套你按20块钱给她,你赚10块,她赚5块,

第一百六十四章 不理解胖子的逻辑

你看好不好？"

"好！"于晓惠欣喜地应道。

"那么，你要多少套？"唐子风问。

于晓惠迟疑一下，伸出一个手指头，想了想，又换成了两个，而且看那神气，似乎还在琢磨要不要换成三个。

"200套？"唐子风问。

"嗯。"于晓惠答应的声音很小。

"要不要多一些？"

"这样是不是不太好？"

"为什么不好？"

"这么好的资料，是不是特别难批发啊？"

唐子风笑了："傻丫头，人家公司巴不得你多批发呢。你卖资料，公司也能赚钱的呀，有钱赚的事情，人家干吗不做？现在印刷厂多得很，想印多少套都能印，就怕你卖不出去呢。"

"真的？那就……"于晓惠兴奋起来，她想了想，把手指头又换成了"1"，看着唐子风不说话。

"你这是……1000套？"唐子风猜测道。

于晓惠用力地点了点头，说道："我问过了，光是咱们临河市区，就有3000多高三的学生，补习班还有1000多人，还有人帮外地的同学买的，这些天光是到我这里来问的，就有上百人了，我觉得1000套完全能卖得出去。"

"可是你有时间卖吗？"唐子风问。

于晓惠说："我就利用中午休息的时候，到学校操场上摆摊子。外校的人知道了就会来买的。嗯，我还可以一边摆摊子一边做作业，不会耽误时间的。"

宁默在一旁插话道："晓惠，我刚才听你们说，如果你卖1000套资料，你就要收3万块钱了，你也不怕被别人抢了？"

于晓惠笑道："我当然想到了，我请了两个高三的男生给我当保镖呢，他们都是我爸爸的师兄弟家里的孩子，和我很熟的。"

"哈，真不错，晓惠现在也有点女老总的样子了。"宁默哈哈笑道。

于晓惠有些不好意思，唐子风赶紧替她打圆场，说道："你考虑得很周全。这样吧，我先把这一次的钱给你文珺姐汇过去，同时让她再给你发1000套资料过来。你能卖多少算多少，卖出去的就按20元一套给她结算，卖不出去的，我再寄回去，人家公司是承诺全部回收的。"

"我肯定能卖完的！"于晓惠保证道。

这事也就说到此为止了，于晓惠张罗着给唐子风和宁默二人倒啤酒，又把服务员刚送过来的热腾腾的烤串摆到两人面前。唐子风和宁默互相敬了酒，聊起了大人间的事情。

"老唐，你说你这脑子是怎么长的？回一趟家，就能琢磨出搞木雕机床的主意。我在车间听芮师傅说，这种机床市场非常大，咱们厂能赚一笔大钱呢。"宁默说。

唐子风说："我的工作就是琢磨这种事情，所以看到什么都要琢磨琢磨，这没什么奇怪的。我如果懂技术，就跟你一块当装配钳工去了，成天不操心，多美。"

"当钳工美个啥？"宁默不屑地说，"这几个月厂里的活一桩接一桩，动不动就加班，你没看我都累胖了吗？"

"累胖了是什么鬼？"唐子风不解。

宁默说："累了就要吃好的，吃好的就会胖，这有什么不明白的？"

唐子风摇头："没胖过，不理解胖子的逻辑。"

宁默说："动脑子才会瘦，干体力活是越累越胖的，这就是我的经验。"

唐子风说："你不想累也很容易啊。我给你支个着，等咱们的木雕机床做出来，你买一台，然后把工作辞了，回屯岭乡下去开木雕店。我让韩伟昌那边的业务员评估过，开个木雕店，如果机会好，半年能够回本，然后一年赚六七万不是问题。而且木雕店的工作基本上不费啥体力，主要就是在电脑上画图。这不是比你在这当个钳工强？"

宁默正想驳斥一番唐子风的馊主意，却听坐在旁边听他们俩聊天的于晓惠突然插话道：

"唐叔叔，你说的是真的吗？"

"什么真的？"唐子风有些不明白，这个话题似乎与于晓惠无关啊。

于晓惠说："你刚才说，开个木雕店不用费体力，就是在电脑上画图，然后还有收入，是不是真的？"

"你不会是想辍学去开木雕店吧？"唐子风诧异道。

第一百六十四章 不理解胖子的逻辑

宁默却是反应过来了:"晓惠,你是想让你爸爸干这个?"

"你爸爸?于师傅?"唐子风也回过味来。他不如宁默反应得快,是因为他对于晓惠的父亲于可新并没有什么印象,而宁默在车间里工作,偶尔会听人说起于可新的事情,所以一下子就想到这一层了。

于晓惠的父亲于可新原来是车工车间的工人,因为得了慢性病,不能劳累,所以办了病休,在家里养病。病休的工人除了基本工资之外,就没有其他收入了,加上作为病号,于可新还得吃点好的以补充营养,因此于晓惠家才会如此拮据。

于晓惠的母亲是个家属工,收入不高。于可新待在家里,也会想方设法地干点力所能及的工作,赚点外快以补贴家用。于可新小时候学过一点花鸟画,现在偶尔给人画个条幅啥的,供一些附庸风雅却又囊中羞涩的人家挂在家里做装饰用。他画的花鸟画只能算是勉强看得过去,所以一幅画也卖不了几块钱,而且能找到他门上来求画的也是寥寥无几。

厂里生产木雕机床的事情,于晓惠听唐子风说过,但不知道这东西是干什么用的,自然不会太上心。可刚才听唐子风给宁默出主意,说只要在电脑上画画图,一年就能够赚六七万,她马上就想到了父亲。

她倒不觉得唐子风说的一年六七万收入能够实现,但哪怕是一年六七千,甚至六七百,也是一笔不错的收入。更重要的是,它能够让父亲不再成天哀叹自己是个废人,她希望看到父亲还像她小时候看到的那样高大、自信、爽朗……

"于师傅会画画,画得还挺好的。"宁默向唐子风解释道,"听老师傅们说,过去厂里搞宣传的时候,在墙上画宣传画,就经常是于师傅去画的。后来因为他身体不好,画不了这种画,才办了病休。"

"是这样啊?"唐子风点点头,"如果是这样,那这个木雕业务还真是挺适合他的。对了,我觉得可以形成一个夫妻模式,于师母负责揽业务,还有搬木材啥的,于师傅就负责电脑作图,这是只需要坐着干的活,累不着。"

"真的?"于晓惠大喜,接着问道,"唐叔叔,你刚才说开木雕店要买木雕机床,这个机床贵吗?"

"不贵,一套机床,加上电脑和设计软件,不到3万块钱。"唐子风回答道。

于晓惠眼睛的光芒迅速地黯淡了下去,3万元,对于唐子风来说当然是个小数目,可对于晓惠家来说,就是一个无法企及的目标。她清楚地知道,家里几乎没有积蓄,有时候甚至还要借钱度日。要凑出 3 万元去买一套木雕设备,实在是一个妄想。

"怎么,晓惠?"唐子风感觉到于晓惠的情绪变化,愣了一下才明白过来,自己真是犯了"何不食肉糜"的错误了。在这个年代,能拿出 3 万元钱的家庭不少,但其中并不包括于晓惠家。

他下意识地想说大不了自己借 3 万元给于可新,等他赚回本再还。话到嘴边,突然一个念头涌上心来,他不禁呵呵地笑了起来。

第一百六十五章　唐助理来了

"唐助理来了,快请快请,有失远迎!"

听说临一机的总经济师宁素云和厂长助理唐子风联袂来访,市工商支行新任行长郭云策极好地演绎了啥叫"倒屐相迎"。他从行长室跑出来的时候,上衣扣子都扣错了一个。这里倒也不必有什么不雅的联想,老郭只是因为天气热,在办公室没穿外套而已。

临一机来的是两位厂领导,论级别,宁素云是比唐子风更高的,但郭云策愣是把主宾当成了唐子风,其中的缘由就涉及他前任的那些伤心事了,大家自是看破不说破。

把宁素云和唐子风让进会议室,请他们落座,又安排了工作人员奉上茶水和水果之后,郭云策与支行办公室主任田琳琳在客人对面坐下,开始询问起对方的来意。

"郭行长,说起来很不好意思。"宁素云先开口了,"去年我们周厂长到任的时候,前面的班子留下了一个烂摊子,光是欠咱们工商支行的贷款,就有2700多万。承蒙贵行体谅我们的困难,没有向我们催讨。过去这大半年,我们只偿还了一些利息,所以现在欠贵行的贷款总额还是2700多万,我们对此非常抱歉。"

"这个……呵呵,银行嘛,为企业保驾护航,也是应当的嘛。"郭云策笑得很勉强。

2700多万的未收回贷款,对工商支行来说也是一个沉重的负担。这两年国家的政策是收紧银根,各银行都有回收陈年贷款的任务,临河工商支行为了这件事情,没少在省分行那里受批评。

可批评又能如何,郭云策除非是吃了豹子胆,才敢去临一机催讨欠款。他上任的时候,市里领导就打过招呼了,说临一机的钱先缓一缓,给临一机的新领导班子一个缓冲时间。郭云策明白,市里打这个招呼,不是因为市领导和临一机有什么交情,实在是出于维护临河市的和谐稳定而不得不这样做。

最近几个月,临一机的财务状况全面好转。工商支行作为临一机主账户的开户行,那些资金往来怎么可能瞒得住他们?随着临一机账面上的余额越来越多,信贷科的科长已经好几次向郭云策请示,要不要向临一机说一说,哪怕是暗示一下,让临一机先还个百八十万的,至少也是一个态度吧?

郭云策对此也有些心动,但具体到如何向临一机暗示,他却没想出一个好办法。万一暗示不成,反而让对方误会,那可就玩砸了。

谁承想,自己还没去暗示,人家就跑到门上主动提起这事了,这是打算还钱的意思吗?

郭云策心里闪过一个念头,但旋即又惶恐地想到,莫非人家是先礼后兵,先道歉,然后打算再借更多的钱?

是啊,如果不是为了借更多的钱,人家有必要上门来吗?还钱这种事情,哪有债务方主动提出的?俗话说得好,靠本事借到的钱,凭什么还?

郭云策在这情绪波动,那头唐子风笑着开口了:"工商支行对我们临一机的帮助,我们全厂7000名职工没齿难忘。很多职工都表示,等临一机真正脱困了,要做一面大大的锦旗,敲锣打鼓地送到支行来呢。"

"这个就不必了,真的不必了!"郭云策带着哭腔婉拒道。

宁素云知道唐子风是在搞怪,她瞪了唐子风一眼,然后回过头笑着对郭云策说:"郭行长,你别听小唐的,他一天到晚都没个正形,在厂里周厂长三天两头都要训他的。"

"哪里哪里,唐助理年轻有为,这是众所周知的。"郭云策说。

宁素云说:"郭行长,我和小唐这次来,是来商量偿还工商支行贷款的事情的。这几个月,我们厂经过艰苦努力,开拓了一些新市场,财务状况有了比较明显的改观。虽然说距离上级给我们定下的脱困目标还有一些差距,但周厂长表示,我们是讲信誉的企业,总是拖欠银行的贷款,也不合适,所以指示我们挤出资金,先偿还一部分贷款,额度不大,还请郭行长不要计较。"

"这个……"郭云策再次支吾起来,他没弄明白宁素云的真实用意,自然不便表态得太早,他含糊其词地说道:"贷款这事嘛,我们也的确有些为难。上级对我们是有要求的,因为临一机的这笔贷款,我们在上级那里也是受过批评的。

第一百六十五章 唐助理来了

"不过,临一机的困难,我们也是知道的,为此,市领导也做过指示……所以嘛,还钱这事,就由宁总这边来定吧,量力而行就好。"

"钱是肯定要还的。周厂长说了,有借有还,再借不难嘛。"唐子风又在旁边说起了风凉话。

"呃……"郭云策咧了咧嘴,最终还是决定装聋子,只是对宁素云问道,"宁总,你们准备先偿还多少呢?"

"300万,郭行长看行不行?"宁素云说。

"完全可以!"郭云策答应得极其爽快。说真的,他根本没想过临一机愿意一下子还300万,以他的想法,临一机能还100万意思一下,他就很满足了,毕竟可以向上级有个交代了。300万,这可真是一个意外之喜呢。

"不过……"

没等郭云策高兴一会,宁素云来了个转折:"这300万,我们拿不出现金,打算用设备来还,郭行长看怎么样?"

"设备!"郭云策觉得自己像是大冬天被人往脖子里塞了一把雪,愤怒至极。要不是看到唐子风在场,他几乎都想跳起来骂人了。

"宁总,我们是银行,要设备干什么?"田琳琳在旁边插话了。她已经能够感觉到行长心跳加速,血压飙升,浑身上下冒着热气,一不留神就要变成钢铁侠的那种节奏。

说真的,这一刻她也被气疯了。欺负人也不是这样欺负的吧?你们不还钱也就罢了,跑来口口声声说要还钱,临了却说要用设备来还。拜托,你们厂是机床厂好不好,我们数钞票需要机床吗?或者我们给职工一人发一台机床拿回家当福利吗?

唐子风温和地一笑,从包里掏出两张宣传彩页,隔着桌子递到郭云策和田琳琳面前,说道:"郭行长、田主任,你们别生气,先看看这个再说。"

两人强压着怒气,接过彩页看了起来,反而越看越糊涂了。

"木雕机床,创业担当;长缨在手,人生辉煌……这是什么意思?"郭云策问道。

"是这样的,长缨牌木雕机床,是我们厂开发的一种新产品。它主要用于各种木材工艺雕刻,比如家庭装修、家具制造、工艺美术等。木雕机床体积小,操作简便,应用范围广泛,投资少,见效快,非常适合于个体创业。

"一套木雕机床加上配套的电脑和设计软件,总价格为28888元,我们打算提供100套设备给工商银行,用于冲抵我们欠工商银行的288万8800元贷款。"

唐子风巧舌如簧,比郭云策的手下推销国库券还专业。

"可是,我们要这种机床干什么?难道你们是想让我们帮你们卖机床?"田琳琳诧异道。

"是啊,唐助理,我们也不擅长搞销售啊。"郭云策也说道。

唐子风说:"这就是宁总和我来拜访你们的目的了。堂堂工商银行,怎么能做销售机床这种事情呢?我们今天来找郭行长,是想送给郭行长一个机会,一个上头条的机会?"

"什么条?"郭云策蒙圈。

"头条啊!"唐子风说,"头条都不懂?就是报纸上的头版头条。这件事情办好了,我保证你郭行长成为省分行系统今年的劳动模范,明年提分行行长,后年就是总行……"

郭云策赶紧打住:"等等,唐助理,分行总行啥的,咱们先放放,你说的头版头条是什么意思?"

唐子风说:"郭行长,我看报纸上说,省分行推出了一项举措,联合劳动厅、省工会等,为省内的下岗职工提供再就业扶持贷款,有没有这么回事?"

"有啊。"郭云策答。

"效果怎么样?"唐子风问。

郭云策苦笑道:"效果只能说是一般吧。这种贷款,主要是针对那些下岗之后准备创业的职工。真正有能力创业的,人家也不稀罕这几万元的贷款。没有能力的,拿了钱不知道该干什么。就比如咱们临河有一个下岗工人,贷了2万元,照着报纸上的广告去学养蚯蚓,结果蚯蚓没养活,把钱都扔水里了,现在我们还发愁要不要他还钱呢。"

唐子风说:"这不就得了?"

"什么意思?"郭云策不明白。

唐子风说:"下岗工人,那也是工人啊。你让工人去养蚯蚓,这专业也不对口吧?能不赔钱吗?工人就得开机床,这才叫人尽其才,对不对?"

"你是说,我们可以贷款给那些下岗工人,让他们买你们的木雕机床,开木

第一百六十五章 唐助理来了

雕店?"

　　郭云策眼前一亮,他终于知道唐子风这云山雾罩地说了半天,是在打什么主意了。而且他还敏锐地意识到,这或许真是一个好主意呢。

第一百六十六章　有个不情之请

20世纪90年代,国民经济由传统的计划体制转向市场体制,国企遭遇了前所未有的困境。大批企业破产或者改制,数以千万计的国企职工下岗待业,造成了非常严重的社会问题。

国家启动了规模庞大的下岗再就业工程,这一工程甚至惊动了联合国和国际劳工局。为了帮助下岗职工再就业,各级政府部门可谓是八仙过海、各显神通,有的积极创造就业岗位,分流职工,有的提供再就业培训,帮助职工转换职业。

银行作为金融部门,面对促进下岗再就业的政治任务,也不能无动于衷,于是纷纷推出扶持下岗再就业的相关金融政策,向准备创业的下岗职工提供小额低息甚至无息贷款,帮助他们克服资金短缺的困难。

东叶省作为一个南方省份,下岗问题不像东北那样严峻,但全省上下也有数十万下岗职工。省工商分行早在去年就已经推出了面对下岗职工的小额信贷服务,这种业务对于银行来说完全是亏本的,但其政治意义重大,所以下属各支行也要尽心尽力去完成。

工商银行临河支行也分配到了一定的下岗职工小额信贷任务,但发放信贷的情况很不理想。信贷不是救济,不能说谁缺钱就给谁发一笔。发放信贷的前提是对方有可行的创业方案,获得资金扶持之后,能够迅速见效,并在指定的时间内偿还贷款。

下岗工人大多没有什么经商的经验,许多人下岗之后只是到沿海或者本地的私营企业去打工,而不会考虑自主创业。偶尔有些想创业的,正如郭云策说的那位养蚯蚓的仁兄一样,属于上赶着去给人交智商税的,看到报纸上有个什么"致富秘诀"就把钱砸进去了,最后血本无归。

鉴于发生了若干起下岗职工创业血亏的情况,工商支行在发放再就业信贷

第一百六十六章 有个不情之请

时,也不敢太随意了,而是要让对方把创业的具体打算说得一清二楚,还要反复评估,看看是不是可行。就这样,一笔区区几万元的贷款,恨不得请专业人士来给对方做个营销分析,当初给临一机贷 2000 多万都没这么费劲过。

贷款是政治问题,贷款收不回是经营问题,两个问题郭云策都得考虑,这就让他头痛不已了。有时候,郭云策也会想,能不能自己去找几个比较靠谱的创业项目,硬塞给下岗职工去做,这样就没有风险了。可问题是,哪有这样的项目呢?

正在瞌睡之间,枕头就送到了。唐子风说的这个什么木雕机床,听起来似乎有点靠谱的意思。临一机毕竟是这么大的企业,和那些卖蚯蚓苗的皮包公司是两码事,临一机推出的项目,应当算是优质项目吧。

"唐助理,你跟我详细说一下,这个木雕机床是什么情况。"郭云策急切地说。这一会,他不再觉得唐子风面目可憎了。这小伙子,人长得真帅,眉清目秀的,一看就是心肠特别好、习惯于与人为善的那种人……

唐子风把临一机关于木雕店的营销策划案详细说了一遍,郭云策和田琳琳都听得直点头。他们也都是有社会经验的,能够想象得出这样一家店的商业前景。按最悲观的估计,投入 3 万元的设备,一年多的时间收回成本是不成问题的。

现在非但农村人盖房要搞各种木雕,城里人也有在家里弄个什么玄关、踢脚线之类的,这都是木雕店的市场机会。装修一个家,花上万把块钱很正常,其中拿出几百块钱去雕花,有何困难呢?郭云策甚至想到,工商支行下属各个网点的柜台是不是可以雕上花纹装饰一下,这能花多少钱?

唐子风说:"郭行长,木雕店这种业务,在一个城市有三四家就足够了,一个县城能有一家就行,再多就赚不到钱了。我建议由你们临河工商支行发起,但交给省分行去统筹,在全省范围内推广木雕机床,这 100 套设备,就是用来做这件事的。

"我们两家可以联合举办几期木雕机床培训班。我们临一机负责提供免费的培训,你们工商支行为学员提供食宿。学员学成之后,由工商行提供卖方贷款,为学员购置全套设备,用于回家创业。

"这件事如果运作得好,上省报的头版头条是没问题的。最大的功劳当然是分行的,但临河支行作为最早提出创意的单位,又联系上了临一机提供设备,功劳也是不可抹杀的。你郭行长能不在报纸上露一面吗？"

"哈哈，这个我倒不在乎。"郭云策的脸笑得如一朵盛开的雏菊，他摆着手说，"个人的名利算得了什么？能够帮助下岗职工搞创业，我就觉得很欣慰了。"

"对了，唐助理，以后做宣传的时候，能不能提一句，说临一机能够开发这种机床，是我们郭行长提供的思路……"田琳琳在一旁请求道。身为办公室主任，想领导之所想，也算是先天禀赋了。

唐子风爽快地说："那是必须的！郭行长为了下岗职工创业的事情，殚精竭虑，三次亲临我们临一机，请求我们开发适用于下岗职工创业的小型机床。我们正是在郭行长的启发下，才设计出了这样一款机床。"

宁素云已经把脸撇到一边去了，这个场面实在是太丢人了，她都替唐子风脸红。

郭云策则是老脸生晕，连连摆手说："这个使不得，这个使不得，我只是想过这个问题而已，想不到和唐助理英雄所见略同了。"

"这么说，这件事可以敲定了？"唐子风问道。

郭云策点点头："我看行。这件事对于下岗职工来说是一件大好事，我相信分行是一定会支持的。"

唐子风说："如果是这样，那还请郭行长抓紧时间向分行请示。如果分行那边因为某种缘故暂时不能接受这个方案，我们就准备去找其他银行了。对了，城市信用社那边好像也有这样的业务。"

"不会的，这件事是我们工商银行的事情，我们责无旁贷。唐助理放心，我一会就让小田他们起草方案，明天我亲自送到分行去，当面向分行领导陈述。"郭云策只差拍胸脯赌咒发誓了。

唐子风说："那就好，我们也是觉得这件事早一天办成，下岗工人们就可以少受一天罪。对了，郭行长，我可要先跟你预约一下，如果这个政策能下来，你一定要留一个贷款名额给我。我们厂有一位常年病休的职工，我想让他来申请这笔贷款，然后在临河市区开一个木雕店。"

"你们厂的职工，你们自己不会支持一下，为什么还惦记我们这点钱？"

郭云策在心里暗自鄙视着唐子风，脸上却带着笑，说道："这完全没问题，我们的政策本来也是为这些职工服务的嘛。"

"那好，我们就先告辞了。"唐子风站起身说道。

第一百六十六章 有个不情之请

郭云策、田琳琳一直把唐子风和宁素云二人送出了支行的大门,来到停在马路牙子上的小轿车旁,握手道别。就在唐子风他们准备登车之时,郭云策突然喊住了唐子风,然后面带窘迫地说道:"唐助理,我突然想起一件事,有一个不情之请,不知道合适不合适说。"

"什么不情之请?"唐子风很是诧异。

郭云策说:"我听人说,你们厂的子弟学校,弄到了一批名叫《高考全真模拟》的复习资料,非常珍贵。我家那个小子,恰好就是今年高考,能不能麻烦唐助理跟子弟学校说一下,让一套资料给我?"

"就这事?"唐子风有些哭笑不得,这都算啥事啊?

"唉,可怜天下父母心啊。"郭云策说,"我家小子学校里有同学弄到了一套,像宝贝似的,舍不得给别人看。听说这资料上面还有底纹,复印也不行,你说这都是哪个人想出来的歪点子……"

唐子风正色道:"郭行长,打击盗版,人人有责,这可不是什么歪点子。"

"对对,防盗版嘛,应该的。"郭云策改口极快,"你看,唐助理,你方便帮我弄到一套吗?"

"这个简单。"唐子风说,"郭行长想要,我就算是把子弟学校校长儿子的那套抢过来,也得满足郭行长的要求嘛。对了,你只要一套吗?田主任呢,你不要个十套八套的?"

"要啊!"田琳琳急切地说,"我这不是不好意思向唐助理开口吗?唐助理如果能弄到,帮我弄一……啊不,二……嗯,有四套是最好啦,我姐家的孩子,我闺密家的孩子,还有我爱人他表弟的二姑家的孩子,还有……"

"田主任不用说了,你们想要多少套,我都给你们弄来。要不这样吧,临一机还欠你们2400万贷款,我都用资料抵了行不行?"

第一百六十七章　木雕工作室

噼噼啪啪的鞭炮声在宁乡省春泽市的一条小街上响了起来，吸引着周边的商户和过往路人前去围观。只见在一处不起眼的小门面前，有一对中年夫妻正用竹竿挑着一挂千响长鞭在燃放，两个人的脸上都洋溢着激动与忐忑交织的神情。

"曹师傅，小易，你们这是怎么啦？"隔壁开药店的商户忍不住上前询问。

这一对中年夫妻，男的名叫曹建中，女的名叫易秀英，原先都是春泽机械厂的工人。两年前，机械厂陷入严重亏损的境地，所有工人都回家待岗，这夫妻俩便倾尽家里的积蓄，在这条小街上租了个门面，做些早点、简餐之类的，聊以维生。

也不知道是两口子的手艺欠佳，还是这条街的人气不旺，夫妻俩的小吃店一直生意冷清，交完房租之后，余下的收入维持一家人的温饱都成问题。

前些天，周边的商店突然发现小吃店停止营业了，门上贴了个告示，说是店主有事外出，暂停营业若干天。再往后，两口子回来了，跟左邻右舍只说是去了一趟东叶省，具体干什么去了，二人讳莫如深。大家原本也没有多深的交情，他们不肯透露的事情，大家也不便再多打听，只知道这夫妻俩回来之后并未恢复小吃店的营业，而是躲在店里不露头，不知道在忙活什么。

今天，小吃店的门终于打开了，紧接着便是喜庆的鞭炮声，这分明就是新店开业的仪式了。莫非两口子是去上了什么厨师学校，回来要把小吃店改成大餐馆了？

对于旁人的询问，两口子只是笑而不答。待鞭炮放完，二人进屋抱出来一块牌匾，然后易秀英在底下扶着，曹建中一个人踩着梯子上去，先把门上"秀英小吃"的牌子摘了下来，接着就换上了那块新牌匾。

"建中工艺木雕工作室！"

众人齐声地念着那牌匾上的字，一个个都莫名其妙。"工作"二字大家是懂

第一百六十七章 木雕工作室

的,可"工作室"是个啥意思呢?莫非是车间的别名?还有,工艺木雕,听起来好像很高大上的样子,可这两口子啥时候懂木雕了,又啥时候懂工艺了?

"咦,这块匾,真漂亮呢!"

有人发现了新大陆。大家定睛看去,才注意到曹建中刚挂上去的牌匾颇有些与众不同,大家刚才光注意匾上的文字了,却没发现这匾本身的奥妙。

别家的牌匾,要么是找人做的亚克力标牌,要么就是弄一块木头刷上白漆,再用黑油漆写上店铺名称。讲究一点的,会在牌匾上做点装饰,也不过就是镶个金边啥的,自己看着挺好,给别人的感觉却是土得掉渣。

曹建中刚挂上去的这块匾,是用整块的硬木做的,表面没有涂漆。上面那一行字,不是用笔写的,而是雕刻出来的,而且笔锋栩栩如生,看上去就透着一股文化气息,让人觉得这家店的老板怎么也得是在昆仑山修道十几年的,你如果兜里没张博士文凭,都不好意思跟人家老板打个招呼。

"哇,曹老板,这块匾太牛了,你请谁做的?"

"光这块匾,500块钱下不来吧?"

"什么500块钱,我给你500块钱,你帮我做一块去!"

"就是就是,这刀功,肯定是个老木匠才能雕得出来!"

"我琢磨着,应当是艺术学院的教授雕的吧……"

众人议论纷纷,曹建中从梯子上跳下来,面对众人作了个揖,然后大声说道:"各位老板,各位师傅,我们家改行做工艺木雕了。大家看到的这块匾,就是我自己雕的,马马虎虎还过得去吧?"

"什么马马虎虎,太了不起了!曹老板啊,你啥时候学了木雕了,我听说这门手艺,没有个十年八年出不了师呢。"有人夸张地说道。

"哈哈,都是小意思。"曹建中颇为自得,他搬开梯子,做了个欢迎的手势,说道,"大家如果不嫌弃,就请进来看看吧,我这里准备了一些木雕画。另外,可以承接各种定制,做屏风,做栏板,做装饰画都可以!"

"走走,进去看看!"

众人的好奇心被勾引起来了,互相招呼着,便拥入了曹建中的这个工作室。

进了门,有对小店比较熟悉的人便发现屋里已经完全变了样。原来小吃店的布置已经被拆除了,墙上新贴了壁纸,看起来颇为雅致的样子。在墙壁上,挂着许多木片,仔细一看,都是精致的木雕字画,有花鸟虫鱼,也有古人诗赋,还有名人名言啥的，一看就特别励志、特别有格调。

在店堂的一角，摆着了一台电脑和一台机器。有在工厂里待过的人一眼就看出那机器与工厂里的龙门铣床有几分相似，只是体积略小一些，横梁、立柱啥的看起来也瘦弱一点。在机器旁边，能够看到一些残余的木屑，可以想见，这屋里的各种木雕，应当就是在这台机器上制造出来的。

"这幅画漂亮！买回去挂客厅里，一看就上档次！"

有人迅速发现了这些木雕字画的实用价值。

装修过的房子，墙上得挂点装饰画吧？农贸市场便是有各种年画，有画古代大将打仗的，有画大胖小子的，有画花鸟的，还有模仿什么八骏图的，就是上面的马怎么看怎么像驴。

如今，曹建中的这个工作室给大家提供了一个新的思路，同样是花鸟，用水彩画的，和用木头雕的，能是一个档次吗？家里挂一幅画风妖艳的牡丹图，那叫土鳖暴发户，而如果这幅牡丹图是用硬木雕刻出来的，不着任何颜色，只有木质的纹理，就显得那么雅、那么书卷气……

"老曹，你这画，不便宜吧？"

有人开始试探着询价了，心里在盘算着，如果一幅画 100 元之内，应当是可以接受的，如果超过了 100 元，就要掂量掂量了。什么，你说 50 元之内？别逗了，这是木刻，而且是雕工这么精细的木雕，你以为是地上随便捡块板子刻两刀就行的？

"李老板，你看中的这个，25 块钱。"

曹建中的声音响起来了。

"什么什么？25 块钱！"

非但是那位开小杂货店的李老板，所有的人都惊住了。这么漂亮的一幅木雕画，才 25 块钱，老曹不会是搞错了吧？

25 块钱，搁在十年前，差不多够一家人半个月的伙食费，而现在也就能买个 3 斤肉而已。这两年物价涨得像是疯了一样，一家人周末加个餐，恨不得都能花掉 25 块钱，省下来买一幅画挂在屋里，估计挂上二十年也坏不了吧？

"老曹，这个呢？"

"这个我要了，那谁，你别跟我抢！"

"我买 10 块，能不能给打个八折？"

第一百六十七章　木雕工作室

所有的人都心动了，趁着这两口子迷瞪了，没弄明白价钱，赶紧先下手为强吧。买上10块装饰画，够把全家的墙壁都挂满了，也就是250块钱而已，相比装修花的钱，简直就是九牛一毛嘛。

"老板，你这幅万里长城多少钱？"

一个中气十足的声音吸引了众人的注意力，大家看到，这是一位脖子上挂着20来斤金链子的壮汉，他用手指着的，是立在地上的一块大板子。那板子足有1米高，2米长，仔细看可以发现是用几块硬木板拼起来的。最抢眼的是，这板子上雕着一幅完整的万里长城，上面的山峦烽火台都是凸出来的，雕工精细，气势雄浑，绝对是一副精美的艺术品。

"这个……有点贵。"曹建中讷讷地说。

"再贵，也有价钱吧？我看中了，你就开价吧。"那金链男霸气十足地说。

"500块。"曹建中伸出一个巴掌。

"哈哈哈哈！"金链男大笑，"我还以为多贵，才500块啊！曹老板，你能不能给我在长城旁边空白的地方，刻上我们公司的名字，表明这是特制版，完了我再给你加500块，怎么样？我要把这幅万里长城挂我办公室去，让我那些做生意的朋友一走进来就亮瞎他们的眼！"

第一百六十八章　成天就想着吃独食

"临一机的木雕机床都卖疯了!"

井南省合岭市龙湖机械厂,厂长赵兴根拿着一张报纸,对担任厂总工程师的弟弟赵兴旺嘟哝道,他的语气里充满了羡慕忌妒恨。

在他拿的那张报纸上,登着一个整版的广告,上面用硕大的字体写着:

"木雕机床,创业担当;长缨在手,人生辉煌!"

秦仲年带领临一机的技术团队,用不到10天时间就完成了木雕机的设计。与此同时,新经纬公司也完成了对木雕机床专用图案设计软件的开发。

按照唐子风的要求,这款软件突出了"傻瓜化"的特点,任何从来没有电脑基础的人,只要经过两三天的培训,就能够完全掌握软件的运用。软件带有一个扫描接口,配上扫描仪后,能够扫描图片,再自动生成雕刻图案,届时操作者可以直接把图案提交给木雕机进行雕刻,也可以在图案的基础上进行二次开发,创造出更好的图形。

由于删掉了原有华夏CAD系统中的许多功能,这个软件对计算机硬件的需求也降低了,在486级别的电脑上就可以顺畅地运行,这无疑又降低了使用成本。

万事俱备,临一机与工商银行临河支行联合发起了木雕机床操作技术免费培训。由全省劳动部门挑选的50名下岗职工来到临河,他们成为第一批学员。经过一星期的培训,学员们都掌握了木雕机床的操作技术,带着散发着油漆味的机床和电脑设备回到自己家乡,立即就开起了木雕店。

据第一批学员反馈回来的信息,木雕店的业务异常火爆。学员们甚至没有机会施展自己学到的图案设计技术,只是用临一机赠送的各种图案模板,所雕刻出来的木雕书画便供不应求,几天之内收入破万的都有好几个。

《东叶日报》迅速对此进行了报道,将长缨牌木雕机床誉为下岗再就业的聚

第一百六十八章 成天就想着吃独食

宝盆、印钞机,捎带着把为下岗职工提供创业贷款的工商银行也大大地表扬了一通,郭云策的名字果然上了头版头条。看到报纸,郭云策大喜,立即指示田琳琳把报纸用玻璃镜框镶嵌起来,并在文中郭云策的名字下面画了红线,以提醒外人关注。

或许是田琳琳操办此事的时候过于激动,拿笔的手稍稍哆嗦了一下,红线斜斜地画过了郭云策的名字,让人看着有几分诡异。不过工商支行的所有职工对此事都选择了装瞎。这当然就是题外话了。

有了第一期培训的成功经验,第二期下岗工人的培训也迅速展开,同时临一机销售部开始在全国各地的报纸上打广告,声称人不分男女、地不分南北,但凡对木雕业务感兴趣的人均可到临一机接受培训,培训费全免,食宿自理。

为了配合广告宣传,唐子风又通过王梓杰找了在几家国家级媒体当记者的师兄师姐,请他们到临一机来采访,为木雕机床造势。

利用技术造福下岗工人,为下岗再就业开辟新思路,这是临一机木雕机床业务的最大亮点。几位师兄师姐在实地走访了开木雕店的那些下岗工人之后,确认临一机的此项成绩真实无误,利在当下,功在千秋,于是一个个挥动生花妙笔,写出一篇篇感人至深的文章。在讴歌东叶省促进下岗再就业工作的巨大成就之余,也把临一机木雕机床的美名传播到了大江南北。

到了这一步,木雕机床想不火都难了。无数个体户云集临河,蹲在厂门口等着买机床;若干个省的再就业主管部门传来订单,一要就是七八十套;还有一些工艺木雕厂,听说有这样好的设备,纷纷上门了解,看过之后也是大笔地订购,用以解放厂里那些拿刻刀的工人。

木雕机床销售的火爆,让销售部乐开了花,却让生产部门感觉苦不堪言。生产处做过测算,按照最大产能进行生产,临一机一个月也只能提供200多台木雕机床。而仅一个月的时间内,销售部就收到了1000余台的订单,所有订单上都恨不得写着"急,在线等"的字样。

各个车间都在满负荷运转,周衡许下无数的奖金,鼓励工人加班加点完成订单。饶是如此,大批的后续订单还是只能排队等候,最远的档期已经排到了半年之后。

这样好的业务形势,馋坏了国内无数的同行。那些国有大机床厂还好说,觉得千儿八百万的任务,也不值得自己放下身段去抢。但沿海的那些乡镇机械企业,可是羡慕得眼睛都红了,恨不得化身章鱼,伸出八只手去把订单抢到自己碗里来。

"这台机床没有任何技术难度,我们完全可以仿造出来,甚至可以造得比临一机还好。但是,如果我们不把机床控制原理彻底搞清楚,光把机床仿出来,没有任何用处。"赵兴旺垂头丧气地向哥哥说道。

在长缨牌木雕机床刚刚火起来的时候,赵家兄弟就已经盯上这个产品了。

井南是全国先富起来的省份之一,农民富起来之后的第一件事就是盖房子,而且互相攀比着奢华,雕梁画栋是再普遍不过的事情。在东叶省,唐子风估计,是一个县最多能够养活一两家木雕店,而在井南省,一个乡都能养得起几家木雕店,因为木雕业务实在是太充沛了。

早先,井南当地也有一些机械企业生产过木雕机床,但功能都是仅限于雕刻一些简单的图案,而且操作难度很大,销量非常有限。长缨木雕机床出现之后,井南各地的木匠都盯了这种简单易学而又功能强大的神器,争相前往临河采购。

由于临一机的生产能力不足,大多数的井南木匠都买不到现货,只能拿到一张排队的单子,等着叫号……

在这样的商机前,赵家兄弟岂能坐得住,他们第一时间就以高价从别人那里买来了一台长缨机床,准备大卸八块进行仿造。

机床一拿到手,赵兴旺就明白,这东西不好仿。以他的眼光,当然看得出这台机床其实就是一台简化版的龙门铣床,用的是仿形铣的设计思路,其中的技术核心是在图案调用和走刀策略上。

图案调用是由一个数控模块实现的,操作者需要把在计算机上生成的图形文件,或者预先制作的图库用软盘读入机床的存储器,然后数控模块中的微处理器会把图形信号转化为铣刀运动的控制信号,控制铣刀的前后、左右和上下进给,从而在木板上雕刻出需要的图形。

思路并不复杂,但图形文件的编码方式和走刀策略,不是赵兴旺能够还原出来的。以赵兴旺自己的能力,可以设计出一台具有三维铣削加工能力的机床,但要达到长缨机床这种精细的雕刻效果,那是万万做不到的。

"能不能买到现成的数控模块?"赵兴根问。

赵兴旺摇头道:"我看悬。临一机这台机床,唯一的技术秘诀就是这个控制系统。临一机的一台机床卖 2 万元,机械部分的成本连 5000 块钱都用不了,加个数控模块也就是一两千块钱。他们凭什么卖这么贵,不就是因为别人买不到这个数控系统吗?"

"数控系统是哪出的?"赵兴根问。

赵兴旺说:"他们用的是军工 432 厂的处理器芯片,但程序是他们自己灌进去的,除非找人破解,否则谁也没办法复制出来。"

"临一机这帮人也太小气了,上次弄个打包机,还故意引人走错路。现在搞出来一个木雕机,又把程序锁得死死的,成天就想着吃独食,也不怕自己撑着!"赵兴根恨恨地骂开了。

半年前,临一机开发出新型打包机的时候,龙湖机械厂就想仿造,结果被唐子风授权报纸发表的一篇文章给带歪了路,折腾了许久也没折腾出来。等到最终明白了打包机里的奥妙,成功仿造出临一机的打包机,这个市场已经被占得七七八八了,剩下的那点销量,根本不足以抵消他们此前的支出。

那一次的事情,让赵家兄弟对临一机有了几分怵意,所以赵兴旺才会在看到这台长缨牌木雕机床的时候,产生出一种无助的感觉。他预感到,这台机床肯定又是坑连着坑,自己往里面跳,没准又要摔个灰头土脸了。

"兴旺,你刚才说可以找人破解,你有把握没有?"

在骂完一通之后,赵兴根想起刚才弟弟的话里还有一些余地,于是问道。

赵兴旺说:"我也吃不准。照理说,他们用电脑设计图案,再把图案输入到机床控制系统里,其中应当是有破绽的。我觉得,如果能找到一个电脑高手,或许能够把他们的控制程序破解出来。"

"那好,咱们直接上京城,到中关村去,我就不信找不到一个能破解这个鸟系统的人!"

赵兴根杀气腾腾地说道。

第一百六十九章 两只加密狗

中关村,电子配套市场。

赵家兄弟来到一个写着"软件服务"的柜台前,赵兴旺轻轻咳嗽了一声,柜台里正在电脑前埋头写代码的小老板抬头看了他们一眼,懒洋洋地问道:"你们要买什么?"

"我想问问,你这里能做软件解锁吗?"赵兴旺问道。

"什么软件?"小老板明显来了精神,他站起身,隔着柜台问道,"是国产软件,还是国外软件?"

"是国产的,一个制图软件。"赵兴旺说。

"国产软件有点麻烦。"小老板皱起了眉头,"国外的软件好破解,老外蠢得很,基本上没啥加密手段。国产软件就麻烦多了,那帮程序员做正经软件不怎么样,加密算法一个比一个复杂,很不好解。"

赵兴根冷冷地说:"你就说能不能解吧,钱不是问题。"

"哈哈,老板说笑了,我们就是干这行的,哪有不能解的?"小老板脸上立马就笑开了花,他招呼道,"来来,二位到我柜台里来谈,我这有可乐。"

赵家兄弟进了柜台,小老板不知从哪找出两个塑料凳让他们坐下,又果然给他们俩都拿了一听可乐,这才问道:"你们要解的,是个什么软件?"

"华夏木雕设计软件,你听说过吗?"赵兴旺问。

此言一出,小老板顿时就愣住了,随即苦笑道:"不会吧,这个软件现在这么火?"

"什么意思?"赵兴根敏感地问道。

小老板用手一指外面,说:"就这市场里,现在起码有五六家接了破这个软件的活。都一个多礼拜了,没听说哪家破解出来了。我跟几个哥们在外面抽烟的时候,听他们说,这个软件太缺德了,用了两只加密狗循环加密,谁都不知道

第一百六十九章 两只加密狗

它的算法是怎么做的。"

"两只加密狗?"赵兴旺咧了咧嘴,看来临一机为了防盗版,可真是下了本钱啊。

长缨木雕机的控制程序,其实有两个部分:一个部分是使用木雕设计软件,制作出符合特定制图规范的数字文件,这个部分是在电脑上完成的;另一个部分是读入数字文件,再按一定的算法转化为铣头的控制信号,这个部分是在机床的数控模块里完成的。

这两个部分,但凡能够破解一部分,就可以推导出另一部分的算法,整个木雕控制程序也就被破解开了。数控模块那部分的程序,是直接写在可擦写芯片上的,没人能够复制出来,所以赵兴旺就把希望寄托在制图软件上,希望能够破解制图软件的编码规则,用以推测数控模块里的程序。

与赵兴旺有同样想法的人,可不止一个两个。看中木雕机这个市场的,也不只有龙湖机械厂一家。早在赵家兄弟来京城之前,就已经有其他的机械企业派人到了中关村,寻找破解软件的方法。

这个年代里的软件加密技术五花八门,有在程序上加序列号加密的,有在软盘上用特殊方法加密的,还有就是使用硬件加密的方法。最后一种方法是把解密程序写在可擦写芯片上,然后将芯片接在主板的卡槽上,或者通过串口或并口连接,这就是所谓的加密狗。

用硬件加密的方法成本比较高,使用起来也比较麻烦,好处则在于保密性好,不容易破解。说是不容易,也不尽然,有些高手可以通过监视加密狗与主机之间的通讯来分析加密原理,然后用软件模拟加密过程,从而实现解密。

唐子风在安排新经纬公司开发木雕软件的时候,就考虑到了保密的问题。他把自己的想法向赵云涛和刘啸寒一说,二人立马就提出可以使用加密狗来加密,又吹嘘说自己在颐宾楼练摊的时候,也帮人家解锁过加密狗,对这东西很是了解。

正因为知道加密狗也不是绝对保密的,赵、刘二人商量之后,决定给软件配上两只加密狗,二块加密芯片循环加密,让破解者无所适从。

临一机转售给木雕店的制图软件,每套软件都带着这样两只加密狗。装软件的时候,必须把加密狗插在计算机上,软件才能顺利运行。如果没有这两只加密狗,软件是运行不下去的。有些人买走软件之后,试图拷贝一套到其他电脑上使用,结果完全无用。

华夏木雕CAD生成的图形文件,最终要由加密狗进行加密,加密之后形成的是一个完全由乱码构成的文件,没人能够识别出文件中对于各种图形的定义方式,因此也就没法知道木雕机的控制程序是如何工作的。

"你说有五六家店接了破解华夏软件的活,他们现在进展如何?"赵兴根问。

小老板摇摇头:"进展不顺利,我隔壁这家的老板是个计算机硕士,原来也是在什么研究所工作的,水平高得很。这两天,我看他头发都掉了一半,可没听说有什么进展。"

"那么,你能解开吗?"赵兴根又问道。

小老板说:"我只能说是试试吧,可不敢保证。不过,我丑话说在前面,你们得先付一部分钱,后来如果解开了,你们再付另一部分,如果解不开,前面这些钱我也不会退。"

"你没解开,凭什么拿钱?"赵兴根恼道。

小老板笑道:"老板,这种事就是赌运气的,谁也不敢说自己就能够把程序解开。如果解不开就不给钱,那谁还愿意干这种事?我们这里都是这个规矩,先谈好价钱,然后付三成,作为劳务费,解开解不开,这三成都不退。如果解开了,再收后面的七成。你要不相信,可以到别的摊子去问问。"

"有这样的规矩?"赵兴根有些不相信,可看着小老板那一脸坦然的样子,他又不得不信。这种事情,随便出去问问就能验证的,小老板恐怕也不至于当面撒谎吧。

"解这个程序,多少钱?"赵兴旺问。

小老板伸出一个巴掌。赵兴旺一愣:"500?"

小老板乐了:"老板啊,500我请你干好不好?"

"你是说5000?"

"没错,先付1500,如果成了,再付3500。"

"这……"赵兴旺扭头去看哥哥,吃不准要不要花这个冤枉钱。小老板说的条件实在有点风险,万一他收了钱啥都不干,自己又能如何?

赵兴根牙一咬,断然说:"给他!"

赵兴旺给小老板付了1500元钱,又把一套从临一机买来的木雕制图软件给了小老板,供他破解的时候使用。临一机卖的木雕机床和制图软件是分开销

第一百六十九章 两只加密狗

售的,这是因为有的木雕店只买一台机床,却希望买两套软件,以便两个人同时进行设计,当然也有的木雕店要求买两台机床,却只需要一套软件。

赵家兄弟要想破解制图软件,当然要有一个样本,这套软件就是他们托人从临一机单独买下来的。软件盒子里便配有两只加密狗,只是赵兴旺并不知道它们的功用而已。

交完钱,拿了小老板开的收据和一个简单的协议,赵家兄弟转身欲走,就听得市场外警笛大作,紧接着,四名警察气势汹汹地进了配套市场,径直来到了一个柜台前,为首的一名警察对着柜台里的两位年轻人厉声问道:

"你们两个,是不是邓雷和凌建平?"

"我是邓雷,他是凌建平。"一个年轻人战战兢兢地回答道。

这时候,周围的商户全都把目光投向了这边,也有几个胆大的,索性便凑上前来,想看看到底出了啥事。

"你们是不是破解过这套软件?"

先前那警察掏出一个包装盒,向那名叫邓雷的年轻人问道。

赵家兄弟就站在不远处围观,一看那包装盒,两个人都是心里一咯噔:自己刚刚交给那个小老板的,不就是一个这样的盒子吗?这分明就是一套华夏木雕制图软件。

与赵家兄弟有相同反应的,还有不少商户。有人把摆在柜台里的一个同样的软件盒子迅速地藏了起来,然后竖起耳朵听着这边的动静。

"我……我们没见过这个……"那邓雷的声音颤抖着,让人能够听出"此地无银"的意味。

"你们二人涉嫌侵犯软件知识产权,涉案金额特别重大,我们已经接到报案,请你们跟我们回去配合调查。"那警察根本不在乎邓雷的辩解,他大声地宣布着。随后,与他同来的几名警察直接翻开柜台,进去把二人拽了出来,并迅速地给他们戴上了手铐。

在警察们把邓雷、凌建平二人带出配套市场的时候,领头的那名警察回过头,举着手上的软件盒子,大声地说道:

"各位,我们已经接到群众举报,称本市场有不少于10家商户在试图破解华夏CAD软件。新经纬公司已经向警方报案。刚才这两位已经把他们破解的软件交给了不法厂家,并由不法厂家生产出了侵权的木雕机床。

"目前,涉案的厂家负责人已经被捕,他交代正是本市场的邓雷和凌建平二人帮助他破解了这个软件。在此,我警告各位试图破解这个软件的商户,不要以身试法,否则法律将是无情的!"

第一百七十章　黑马

"这是怎么回事!"

"这俩哥们牛啊,不声不响就把软件给破解了!"

"谁认识他们俩?"

"好像是新来的,刚租没多久的柜台……"

"这活还敢干吗?"

"真抓人啊,过去破解过那么多软件,也没听说抓人的。"

"切,这能一样吗?你没见那么多厂子发了疯一样地要破解这个程序,人家是拿回去仿造机床的,这里面利润大了,也难怪原厂家会急眼了。"

"算了算了,我还是把钱退还给客户吧,这钱赚得不踏实啊……"

听着警笛渐渐远去,配套市场里吵成了一锅粥。干程序破解这行的,谁不知道这事违法?但过去没听说过谁因为侵权被抓,所以大家也就慢慢把法律这事给忘了,觉得警察也不会管这事。

可刚才这一会,大家真真切切地感觉到了恐惧。被抓的那俩年轻人,看起来和大家年龄相仿,刚才大家还在谈笑风生,一转眼俩人就成了阶下囚,被戴上手铐带走了,这种事怎么想都觉得可怕。看到同行因为破解软件被抓走了,大家的第一个念头就是赶紧洗手不干了。

"老板,老板,这钱你们拿回去吧,还有这个软件……"

先前赵家兄弟接触过的那个小老板,出现在他们身后,他把刚刚收到还没来得及焐热的1500元钱以及那个软件盒子一股脑地塞到了赵兴旺的手里,然后说道:"这事太邪性了,你们还是找别人去做吧。对了,刚才咱们签的协议,麻烦你们拿出来撕了吧,咱们就算是没见过面,行不?"

和这位小老板一样做的,还有其他的商户。有些人还存着一点侥幸心理,但旁边的伙伴直接就规劝了:"兄弟,哪挣不到这点钱,你犯得着去冒这个险吗?

你没听人警察说吗,那俩人是被他们帮着破解软件的客户给供出来的,你能保证你的客户不出事?到时候他们把你供出来怎么办?"

配套市场里的这一幕,迅速就见报了。《计算机世界》《中国计算机报》《电脑报》等纷纷发布消息,绘声绘色地描述某邓姓程序员和某凌姓程序员因破解华夏CAD软件而被捕的过程,还煞有介事地分析这件事的来龙去脉,话里话外都是警告那些蠢蠢欲动的家伙,不要试图染指这个程序。

赵家兄弟最终只能悻悻地回去了。木雕机床是一块大肥肉,但无奈临一机把篱笆扎得太严实,他们找不到缝隙能够钻进去偷吃,所以也只能放弃了。

临一机的木雕机热销,带动了新经纬公司木雕设计软件的销售。短短两个月时间,临一机以每套888元的价格,从新经纬公司采购了1200套软件,公司收入了100万元,瞬时就从赤贫变成了富豪。

李可佳在西二旗一带租了两套170平方米的商住两用房,作为公司的新场地,又购置了20多台最新款的电脑,然后便开始了广泛的人员招聘。赵云涛和刘啸寒原来开发的华夏CAD与市面上最流行的图奥CAD相比,功能上还有不少欠缺,算法上也有需要优化之处,这些工作不是光凭他们两个就能够完成的,而是需要一个更大的团队。

唐子风与李可佳商量过,近期内公司依靠木雕制图软件的收入维持运转,唐子风还会再找机会为公司创造新的业务。但公司的主要精力应当放在CAD的开发上,只有等到华夏CAD足够成熟,能够与图奥CAD分庭抗礼的时候,再展开一系列的营销手段,才能一举把图奥CAD的势头打压下去,使华夏CAD成为国内市场的主流。

忙忙碌碌之中,时间匆匆而过。

7月底,高考成绩揭晓,接受了十几名各地状元突击辅导的唐子妍不负众望,考出了屯岭市理科第五名的成绩,成为屯岭中学的一匹黑马。屯岭的教育水平在东叶省排不上号,所以即便是全市第五的成绩,也还不足以达到清北的录取线。根据唐子妍的志愿,她终被华中理工大学的自控系录取。

唐子妍选择自控专业,是唐子风所不能理解的,他总觉得妹妹应当报个金融或者会计之类的专业,才符合她的性格。想来想去,觉得或许是妹妹在京城期间,受到了肖文珺的蛊惑,才会突然对机械之类的东西感兴趣,这算不算是一个副作用呢?

第一百七十章 黑马

在这一届的高考中,东叶省还蹦出了另外一匹黑马,这不是一名考生,而是一个地级市。高考成绩统计出来之后,全省各地的教育部门和考生们都惊讶地发现,有一个地级市的高考平均成绩比全省高出了20多分,而这个地级市正是临河。

临河是东叶省排名仅次于省会南梧的地级市,教育水平一向不错,历年高考的平均分都要高于全省平均分,但高出的幅度也不过就是三四分而已。历年来,能够在平均分上高居榜首的,一向都是南梧。可这一次,临河不但超过了南梧,而且高出了整整13分,这简直就是一种压倒性的优势了。

最先坐不住的,是省教育厅。一个地级市的高考成绩突然大幅度上升,教育厅首先想到的不是当地的教育水平提高了,而是高考过程中出现了集体舞弊。省内的高考一向是交叉监考的,临河市的高考是由外市派出老师前来监考,所以可以排除监考老师放水的嫌疑。

经过认真调查,教育厅得到了一个意料之外的结论:临河市今年的高考成绩之所以大幅度上升,是因为在高考前两个月的时候,临河市的许多高三学生获得了一本被称为《高考全真模拟》的高考复习资料。在这份资料中,至少有五道大题与高考题高度相似,换言之,就是这份资料至少"押"中了五道大题。

"《高考全真模拟》?这是什么神器?"

东叶省的高中老师们都震惊了,东叶省的高中生们都震惊了,高中生的家长们也都震惊了。

"凭什么只有临河市能买到这份资料,这么好的资料,你们新华书店为什么不采购?"

"什么,你们不知道?那为什么不去临河问一问,看看他们是从哪弄来的资料!"

"下一届高三,如果你们不能保证人手一套《高考全真模拟》,你这个新华书店经理就别当了!"

这是各市的领导对当地新华书店经理的训斥。一时间,十几个地级市的新华书店经理都冲向临河,满处打听临河那上千套复习资料的来源。

第一百七十一章　排名靠前的富二代

临一机东区夜市。

三张桌子拼在一起，桌边坐着六七个年轻人，正在欢声笑语地聊着天。一个十几岁的小姑娘脸上带着笑容，不停地把服务员送上来的烤串递到同伴们面前，以至于自己都顾不上品尝一口。

"晓惠，你别忙活了，都是大人，大家还不会自己吃吗？"

一个胖子嘴里鼓鼓囊囊地嚼着肉，对那小姑娘说道。

"胖子叔叔，没关系的，你们聊天，我给你们拿烤串。"于晓惠笑嘻嘻地答道。

"今天我们都是沾了肖师妹的光。晓惠是要感谢她文珺姐帮她批发资料，让她赚到了钱，所以请咱们大伙吃烤串。"唐子风在一旁说道。

因为喝了几杯啤酒而脸色红扑扑的肖文珺招呼道："晓惠，你别忙了，自己也吃点吧。你唐叔叔也真是的，还好意思让你一个小孩子请客，你还是未成年人呢。"

"未成年人怎么啦？晓惠这个未成年人，比我挣钱还多呢。"宁默不忿地说，"我可听说了，光是5月份，晓惠卖高考资料就赚了1万多。好家伙，我累死累活装了上百台机床，一个月也才赚500块，这日子真是没法过了。"

他话是这样说，心里却没有啥不满的情绪。一方面是因为他知道于晓惠家境困难，而卖资料的这件事，是唐子风专门为照顾她做的。另一方面，就是因为胖子其实没那么可怜，唐子风许了他丽佳超市分红中的一成，丽佳超市总店开业之后，生意好得惊人，胖子今年拿的这笔分红也能有几万块钱了，犯不着眼红于晓惠的收入。

肖文珺说："晓惠赚点钱也不容易，她家里经济困难，我听说她赚的钱都交给家里了，真是一个懂事的孩子。"

唐子风说："妹妹，你这就落伍了，晓惠现在可是临一机排名靠前的富二代

第一百七十一章　排名靠前的富二代

呢。晓惠的爸爸于师傅学了木雕图案设计技术以后，用晓惠赚的钱买了一台电脑，专门做图案设计，把自己设计出来的图案交给各地的木雕店销售，然后从人家的销售中拿提成。上个月光是提成款就收了2万多，这还只是他公开对外说的，真实收入是多少，那就没人知道了。"

"才不是呢，我爸赚的就是2万多，他没骗人的。"于晓惠红着脸解释道，心里那种幸福的感觉可谓是溢于言表。

于晓惠的父亲于可新因为身体不好，一直在厂里办病休，收入很低，以至于不得不让晓惠给唐子风当保姆来补贴家用。一个40岁不到的男人，这样病歪歪，靠着老婆和未成年女儿外出工作来养家，这种羞愧、失落的感觉是难以言表的。

唐子风联系工商银行为下岗职工提供创业资金，扶持下岗职工开办木雕店，于可新也得到了一个名额。但他在学了图案设计之后，却萌生出一个念头，那就是利用自己过去的美术功底，专门做图案设计的工作，再把设计出来的图案授权给各家木雕店去使用，通过收取授权费来营利。

他把这个想法告诉唐子风之后，唐子风大加赞赏，当即在临一机为木雕店提供的服务中增加了授权图案这样一项。许多开木雕店的创业者并没有美术基础，要让他们自己去设计图案是比较困难的，许多人就是使用临一机提供的图案库来进行销售，但这样一来，客户可选择的范围就小了，会影响到木雕店的业务开展。

有了专门负责开发图案的人，各家木雕店就有了源源不断的图案来源，业务就有了可持续发展的基础。图案授权的费用是按图案的复杂程度决定的，像普通的花鸟鱼虫，使用一次的价格也就是1元、2元的样子，但像大幅面的万里长城木雕沙盘，使用一次要交100元的费用。能够买得起这种木雕的，都是有钱人，人家也不会在乎多这么一点钱。

考虑到全社会知识产权意识淡薄的现状，唐子风专门请赵云涛和刘啸寒在软件上做了个计数器，但凡使用授权图案的，每用一次会记录一次结果。每月商家要向临一机上交一次存储了使用记录的软盘，并上缴使用费，否则无法获得下一期的授权以及新的图案库。其中的机制用不着唐子风去考虑，临一机的销售部自然就会设计得天衣无缝。

于可新是个病秧子，但恰恰是这种病秧子，反而是心思最细腻的，或许是因为他们把别人释放精力的时间都用在了琢磨事情上。他设计出来的图案在创意上远比其他同行更为天马行空，制图又更为细腻，像目前使用率排第一位的木雕，就是他开发出来的。

因为授权费的结算是通过临一机销售部完成的，于可新一个月能赚多少钱，销售部一清二楚。虽说厂里也提出了保密的要求，但这种事情又怎么保得了密？第一个月授权费结算出来，全厂就轰动了，在大家眼里当了十几年废物的于可新，居然月入 2 万有余，一举成为全厂的致富明星。

在于可新的鼓舞下，厂里几名自觉颇有美术天分的职工自愿申请去劳动服务公司待岗，买了电脑专门做图案设计业务。其他一些职工有这份心，却因为没有电脑而只能望洋兴叹。时下一台过得去的电脑要五六千元，大多数职工自忖没有于可新那样的水平，担心自己去干这项业务连投资都收不回来。

幸好临一机的业务也做起来了，车间里天天忙得不亦乐乎。周衡指示给全厂职工普调了工资，把平均工资水平调高到 300 元以上，再加上各种奖金，这就是宁默说自己一个月能赚 500 块钱的原因。

于可新赚到钱之后，精神面貌也是焕然一新。他让老婆去采购了大彩电、冰箱、套缸的洗衣机等家电，给全家人添置了新衣服，给了于晓惠 1000 元的零花钱，让她去请过去照顾过她的那些叔叔、阿姨、老师同学吃饭。于晓惠看到父亲的变化，欢喜得成天嘴里都哼着歌曲，把唐子风都感染得笑口常开了。

这一回，肖文珺和包娜娜共同来到临一机过暑假，唐子妍闻讯也过来见二位姐姐，毕竟这二人在京城曾经对她颇为关照。与此同时，王梓杰也来到临河，与唐子风商议正式开展《高考全真模拟》销售的事情，于晓惠便提出由她做东，请所有人加上"胖子叔叔"一起吃烤串……

顺便说一下，吃烤串现在是临一机年轻人里最流行的夜间消遣方式，以于晓惠的见识，也想不出要在饭店请大家吃大餐这样的方式。

"晓惠，现在你成了富二代，不用再给你唐叔叔做牛做马了吧？听说你唐叔叔懒得连袜子都叫你洗，你也能忍？"包娜娜吃着烤串，开始煽风点火。

"才不呢！"于晓惠颇有主意，"我跟唐叔叔说好了，在我上大学之前，我就负责给唐叔叔做饭、扫地、洗衣服，还有洗袜子！"

最后一句，她说得特别用力，同时向包娜娜扮着鬼脸。包娜娜和肖文珺是头一天到的，从昨天到今天，她已经与于晓惠混得非常熟了，属于可以互相开玩

第一百七十一章 排名靠前的富二代

笑的那种关系。

"老唐,你是打算在临一机长期待下去了?"

听到于晓惠的话,王梓杰转头对唐子风问道。于晓惠开学之后是上初三,到上大学还有四年时间。她现在立下这个誓言,这是打算让唐子风在临一机再待四年的意思吗?

唐子风笑道:"谁知道呢?二局派我们老周下来的时候,说是实现扭亏就把他调回去。从现在的情况来看,临一机今年大幅盈利已成定局,二局那帮领导如果有节操,过完元旦就该把老周调回去了,换个厂长来维持局面就行。不过,节操这种事情,谁说得清呢?"

"唐叔叔,你要走吗?"于晓惠听到二人的对话,脸色微变,看着唐子风问道。

王梓杰笑道:"怎么,晓惠舍不得让唐叔叔走吗?"

于晓惠脸上有些落寞之色,她缓缓地摇摇头,说:"舍不得。"

"可是,你唐叔叔是要做大事的人,临一机这座庙太小了,你就舍得让唐叔叔在这里耽搁青春?"王梓杰逗着于晓惠。

于晓惠看着唐子风,不知道该说什么好,眼睛里已经有点泪光闪动了。以她的岁数,还真无法理解这么复杂的问题,她只知道自己舍不得唐子风走。但王梓杰说唐子风要做大事,她是能够听懂的。唐子风留在临一机,就意味着要耽误青春,她怎么能够拖唐子风的后腿呢?

唐子风拉着于晓惠的手,让她在自己身边坐下,然后用手在她头顶上拍了拍,笑着说道:"晓惠,这件事还只是说说而已呢。再说,天下没有不散的筵席,就算我一直留在临一机,你不也得考大学离开吗?以后你考到清华去,我也回机械部工作,我们见面的机会不是更多吗?

"你看你包姐姐,马上要去美国了,这一去说不定就不回来了呢,她多坚强啊,一点都不哭。"

第一百七十二章　有钱就是任性

"谁说我不哭了，我哭得肝肠寸断了好不好！"听唐子风把话头引到自己身上，包娜娜不满地对唐子风说道，"反而是你这个狠心的师兄，自己的亲师妹要出国去，你非但一点都不难过，还冷嘲热讽的。亏我总想着给你做媒！"

大家都是节操满满的人，也不适合就这个问题进行发挥，只能赶紧低头假装吃烤串，只有肖文珺趁着大家不注意，恶狠狠地伸手掐了包娜娜一把。时值盛夏，大家都穿得比较清凉，肖文珺想掐包娜娜，有的是可以下手的地方。

"哎哟哟！谋杀闺密啊！"包娜娜夸张地惨叫着，引得周围吃烤串的人都向这边投来诧异的目光。

肖文珺收了手，装成没事一样地吃着烤串。包娜娜狠狠地白了肖文珺一眼，却也不好意思反掐回来，毕竟她此前口无遮拦，说的话也的确有些过分了。

"师妹，你去美国，上的是哪所学校？"

唐子风没有纠缠于包娜娜的胡说八道，而是随便问了个问题，以便缓解刚才的尴尬。

"宾夕法尼亚，学传播学。"包娜娜答道。

"不错的学校啊。"唐子风赞道。

"那是当然。"包娜娜说，"也不看我是谁的师妹。不过，宾大给我的只有半奖，还有两家学校给了我全奖，我嫌它们不好，给拒了。"

"果然有钱就是任性。"唐子风再次赞道。

包娜娜在学校的最后两个月，已经没有课了，只等着毕业论文答辩通过就可以拿到毕业证。闲极无聊的她便再次来到双榆飞亥公司打工，帮着兜售简化版的《高考全真模拟》，结果又赚了两三万块钱，这就是她能够拒绝全奖的底气了。

"什么有钱？我和文珺比，简直就是赤贫了好不好？师兄啊，你也太偏心

第一百七十二章 有钱就是任性

了,帮文珺赚了那么多钱,也不帮你亲师妹找个赚钱的机会。"包娜娜抱怨说。她倒也不是缺心眼的人,这番话是压低声音说的,只有肖文珺和唐子风两个人能够听到。

说起肖文珺,可谓是这群人里最大的人生赢家了。按照唐子风帮她与临一机谈下来的条件,临一机每生产一台木雕机床,要向肖文珺付100元的专利授权费。

其实出于技术保密的需要,肖文珺发明的制图规范和走刀策略暂时还没有申请专利。因为一旦申请专利,技术细节就要向外披露,国内那些乡镇企业了解到技术诀窍就会开始山寨,临一机也没这个工夫去打专利官司。

按照唐子风的打算,要等临一机把木雕机的市场先占上一大部分,再启动这两项专利的申请,届时山寨企业就算要仿造,也无法对临一机构成重大的威胁。唐子风并不指望那几个加密程序能够永远地保密,估计能撑个半年左右,临一机已经把这个市场上最肥的肉吃完了,余下的部分就留着和其他厂家慢慢玩了。

到目前为止,临一机已经生产了500余台木雕机床,手头还有近千台的订单。唐子风替肖文珺结算了一次授权费,从临一机拿走了10万元。按照约定,双榆飞亥公司提了2万作为佣金,余下的8万元都到了肖文珺的手上。

拿到8万元的专利授权费,肖文珺吓了一大跳。她把此事通过电话告诉了父亲肖明,向肖明请示该如何做。肖明又给秦仲年打了电话,询问此事是否有违反政策的地方,以及是不是秦仲年看在老同学的面子上才给肖文珺开了高价。

秦仲年只能以实情相告,说这项技术是唐子风的创意,肖文珺完成了设计,又是唐子风代表肖文珺与临一机谈的价钱。秦仲年还承认,每台100元的授权费,其实是偏低的,就算开到200、300元,临一机估计也可以接受,因为这种机床已经为临一机创造了五六百万的利润,而这还仅仅是开始。

"怎么又是唐子风?"肖明在电话那头嘟哝道。

"老肖,这事……唉!"秦仲年都不知道说啥好了。

肖明其实也就是在秦仲年面前假装矜持。了解了事情的原委之后,他很是兴奋,毕竟女儿能够搞出让秦仲年都为之赞赏的技术,让临一机这样的老牌机床企业心甘情愿地付专利费,这是一件光荣的事情。

至于在这件事情中出现的那只黑手,也就是那个名叫唐子风的小年轻助理,在肖明的心目中也绝对不是面目可憎的形象,反而是有几分小可爱的。他怀疑,女儿能够搞出那些设计,应当是受了唐子风的启发。唐子风能够帮女儿找到赚钱的机会,还是这么高大上的机会,称他一句"佳婿"似乎也不为过。

心情愉快的肖明于是给女儿回电话,说这笔钱是凭本事赚的,可以光明正大地拿。家里也不需要女儿补贴,这些钱就让她留在手上用好了。女儿不是一直想买一台笔记本吗?那就买吧,挑最好的买,笔记本是用来学习的东西,花点钱也是应该的。

这一次肖文珺到临河来,就是带着自己的新笔记本来的。这台最新款笔记本价值4万多元,是肖文珺曾经垂涎却又万万不敢问津的,谁知现在居然梦想成真了。

"文珺的钱是靠技术赚来的,你又不会设计机床,我怎么帮你创造赚钱机会?"唐子风笑呵呵地对包娜娜问道。

包娜娜说:"我会写新闻稿啊,而且我还会采访啊。对了,我去美国以后,给你们找美国的商业信息,怎么样?"

唐子风心念一动,说道:"你这么一说,我倒是真想起来了。美国市场上需要什么样的机床,我们虽然有一些信息渠道,但我总觉得不够接地气。你去美国之后,如果有机会,替我们接触一下普通的美国家庭,看看他们日常使用哪些机械产品,不一定是机床,只要是我们能造的,你就把信息传给我。如果信息有用,我绝对亏待不了你。"

"你是说美国家庭?"肖文珺在旁边诧异地问道。

唐子风说:"是的。以娜娜的身份,要想了解企业的需求,恐怕是办不到的。但美国家庭里其实有很多喜欢手工的,我印象中……呃,我是说我看到过一些资料,说美国的家用机床需求量非常大,尤其是各种木工机床,价格不高,也就是一两千美元一台,但需求数量极大。美国人有钱,放着他们的钱不赚,我都亏心。"

唐子风说的"印象中",其实是他在后世听说的消息。美国的人工成本高,很多美国人都习惯于自己做房屋修缮、电器甚至汽车的维修,而这就需要各种小型工具,包括一些小型的钻床、锯床、车床等。这些小机床体积小,使用频率低,对耐用性的要求不高,所以成本较为低廉,是家家户户都能够买得起的小玩

第一百七十二章 有钱就是任性

意儿。

对于美国家庭来说不算大的一笔支出,例如一两千美元,换成人民币就是1万多。如果一年能够出口一万台这样的小型机床,就有1个多亿的产值,唐子风可不会嫌弃这样的业务。

如果不是厂子还不宽裕,周衡暂时也没有开拓海外市场的野心,唐子风都恨不得自己带人去趟美国,实地考察一下美国的小型家用机床市场。现在托包娜娜去给自己当信息员,其实也就是下一手闲棋。万一包娜娜真能够给他带来什么有用的信息,那自是意外之喜。即便包娜娜啥也没打听到,唐子风也没损失啥,受累的只是包娜娜。

谁让包娜娜天天自称是唐子风的亲师妹,师妹不就是用来当免费劳动力的吗?

唐子风在那偷着乐,包娜娜却是看出来了。她哭丧着脸,对肖文珺说:"文珺,你看你家子风又在那坏笑,肯定是又在算计我了。"

肖文珺伸出两个手指头,做出一个要掐包娜娜的姿势。包娜娜赶紧笑着躲开,搂着唐子妍说悄悄话去了。肖文珺看看唐子风,低声问道:"唐师兄,你真的打算在临一机长期待下去了?"

"你怎么也这样问?"唐子风诧异道。刚才王梓杰就这样问过他了,怎么一转眼肖文珺也这样问,难道自己今天晚上显得很敬业吗?

咦,自己今天晚上难道不是显得很敬业吗?

"也不是了,只是在其位,谋其政,能够帮临一机多找些业务,总是好的。即使我调回部里去,至少胖子和晓惠还在临一机,我就算不为自己谋划,也得为他们谋划吧。"唐子风解释道。

肖文珺看了一眼脸上始终带着笑意的于晓惠,然后端起面前的啤酒杯,呷了一小口啤酒,幽幽地说:"嗯,你说得对,能够帮别人谋划一些事情,也是一种幸福呢。"

第一百七十三章　斯德哥尔摩综合征

一干年轻人吃吃喝喝，说说笑笑，一直闹到晚上 11 点多钟才散。唐子风让出了自己的房子，让肖文珺、包娜娜和唐子妍住，包娜娜又拽住了准备回家去睡觉的于晓惠，非得让她也和她们一起住不可。唐子风不管这些姑娘怎么闹，他带着王梓杰去了小招待所，开了个标准间，准备与王梓杰彻夜长谈。

"老八，你和这个姓肖的姑娘到底是怎么回事？"

在招待所各自沏了一杯茶，相对坐下之后，王梓杰先问起了八卦。

"没怎么回事啊，革命友谊而已。"唐子风笑嘻嘻地说。

"我看这姑娘对你很在乎啊。"

"哪个姑娘对哥不在乎？"

"你还能再自恋一点吗？"

"争取吧……"

"唉！这就叫人至贱则无敌啊。"王梓杰放弃了，这种口水话本来也不会有啥结果，他换了个话题，问道，"老八，我怎么觉得，你真有想留在临河不走的意思了？"

"有吗？"唐子风这回倒是认真了，他问道，"刚才你就说过一次了，肖文珺后来也这样问我，我对临一机的爱，真的表现得这么明显吗？"

王梓杰点点头，说："旁观者清，你现在越来越有临一机厂长的范儿了。随便聊个天，你都能想到给临一机做产业布局，我怎么觉得你们厂长都没你敬业啊？"

唐子风想了想，点点头说："你这么一说，我也觉得自己好像是变了。去年老周生拉硬拽让我来临一机的时候，我还真是挺不乐意的。后来是为了尽快让临一机脱困，所以玩了命地给临一机找业务。可最近这段，我觉得自己好像有点自觉自愿的样子……对了，这叫啥来着？"

第一百七十三章　斯德哥尔摩综合征

"斯德哥尔摩综合征。"王梓杰张口就来,他现在好歹也是个学者,正在努力写文章准备评讲师,所以理论功底甚是了得。

"你觉得像吗?"唐子风问。

王梓杰不屑地说:"谁都可能得斯德哥尔摩综合征,你老八是绝对不可能的。你是多精明的人,怎么会犯这样的错误?"

"那你觉得我是怎么回事呢?"唐子风问。

王梓杰压低声音说:"老八,你跟我说实话,你是不是对临一机有什么想法?"

唐子风一愣:"想法?我对临一机能有什么想法?"

"你是不是想把临一机收了?"

"收了?"唐子风这一惊可非同小可,他瞪着王梓杰,问道,"你怎么会有这样的想法?我从来也没这样想过啊。"

王梓杰说:"时下全国各地大批国企经营困难,学术界的观点也比较统一,大家都认为主要原因是国企产权不明晰,导致经营者缺乏主动性。解决方案这方面,有一种比较主流的观点,就是认为应当推进 MBO,有些地方已经在搞试点,你是不是也想把临一机给'欧'了?"

所谓 MBO,翻译过来称为管理层收购,也就是由企业原来的管理层通过融资的方法把企业收购到个人名下,从而实现所有权与经营权的统一。

管理层收购的方式最早起源于西方,在 20 世纪 70 至 80 年代颇为流行。90 年代,面对国企大面积亏损的状况,中国的管理学者将 MBO 引入中国,并迅速成为一个理论热点。管理层收购的主要目的在于解决所谓"所有者缺位"的问题。中国的国有企业名义上属于全民所有,但实际的结果是谁都不管,这就是学者们所说的"所有者缺位"。

从理论上说,全国百姓都是全民所有制企业的主人,但实际的所有权是不可能由全民来共同行使的。各级政府管理部门是代表人民行使所有者职权的,但也只能监管,无法直接参与经营,就容易被企业的直接经营者蒙蔽。此前的临一机,厂领导集体腐败,上级部门被蒙蔽,厂里的职工则是淡然处之,这么一个几十年的老厂,居然败到发不出工资的境地,这就是所有者缺位带来的恶果。

面对这种情况,学术界提出了一种观点,建议把企业的管理者变成企业的所有者,这就是 MBO 这个概念的来历。关于如何对国企进行 MBO,也有不同的意见,有的建议让管理层直接把企业全部买下,一了百了,也有的认为国家还是应当拥有企业的所有权,管理层收购一部分股份即可。只要企业里有了管理层的股份,这就不再是别人家的财产,管理层也就会用心去经营了。

这个概念一经提出,在学术界的影响倒也无所谓,有些别有用心者却如获至宝。说穿了,就是他们早就盼着能够把国企变成自己的囊中之物,原来还有些不好意思,现在人家学术界提出了观点,还说是什么国际先进经验,那么自己顺水推舟,也算是解放思想啥的,岂不美哉?

王梓杰对唐子风说的,正是这么一回事。以王梓杰的看法,唐子风对临一机如此用心,或许是盯上这家企业了,想着做出点成绩,然后就可以找个由头把它给"欧"了。否则,如何解释像唐子风这样一个钻到钱眼里去的人,居然变得对集体事业兢兢业业了。

"MBO?我还真没想过。"唐子风苦笑着说。他这话可半点也不假,他从来也没动过要把临一机变成私有产业的念头。虽然MBO这种事情他也听说过,却没想过自己要去这样做。

王梓杰笑着说:"你过去没想过,现在想想也可以啊。我原来觉得临一机就是一个烂摊子,没啥价值。可让你三折腾两折腾,眼看就要变成一棵摇钱树了,你就没想过把它收购过来,变成自己的企业?"

唐子风摇头说:"我真没想过。老七,你如果喜欢机床厂,咱们弄点钱自己开一个,也没多难。至于临一机,就算了吧,它毕竟是个国有老厂,支柱企业,把这样的厂子弄到自己兜里去,有点不合适。"

王梓杰说:"老八,你真是孤陋寡闻了,现在有些国企厂长经理啥的,把厂子弄到自己兜里去,实在是太正常了。什么支柱企业,人家才不在乎呢。换句话,不是支柱企业,人家都不想要。正因为是支柱企业,才值钱,这么简单的道理,你能不懂?"

唐子风淡淡一笑,说:"我懂,不过,这个主意还是算了。"

唐子风的确是懂得这些,他非但知道时下有些国企领导是如何做的,更知道二十年后互联网上会如何评价这些人的作为。客观地说,有些国企的确已经是走到穷途末路,通过MBO反而能够让它们起死回生。

但另有一些国企,原本基础不错,只要好好经营是完全可以焕发活力的,其领导层出于侵吞国家财产的目的,故意让其陷入亏损,然后再三文不值两文把

第一百七十三章 斯德哥尔摩综合征

企业收入自己的囊中。

对于后一种人，前一世的唐子风是深恶痛绝的。这一世，当他自己面临这样的机会时，他觉得自己不能这样做，最起码，不能让二十年后的人骂自己。

王梓杰看着唐子风，笑而不语。唐子风被他盯毛了，忍不住问道："你这样看着我干什么？我说的是真心话。怎么，我很不像一个大公无私的好干部吗？"

王梓杰问："你有没有算过，如果把临一机收购下来，能有多大的利润？"

唐子风说："我过去没算过，不过刚才这会，我还真算了一下。临一机现在的资产，大概是1个亿左右。如果我和老周串通起来，故意把临一机的资产价值做低一些，花六七千万就能够把临一机买下来。买下来之后，我们都用不着生产，只要把临一机推平，这块地就值4个多亿，这就有足足3亿多的利润啊。"

"居然有这么多！"王梓杰震惊了。他原本只是半开玩笑地想逗一逗唐子风，却没想到临一机居然如此值钱。他经营双榆飞亥公司，现在也算是有钱一族了，但个人资产也还不到百万级别。3个多亿，这足够他奋斗几辈子了。

唐子风叹息说："是啊，想一想，可真是一笔大钱啊。有了这笔钱，后半辈子啥都不用干了，多美。不过，这种钱我实在赚不下去。老七，我虽然不是什么伟大的人，但多少还是有点做人的底线的。国家把这么一个厂子交到我手上，我如果成天惦记着把它弄到自己兜里去，我还算个人吗？"

"不错！"王梓杰向唐子风跷起一个拇指，赞了一声，说道，"你的想法和我一样。我也觉得，赚这种钱，会被天打雷劈的。说真的，我还担心你有这种想法，还琢磨着该怎么给你讲讲大道理，挽救一下你这个失足青年呢。"

"呸！"唐子风唾道，"有我这样玉树临风的失足青年吗？我告诉你，老七，我现在觉悟高得很呢，别说是不义之财，就是天经地义应当我拿的业务提成，我到目前为止都一分钱也没拿过，机械部不给我评个劳模，能对得起我吗？"

第一百七十四章 进京创业

"你也别说得那么高尚,充其量就是盗亦有道而已。"王梓杰揶揄道,"你之所以这么有觉悟,不过是因为你有钱。要我说,你们老周才是真正的老革命,守着这么大一个摊子,能忍着不往里伸手,实在是很不容易。"

唐子风正色说:"这倒是。老周这个人,原来在机电处的时候,风评就很好,那个时候我觉得也就是因为他没机会捞钱而已。但到了临一机之后,他是有大把的机会可以往自己兜里捞钱的,但他还能守住本心,这就不容易了。"

"老实说,我现在在他面前还是小心翼翼的,倒不是因为怕他,而是觉得这个人的人品太可贵了,值得我敬重。"

"其实哪都有几个这样的人,站在这些人面前,自己想干点坏事都觉得良心不安。"王梓杰也感慨道。

唐子风说:"是啊,和老周共事这几个月,我才有点明白'党员'二字的意义。"

"你入党了吗?"王梓杰问道。

"还没呢。"唐子风摆摆手,旋即换了一副猪头模样,急切地问道,"老七,《高考全真模拟》的销售怎么样了,咱们今年能赚多少?"

"你就不能多高尚几分钟?"王梓杰愕然道。唐子风这个变脸也变得太快了,刚才还一口一个本心、人品的,一转眼怎么就说起这个了?

"高考之前卖的那批精缩版,大概是 4 万套的样子,一套赚 10 块钱,总共是 40 万。因为这批精缩版在各地发行,把正式版的名声带起来了,现在各地新华书店都在向我们征订正式版。我离开京城之前,收到的订单已经有 40 万了,最终达到 100 万套没啥悬念。按你说,一套定价 100 块钱,咱们按五折出货,扣掉成本,一套赚 25 块钱,总共至少能赚到 2500 万。"王梓杰意气风发地说。

"基数还是太少了。"唐子风叹道。时下一年也就是不到 300 万人参加高

第一百七十四章 进京创业

考,不像后世一年高考报名人数上千万。不过事情也是有利有弊,后世高考人数多,做高考生意的人也多,哪像现在,有个好创意就能垄断整个市场。

"书的内容还要继续改进,公司要成立一个研究机构,专门研究如何改进这套书。我估计,咱们今年热销之后,市面上就该有跟风的书了,这就像我们生产的机床一样。咱们只有不断地保持技术领先优势,才能维持我们的市场份额。"唐子风交代道。

王梓杰说:"这件事,我已经安排人在办了。等过完暑假,我觉得咱们公司也该雇一批固定员工了,把研究工作做起来。对了,上次为了给你妹妹做辅导,咱们搞了个'一对一'辅导的模式,结果有几个参加辅导的学生受到启发,想办一个高考辅导机构,专门提供这种'一对一'的辅导。"

"不错啊!"唐子风笑道,"是什么人这么有商业头脑?你没有把他们招到公司来?"

王梓杰说:"他们想自己干,不过他们目前手上没钱,想和咱们公司合股,我说还要和你商量,暂时没答应他们。"

唐子风说:"你和他们聊一下,看看他们有没有执行力。如果有执行力,咱们出点钱也可以,马马虎虎占个七八成的股份就行了。"

"七八成股份?"王梓杰咧嘴,"人家说了,最多给咱们49%,他们要控股。"

唐子风问:"他们想让咱们投多少钱呢?"

"20万。"王梓杰说。

唐子风点点头:"如果只是20万,占49%的股权也不算吃亏。这种投资就权当是风险投资了,万一他们能做成,高考辅导可是一个大市场呢。对了,你跟他们说,让他们也别光瞄着高考辅导,从小学开始都可以搞这种'一对一'。再狠一点,未来还可以增加律考、公考、考研、考托啥的,咱们来个全面解决方案。"

"嗯,这个想法不错,我回头和他们谈谈。"王梓杰认真地说。在经营方面,他自忖比不上唐子风,所以唐子风提出的任何意见,他都会不折不扣地去执行。

"以后公司就照这个套路去做,看到有前途的项目,就投点钱,提供点支持,万一能做成,那就是一本万利的事情。临河这边的丽佳超市,现在非常火爆,据黄丽婷估计,一年下来净利润200万应当没啥问题了。"唐子风说。

王梓杰赞道:"还是你有眼光,在一堆工人家属里都能发现这么一个商业天才。我上次和黄丽婷聊过,就觉得这个女人不简单,咱们这笔投资也算是赚着了。"

唐子风笑道:"这还是刚开始呢。黄丽婷和我谈了,说她想再接再厉,下半年就到南梧去开丽佳分店,争取明年能够出省。照这个势头,五年之内丽佳超市做到1亿利润也不意外,咱们可是有一半股权的哦。"

"所以,咱们也的确不用惦记着瓜分临一机的事情了。"王梓杰笑着调侃道。此前唐子风说如果把临一机买下来,光是卖地就能够获得3亿多的利润,王梓杰还觉得是个天文数字,现在想想,好像3个亿也不算什么大数字了。

"可不,就临一机这点钱,还真不入哥的法眼。"唐子风牛哄哄地说道。

聊完业务上的事情,二人把话题转入了各自的发展方面。王梓杰皱着眉头说:"老八,我琢磨着,等《高考全真模拟》的销售告一段落,是不是该找个别的人来管公司的日常事务了。我也得写点文章,先把讲师评上,以后还有副教授、教授啥的。我毕竟是要在学校里工作的,没点学术成就不行呀。"

唐子风点头说:"我也是这样想的。

等公司赚了钱,你拿一两百万去做几个大调查,然后雇一帮研究生参加你的项目组,努力做出成绩,多发点论文的,我就不信你成不了知名学者。"

"这样也行?"王梓杰愕然。他认真在心里盘算了一下,发现唐子风的建议还真不是胡说八道。

"可是,老八,如果我去做学术了,公司怎么办?我说是说要请个人来做管理,但请来的人,实在是没法让人放心啊。咱们公司的秘密,其实就是你想出来的那些诀窍,万一咱们请来的职业经理人存了什么歪心思,把咱们的诀窍剽窃出去自己干,咱们可就啥都没了。"王梓杰担忧地说。

唐子风想了想,突然眼前一亮,说道:"我倒有个主意,把你父母和我父母都弄到京城去当职业经理人,怎么样?"

"我父母?"王梓杰吃惊道,"我爸妈都是乡下农民,哪懂什么管理?"

唐子风说:"我爸妈哪里不是乡下农民?其实我们并不需要他们做什么管理,只要能在公司蹲着就行。公司的业务,你安排好了,让他们去执行,他们还是能够办到的。我爸也和人做过小生意,脑子还是挺灵的。"

王梓杰也回过味来了,他说:"你说得对。我爸也做过小生意,我们那边的人,多多少少都有点商业头脑。我把事情都安排好,让他们在公司里守着,应当是没问题的。"

"这事就这么定了。"唐子风说,"你回去以后,先去找个好一点的小区,物色几套房子,直接买下来,然后就让咱们爸妈都进京去。反正以后等他们老了,肯定也是要跟咱们一起过的,趁现在才 40 多岁,就权当进京创业吧。"

"好,这事包在我身上。"王梓杰应道。

第一百七十五章　两个选择

肖文珺等人在临河待了两天就各自离开了。包娜娜打算回楚天老家待几天,然后就经浦江前往美国。考虑到中美间机票的昂贵价格,她这一去,估计就要过三五年才能回来。

临别前,她搂着肖文珺的肩膀,对唐子风说了一堆疯疯癫癫的话,核心主题就是说要把自己的闺密托付给唐子风。唐子风和肖文珺知道她即将离开中国,心里肯定有些难受,所以也就懒得跟她计较了。

为了陪肖文珺等人,唐子风专门向周衡请了两天假,带着肖文珺一行在临河周边玩耍。送走客人,唐子风来到周衡办公室销假,周衡随口问了问唐子风的客人们在临河玩得是否尽兴,然后也不等唐子风做出回答,便用手指指沙发,说道:"小唐,你坐下吧,有些事情我想跟你商量商量。"

唐子风坐下了。周衡说道:"最近这段时间,厂里的业务形势不错。韩伟昌那边谈下了北方重型机械厂,北重准备向我们订购两台数控重镗,差不多是3000万的产值。机床翻新和木雕机床这边的业务,目前已经到手的有6000万了,今年临一机盈利已成定局。

"昨天我和谢局长通电话,他表示,局里对咱们的工作非常满意,认为我们已经提前、超额完成了局党组交给我们的任务,局党组将对我们予以表彰。"

"光是表彰吗?"唐子风问道。

周衡说:"怎么,表彰还不够,你是想让局党组给你发奖金?"

"奖金不奖金的,我倒是不在乎。局里没有说什么时候让咱们回去吗?"唐子风笑嘻嘻地问道。与王梓杰谈过之后,其实他已经不太急于要回京城了,觉得在临一机的工作也挺有意思。不过,既然周衡谈到这个话题,他自然是要问一问情况的。

周衡说:"我想跟你谈的就是这个问题。局党组最早安排我们两人到临一

第一百七十五章 两个选择

机来，提出的任务是帮助临一机扭亏，甚至哪怕是减亏，只要能够稳定局面，就算是成功。局里给我们的时间是三年，但现在还不到一年时间，我们就已经实现了盈利，这是一个很大的成就。

"局党组现在给了我两个选择：一是继续在临一机待一两年，稳定住现有的成绩，最好是能够让临一机拥有充分的造血功能，然后再离开；二是现在就交班，由部里另外安排人来接手。我回去之后，部里给我安排一个副局级待遇的岗位，等着退休。"

"那我呢？"唐子风诧异道，合着说了半天都是对周衡的安排，自己难道就这么不起眼吗？

周衡哈哈一笑，显然他刚才那样说话就是故意想吊唐子风的胃口。听到唐子风问起，他才笑着说道："关于你，局里也有安排：第一个方案是，你继续留下，职务调整为临一机副厂长，工作两年后返回局里，先当一年副处长作为过渡，如果没有什么问题，30岁之前晋升为处长；第二个方案就是，你现在就可以回局里，先提主任科员，两年内晋升副处长。你选哪个？"

"我听周厂长的。"唐子风直接把球踢给了周衡。

其实，从局里给出的选择以及周衡的叙述，他已经能够猜出二局其实是希望周衡和他继续留在临一机的。局里之所以会给一个允许他们立即返回的选择，只是因为这是当初的承诺。想必局领导也没想到他们能够这么快就打开局面，让临一机起死回生。当初以为他们至少要花三年时间才能达到这个目标，所以承诺只要他们实现了扭亏，就可以回去。现在时间还不到一年，临一机已经实现了盈利，局里自然不能食言而肥。

但从局里的考虑来说，却又不希望他们马上返回。临一机的扭亏有一定的偶然成分，打包机和木雕机床都属于"捡漏"的业务，这种业务其实是不能持久的，迟早会被其他企业模仿，然后整个市场的利润会被摊薄，届时临一机就算不放弃这些业务，从中也赚不到太多的利润。

重镗和机床翻新是有一定技术含量的业务，其他企业想模仿的难度比较大。其中普通机床的翻新难度不大，但利润也薄。真正有利润的翻新业务是对进口高精度机床和重型机床的翻新改造，这种业务就不是那些乡镇小厂子能够拿得下的，临一机在这方面是有核心竞争力的。

可仅凭这两项业务，并不足以养活临一机，临一机必须继续开拓新的拳头产品，才能保持生命力。周衡和唐子风在企业经营方面的能力，已经得到了局党组的认可，所以局党组希望他们能够再留一段时间，为此不惜向唐子风承诺了一个30岁之前晋升正处级的条件。

以唐子风在临一机做出的种种成绩，30岁之前提一个正处级也并不为过。

当然，前提是唐子风愿意继续留在临一机，并且创造出新的奇迹。如果他待在临一机只是当咸鱼，那么这个承诺也就会随风而去了。

唐子风最初是不愿意来临一机的，但正如他向王梓杰说起的，干了这大半年时间之后，他居然有些喜欢这样的工作了，对临一机也有了一些感情。相比回京城去继续待办公室，他倒宁可留在这里，隔三岔五带着韩伟昌出去浪一浪，开开脑洞就能揽回一个大业务，这也是颇有乐趣的事情。

不过，这种话他是不会自己说出来的，他得让周衡替他做决定，然后再假装勉为其难地接受下来，这样二局就会觉得他是勇挑重担，这对他未来的发展是有好处的。

听到唐子风的话，周衡只是呵呵一笑。唐子风那点小心眼，周衡岂能看不出来。他说道："刚才那些，我也只是通知你一下。昨天和谢局长通电话的时候，我已经替你表了态，说你愿意留在临一机，帮助临一机彻底脱困。谢局长让我代他转达对你的口头表扬，还说今年局里会给你报一个机械部的先进工作者。所以，你就安心工作吧。"

"呃……"唐子风无语了，说好的让自己选呢？怎么二话不说就把自己给套路了。

老周，你变了！唐子风想大声地对周衡喊道。

周衡却是不在意唐子风的腹诽，他这样替唐子风做决定，其实也是为唐子风的前途谋划。唐子风过去大半年的确是做出了一些成绩，但其中偶然的因素也很多，并不能服众。如果就这样回去，这些成绩很快会被人忘记，唐子风在副处级的位置上恐怕就要盘桓很多年了。

如果把唐子风留下，让他再干两三年，把临一机做成一家明星企业，他的成绩将会极其耀眼，未来就能够一帆风顺。年轻人留在基层多工作两年也算不上是什么艰难的事情，用两年时间换未来的长远发展，有什么不好呢？

既然自己做得没错，周衡自然就不用在乎唐子风心里怎么嘀咕了，他说道："小唐，既然决定了要留下来，那么咱们就该做个长远的谋划。现在临一机的财

第一百七十五章 两个选择

务状况不错,职工们的心气也很高,你觉得,咱们下一步该做些什么?"

"搞技术开发。"唐子风毫不犹豫地说。这其实是他早就想过的,即便周衡不来找他,他也会主动向周衡说起。他的心思和周衡差不多,那就是既然打算在临一机再干几年,就得做长远打算。靠抖小机灵赚钱,只能是权宜之计,要想可持续发展,只能是靠技术实力。

临一机作为一家老牌企业,技术底蕴是足够丰富的。但当前技术发展十分迅猛,仅凭吃老本,是吃不了多长时间的。最典型的一个方面,就是临一机在数控技术上远远落后于国外企业,虽然有432厂的协助,但别人的技术毕竟就是别人的,不如自己的技术那样用起来得心应手。

没有数控技术,在未来的市场上就根本没有竞争力。唐子风就算是个技术盲,也非常清楚这一点。

"几个方面。"唐子风说,"第一,我们必须建立自己的数控技术研究中心,招募至少100名电子工程师,争取三年之内摆脱对432厂的技术依赖,把432厂变成咱们的附庸。"

"口气不小。"周衡笑着评论了一句,不过还是在自己面前的笔记本上记录了一笔,同时说道,"关于搞数控技术这个问题,老秦也打过一个报告,不过他的气魄没你大,他只是提出要搞一个三四十人的团队而已,你一张嘴就是100人。"

"100人还不够呢。"唐子风说,"国外的机床巨头,研发人员和生产人员的比例可以达到1比1,甚至是2比1。人家的核心能力都是在设计上,机床配件全部外包,自己只做最后的总装。咱们技术处才200多人,加上各车间的技术力量,技术人员也不到400人,不到职工总数的1/10,这个比例太低了。"

"饭得一口一口地吃,咱们一贯是重生产、轻研发,所以工人的人数比例高,也是难免。不过,技术队伍的建设也的确是要提上日程了。"周衡评论道。

第一百七十六章　前途远大

"第二，"唐子风竖起两个手指头，继续说道，"要扩大我们的技术情报研究部门。现在我们的技术情报是由总师办下属的信息中心在做，但信息中心同时还承担着计算机系统维护的工作，甚至是以信息技术为主的。我建议把现有的信息中心一分为二，一个专门做技术情报搜集和整理，另一个负责信息系统维护。

"技术情报这方面，可以和销售部一起做，一方面做前沿技术跟踪，另一方面做市场热点跟踪。比如像木雕机床这样的创意，本来不应当是由我来提出的，我们的情报部门就应当有这样的敏感性。"

"这个也很重要。"周衡点头认可，情报工作的重要性，的确是如何高估都不为过的。

"第三，每年启动两至三个重大研究专项，就像这次为西重设计的数控重镗一样，不断地积累我们的拳头产品。这方面的工作也可以请销售部协助，最好能够依托现实的客户需求来做，以便及时回收投资。如果暂时找不到现实的客户，咱们也应当有决心进行研发，有了产品再去找客户也是可以的……

"老秦他们已经提出，今年之内准备搞砂轮直径 600 毫米的数控立轴双端面磨床和 1200×2000 毫米定梁龙门铣床，这也是两个重点项目。"周衡点头道。

"第四……"

唐子风林林总总说了好几条，周衡一一记下。实际上，唐子风说的这些建议，有些周衡自己也考虑过，有些在以往与唐子风交谈的过程中，也曾听唐子风说过。这一次，周衡让唐子风提思路，其实更多的是为了试探一下唐子风对于留在临一机工作的态度。

从唐子风的叙述中，周衡能够感觉到，唐子风的态度是真诚的，他的确是把自己定位成临一机的一员，所以才会如此认真、深入地思考临一机的发展问题，提出切实可行的方案。

"小唐,你在京城的公司,目前经营得怎么样了?"

听完唐子风的所有建议之后,周衡突然问起了一个似乎不相干的问题。

唐子风一愣,随即笑着说:"还可以啊,最近我的搭档在搞高考复习资料,如果一切顺利的话,今年大概能赚个百来万的样子。"

"我听说,于可新的女儿卖的那些资料,就是由你提供的。她好像光是卖资料就赚了好几千块钱,你们公司做这方面业务,收益应当也不错吧?"周衡说。

世间没有不透风的墙,复习资料这事原本也瞒不住谁,联想到唐子风过去就曾做过《企业管理大全》之类的资料,周衡当然能够猜出于晓惠贩卖的资料就是出自唐子风的公司。于晓惠赚了钱,她父母很高兴,向厂里的一些同事也说起过。既然于晓惠只是代销一些资料都能赚到这么多钱,唐子风的收益自然是更可观的,这也是周衡能够想得到的事情。

"于晓惠卖的那些资料,我是按成本价给她的,没赚她的钱。"唐子风笑着解释道。

周衡点点头,说:"现在物价上涨得很快,生活成本高,你搞副业解决一下自己的生活问题,这也无可厚非。不过,小唐,你的前途还非常远大,要分得清轻重。你是一个很有能力的人,局领导对你也非常器重。像你这样的人才,应当把自己的聪明才智用在国家的大事上,而不应当浪费在自己的小事上,你明白吗?"

"我明白。"唐子风说,"其实,我现在除了偶尔帮公司出点主意,已经不直接参与公司的管理了。对了,我前几天还和我的搭档交流过,准备让我父母和我搭档的父母到京城去,把公司的日常管理接过去。我搭档准备读研究生,评教授;而我就准备跟着周厂长,兢兢业业为临一机工作了。"

"这样也好。"周衡满意地说,"我看过你的履历,你父母的年龄也就是40多岁,应当正是年富力强的时候。你把公司交给他们管理,日后最好能够让他们彻底地把公司接过去,你要尽可能地与公司脱钩。

"还有,你那个公司是做出版业的,和咱们机械行业没有直接关联,所以你父母开公司的事情对你的事业发展不会有什么影响。你前途远大,这方面的事情也是需要注意的。"

唐子风说:"要想让我父母把公司完全接过去,恐怕也有难度。他们都是农民出身,而且从来没到过京城,很多事情还是得我和我的搭档出面,才能解决的。"

周衡说:"这个不急。三五年内,这个公司的存在,对你的发展还不会有太大的影响。你要争取在这段时间内让你父母熟悉公司业务,最终让公司与你彻底分离,以后你最好不要参与公司的经营了。

"对了,你父母在京城期间,如果个人生活方面,或者公司经营方面,有什么困难,你也可以告诉我,我可以以私人的名义帮你找找人,解决一下。"

"我明白周厂长的意思了,多谢周厂长!"唐子风由衷地说道。

周衡的这个叮嘱,意思是很明白的。看起来,二局终于发现了唐子风是个人才,打算对他进行重点培养了。此前要求唐子风在临一机多待两年,积累资历,就是其中的一个举措。此时周衡让唐子风尽量与自己办的公司脱钩,显然也是为他未来的发展扫除障碍。

如果唐子风只是一个普通干部,那么个人经商的问题并不是特别敏感,只要不是以自己的名义,而是换个名义掩人耳目,组织上也不会过分追究。但一旦唐子风得到提拔,有了一定级别,这种障眼法就不能再用的,而是需要实际地与公司割裂开来。

唐子风把公司交给父母去做,自己不插手公司经营,而且公司的业务也与他所从事的行业无关,就规避了政策的限制,不会妨碍唐子风的发展。反之,如果唐子风和自己的公司还有牵扯,组织上是要慎重考虑对他的任用问题的。

唐子风开公司的事情,曾经向周衡坦白过,但周衡并没有把这个情况汇报给谢天成。不过,如果唐子风未来要进一步发展,二局是不可能不对唐子风进行全面调查的,届时这样的事情是肯定瞒不住的。

周衡专门向他提起此事,还承诺可以以他私人的名义去帮唐子风的父母解决一些困难,这就是真心实意地想帮助唐子风成长,唐子风岂能不识好歹。

几天后,临一机召开了中层干部扩大会议,二局局长谢天成专程从京城赶来,在会上做了重要讲话。

谢天成对以周衡为首的临一机新班子的工作给予了高度评价,其中又对唐子风提出了特别表扬,用了一堆诸如积极进取、勇于开拓之类的套话,最后代表局党组宣布提拔唐子风为临一机副厂长。虽然唐子风这个副厂长的排名在所有副厂长中是最后一位,但好歹也算是企业的副局级别,以后秦仲年、宁素云等

第一百七十六章　前途远大

人要训他的时候就要掂量掂量是否合适了。

从今往后，厂里职工对唐子风的称呼也要发生变化，从"唐助理"改成了"唐厂长"，这个变化至少在听觉效果上是很明显的。

会上还宣布了另一个任命，即任命原劳动服务公司经理张建阳担任临一机厂长助理（正处级别），仍然兼任劳动服务公司经理。这个任命让参会的中层干部们都忌妒得两眼发红，但也不得不承认张建阳还真是一个人才，明明被贬到劳动服务公司去了，还能咸鱼翻身，修成正果。

这次会议之后，临一机又推出了若干项新的措施，各项工作红红火火地开展起来。

9月初的美国东海岸，天气晴朗，空气清新，闻不到一点香甜的异味。包娜娜背着双肩背包，推着一个硕大的行李箱，走进了宾夕法尼亚大学的校园。

"请问……"

包娜娜拦住一位从前面走过的男生，迟疑了一下，还是选择用英语发问了。这位男生长着一副亚裔的面孔，高大而英俊，脸上有着很阳光的表情，让人一看就容易产生好感。包娜娜虽然猜测对方可能会是中国留学生，但出于谨慎，还是先用英语对话为宜。

"你是……日本人？"那男生同样用英语试探着问道。

"不，我是中国人。"包娜娜说。

"哈，中国人啊！"那男生当即把语言切换成中文，热情地问道，"你是从国内新来的留学生吗？是哪个学院的，怎么称呼？"

包娜娜有些猝不及防，支吾着说："我叫包娜娜，传播学院的，是今年入学的硕士研究生。"

"哦，原来师姐是研究生啊，失敬失敬！"那男生迅速定下了自己的角色，他向包娜娜伸出手，说道，"我叫梁子乐，英文名叫 Andrew，我是商学院的，三年级的本科生。对了，我原来也在国内生活过，是 1984 年的时候跟我父母一起移民到美国来的，在美国已经生活了十一年。"

包娜娜在一瞬间就找回了自信，她笑着握住对方的手，大大方方地说道："梁师弟好，以后师姐就拜托你罩着了。"